正红旗下

离婚

老舍 著

海峡出版发行集团 | 鹭江出版社
THE STRAITS PUBLISHING & DISTRIBUTING GROUP | LUJIANG PUBLISHING HOUSE
2017 年 · 厦门

图书在版编目（CIP）数据

正红旗下·离婚 / 老舍著 . —厦门：鹭江出版社，2017.3（2017.5 重印）

ISBN 978-7-5459-1222-7

Ⅰ.①正…　Ⅱ.①老…　Ⅲ.①长篇小说—小说集—中国—现代　Ⅳ.① I246.5

中国版本图书馆 CIP 数据核字（2017）第 039123 号

出版统筹：雷　戎　　**策划编辑**：董曦阳
责任编辑：董曦阳　王天阳　　**排　　版**：九章文化
营销编辑：范存榜　赵　娜　　**责任印制**：孙　明
封面设计：周　彧　　**书法题写**：王陵生
封面绘画：黄有维

ZHENGHONGQIXAI · LIHUN

正红旗下·离婚

老舍 著

出版发行：海峡出版发行集团
鹭 江 出 版 社
地　　址：厦门市湖明路 22 号　　**邮政编码**：361004
印　　刷：北京诚信伟业印刷有限公司
地　　址：北京市通州区张家湾镇皇木厂村　　**邮政编码**：101113
开　　本：880mm × 1230mm　1/32
插　　页：4
印　　张：12.25
字　　数：263 千字
版　　次：2017 年 3 月第 1 版　2017 年 5 月第 2 次印刷
书　　号：ISBN 978-7-5459-1222-7
定　　价：48.00 元

老舍，摄于 1963 年元旦。《正红旗下》写于 1961-1962 年

从左至右依次是正白旗、正黄旗、正蓝旗、正红旗

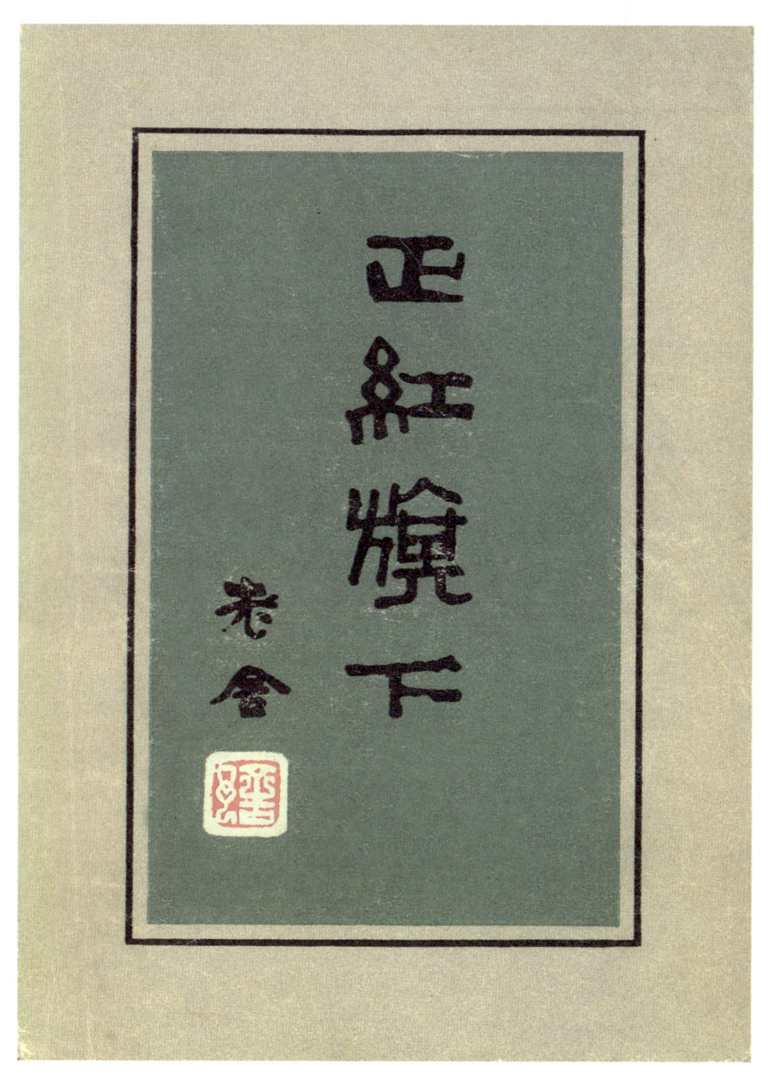

《正红旗下》书影

第 1 页

正红旗下　　老舍

（一）

假若我的姑母和我大姐的婆婆现在还活着，我相信她们还会时常争辩：到底在我降生的那一晚上，我的母亲是因生我而昏迷过去了呢，还是她受了煤气。

幸而这两位老太太都遵循着自然规律，到时候就被亲友们护送到坟地里去；要不然，不论我庆祝自己的花甲之喜，还是古稀大庆，我心中都不会十分平安。是呀，假若大姐婆婆的说法十分正确，我便根本不存在啊！

似乎有声明一下的必要：我生的迟了些，而大姐又出阁早了些，所以我一出世，大姐已有了婆婆，而且是一位有比金刚石还坚硬的成见的婆婆。是，她的成见是那么深，我简直地不敢叫她看见我。只要她一眼看到我，她便立刻把屋门和窗子都打开，往外散煤气！

还要声明一下：这并不是为来个对比，贬低大姐婆婆，以便高抬我的姑母。那用不着。说真的，姑母对于我的存在与否，并不十分关心；要不然，到后来，她的烟袋锅子为什么常常敲在我的头上，便有些费解了。是呀，我长着一个脑袋，不是一块破砖！

尽管如此，姑母可是坚持实事求是的态度，和我大姐

中国作家协会

《正红旗下》手稿

第164页

洞房設在离花厅不远的一个圓亭里。它原来是亭子，后来才安上玻璃窗，改成暖阁。定大爷在每次大发脾气之后，就到這里来陶真养性。倘若尚有馀怒，他可以顺手摔几件小东西。這里的陳設都是洋式的，洋钟、洋灯、洋磁人儿……地上铺着洋地毯。

(25×20=500)　　中国作家协会

《正红旗下》手稿

写作休息时欣赏陶俑

《猫城记》《离婚》《牛天赐传》

老舍出生地

目　录

正红旗下[*]

（未完结）

* 正红旗，清代八旗之一。八旗是清代满族的一种军队组织和户口编制，以旗的颜色为号，有镶黄、正黄、镶白、正白、镶红、正红、镶蓝、正蓝八旗（正即整字的简写），凡满族成员都隶属各旗。这是“满洲八旗”，以后又增设“蒙古八旗”和“汉军八旗”。八旗成员，统称“旗人”。

作者隶属“满洲八旗”的“正红旗”，这篇自传体的长篇小说因此得名。

二百多年积下的历史尘垢，使一般的旗人既忘了自谴，也忘了自励。我们创造了一种独具风格的生活方式：有钱的真讲究，没钱的穷讲究。生命就这么沉浮在有讲究的一汪死水里。

一

假若我姑母和我大姐的婆母现在还活着，我相信她们还会时常争辩：到底在我降生的那一晚上，我的母亲是因生我而昏迷过去了呢，还是她受了煤气。

幸而这两位老太太都遵循着自然规律，到时候就被亲友们护送到坟地里去；要不然，不论我庆祝自己的花甲之喜，还是古稀大寿，我心中都不会十分平安。是呀，假若大姐婆婆的说法十分正确，我便根本不存在啊！

似乎有声明一下的必要：我生得迟了些，而大姐又出阁早了些，所以我一出世，大姐已有了婆婆，而且是一位有比金刚石还坚硬的成见的婆婆。是，她的成见是那么深，我简直地不敢叫她看见我。只要她一眼看到我，她便立刻把屋门和窗子都打开，往外散放煤气！

还要声明一下：这并不是为来个对比，贬低大姐婆婆，以便高抬我的姑母。那用不着。说真的，姑母对于我的存在与否，并不十分关心；要不然，到后来，她的烟袋锅子为什么常常敲在我的头上，便有些费解了。是呀，我长着一个脑袋，不是一块破砖头！

尽管如此，姑母可是坚持实事求是的态度，和我大姐的婆婆进行激辩。按照她的说法，我的母亲是因为生我，失血过多，而昏了过去的。据我后来调查，姑母的说法颇为正确，因为自从她中年居孀以后，就搬到我家来住，不可能不掌握些第一手的消息与资料。我的啼哭，吵得她不能安眠。那么，我一定不会是一股煤气！

我也调查清楚：自从姑母搬到我家来，虽然各过各的日子，她可是以大姑子的名义支使我的母亲给她沏茶灌水，擦桌子扫地，名正言顺，心安理得。她的确应该心安理得，我也不便给她造谣：想想看，在那年月，一位大姑子而不欺负兄弟媳妇，还怎么算作大姑子呢？

在我降生前后，母亲当然不可能照常伺候大姑子，这就难怪在我还没落草儿[①]，姑母便对我不大满意了。不过，不管她多么自私，我可也不能不多少地感激她：假若不是她肯和大姐婆婆力战，甚至于混战，我的生日与时辰也许会发生些混乱，其说不一了。我舍不得那个良辰吉日！

那的确是良辰吉日！就是到后来，姑母在敲了我三烟锅子之后，她也不能不稍加考虑，应否继续努力。她不能不想想，我是腊月二十三日酉时，全北京的人，包括着皇上和文武大臣，都在欢送灶王爷上天的时刻降生的呀！

---

① 即降生。落读作 lào。

在那年代，北京在没有月色的夜间，实在黑得可怕。大街上没有电灯，小胡同里也没有个亮儿，人们晚间出去若不打着灯笼，就会越走越怕，越怕越慌，迷失在黑暗里，找不着家。有时候，他们会在一个地方转来转去，一直转一夜。按照那时代的科学说法，这叫作“鬼打墙”。

可是，在我降生的那一晚上，全北京的男女，千真万确，没有一个遇上“鬼打墙”的！当然，那一晚上，在这儿或那儿，也有饿死的、冻死的，和被杀死的。但是，这都与鬼毫无关系。鬼，不管多么顽强的鬼，在那一晚上都在家里休息，不敢出来，也就无从给夜行客打一堵墙，欣赏他们来回转圈圈了。

大街上有多少卖糖瓜与关东糖[①]的呀！天一黑，他们便点上灯笼，把摊子或车子照得亮堂堂的。天越黑，他们吆喝得越起劲，洪亮而急切。过了定更[②]，大家就差不多祭完了灶王，糖还卖给谁去呢！就凭这一片卖糖的声音，那么洪亮，那么急切，胆子最大的鬼也不敢轻易出来，更甭说那些胆子不大的了——据说，鬼也有胆量很小很小的。

再听吧，从五六点钟起，已有稀疏的爆竹声。到了酉时左右（就是我降生的伟大时辰），连铺户带人家一齐放起鞭炮，不用说鬼，就连黑、黄、大、小的狗都吓得躲在屋里打哆嗦。花炮的光亮冲破了黑暗的天空，一闪一闪，能够使人看见远处的树梢儿。每家院子里都亮那么一阵：把灶王像请到院中来，燃起高香与柏

---

① 糖瓜与关东糖又叫“灶糖”，祭灶时的供品，用麦芽做成。

② 即初更，晚上七时至九时。

枝，灶王就急忙吃点关东糖，化为灰烬，飞上天宫。

灶王爷上了天，我却落了地。这不能不叫姑母思索思索：“这小子的来历不小哇！说不定，灶王爷身旁的小童儿因为贪吃糖果，没来得及上天，就留在这里了呢！”这么一想，姑母对我就不能不在讨厌之中，还有那么一点点敬意！

灶王对我姑母的态度如何，我至今还没探听清楚。我可是的确知道，姑母对灶王的态度并不十分严肃。她的屋里并没有灶王龛。她只在我母亲在我们屋里给灶王与财神上了三炷香之后，才搭讪着过来，可有可无地向神像打个问心[①]。假若我恰巧在那里，她必狠狠地瞪我一眼；她认准了我是灶王的小童儿转世，在那儿监视她。

说到这里，就很难不提一提我的大姐婆婆对神佛的态度。她的气派很大。在她的堂屋里，正中是挂着黄围子的佛桌，桌上的雕花大佛龛几乎高及顶棚，里面供着红脸长髯的关公。到春节，关公面前摆着五碗[②]小塔似的蜜供、五碗红月饼，还有一堂干鲜果品。财神、灶王，和张仙[③]（就是“打出天狗去，引进子孙来”的那位神仙）的神龛都安置在两旁，倒好像她的“一家之主”不是灶王，而是关公。赶到这位老太太对丈夫或儿子示威的时候，她的气派是那么大，以至把神佛都骂在里边，毫不留情！“你

---

① 问心，拜一拜。心字轻读。

② 碗，供品的单位量词。旧俗，过年时，献给神佛供品的底座，常垫以饭碗，内盛小米，与碗口齐平，并覆盖红绵纸，然后上面再摞月饼、蜜供等食品，谓之一碗。

③ 张仙，送子之神。传说是五代时游青城山而得道的张远霄。宋代苏洵曾梦见他挟着两个弹子，以为是“诞子”之兆，便日夜供奉起来，以后果然生了苏轼和苏辙两个儿子，都成为有名的文学家。

们这群！”她会指着所有的神像说：“你们这群！吃着我的蜜供、鲜苹果，可不管我的事，什么东西！”

可是，姑母居然敢和这位连神佛都敢骂的老太太分庭抗礼，针锋相对地争辩，实在令人不能不暗伸大指！不管我怎么不喜爱姑母，当她与大姐婆婆作战的时候，我总是站在她这一边的。

经过客观的分析，我从大姐婆婆身上实在找不到一点可爱的地方。是呀，直到如今，我每一想起什么“虚张声势”、“瞎唬事”等等，也就不期然而然地想起大姐的婆婆来。我首先想起她的眼睛。那是一双何等毫无道理的眼睛啊！见到人，不管她是要表示欢迎，还是马上冲杀，她的眼总是瞪着。她大概是想用二目圆睁表达某种感情，在别人看来却空空洞洞，莫名其妙。她的两腮多肉，永远阴郁地下垂，像两个装着什么毒气的口袋似的。在咳嗽与说话的时候，她的嗓子与口腔便是一部自制的扩音机。她总以为只要声若洪钟，就必有说服力。她什么也不大懂，特别是不懂怎么过日子。可是，她会瞪眼与放炮，于是她就懂了一切。

虽然我也忘不了姑母的烟袋锅子（特别是那里面还有燃透了的兰花烟的），可是从全面看来，她就比大姐的婆婆多着一些风趣。从模样上说，姑母长得相当秀气，两腮并不像装着毒气的口袋。她的眼睛，在风平浪静的时候，黑白分明，非常的有神。不幸，有时候不知道为什么就来一阵风暴。风暴一来，她的有神的眼睛就变成有鬼，寒光四射，冷气逼人！不过，让咱们还是别老想她的眼睛吧。她爱玩梭儿胡[①]。每逢赢那么三两吊钱的时候，她

① 一种纸牌，“玩梭儿胡”又叫“逗梭儿胡”，后文“凑十胡”也是这个意思。

还会低声地哼几句二黄。据说：她的丈夫，我的姑父，是一位唱戏的！在那个改良的……哎呀，我忘了一件大事！

你看，我只顾了交待我降生的月、日、时，可忘了说是哪一年！那是有名的戊戌年啊！戊戌政变[①]！

说也奇怪，在那么大讲维新与改良的年月，姑母每逢听到“行头”、“拿份儿”[②]等等有关戏曲的名词，便立刻把话岔开。只有逢年过节，喝过两盅玫瑰露酒之后，她才透露一句：“唱戏的也不下贱啊！”尽管如此，大家可是都没听她说过：我姑父的艺名叫什么，他是唱小生还是老旦。

大家也都怀疑，我姑父是不是个旗人。假若他是旗人，他可能是位耗财买脸的京戏票友儿[③]。可是，玩票是出风头的事，姑母为什么不敢公开承认呢？他也许真是个职业的伶人吧？可又不大对头：那年月，尽管酝酿着革新与政变，堂堂的旗人而去以唱戏为业，不是有开除旗籍的危险么？那么，姑父是汉人？也不对呀！他要是汉人，怎么在他死后，我姑母每月去领好几份儿钱粮呢？

直到如今，我还弄不清楚这段历史。姑父是唱戏的不是，关系并不大。我总想不通：凭什么姑母，一位寡妇，而且是爱用烟锅子敲我的脑袋的寡妇，应当吃几份儿饷银呢？我的父亲是堂堂

---

① 戊戌年，一八九八年。戊戌政变，指这年六月光绪皇帝推行的资产阶级维新变法，又叫“百日维新”。

② 行头，戏曲术语，指演员扮戏时所穿戴的衣服、头盔等。行读作 xíng。拿份儿，即“戏份儿”，戏曲演员的工资。最早的工资按月计算，叫“包银”，后来改按场次计算，即是“戏份儿”。

③ 票友儿，指不是“科班”出身的、偶一扮演的业余戏曲演员。与下文“玩票”同义。

正正的旗兵，负着保卫皇城的重任，每月不过才领三两银子，里面还每每搀着两小块假的；为什么姑父，一位唱小生或老旦的，还可能是汉人，会立下那么大的军功，给我姑母留下几份儿钱粮呢？看起来呀，这必定在什么地方有些错误！

不管是皇上的，还是别人的错儿吧，反正姑母的日子过得怪舒服。她收入得多，开销得少——白住我们的房子，又有弟媳妇作义务女仆。她是我们小胡同里的“财主”。恐怕呀，这就是她敢跟大姐的婆婆顶嘴抬杠的重要原因之一。大姐的婆婆口口声声地说：父亲是子爵，丈夫是佐领，儿子是骁骑校[①]。这都不假；可是，她的箱子底儿上并没有什么沉重的东西。有她的胖脸为证，她爱吃。这并不是说，她有钱才要吃好的。不！没钱，她会以子爵女儿、佐领太太的名义去赊。她不但自己爱赊，而且颇看不起不敢赊，不喜欢赊的亲友。虽然没有明说，她大概可是这么想：不赊东西，白作旗人！

我说她“爱”吃，而没说她“讲究”吃。她只爱吃鸡鸭鱼肉，而不会欣赏什么山珍海味。不过，她可也有讲究的一面：到十冬腊月，她要买两条丰台暖洞子[②]生产的碧绿的、尖上还带着一点黄花的王瓜，摆在关公面前；到春夏之交，她要买些用小蒲包装着的，头一批成熟的十三陵大樱桃，陈列在供桌上。这些，可只

---

① 骁骑校，“佐领”下面的小军官。子爵，古代五等爵公、侯、伯、子、男的第四等。清代子爵又分一二三等，是比较小的世袭爵位。佐领，八旗兵制，以三百人为一“牛录”（后增至四百人），统领“牛录”的军官，满语叫作“牛录额真”，汉译“佐领”，是地位比较低的武官。

② 暖洞子，温室。

是为显示她的气派与排场。当她真想吃的时候，她会买些冒充樱桃的“山豆子”，大把大把地往嘴里塞，既便宜又过瘾。不管怎么说吧，她经常拉下亏空，而且是债多了不愁，满不在乎。

对债主子们，她的眼瞪得特别圆，特别大；嗓音也特别洪亮，激昂慷慨地交代：“听着！我是子爵的女儿，佐领的太太，娘家婆家都有铁杆儿庄稼！俸银俸米到时候就放下来，欠了日子欠不了钱，你着什么急呢！”

这几句豪迈有力的话语，不难令人想起二百多年前清兵入关时候的威风，因而往往足以把债主子打退四十里。不幸，有时候这些话并没有发生预期的效果，她也会瞪着眼笑那么一两下，叫债主子吓一大跳；她的笑，说实话，并不比哭更体面一些。她的刚柔相济，令人啼笑皆非。

她打扮起来的时候总使大家都感到遗憾。可是，气派与身分有关，她还非打扮不可。该穿亮纱，她万不能穿实地纱；该戴翡翠簪子，决不能戴金的。于是，她的几十套单、夹、棉、皮、纱衣服，与冬夏的各色首饰，就都循环地出入当铺，当了这件赎那件，博得当铺的好评。据看见过阎王奶奶的人说：当阎王奶奶打扮起来的时候，就和盛装的大姐婆婆相差无几。

因此，直到今天，我还摸不清她的丈夫怎么会还那么快活。在我幼年的时候，我觉得他是个很可爱的人。是，他不但快活，而且可爱！除了他也爱花钱，几乎没有任何缺点。我首先记住了他的咳嗽，一种清亮而有腔有调的咳嗽，叫人一听便能猜到他至小是四品官儿。他的衣服非常整洁，而且带着樟脑的香味，有人说这是因为刚由当铺拿出来，不知正确与否。

无论冬夏，他总提着四个鸟笼子，里面是两只红颏，两只蓝靛颏儿。他不养别的鸟，红、蓝颏儿雅俗共赏，恰合佐领的身分。只有一次，他用半年的俸禄换了一只雪白的麻雀。不幸，在白麻雀的声誉刚刚传遍九城[①]的大茶馆之际，也不知怎么就病故了，所以他后来即使看见一只雪白的老鸦也不再动心。

在冬天，他特别受我的欢迎：在他的怀里，至少藏着三个蝈蝈葫芦，每个都有摆在古玩铺里去的资格。我并不大注意葫芦。使我兴奋的是它们里面装着的嫩绿蝈蝈，时时轻脆地鸣叫，仿佛夏天忽然从哪里回到北京。

在我的天真的眼中，他不是来探亲家，而是和我来玩耍。他一讲起养鸟、养蝈蝈与蛐蛐的经验，便忘了时间，以至我母亲不管怎样为难，也得给他预备饭食。他也非常天真。母亲一暗示留他吃饭，他便咳嗽一阵，有腔有调，有板有眼，而后又哈哈地笑几声才说："亲家太太，我还真有点饿了呢！千万别麻烦，到天泰轩叫一个干炸小丸子、一卖木樨肉、一中碗酸辣汤，多加胡椒面和香菜，就行啦！就这么办吧！"

这么一办，我母亲的眼圈儿就分外湿润那么一两天！不应酬吧，怕女儿受气；应酬吧，钱在哪儿呢？那年月走亲戚，用今天的话来说，可真不简单！

亲家爹虽是武职，四品顶戴的佐领，却不大爱谈怎么带兵与

---

① 九城，即九门，指明代永乐十八年重修的北京内城九门：正阳、崇文、宣武、安定、德胜、东直、朝阳、西直、阜城。后来人们常以"九门"、"四九城"来代指北京城内外。传遍九城，即传遍了整个儿北京城。后文"誉满九城"也是这个意思。

打仗。我曾问过他是否会骑马射箭，他的回答是咳嗽了一阵，而后马上又说起养鸟的技术来。这可也的确值得说，甚至值得写一本书！看，不要说红、蓝颏儿们怎么养，怎么蹓，怎么“押”，在换羽毛的季节怎么加意饲养，就是那四个鸟笼子的制造方法，也够讲半天的。不要说鸟笼子，就连笼里的小磁食罐，小磁水池，以及清除鸟粪的小竹铲，都是那么考究，谁也不敢说它们不是艺术作品！是的，他似乎已经忘了自己是个武官，而把毕生的精力都花费在如何使小罐小铲、咳嗽与发笑都含有高度的艺术性，从而随时沉醉在小刺激与小趣味里。

他还会唱呢！有的王爷会唱须生，有的贝勒[①]会唱《金钱豹》[②]，有的满族官员由票友而变为京剧名演员……戏曲和曲艺成为满人生活中不可缺少的东西，他们不但爱去听，而且喜欢自己粉墨登场。他们也创作，大量地创作，岔曲、快书、鼓词等等。我的亲家爹也当然不甘落后。遗憾的是他没有足够的财力去组成自己的票社，以便亲友家庆祝孩子满月，或老太太的生日，去车马自备、清茶恭候地唱那么一天或一夜，耗财买脸，傲里夺尊，誉满九城。他只能加入别人组织的票社，随时去消遣消遣。他会唱几段联珠快书。他的演技并不很高，可是人缘很好，每逢献技都博得亲友们热烈喝彩。美中不足，他走票的时候，若遇上他的夫人也盛装在场，他就不由得想起阎王奶奶来，而忘了词儿。这样丢了脸之后，他回到家来可也不闹气，因为夫妻们大吵大闹会

---

① 贝勒，满语王或侯的意思，是清代的世袭爵位，地位仅次于亲王和郡王。

② 传统戏剧，演孙悟空降状金钱豹的故事。

喊哑了他的嗓子。倒是大姐的婆婆先发制人，把日子不好过，债务越来越多，统统归罪于他爱玩票，不务正业，闹得没结没完。他一声也不出，只等到她喘气的时候，他才用口学着三弦的声音，给她弹个过门儿："登根儿哩登登"。艺术的熏陶使他在痛苦中还能够找出自慰的办法，所以他快活——不过据他的夫人说，这是没皮没脸，没羞没臊！

他们夫妇谁对谁不对，我自幼到而今一直还没有弄清楚。那么，书归正传，还说我的生日吧。

在我降生的时候，父亲正在皇城的什么角落值班。男不拜月，女不祭灶[①]，自古为然。姑母是寡妇，母亲与二姐也是妇女；我虽是男的，可还不堪重任。全家竟自没有人主持祭灶大典！姑母发了好几阵脾气。她在三天前就在英兰斋满汉饽饽铺买了几块真正的关东糖。所谓真正的关东糖者就是块儿小而比石头还硬，放在口中若不把门牙崩碎，就把它粘掉的那一种，不是摊子上卖的那种又泡又松，见热气就容易化了的低级货。她还买了一斤什锦南糖。这些，她都用小缸盆扣起来，放在阴凉的地方，不叫灶王爷与一切的人知道。她准备在大家祭完灶王，偷偷地拿出一部分，安安顿顿地躺在被窝里独自享受，即使粘掉一半个门牙，也没人晓得。可是，这个计划必须在祭灶之后执行，以免叫灶王看见，招致神谴。哼！全家居然没有一个男人！她的怒气不打一处来。我二姐是个忠厚老实的姑娘，空有一片好心，而没有克服困难的

---

① 迷信的人认为灶王是一家之主，祭灶之礼，必须由男子祭拜，妇女不得参与；月为太阴星君，中秋拜月，也只能由妇女行之，男子不得参与。

办法。姑母越发脾气，二姐心里越慌，只含着眼泪，不住地叫：“姑姑！姑姑！”

幸而大姐及时地来到。大姐是个极漂亮的小媳妇：眉清目秀，小长脸，尖尖的下颏像个白莲花瓣似的。不管是穿上大红缎子的氅衣，还是蓝布旗袍，不管是梳着两把头，还是挽着旗髻，她总是那么俏皮利落，令人心旷神怡。她的不宽的腰板总挺得很直，亭亭玉立；在请蹲安的时候，直起直落，稳重而飘洒。只有在发笑的时候，她的腰才弯下一点去，仿佛喘不过气来，笑得那么天真可怜。亲戚、朋友，没有不喜爱她的，包括着我的姑母。只有大姐的婆婆认为她既不俊美，也不伶俐，并且时常讥诮：你爸爸不过是三两银子的马甲[①]！

大姐婆婆的气派是那么大，讲究是那么多，对女仆的要求自然不能不极其严格。她总以为女仆都理当以身殉职，进门就累死。自从娶了儿媳妇，她干脆不再用女仆，而把一个小媳妇当作十个女仆使用。大姐的两把头往往好几天不敢拆散，就那么带着那小牌楼似的家伙睡觉。梳头需要相当长的时间，万一婆婆已经起床，大声地咳嗽着，而大姐还没梳好了头，过去请安，便是一行大罪！大姐须在天还没亮就起来，上街给婆婆去买热油条和马蹄儿烧饼。大姐年轻，贪睡。可是，出阁之后，她练会把自己惊醒。醒了，她便轻轻地开开屋门，看看天上的三星。假若还太早，她便回到炕上，穿好衣服，坐着打盹，不敢再躺下，以免睡熟了误事。全家的饭食、活计、茶水、清洁卫生，全由大姐独自包办。

---

① 马甲，蒙马之甲，代称骑兵。

她越努力，婆婆越给她添活儿，加紧训练。婆婆的手，除了往口中送饮食，不轻易动一动。手越不动，眼与嘴就越活跃，她一看见儿媳妇的影子就下好几道紧急命令。

事情真多！大姐每天都须很好地设计，忙中要有计划，以免发生混乱。出嫁了几个月之后，她的眉心出现了两条细而深的皱纹。这些委屈，她可不敢对丈夫说，怕挑起是非。回到娘家，她也不肯对母亲说，怕母亲伤心。当母亲追问的时候，她也还是笑着说：没事！真没事！奶奶放心吧！（我们管母亲叫作奶奶。）

大姐更不敢向姑母诉苦，知道姑母是爆竹脾气，一点就发火。可是，她并不拒绝姑母的小小的援助。大姐的婆婆既要求媳妇打扮得像朵鲜花似的，可又不肯给媳妇一点买胭脂，粉，梳头油等等的零钱，所以姑母一问她要钱不要，大姐就没法不低下头去，表示口袋里连一个小钱也没有。姑母是不轻易发善心的，她之所以情愿帮助大姐者是因为我们满人都尊敬姑奶奶。她自己是老姑奶奶，当然要同情小姑奶奶，以壮自己的声势。况且，大姐的要求又不很大，有几吊钱就解决问题，姑母何必不大仁大义那么一两回呢。这个，大姐婆婆似乎也看了出来，可是不便说什么；娘家人理当贴补出了嫁的女儿，女儿本是赔钱货嘛。在另一方面，姑母之所以敢和大姐婆婆分庭抗礼者，也在这里找到一些说明。

大姐这次回来，并不是因为她梦见了一条神龙或一只猛虎落在母亲怀里，希望添个将来会“出将入相”① 的小弟弟。快到年

---

① 出将入相，“出将”和“入相”是传统戏剧舞台上的“上场门”和“下场门”，这里借用“将”“相”，有盼成大器的意思。

节，她还没有新的绫绢花儿、胭脂宫粉，和一些杂拌儿[①]。这末一项，是为给她的丈夫的。大姐夫虽已成了家，并且是不会骑马的骁骑校，可是在不少方面还像个小孩子，跟他的爸爸差不多。是的，他们老爷儿俩到时候就领银子，终年都有老米吃，干吗注意天有多么高，地有多么厚呢？生活的意义，在他们父子看来，就是每天要玩耍，玩得细致，考究，入迷。大姐丈不养靛颏儿，而英雄气概地玩鹞子和胡伯喇[②]，威风凛凛地去捕几只麻雀。这一程子，他玩腻了鹞子与胡伯喇，改为养鸽子。他的每只鸽子都值那么一二两银子；"满天飞元宝"是他爱说的一句豪迈的话。他收藏的几件鸽铃都是名家制作，由古玩摊子上搜集来的。

大姐夫需要杂拌儿。每年如是：他用各色的洋纸糊成小高脚碟，以备把杂拌儿中的糖豆子、大扁杏仁等等轻巧地放在碟上，好像是为给他自己上供。一边摆弄，一边吃；往往小纸碟还没都糊好，杂拌儿已经不见了；尽管是这样，他也得到一种快感。杂拌儿吃完，他就设计糊灯笼，好在灯节悬挂起来。糊完春灯，他便动手糊风筝。这些小事情，他都极用心地去作；一两天或好几天，他逢人必说他手下的工作，不管人家爱听不爱听。在不断的商讨中，往往得到启发，他就从新设计，以期出奇制胜，有所创造。若是别人不愿意听，他便都说给我大姐，闹得大姐脑子里尽是春灯与风筝，以至耽误了正事，招得婆婆鸣炮一百零八响！

他们玩耍，花钱，可就苦了我的大姐。在家庭经济不景气

---

① 杂拌儿，各种果子做的果脯。

② 胡伯喇，一种小而凶的鸟，喙长，利爪，饲养者多以其擒食麻雀为戏。北京土话，称无所事事者为"玩鹞鹰子"，作者以这个细节寓刺游手好闲。

的时候，他们不能不吵嘴，以资消遣。十之八九，吵到下不来台的时候，就归罪于我的大姐，一致进行讨伐。大姐夫虽然对大姐还不错，可是在混战之中也不敢不骂她。好嘛，什么都可以忍受，可就是不能叫老人们骂他怕老婆。因此，一来二去，大姐增添了一种本事：她能够在炮火连天之际，似乎听到一些声响，又似乎什么也没听见。似乎是她给自己的耳朵安上了避雷针。可怜的大姐！

大姐来到，立刻了解了一切。她马上派二姐去请“姥姥”，也就是收生婆。并且告诉二姐，顺脚儿去通知婆家：她可能回去的晚一些。大姐婆家离我家不远，只有一里多地。二姐飞奔而去。

姑母有了笑容，递给大姐几张老裕成钱铺特为年节给赏与压岁钱用的、上边印着刘海戏金蟾的、崭新的红票子，每张实兑大钱两吊。同时，她把弟妇生娃娃的一切全交给大姐办理，倘若发生任何事故，她概不负责。

二姐跑到大姐婆家的时候，大姐的公公正和儿子在院里放花炮。今年，他们负债超过了往年的最高纪录。腊月二十三过小年，他们理应想一想怎么还债，怎么节省开支，省得在年根底下叫债主子们把门环子敲碎。没有，他们没有那么想。大姐婆婆不知由哪里找到一点钱，买了头号的大糖瓜，带芝麻的和不带芝麻的，摆在灶王面前，并且瞪着眼下命令：“吃了我的糖，到天上多说几句好话，别不三不四地顺口开河，瞎扯！”两位男人呢，也不知由哪里弄来一点钱，都买了鞭炮。老爷儿俩都脱了长袍。老头儿换上一件旧狐皮马褂，不系钮扣，而用一条旧布褡包松拢着，十分潇洒。大姐夫呢，年轻火力壮，只穿着小棉袄，直打喷嚏，而连说不冷。鞭声先起，清脆紧张，一会儿便火花急溅，响成一片。儿子放单响的麻雷子，父亲放双响的二踢脚，间隔停匀，有板有眼：噼啪噼啪，咚；噼啪噼啪，咚——当！这样放完一阵，父子相视微笑，都觉得放炮的技巧九城第一，理应得到四邻的热情夸赞。

不管二姐说什么，中间都夹着麻雷子与二踢脚的巨响。于是，大姐的婆婆仿佛听见了：亲家母受了煤气。“是嘛！”她以压倒鞭炮的声音告诉二姐：“你们穷人总是不懂得怎么留神，大概其喜欢中煤毒！”她把“大概”总说成“大概其”，有个“其”字，显着多些文采，说完，她就去换衣裳，要亲自出马，去抢救亲家母的性命，大仁大义。佐领与骁骑校根本没注意二姐说了什么，专心一志地继续放爆竹。即使听明白了二姐的报告，他们也不能一心二用，去考虑爆竹以外的问题。

我生下来，母亲昏了过去。大姐的婆母躲在我姑母屋里，二目圆睁，两腮的毒气肉袋一动一动地述说解救中煤毒的最有效的偏方。姑母老练地点起兰花烟，把老玉烟袋嘴儿斜放在嘴角，眉毛挑起多高，准备挑战。

“偏方治大病！”大姐的婆婆引经据典地说。

“生娃娃用不着偏方！”姑母开始进攻。

“那也看谁生娃娃！”大姐婆婆心中暗喜已到人马列开的时机。

“谁生娃娃也不用解煤气的偏方！”姑母从嘴角撤出乌木长烟袋，用烟锅子指着客人的鼻子。

“老姑奶奶！”大姐婆婆故意称呼对方一句，先礼后兵，以便进行歼灭战。“中了煤气就没法儿生娃娃！”

在这激烈舌战之际，大姐把我揣在怀里，一边为母亲的昏迷不醒而落泪，一边又为小弟弟的诞生而高兴。二姐独自立在外间屋，低声地哭起来。天很冷，若不是大姐把我揣起来，不管我的生命力有多么强，恐怕也有不小的危险。

二

姑母高了兴的时候，也格外赏脸地逗我一逗，叫我“小狗尾巴”，因为，正如前面所交代的，我是生在戊戌年（狗年）的尾巴上。连她高了兴，幽默一下，都不得人心！我才不愿意当狗尾巴呢！伤了一个孩子的自尊心，即使没有罪名，也是个过错！看，直到今天，每逢路过狗尾巴胡同，我的脸还难免有点发红！

不过，我还要交代些更重要的事情，就不提狗尾巴了吧。可以这么说：我只赶上了大清皇朝的“残灯末庙”。在这个日落西山的残景里，尽管大姐婆婆仍然常常吹嗙她是子爵的女儿、佐领的太太，可是谁也明白她是虚张声势，威风只在嘴皮子上了。是呀，连向她讨债的卖烧饼的都敢指着她的鼻子说：“吃了烧饼不还钱，怎么，还有理吗？”至于我们穷旗兵们，虽然好歹地还有点铁杆庄稼，可是已经觉得脖子上仿佛有根绳子，越勒越紧！

以我们家里说，全家的生活都仗着父亲的三两银子月饷，和春秋两季发下来的老米维持着。多亏母亲会勤俭持家，这点收入才将将使我们不至沦为乞丐。

二百多年积下的历史尘垢，使一般的旗人既忘了自谴，也忘了自励。我们创造了一种独具风格的生活方式：有钱的真讲究，没钱的穷讲究。生命就这么沉浮在有讲究的一汪死水里。是呀，以大姐的公公来说吧，他为官如何，和会不会冲锋陷阵，倒似乎都是次要的。他和他的亲友仿佛一致认为他应当食王禄，唱快书，和养四只靛颏儿。同样地，大姐丈不仅满意他的“满天飞元宝”，而且情愿随时为一只鸽子而牺牲了自己。是，不管他去办多么要紧的公事或私事，他的眼睛总看着天空，决不考虑可能撞倒一位老太太或自己的头上碰个大包。他必须看着天空。万一有那么一只掉了队的鸽子，飞得很低，东张西望，分明是十分疲乏，急于找个地方休息一下。见此光景，就是身带十万火急的军令，他也得飞跑回家，放起几只鸽子，把那只自天而降的“元宝”裹了下来。能够这样俘获一只别人家的鸽子，对大姐夫来说，实在是最大最美的享受！至于因此而引起纠纷，那，他就敢拿刀动杖，舍命不舍鸽子，吓得大姐浑身颤抖。

是，他们老爷儿俩都有聪明、能力，细心，但都用在从微不足道的事物中得到享受与刺激上。他们在蛐蛐罐子、鸽铃、干炸丸子……等等上提高了文化，可是对天下大事一无所知。他们的一生像作着个细巧的，明白而又有点糊涂的梦。

妇女们极讲规矩。是呀，看看大姐吧！她在长辈面前，一站就是几个钟头，而且笑容始终不懈地摆在脸上。同时，她要眼观四路，看着每个茶碗，随时补充热茶；看着水烟袋与旱烟袋，及时地过去装烟，吹火纸捻儿。她的双手递送烟袋的姿态够多么美丽得体，她的嘴唇微动，一下儿便把火纸吹燃，有多么轻巧美观。这些，都得到老太太们（不包括她的婆婆）的赞叹，而谁也没注意她的腿经常浮肿着。在长辈面前，她不敢多说话，又不能老在那儿呆若木鸡地侍立。她须精心选择最简单而恰当的字眼，在最合适的间隙，像舞台上的锣鼓点儿似的那么准确，说那么一两小句，使老太太们高兴，从而谈得更加活跃。

这种生活艺术在家里得到经常的实践，以备特别加工，拿到较大的场合里去。亲友家给小孩办三天、满月，给男女作四十或五十整寿，都是这种艺术的表演竞赛大会。至于婚丧大典，那就更须表演得特别精采，连笑声的高低，与请安的深浅，都要恰到好处，有板眼，有分寸。姑母和大姐的婆婆若在这种场合相遇，她们就必须出奇制胜，各显其能，用各种笔法，旁敲侧击，打败对手，传为美谈。办理婚丧大事的主妇也必须眼观六路、耳听八方，随时随地使这种可能产生严重后果的耍弄与讽刺大事化小，小事化无。同时，她还要委托几位负有重望的妇女，帮助她安排宾客们的席次，与入席的先后次序。安排得稍欠妥当，就有闹得天翻地覆的危险。她们必须知道谁是二姥姥的姑舅妹妹的干儿子的表姐，好来与谁的小姨子的公公的盟兄弟的寡嫂，作极细致的分析比较，使她们的席位各得其所，心服口服，吃个痛快。经过这样的研究，而两位客人是半斤八两，不差一厘，可怎么办呢？要不怎么，不但必须记住亲友们的生年月日，而且要记得落草儿的时辰呢！这样分量完全相同的客人，也许还是同年同月同日生的呀！可是二嫂恰好比六嫂早生了一点钟，这就解决了问题。当然，六嫂虽晚生了六十分钟，而丈夫是三品顶戴，比二嫂的丈夫高着两品，这就又须从长研究，另作安排了。是的，我大姐虽然不识一个字，她可是一本活书，记得所有的亲友的生辰八字儿。不管她的婆婆要怎样惑乱人心，我可的确知道我是戊戌年腊月二十三日酉时生的，毫不动摇，因为有大姐给我作证！

这些婚丧大典既是那么重要，亲友家办事而我们缺礼，便是大逆不道。母亲没法把送礼这笔支出打在预算中，谁知道谁什么时候死，什么时候生呢？不幸而赶上一个月里发生好几件红白事，母亲的财政表格上便有了赤字。她不能为减少赤字，而不给姑姑老姨儿们去拜寿，不给胯骨上的亲戚[①]吊丧或贺喜。不去给亲友们行礼等于自绝于亲友，没脸再活下去，死了也欠光荣。而且，礼到人不到还不行啊。这就须于送礼而外，还得整理鞋袜，添换头绳与绢花，甚至得作非作不可的新衣裳。这又是一笔钱。去吊祭或贺喜的时候，路近呢自然可以勉强走了去，若是路远呢，难道不得雇辆骡车么？在那文明的年月，北京的道路一致是灰沙三尺，恰似香炉。好嘛，打扮得漂漂亮亮的，而在香炉里走十里八里，到了亲友家已变成了土鬼，岂不是大笑话么？骡车可是不能白坐，这又是个问题！去行人情，岂能光拿着礼金礼品，而腰中空空如也呢。假若人家主张凑凑十胡什么的，难道可以严词拒绝么？再说，见了晚一辈或两辈的孙子们，不得给二百钱吗？是呀，办婚丧大事的人往往倾家荡产，难道亲友不应当舍命陪君子么？

母亲最怕的是亲友家娶媳妇或聘姑娘而来约请她作娶亲太太或送亲太太。这是一种很大的荣誉：不但寡妇没有这个资格，就

① 比喻关系极远、极不沾边儿的亲戚。

是属虎的或行为有什么不检之处的“全口人”[①] 也没有资格。只有堂堂正正，一步一个脚印的妇人才能负此重任。人家来约请，母亲没法儿拒绝。谁肯把荣誉往外推呢？可是，去作娶亲太太或送亲太太不但必须坐骡车，而且平日既无女仆，就要雇个临时的、富有经验的、干净利落的老妈子。有人搀着上车下车、出来进去，才像个娶亲太太或送亲太太呀！至于服装首饰呢，用不着说，必须格外出色，才能压得住台。母亲最恨向别人借东西，可是她又绝对没有去置办几十两银子一件的大缎子、绣边儿的氅衣，和真金的扁方、耳环，大小头簪。她只好向姑母开口。姑母有成龙配套的衣裳与首饰，可就是不愿出借！姑母在居孀之后，固然没有作娶亲或送亲太太的资格，就是在我姑父活着的时候，她也很不易得到这种荣誉。是呀，姑父到底是唱戏的不是，既没有弄清楚，谁能够冒冒失失地来邀请姑母出头露面呢？大家既不信任姑母，姑母也就不肯往外借东西，作为报复。

于是，我父亲就须亲自出马，向姑母开口。亲姐弟之间，什么话都可以说。大概父亲必是完全肯定了“唱戏的并不下贱”，姑母才把带有樟脑味儿的衣服，和式样早已过了时而分量相当重的首饰拿出来。

这些非应酬不可的应酬，提高了母亲在亲友眼中的地位。大家都夸她会把钱花在刀刃儿上。可也正是这个刀刃儿使母亲关到钱粮发愁，关不下来更发愁。是呀，在我降生的前后，我们的铁杆儿庄稼虽然依然存在，可是逐渐有点歉收了，分量不足，成色

---

① 指丈夫子女俱全、“有福气”的妇女。口字轻读，作 ke。

不高。赊欠已成了一种制度。卖烧饼的、卖炭的、倒水的都在我们的，和许多人家的门垛子上画上白道道，五道儿一组，颇像鸡爪子。我们先吃先用，钱粮到手，按照鸡爪子多少还钱。母亲是会过日子的人，她只许卖烧饼的、卖炭的、倒水的在我们门外画白道道，而绝对不许和卖酥糖的，卖糖葫芦的等等发生鸡爪子关系。姑母白吃我们的水，随便拿我们的炭，而根本不吃烧饼——她的红漆盒子里老储存着“大八件”一级的点心。因此，每逢她看见门垛子上的鸡爪图案，就对门神爷眨眨眼，表明她对这些图案不负责任！我大姐婆家门外，这种图案最为丰富。除了我大姐没有随便赊东西的权利，其余的人是凡能赊者必赊之。大姐夫说的好：反正钱粮下来就还钱，一点不丢人！

在门外的小贩而外，母亲只和油盐店、粮店，发生赊账的关系。我们不懂吃饭馆，我们与较大的铺户，如绸缎庄、首饰楼，同仁堂老药铺等等都没有什么贸易关系。我们每月必须请几束高香，买一些茶叶末儿，香烛店与茶庄都讲现钱交易；概不赊欠。

虽然我们的赊账范围并不很大，可是这已足逐渐形成寅吃卯粮的传统。这就是说：领到饷银，便去还债。还了债，所余无几，就再去赊。假若出了意外的开销，像获得作娶亲太太之类的荣誉，得了孙子或外孙子，还债的能力当然就减少，而亏空便越来越大。因此，即使关下银子来，母亲也不能有喜无忧。

姑母经常出门：去玩牌、逛护国寺、串亲戚、到招待女宾的曲艺与戏曲票房去听清唱或彩排，非常活跃。她若是去赌钱，母亲便须等到半夜。若是忽然下了雨或雪，她和二姐还得拿着雨伞去接。母亲认为把大姑子伺候舒服了，不论自己吃多大的苦，也比把大姑子招翻了强得多。姑母闹起脾气来是变化万端，神鬼难测的。假若她本是因嫌茶凉而闹起来，闹着闹着就也许成为茶烫坏她的舌头，而且把我们的全家，包括着大黄狗，都牵扯在内，都有意要烫她的嘴，使她没法儿吃东西，饿死！这个蓄意谋杀的案件至少要闹三四天！

与姑母相反，母亲除了去参加婚丧大典，不大出门。她喜爱有条有理地在家里干活儿。她能洗能作，还会给孩子剃头，给小媳妇们铰脸——用丝线轻轻地勒去脸上的细毛儿，为是化装后，脸上显着特别光润。可是，赶巧了，父亲正去值班，而衙门放银子，母亲就须亲自去领取。我家离衙门并不很远，母亲可还是显出紧张，好像要到海南岛去似的。领了银子（越来分两越小），她就手儿在街上兑换了现钱。那时候，山西人开的烟铺、回教人开的蜡烛店，和银号钱庄一样，也兑换银两。母亲是不喜欢算计一两文钱的人，但是这点银子关系着家中的“一月大计”，所以她也既腼腆又坚决地多问几家，希望多换几百钱。有时候，在她问了两家之后，恰好银盘儿落了，她饶白跑了腿，还少换了几百钱。

拿着现钱回到家，她开始发愁。二姐赶紧给她倒上一碗茶——用小沙壶沏的茶叶末儿，老放在炉口旁边保暖，茶汁很浓，有时候也有点香味。二姐可不敢说话，怕搅乱了母亲的思路。她轻轻地出去，到门外去数墙垛上的鸡爪图案，详细地记住，以备作母亲制造预算的参考材料。母亲喝了茶，脱了刚才上街穿的袍罩，盘腿坐在炕上。她抓些铜钱当算盘用，大点儿的代表一吊，小点的代表一百。她先核计该还多少债，口中念念有词，手里掂动着几个铜钱，而后摆在左方。左方摆好，一看右方（过日子的钱）太少，就又轻轻地从左方撤下几个钱，心想：对油盐店多说几句好话，也许可以少还几个。想着想着，她的手心上就出了汗，很快地又把撤下的钱补还原位。不，她不喜欢低三下四地向债主求情；还！还清！剩多剩少，就是一个不剩，也比叫掌柜的或大徒弟高声申斥好得多。是呀，在太平天国、英法联军、甲午海战等等风波之后，不但高鼻子的洋人越来越狂妄，看不起皇帝与旗兵，连油盐店的山东人和钱铺的山西人也对旗籍主顾们越来越不客气了。他们竟敢瞪着包子大的眼睛挖苦、笑骂吃了东西不还钱的旗人，而且威胁从此不再记账，连块冻豆腐都须现钱交易！母亲虽然不知道国事与天下事，可是深刻地了解这种变化。即使她和我的父亲商议，他——负有保卫皇城重大责任的旗兵，也只会惨笑一下，低声地说：先还债吧！

左方的钱码比右方的多着许多！母亲的鬓角也有了汗珠！她坐着发愣，左右为难。最后，二姐搭讪着说了话："奶奶！还钱吧，心里舒服！这个月，头绳、锭儿粉、梳头油，咱们都不用买！咱们娘儿俩多给灶王爷磕几个头，告诉他老人家：以后只给他上一炷香，省点香火！"

母亲叹了口气："唉！叫灶王爷受委屈，于心不忍哪！"

"咱们也苦着点，灶王爷不是就不会挑眼了吗？"二姐提出具体的意见："咱们多端点豆汁儿，少吃点硬的；多吃点小葱拌豆腐，少吃点炒菜，不就能省下不少吗？"

"二妞，你是个明白孩子！"母亲在愁苦之中得到一点儿安慰。"好吧，咱们多勒勒裤腰带吧！你去，还是我去？"

"您歇歇吧，我去！"

母亲就把铜钱和钱票一组一组地分清楚，交给二姐，并且嘱咐了又嘱咐："还给他们，马上就回来！你虽然还梳着辫子，可也不小啦！见着便宜坊[①]的老王掌柜，不准他再拉你的骆驼；告诉他：你是大姑娘啦！"

"嗐，老王掌柜快七十岁了，叫他拉拉也不要紧！"二姐笑着，紧紧握着那些钱，走了出去。所谓拉骆驼者，就是年岁大的人用中指与食指夹一夹孩子的鼻子，表示亲热。

二姐走后，母亲呆呆地看着炕上那一小堆儿钱，不知道怎么花用，才能对付过这一个月去。以她的洗作本领和不怕劳苦的习惯，她常常想去向便宜坊老王掌柜那样的老朋友们说说，给她一点活计，得些收入，就不必一定非喝豆汁儿不可了。二姐也这么想，而且她已经学得很不错：下至衲鞋底袜底，上至扎花儿、钉钮绊儿，都拿得起来。二姐还以为拉过她的骆驼的那些人，像王老掌柜与羊肉床子上的金四把[②]叔叔，虽然是汉人与回族人，可是在感情上已然都不分彼此，给他们洗洗作作，并不见得降低了自己的身分。况且，大姐曾偷偷地告诉过她：金四把叔叔送给了大姐的公公两只大绵羊，就居然补上了缺，每月领四两银子的钱粮。二姐听了，感到十分惊异："金四叔？他是回族人哪！"大姐说："是呀！千万别喧嚷出去呀！叫上边知道了，我公公准得

---

① 北京的一家卖熟肉和生猪肉的铺子，后成为著名的烤鸭店。便读作 biàn。

② 羊肉床子，即羊肉铺。把，即"爷"，在回民中，这样称呼有年纪的人，显着亲切尊敬（与称"爷爷"为"把把"不同。）如常七把即常七爷，金四把即金四爷。

丢官罢职！”二姐没敢去宣传，大姐的公公于是也就没有丢官罢职。有这个故事在二姐心里，她就越觉得大伙儿都是一家人，谁都可以给谁干点活儿，不必问谁是旗人，谁是汉人或回族人。她并且这么推论：既是送绵羊可以得钱粮，若是赠送骆驼，说不定还能作王爷呢！到后来，我懂了点事的时候，我觉得二姐的想法十分合乎逻辑。

可是，姑母绝对不许母亲与二姐那么办。她不反对老王掌柜与金四把，她跟他们，比起我们来，有更多的来往：在她招待客人的时候，她叫得起便宜坊的苏式盒子；在过阴天儿[①]的时候，可以定买金四把的头号大羊肚子或是烧羊脖子。我们没有这种气派与财力。她的大道理是：妇女卖苦力给人家作活、洗衣裳，是最不体面的事！“你们要是那么干，还跟三河县的老妈子有什么分别呢？”母亲明知三河县的老妈子是出于饥寒所迫，才进城来找点事作，并非天生来的就是老妈子，像皇上的女儿必是公主那样。但是，她不敢对大姑子这么说，只笑了笑，就不再提起。

在关饷发愁之际，母亲若是已经知道，东家的姑娘过两天出阁，西家的老姨娶儿媳妇，她就不知须喝多少沙壶热茶。她不饿，只觉得口中发燥。除了对姑母说话，她的脸上整天没个笑容！可怜的母亲！

我不知道母亲年轻时是什么样子。我是她四十岁后生的“老”儿子。但是，从我一记事儿起，直到她去世，我总以为她在二三十岁的时节，必定和我大姐同样俊秀。是，她到了五十岁左

① 指阴天下雨，出不了门，在家寻事消遣。

右还是那么干净体面，倒仿佛她一点苦也没受过似的。她的身量不高，可是因为举止大方，并显不出矮小。她的脸虽黄黄的，但不论是发着点光，还是暗淡一些，总是非常恬静。有这个脸色，再配上小而端正的鼻子，和很黑很亮、永不乱看的眼珠儿，谁都可以看出她有一股正气，不会有一点坏心眼儿。乍一看，她仿佛没有什么力气，及至看到她一气就洗出一大堆衣裳，就不难断定：尽管她时常发愁，可决不肯推卸责任。

是呀，在生我的第二天，虽然她是那么疲倦虚弱，嘴唇还是白的，她可还是不肯不操心。她知道：平常她对别人家的红白事向不缺礼，不管自己怎么发愁为难。现在，她得了“老”儿子，亲友怎能不来贺喜呢？大家来到，拿什么招待呢？父亲还没下班儿，正月的钱粮还没发放。向姑母求援吧，不好意思。跟二姐商议吧，一个小姑娘可有什么主意呢。看一眼身旁的瘦弱的、几乎要了她的命的“老”儿子，她无可如何地落了泪。

三

果然，第二天早上，二哥福海搀着大舅妈，声势浩大地来到。他们从哪里得到的消息，至今还是个疑问。不管怎样吧，大舅妈是非来不可的。按照那年月的规矩，姑奶奶作月子，须由娘家的人来服侍。这证明姑娘的确是赔钱货，不但出阁的时候须由娘家赔送四季衣服、金银首饰，乃至箱柜桌椅，和鸡毛掸子；而且在生儿养女的时节，娘家还须派人来服劳役。

大舅妈的身量小，咳嗽的声音可很洪亮。一到冬天，她就犯喘，咳嗽上没完。咳嗽稍停，她就拿起水烟袋咕噜一阵，预备再咳嗽。她还离我家有半里地，二姐就惊喜地告诉母亲：大舅妈来了！大舅妈来了！母亲明知娘家嫂子除了咳嗽之外，并没有任何长处，可还是微笑了一下。大嫂冒着风寒，头一个来贺喜，实在足以证明娘家人对她的重视，嫁出的女儿并不是泼出去的水。母亲的嘴唇动了动。二姐没听见什么，可是急忙跑出去迎接舅妈。

二哥福海和二姐耐心地搀着老太太，从街门到院里走了大约二十分钟。二姐还一手搀着舅妈，一手给她捶背。因此，二姐没法儿接过二哥手里提的水烟袋、食盒（里面装着红糖与鸡蛋），和蒲包儿（内装破边的桂花“缸炉”与槽子糕）。[①]

好容易喘过一口气来，大舅妈嘟囔了两句。二哥把手中的盒子与蒲包交给了二姐，而后搀着妈妈去拜访我姑母。不管喘得怎么难过，舅妈也忘不了应当先去看谁。可是也留着神，把食品交给我二姐，省得叫我姑母给扣下。姑母并不缺嘴，但是看见盒子与蒲包，总觉得归她收下才合理。

大舅妈的访问纯粹是一种外交礼节，只须叫声老姐姐，而后咳嗽一阵，就可以交代过去了。姑母对大舅妈本可以似有若无地笑那么一下就行了，可是因为有二哥在旁，她不能不表示欢迎。

在亲友中，二哥福海到处受欢迎。他长得短小精悍，既壮实又秀气，漂亮又老成，圆圆的白净子脸，双眼皮，大眼睛。他还没开口，别人就预备好听两句俏皮而颇有道理的话。及至一开口，他的眼光四射，满面春风，话的确俏皮，而不伤人；颇有道理，而不老气横秋。他的脑门以上总是青青的，像年画上胖娃娃的青头皮那么清鲜，后面梳着不松不紧的大辫子，既稳重又飘洒。他请安请得最好看：先看准了人，而后俯首急行两步，到了人家的身前，双手扶膝，前腿实，后腿虚，一趋一停，毕恭毕敬。安到话到，亲切诚挚地叫出来：“二婶儿，您好！”而后，从容收腿，挺腰敛胸，双臂垂直，两手向后稍拢，两脚并齐“打横儿”。这样的一个安，叫每个接受敬礼的老太太都哈腰儿还礼，并且暗中

---

① 蒲包儿，旧时送礼用的点心或水果包，以香蒲编成。缸炉，北京的一种混糖糕点，高庄正六边形，数个连在一起，掰而食之。因为掰得不整齐，所以说是“破边”，炉读作 lòu。

赞叹：我的儿子要能够这样懂得规矩，有多么好啊！

他请安好看，坐着好看，走道儿好看，骑马好看，随便给孩子们摆个金鸡独立，或骑马蹲裆式就特别好看。他是熟透了的旗人，既没忘记二百多年来的骑马射箭的锻炼，又吸收了汉族、蒙族和回族的文化。论学习，他文武双全；论文化，他是“满汉全席”。他会骑马射箭，会唱几段（只是几段）单弦牌子曲，会唱几句（只是几句）汪派的《文昭关》①，会看点风水，会批八字儿。他知道怎么养鸽子，养鸟，养骡子与金鱼。可是他既不养鸽子、鸟，也不养骡子与金鱼。他有许多正事要作，如代亲友们去看棺材，或介绍个厨师傅等等，无暇养那些小玩艺儿。大姐夫虽然自居内行，养着鸽子，或架着大鹰，可是每逢遇见福海二哥，他就甘拜下风，颇有意把他的满天飞的元宝都廉价卖出去。福海二哥也精于赌钱，牌九、押宝、抽签子、掷骰子、斗十胡、踢球、“打老打小”，他都会。但是，他不赌。只有在老太太们想玩十胡而凑不上手的时候，他才逢场作戏，陪陪她们。他既不多输，也不多赢。若是赢了几百钱，他便买些糖豆大酸枣什么的分给儿童们。

他这个熟透了的旗人其实也就是半个，甚至于是三分之一的旗人。这可与血统没有什么关系。以语言来说，他只会一点点满文，谈话，写点什么，他都运用汉语。他不会吟诗作赋，也没学过作八股或策论，可是只要一想到文艺，如编个岔曲，写副春联，他总是用汉文去思索，一回也没考虑过可否试用满文。当他看到

---

① 即汪桂芬，清光绪间与谭鑫培、孙菊仙齐名的著名京剧老生。《文昭关》，传统戏剧，演《列国演义》中伍子胥的故事。

满、汉文并用的匾额或碑碣，他总是欣赏上面的汉字的秀丽或刚劲，而对旁边的满字便只用眼角照顾一下，敬而远之。至于北京话呀，他说得是那么漂亮，以至使人认为他是这种高贵语言的创造者。即使这与历史不大相合，至少他也应该分享“京腔”创作者的一份儿荣誉。是的，他的前辈们不但把一些满文词儿收纳在汉语之中，而且创造了一种轻脆快当的腔调；到了他这一辈，这腔调有时候过于轻脆快当，以至有时候使外乡人听不大清楚。

可是，惊人之笔是在这里：他是个油漆匠！我的大舅是三品亮蓝顶子的参领①，而儿子居然学过油漆彩画，谁能说他不是半个旗人呢？我大姐的婚事是我大舅给作的媒人。大姐婆婆是子爵的女儿、佐领的太太，按理说她绝对不会要个旗兵的女儿作儿媳妇，不管我大姐长得怎么俊秀，手脚怎么利落。大舅的亮蓝顶子起了作用。大姐的公公不过是四品呀。在大姐结婚的那天，大舅亲自出马作送亲老爷，并且约来另一位亮蓝顶子的，和两位红顶子的，二蓝二红，都戴花翎，组成了出色的送亲队伍。而大姐的婆婆呢，本来可以约请四位红顶子的来迎亲，可是她以为我们绝对没有能力组织个强大的队伍，所以只邀来四位五品官儿，省得把我们都吓坏了。结果，我们取得了绝对压倒的优势，大快人心！受了这个打击，大姐婆婆才不能不管我母亲叫亲家太太，而姑母也乘胜追击，郑重声明：她的丈夫（可能是汉人！）也作过二品官！

大姐后来嘱咐过我，别对她婆婆说，二哥福海是拜过师的油

---

① 参领，八旗兵制，五“牛录”设一“甲喇”，统领“甲喇”的军官，满语叫作“甲喇额真”，汉译“参领”，其位在“佐领”之上。亮蓝顶子，即三品官的蓝宝石或蓝色明玻璃顶戴。

漆匠。是的，若是当初大姐婆婆知道二哥的底细，大舅作媒能否成功便大有问题了，虽然他的失败也不见得对大姐有什么不利。

二哥有远见，所以才去学手艺。按照我们的佐领制度，旗人是没有什么自由的，不准随便离开本旗，随便出京；尽管可以去学手艺，可是难免受人家的轻视。他应该去当兵，骑马射箭，保卫大清皇朝。可是，旗族人口越来越多，而旗兵的数目是有定额的。于是，老大老二也许补上缺，吃上钱粮，而老三老四就只好赋闲。这样，一家子若有几个白丁，生活就不能不越来越困难。这种制度曾经扫南荡北，打下天下；这种制度可也逐渐使旗人失去自由，失去自信，还有多少人终身失业。

同时，吃空头钱粮的在在皆是，又使等待补缺的青年失去有缺即补的机会。我姑母，一位寡妇，不是吃着好几份儿钱粮么？

我三舅有五个儿子，都虎头虎脑的，可都没有补上缺。可是，他们住在郊外，山高皇帝远。于是这五虎将就种地的种地，学手艺的学手艺，日子过得很不错。福海二哥大概是从这里得到了启发，决定自己也去学一门手艺。二哥也看得很清楚：他的大哥已补上了缺，每月领四两银子；那么他自己能否也当上旗兵，就颇成问题。以他的聪明能力而当一辈子白丁，甚至连个老婆也娶不上，可怎么好呢？他的确有本领，骑术箭法都很出色。可是，他的本领只足以叫他去作枪手[①]，替崇家的小罗锅，或明家的小瘸子去箭中红心，得到钱粮。是呀，就是这么一回事：他自己有本领，而补不上缺，小罗锅与小瘸子肯花钱运动，就能通过枪手而

① 即代人应试者。

当兵吃饷！二哥在得一双青缎靴子或几两银子的报酬而外，还看明白：怪不得英法联军直入公堂地打进北京，烧了圆明园！凭吃几份儿饷银的寡妇、小罗锅、小瘸子，和像大姐公公那样的佐领、像大姐夫那样的骁骑校，怎么能挡得住敌兵呢！他决定去学手艺！是的，历史发展到一定的阶段，总会有人，像二哥，多看出一两步棋的。

大哥不幸一病不起，福海二哥才有机会补上了缺。于是，到该上班的时候他就去上班，没事的时候就去作点油漆活儿，两不耽误。老亲旧友们之中，有的要漆一漆寿材，有的要油饰两间屋子以备娶亲，就都来找他。他会替他们省工省料，而且活儿作得细致。

当二哥作活儿的时候，他似乎忘了他是参领的儿子，吃着钱粮的旗兵。他的工作服，他的认真的态度，和对师兄师弟的亲热，都叫他变成另一个人，一个汉人，一个工人，一个顺治与康熙所想象不到的旗人。

二哥还信白莲教[①]！他没有造反、推翻皇朝的意思，一点也没有。他只是为坚守不动烟酒的约束，而入了“理门”[②]。本来，在友人让烟让酒的时候，他拿出鼻烟壶，倒出点茶叶末颜色的闻药来，抹在鼻孔上，也就够了。大家不会强迫一位“在理儿的”破戒。可是，他偏不说自己“在理儿”，而说：我是白莲教！不

---

① 原为明末农民起义组织，清末的义和团运动，继承了白莲教的战斗传统，老百姓仍有时也把义和团叫作白莲教。

② 即“在理会”，又称“在家理”，旧时流行在我国北方的一种会道门。入会者禁烟酒，供奉观音像。

错，“理门”确与白莲教有些关系，可是在一般人的心目中，“在理儿”是好事，而白莲教便有些可怕了。母亲便对他说过：“老二，在理儿的不动烟酒，很好！何必老说白莲教呢，叫人怪害怕的！”二哥听了，便爽朗地笑一阵：“老太太！我这个白莲教不会造反！”母亲点点头：“对！那就好！”

大姐夫可有不同的意见。在许多方面，他都敬佩二哥。可是，他觉得二哥的当油漆匠与自居为白莲教徒都不足为法。大姐夫比二哥高着一寸多。二哥若是虽矮而不显着矮，大姐夫就并不太高而显着晃晃悠悠。干什么他都慌慌张张，冒冒失失。长脸、高鼻子、大眼睛，他坐定了的时候显得很清秀体面。可是，他总坐不住，像个手脚不识闲的大孩子。一会儿，他要看书，便赶紧拿起一本《五虎平西》——他的书库里只有一套《五虎平西》[①]，一部《三国志演义》，四五册小唱本儿，和他幼年读过的一本《六言杂字》[②]。刚拿起《五虎平西》，他想起应当放鸽子，于是顺手儿把《五虎平西》放在窗台上，放起鸽子来。赶到放完鸽子，他到处找《五虎平西》，急得又嚷嚷又跺脚。及至一看它原来就在窗台上，便不去管它，而哼哼唧唧地往外走，到街上去看出殡的。

他很珍视这种想干什么就干什么的“自由”。他以为这种自由是祖宗所赐，应当传之永远，“子子孙孙永宝用”！因此，他觉得福海二哥去当匠人是失去旗人的自尊心，自称白莲教是同情叛逆。前些年，他不记得是哪一年了，白莲教不是造过反吗？

---

① 演义小说，写宋代狄青平西故事。

② 一种极普通的六言韵文识字读本。

在我降生前的几个月里，我的大舅、大姐的公公和丈夫，都真着了急。他们都激烈地反对变法。大舅的理由很简单，最有说服力：祖宗定的法不许变！大姐公公说不出更好的道理来，只好补充了一句：要变就不行！事实上，这两位官儿都不大知道要变的是哪一些法，而只听说：一变法，旗人就须自力更生，朝廷不再发给钱粮了。

大舅已年过五十，身体也并不比大舅妈强着多少，小辫儿须续上不少假头发才勉强够尺寸，而且因为右肩年深日久地向前探着，小辫儿几乎老在肩上扛着，看起来颇欠英武。自从听说要变法，他的右肩更加突出，差不多是斜着身子走路，像个断了线的风筝似的。

大姐的公公很硬朗，腰板很直，满面红光。他每天一清早就去遛鸟儿，至少要走五六里路。习以为常，不走这么多路，他的身上就发僵，而且鸟儿也不歌唱。尽管他这么硬朗，心里海阔天空，可是听到铁杆庄稼有点动摇，也颇动心，他的咳嗽的音乐性减少了许多。他找了我大舅去。

笼子还未放下，他先问有猫没有。变法虽是大事，猫若扑伤了蓝靛颏儿，事情可也不小。

“云翁！”他听说此地无猫，把鸟笼放好，有点急切地说：“云翁！”

大舅的号叫云亭。在那年月，旗人越希望永远作旗人，子孙万代，可也越爱摹仿汉人。最初是高级知识分子，在名字而外，还要起个字雅音美的号。慢慢地，连参领佐领们也有名有号，十分风雅。到我出世的时候，连原来被称为海二哥和恩四爷的旗兵或白丁，也都什么臣或什么甫起来。是的，亭、臣、之、甫是四个最时行的字。大舅叫云亭，大姐的公公叫正臣，而大姐夫别出心裁地自称多甫，并且在自嘲的时节，管自己叫豆腐。多甫也罢，豆腐也罢，总比没有号好得多。若是人家拱手相问：您台甫[①]？而回答不出，岂不比豆腐更糟么？

大舅听出客人的语气急切，因而不便马上动问。他比客人高着一品，须拿出为官多年，经验丰富，从容不迫的神态来。于是，他先去看鸟，而且相当内行地夸赞了几句。直到大姐公公又叫了两声云翁，他才开始说正经话："正翁！我也有点不安！真要是自力更生，您看，您看，我五十多了，头发掉了多一半，肩膀越来越歪，可叫我干什么去呢？这不是什么变法，是要我的老命！"

"嗻！是！"正翁轻嗽了两下，几乎完全没有音乐性。"是！出那样主意的人该剐！云翁，您看我，我安分守己，自幼儿就不懂要完星星，要月亮！可是，我总得穿得整整齐齐，干干净净吧？我总得炒点腰花，来个木樨肉下饭吧？我总不能不天天买点嫩羊肉，喂我的蓝靛颏儿吧？难道这些都是不应该的？应该！应该！"

"咱们哥儿们没作过一件过分的事！"

"是嘛！真要是不再发钱粮，叫我下街去卖……"正翁把手捂在耳朵上，学着小贩的吆喝，眼中含着泪，声音凄楚："赛梨哪，辣来换！我，我……"他说不下去了。

"正翁，您的身子骨儿比我结实多了。我呀，连卖半空儿多给，都受不了啊！"

---

① 问人表字时的敬辞。

“云翁！云翁！您听我说！就是给咱们每人一百亩地，自耕自种，咱们有办法没有？”

“由我这儿说，没有！甭说我拿不动锄头，就是拿得动，我要不把大拇脚趾头锄掉了，才怪！”

老哥俩又讨论了许久，毫无办法。于是就一同到天泰轩去，要了一斤半柳泉居自制的黄酒，几个小烧（烧子盖与炸鹿尾之类），吃喝得相当满意。吃完，谁也没带着钱，于是都争取记在自己的账上，让了有半个多钟头。

可是，在我降生的时候，变法之议已经完全作罢，而且杀了几位主张变法的人。云翁与正翁这才又安下心去，常在天泰轩会面。每逢他们听到卖萝卜的“赛梨口耶，辣来换”的呼声，或卖半空花生的“半空儿多给”的吆喝，他们都有点怪不好意思；作了这么多年的官儿，还是沉不住气呀！

多甫大姐夫，在变法潮浪来得正猛的时节，佩服了福海二哥，并且不大出门，老老实实地在屋中温习《六言杂字》。他非常严肃地跟大姐讨论：“福海二哥真有先见之明！我看咱们也得想个法！”

“对付吧！没有过不去的事！”大姐每逢遇到难以解决的问题，总是拿出这句名言来。

“这回呀，就怕对付不过去！”

“你有主意，就说说吧！多甫！”大姐这样称呼他，觉得十分时髦、漂亮。

“多甫？我是大豆腐！”大姐夫惨笑了几声。“现而今，当瓦匠、木匠、厨子、裱糊匠什么的，都有咱们旗人。”

“你打算……”大姐微笑地问，表示嫁鸡随鸡，嫁狗随狗，他去学什么手艺，她都不反对。

“学徒，来不及了！谁收我这么大的徒弟呢？我看哪，我就当鸽贩子去，准行！鸽子是随心草儿，不爱，白给也不要；爱，十两八两也肯花。甭多了，每月我只作那么一两号俏买卖[①]，就够咱们俩吃几十天的！”

“那多么好啊！”大姐信心不大地鼓舞着。

大姐夫挑了两天，才狠心挑出一对紫乌头来，去作第一号生意。他并舍不得出手这一对，可是朝廷都快变法了，他还能不坚强点儿么？及至到了鸽子市上，认识他的那些贩子们一口一个多甫大爷，反倒卖给他两对鸽铃，一对凤头点子。到家细看，凤头是用胶水粘合起来的。他没敢再和大姐商议，就偷偷撤销了贩卖鸽子的决定。

变法的潮浪过去了，他把大松辫梳成小紧辫，摹仿着库兵[②]，横眉立目地满街走，倒仿佛那些维新派是他亲手消灭了的。同时，他对福海二哥也不再那么表示钦佩。反之，他觉得二哥是脚踩两只船，有钱粮就当兵，没有钱粮就当油漆匠，实在不能算个地道的旗人，而且难免白莲教匪的嫌疑。

书归正传：大舅妈拜访完了我的姑母，就同二哥来看我们。大舅妈问长问短，母亲有气无力地回答，老姐儿们都落了点泪。收起眼泪，大舅妈把我好赞美了一顿：多么体面哪！高鼻子，大眼睛，耳朵有多么厚实！

---

① 俏生意，即销路很好的生意。

② 库兵，指看管内府银钱、缎匹、颜料等库的兵丁。

福海二哥笑起来："老太太，这个小兄弟跟我小时候一样的不体面！刚生下来的娃娃都看不出模样来！你们老太太呀……"他没往下说，而又哈哈了一阵。

母亲没表示意见，只叫了声："福海！"

"是！"二哥急忙答应，他知道母亲要说什么。"您放心，全交给我啦！明天洗三[①]，七姥姥八姨的总得来十口八口儿的，这儿二妹妹管装烟倒茶，我跟小六儿（小六儿是谁，我至今还没弄清楚）当厨子，两杯水酒，一碟炒蚕豆，然后是羊肉酸菜热汤儿面，有味儿没味儿，吃个热乎劲儿。好不好？您哪！"

母亲点了点头。

"有爱玩小牌儿的，四吊钱一锅。您一丁点心都别操，全有我呢！完了事，您听我一笔账，决不会叫您为难！"说罢，二哥转向大舅妈："我到南城有点事，太阳偏西，我来接您。"

大舅妈表示不肯走，要在这儿陪伴着产妇。

二哥又笑了："奶奶，您算了吧！凭您这全本连台的咳嗽，谁受得了啊！"

这句话正碰在母亲的心坎上。她需要多休息、睡眠，不愿倾听大舅妈的咳嗽。

二哥走后，大舅妈不住地叨唠：这个二鬼子！这个二鬼子！

可是"二鬼子"的确有些本领，使我的洗三办得既经济，又不完全违背"老妈妈论"[②]的原则。

---

① 洗三，婴儿出生第三天，给他洗澡的一种仪式。

② 指陈规陋语。

四

大姐既关心母亲，又愿参加小弟弟的洗三典礼。况且，一回到娘家，她便是姑奶奶，受到尊重：在大家的眼中，她是个有出息的小媳妇，既没给娘家丢了人，将来生儿养女，也能升为老太太，代替婆婆——反正婆婆有入棺材的那么一天。她渴望回家。是的，哪怕在娘家只呆半天儿呢，她的心中便觉得舒畅，甚至觉得只有现在多受些磨炼，将来才能够成仙得道，也能像姑母那样，坐在炕沿上吸两袋兰花烟。是呀，现在她还不敢吸兰花烟，可是已经学会了嚼槟榔——这大概就离吸兰花烟不太远了吧。

有这些事在她心中，她睡不踏实，起来得特别早。也没顾得看三星在哪里，她就上街去给婆婆买油条与烧饼。在那年月，粥铺是在夜里三点左右就开始炸油条，打烧饼的。据说，连上早朝的王公大臣们也经常用烧饼、油条当作早点。大姐婆婆的父亲，子爵，上朝与否，我不知道。子爵的女儿可的确继承了吃烧饼与油条的传统，并且是很早就起床，梳洗完了就要吃，吃完了发困可以再睡。于是，这个传统似乎专为折磨我的大姐。

西北风不大，可很尖锐，一会儿就把大姐的鼻尖、耳唇都吹红。她不由得说出来：“喝！干冷！”这种北京特有的干冷，往往冷得使人痛快。即使大姐心中有不少的牢骚，她也不能不痛快地这么说出来。说罢，她加紧了脚步。身上开始发热，可是她反倒打了个冷战，由心里到四肢都那么颤动了一下，很舒服，像吞下一小块冰那么舒服。她看了看天空，每颗星都是那么明亮，清凉，轻颤，使她想起孩子们的纯洁、发光的眼睛来。她笑了笑，嘟囔着：只要风别大起来，今天必是个晴美的日子！小弟弟有点来历，洗三遇上这么好的天气！想到这里，她恨不能马上到娘家去，抱一抱小弟弟！

不管她怎样想回娘家，她可也不敢向婆婆去请假。假若她大胆地去请假，她知道，婆婆必定点头，连声地说：克吧！克吧！（“克”者“去”也）她是子爵的女儿，不能毫无道理地拒绝儿媳回娘家。可是，大姐知道，假若她依实地“克”了，哼，婆婆的毒气口袋就会垂到胸口上来。不，她须等待婆婆的命令。

命令始终没有下来。首先是：别说母亲只生了一个娃娃，就是生了双胞胎，只要大姐婆婆认为她是受了煤气，便必定是受了煤气，没有别的可说！第二是：虽然她的持家哲理是：放胆去赊，无须考虑怎样还债；可是，门口儿讨债的过多，究竟有伤子爵女儿、佐领太太的尊严。她心里不大痛快。于是，她喝完了粳米粥，吃罢烧饼与油条，便计划着先跟老头子闹一场。可是，佐领提前了遛鸟的时间，早已出去。老太太扑了个空，怒气增长了好几度，赶快拨转马头，要生擒骁骑校。可是，骁骑校偷了大姐的两张新红票子，很早就到街上吃了两碟子豆儿多、枣儿甜的盆糕，喝了一碗杏仁茶。老太太找不到男的官校，只好向女将挑战。她不发命令，而端坐在炕沿上叨唠：这，这哪像过日子！都得我操心吗？现成的事，摆在眼皮子前边的事，就看不见吗？没长着眼睛吗？有眼无珠吗？有珠无神吗？不用伺候我，我用不着谁来伺候！佛爷，连佛爷也不伺候吗？眼看就过年，佛桌上的五供[①]擦了吗？

大姐赶紧去筛炉灰，筛得很细，预备去擦五供。端着细炉灰面子，到了佛桌前，婆婆已经由神佛说到人间：啊！箱子、柜子、连三[②]上的铜活[③]就不该动动手吗？我年轻的时候，凡事用不着婆婆开口，该作什么就作什么！

大姐不敢回话。无论多么好听的话，若在此刻说出来，都会变成反抗婆婆，不服调教。可是，要是什么也不说，低着头干活儿呢，又会变成：对！拿蜡扦儿杀气，心里可咒骂老不死的，老不要脸的！那，那该五雷轰顶！

大姐含着泪，一边擦，一边想主意：要在最恰当的时机，去请教婆母怎么作这，或怎么作那。她把回娘家的念头完全放在了一边。待了一会儿，她把泪收起去，用极大的努力把笑意调动到脸上来：奶奶，您看看，我擦得还像一回事儿吗？婆婆只哼了一声，没有指示什么，原因很简单，她自己并没擦过五供。

果然是好天气，刚到九点来钟，就似乎相当暖和了。天是那么高，那么蓝，阳光是那么亮，连大树上的破老鸹窝看起来都有

---

① 五供，指佛桌上的五件供器：香炉、香筒、油灯和一对烛台。

② 连三，一种三屉两门的长桌。

③ 指家具上的铜饰，如铜环、铜锁等。

些画意了。俏皮的喜鹊一会儿在东，一会儿在西，喳喳地赞美着北京的冬晴。

大姐婆婆叨唠到一个阶段，来到院中，似乎是要质问太阳与青天，干什么这样晴美，可是，一出来便看见了多甫养的鸽子，于是就谴责起紫乌与黑玉翅来：养着你们干什么？就会吃！你们等着吧，一高兴，我全把你们宰了！

大姐在屋里大气不敢出。她连叹口气的权利也没有！

在我们这一方面，母亲希望大姐能来。前天晚上，她几乎死去。既然老天爷没有收回她去，她就盼望今天一家团圆，连出嫁了的女儿也在身旁。可是，她也猜到大女儿可能来不了。谁叫人家是佐领，而自己的身分低呢！母亲不便于说什么，可是脸上没有多少笑容。

姑母似乎在半夜里就策划好：别人办喜事，自己要不发发脾气，那就会使喜事办得平平无奇，缺少波澜。到九点钟，大姐还没来，她看看太阳，觉得不甩点闲话，一定对不起这么晴朗的阳光。

“我说，”她对着太阳说，“太阳这么高了，大姑奶奶怎么还不露面？一定，一定又是那个大酸枣眼睛的老梆子不许她来！我找她去，跟她讲讲理！她要是不讲理，我把她的酸枣核儿抠出来！”

母亲着了急。叫二姐请二哥去安慰姑母：“你别出声，叫二哥跟她说。”

二哥正跟小六儿往酒里对水。为省钱，他打了很少的酒，所以得设法使这一点酒取之不尽，用之不竭。二姐拉了拉他的袖子，往外指了指。他拿着酒壶出来，极亲热地走向姑母："老太太，您闻闻，有酒味没有？"

"酒嘛，怎能没酒味儿，你又憋着什么坏呢？"

"是这么回事，要是酒味儿太大，还可以再对点水！"

"你呀，老二，不怪你妈妈叫你二鬼子！"姑母无可如何地笑了。

"穷事儿穷对付，就求个一团和气！是不是？老太太！"见没把姑母惹翻，急忙接下去："吃完饭，我准备好，要赢您四吊钱，买一斤好杂拌儿吃吃！敢来不敢？老太太！"

"好小子，我接着你的！"姑母听见要玩牌，把酸枣眼睛完全忘了。

母亲在屋里叹了口气，十分感激内侄福海。

九点多了，二哥所料到要来贺喜的七姥姥八姨们陆续来到。二姐不管是谁，见面就先请安，后倒茶，非常紧张。她的脸上红起来，鼻子上出了点汗，不说什么，只在必要的时候笑一下。因此，二哥给她起了个外号，叫"小力笨"[①]。

姑母催开饭，为是吃完好玩牌。二哥高声答应："全齐喽！"

所谓"全齐喽"者，就是腌疙疸缨儿炒大蚕豆与肉皮炸辣酱都已炒好，酒也对好了水，千杯不醉。"酒席"虽然如此简单，入席的礼让却丝毫未打折扣："您请上坐！""那可不敢当！不敢当！""您要不那么坐，别人就没法儿坐了！"直到二哥发出呼吁："快坐吧，菜都凉啦！"大家才恭敬不如从命地坐下。酒过

---

① 指小伙计。

三巡（谁也没有丝毫醉意），菜过两味（蚕豆与肉皮酱），“宴会”进入紧张阶段——热汤面上来了。大家似乎都忘了礼让，甚至连说话也忘了，屋中好一片吞面条的响声，排山倒海，虎啸龙吟。二哥的头上冒了汗：“小六儿，照这个吃法，这点面兜不住啊！”小六儿急中生智：“多对点水！”二哥轻轻呸了一声：“呸！面又不是酒，对水不成了浆糊吗？快去！”二哥掏出钱来（这笔款，他并没向我母亲报账）：“快去，到金四把那儿，能烙饼，烙五斤大饼；要是等的功夫太大，就拿些芝麻酱烧饼来，快！”（那时候的羊肉铺多数带卖烧饼、包子，并代客烙大饼。）

小六儿聪明：看出烙饼需要时间，就拿回一炉热烧饼和两屉羊肉白菜馅的包子来。风卷残云，顷刻之间包子与烧饼踪影全无。最后，轮到二哥与小六儿吃饭。可是，吃什么呢？二哥哈哈地笑了一阵，而后指示小六儿：“你呀，小伙子，回家吃去吧！”我至今还弄不清小六儿是谁，可是每一想到我的洗三典礼，便觉得对不起他！至于二哥吃了没吃，我倒没怎么不放心，我深知他是有办法的人。

快到中午，天晴得更加美丽。蓝天上，这儿一条，那儿一块，飘着洁白光润的白云。西北风儿稍一用力，这些轻巧的白云便化为长长的纱带，越来越长，越薄，渐渐又变成一些似断似续的白烟，最后就不见了。小风儿吹来各种卖年货的呼声：卖供花[①]的、松柏枝的、年画的……一声尖锐，一声雄浑，忽远忽近，中间还

① 供品上所插的纸制或绒制的花签，如福寿字、八仙人等等。

夹杂着几声花炮响，和剃头师傅的“唤头”[①]声。全北京的人都预备过年，都在这晴光里活动着，买的买，卖的卖，着急的着急，寻死的寻死，也有乘着年前娶亲的，一路吹着唢呐，打着大鼓。只有我静静地躺在炕中间，垫着一些破棉花，不知道想些什么。

据说，冬日里我们的屋里八面透风，炕上冰凉，夜间连杯子里的残茶都会冻上。今天，有我在炕中间从容不迫地不知想些什么，屋中的形势起了很大的变化。屋里很暖，阳光射到炕上，照着我的小红脚丫儿。炕底下还升着一个小白铁炉子。里外的暖气合流，使人们觉得身上，特别是手背与耳唇，都有些发痒。从窗上射进的阳光里面浮动着多少极小的，发亮的游尘，像千千万万无法捉住的小行星，在我的头上飞来飞去。

这时候，在那达官贵人的晴窗下，会晒着由福建运来的水仙。他们屋里的大铜炉或地炕发出的热力，会催开案上的绿梅与红梅。他们的摆着红木炕桌，与各种古玩的小炕上，会有翠绿的蝈蝈，在阳光里展翅轻鸣。他们的廊下挂着的鸣禽，会对着太阳展展双翅，唱起成套的歌儿来。他们的厨子与仆人会拿进来内蒙的黄羊、东北的锦鸡，预备作年菜。阳光射在锦鸡的羽毛上，发出五色的闪光。

我们是最喜爱花木的，可是我们买不起梅花与水仙。我们的院里只有两株歪歪拧拧的枣树，一株在影壁后，一株在南墙根。我们也爱小动物，可是养不起画眉与靛颏儿，更没有时间养过冬的绿蝈蝈。只有几只麻雀一会儿落在枣树上，一会儿飞到窗台上，

---

① 沿街理发者所持的吆喝工具，铁制，形如巨镊。

向屋中看一看。这几只麻雀也许看出来：我不是等待着梅花与水仙吐蕊，也不是等待着蝈蝈与靛颏儿鸣叫，而是在一小片阳光里，等待着洗三，接受几位穷苦旗人们的祝福。

外间屋的小铁炉上正煎着给我洗三的槐枝艾叶水。浓厚的艾香与老太太们抽的兰花烟味儿混合在一处，香暖而微带辛辣，也似乎颇为吉祥。大家都盼望“姥姥”快来，好祝福我不久就成为一个不受饥寒的伟大人物。

姑母在屋里转了一圈儿，向炕上瞟了一眼，便与二哥等组织牌局，到她的屋中鏖战。她心中是在祝福我，还是诅咒我，没人知道。

正十二点，晴美的阳光与尖溜溜的小风把白姥姥和她的满腹吉祥话儿，送进我们的屋中。这是老白姥姥，五十多岁的一位矮白胖子。她的腰背笔直，干净利落，使人一见就相信，她一天接下十个八个男女娃娃必定胜任愉快。她相当的和蔼，可自有她的威严——我们这一带的二十来岁的男女青年都不敢跟她开个小玩笑，怕她提起：别忘了谁给你洗的三！她穿得很素静大方，只在俏美的缎子“帽条儿”后面斜插着一朵明艳的红绢石榴花。

前天来接生的是小白姥姥，老白姥姥的儿媳妇。小白姥姥也干净利落，只是经验还少一些。前天晚上出的岔子，据她自己解释，并不能怨她，而应归咎于我母亲的营养不良，身子虚弱。这，她自己可不便来对我母亲说，所以老白姥姥才亲自出马来给洗三。老白姥姥现在已是名人，她从哪家出来，人们便可断定又有一位几品的世袭罔替的官儿或高贵的千金降世。那么，以她的威望而肯来给我洗三，自然是含有道歉之意。这，谁都可以看出来，所以她就不必再说什么。我母亲呢，本想说两句，可是又一想，若是惹老白姥姥不高兴而少给老儿子说几句吉祥话，也大为不利。于是，母亲也就一声没出。

姑母正抓到一手好牌，传过话来：洗三典礼可以开始，不必等她。

母亲不敢依实照办。过了一会儿，打发二姐去请姑母，而二姐带回来的话是："我说不必等我，就不必等我！"典礼这才开始。

白姥姥在炕上盘腿坐好，宽沿的大铜盆（二哥带来的）里倒上了槐枝艾叶熬成的苦水，冒着热气。参加典礼的老太太们、媳妇们，都先"添盆"，把一些铜钱放入盆中，并说着吉祥话儿。几个花生，几个红、白鸡蛋，也随着"连生贵子"等祝词放入水中。这些钱与东西，在最后，都归"姥姥"拿走。虽然没有去数，我可是知道落水的铜钱并不很多。正因如此，我们才不能不感谢白姥姥的降格相从，亲自出马，同时也足证明小白姥姥惹的祸大概并不小。

边洗边说，白姥姥把说过不知多少遍的祝词又一句不减地说出来："先洗头，作王侯；后洗腰，一辈倒比一辈高；洗洗蛋，作知县；洗洗沟，作知州！"大家听了，更加佩服白姥姥——她明知盆内的铜钱不多，而仍把吉祥话说得完完全全，不偷工减料，实在不易多得！虽然我后来既没作知县，也没作知州，我可也不能不感谢她把我的全身都洗得干干净净，可能比知县、知州更干净一些。

洗完，白姥姥又用姜片艾团灸了我的脑门和身上的各重要关节。因此，我一直到年过花甲都没闹过关节炎。她还用一块新青布，沾了些清茶，用力擦我的牙床。我就在这时节哭了起来；误投误撞，这一哭原是大吉之兆！在老妈妈们的词典中，这叫作“响盆”。有无始终坚持不哭、放弃吉利的孩子，我就不知道了。最后，白姥姥拾起一根大葱打了我三下，口中念念有词：“一打聪明，二打伶俐！”这到后来也应验了，我有时候的确和大葱一样聪明。

这棵葱应当由父亲扔到房上去。就在这紧要关头，我父亲回来了。屋中的活跃是无法形容的！他一进来，大家便一齐向他道喜。他不知请了多少安，说了多少声“道谢啦！”可是眼睛始终瞭着炕中间。我是经得起父亲的鉴定的，浑身一尘不染，满是槐枝与艾叶的苦味与香气，头发虽然不多不长，却也刚刚梳过。我的啼声也很雄壮。父亲很满意，于是把褡裢中两吊多钱也给了白姥姥。

父亲的高兴是不难想象的。母亲生过两个男娃娃，都没有养住，虽然第一个起名叫“黑妞”，还扎了耳朵眼，女贱男贵，贱者易活，可是他竟自没活许久。第二个是母亲在除夕吃饺子的时候，到门外去叫：“黑小子、白小子，上炕吃饺子！”那么叫来的白小子。可是这么来历不凡的白小子也没有吃过多少回饺子便“回去”了，原因不明，而确系事实。后来，我每逢不好好地睡觉，母亲就给我讲怎么到门外叫黑小子、白小子的经过，我便赶紧蒙起头来，假装睡去，唯恐叫黑、白二小子看见！

父亲的模样，我说不上来，因为还没到我能记清楚他的模样的时候，他就逝世了。这是后话，不用在此多说。我只能说，他是个“面黄无须”的旗兵，因为在我八九岁时，我偶然发现了他出入皇城的那面腰牌，上面烫着“面黄无须”四个大字。

虽然大姐没有来，小六儿没吃上饭，和姑母既没给我“添盆”，反倒赢了好几吊钱，都是美中不足，可是整个的看来，我的洗三典礼还算过得去，既没有人挑眼，也没有喝醉了吵架的——十分感谢二哥和他的“水酒”！假若一定问我，有什么值得写入历史的事情，我倒必须再提一提便宜坊的老王掌柜。他也来了，并且送给我们一对猪蹄子。

老王掌柜是胶东人，从八九岁就来京学习收拾猪蹄与填鸭子等技术。到我洗三的时候，他已在北京过了六十年，并且一步一步地由小力笨升为大徒弟，一直升到跑外的掌柜。他从庆祝了自己的三十而立的诞辰起，就想自己去开个小肉铺，独力经营，大展经纶。可是，他仔细观察，后起的小肉铺总是时开时闭，站不住脚。就连他的东家们也把便宜坊的雅座撤销，不再附带卖酒饭与烤鸭。他注意到，老主顾们，特别是旗人，越来买肉越少，而肉案子上切肉的技术不能不有所革新——须把生肉切得片儿大而极薄极薄，像纸那么薄，以便看起来块儿不小而分量很轻，因为买主儿多半是每次只买一二百钱的（北京是以十个大钱当作一吊的，一百钱实在是一个大钱）。

老王掌柜常常用他的胶东化的京腔，激愤而缠绵地说：钱都上哪儿气（去）了？上哪儿气了！

那年月，像王掌柜这样的人，还不敢乱穿衣裳。直到他庆贺华甲之喜的时节，他才买了件缎子面的二茬儿羊皮袍，可是每逢穿出来，上面还罩上浆洗之后像铁板那么硬的土蓝布大衫。他喜爱这种土蓝布。可是，一来二去，这种布几乎找不到了。他得穿那刷刷乱响的竹布。乍一穿起这有声有色的竹布衫，连家犬带野狗都一致汪汪地向他抗议。后来，全北京的老少男女都穿起这种洋布，而且差不多把竹布衫视为便礼服，家犬、野狗才也逐渐习惯下来，不再乱叫了。

老王掌柜在提着钱口袋去要账的时候，留神观看，哼，大街上新开的铺子差不多都有个“洋”字，洋货店，洋烟店等等。就是那小杂货铺也有洋纸洋油出售，连向来带卖化妆品，而且自造鹅胰宫皂的古色古香的香烛店也陈列着洋粉、洋碱，与洋沤子[①]。甚至于串胡同收买破鞋烂纸的妇女们，原来吆喝“换大肥头子儿”，也竟自改为“换洋取灯儿”[②]！

一听见“换洋取灯儿”的呼声，老王掌柜便用力敲击自己的火镰，燃起老关东烟。可是，这有什么用呢？洋缎、洋布、洋粉、洋取灯儿、洋钟、洋表，还有洋枪，像潮水一般地涌进来，绝对不是他的火镰所能挡住的。他是商人，应当见钱眼开，可是他没法去开一座洋猪肉铺，既卖熏鸡酱肉，也卖洋油洋药！他是商人，应当为东家们赚钱。若是他自己开了买卖，便须为自己赚钱。可是，钱都随着那个“洋”字流到外洋去了！他怎么办呢？

“钱都上哪儿气了？”似乎已有了答案。他放弃了独力经营肉铺，大发财源的雄心，而越来越恨那个“洋”字。尽管他的布衫是用洋针、洋线、洋布作成的，无可抗拒，可是他并不甘心屈

---

① 沤子，一种搽脸用的水粉化妆品。

② 取灯儿，火柴。

服。他公开地说，他恨那些洋玩艺儿！及至他听到老家胶东闹了教案[①]，洋人与二洋人[②]骑住了乡亲们的脖子，他就不只恨洋玩艺儿了。

在他刚一入京的时候，对于旗人的服装打扮，规矩礼节，以及说话的腔调，他都看不惯、听不惯，甚至有些反感。他也看不上他们的逢节按令挑着样儿吃，赊着也得吃的讲究与作风，更看不上他们的提笼架鸟，飘飘欲仙地摇来晃去的神气与姿态。可是，到了三十岁，他自己也玩上了百灵，而且和他们一交换养鸟的经验，就能谈半天儿，越谈越深刻，也越亲热。他们来到，他既要作揖，又要请安，结果是发明了一种半揖半安的，独具风格的敬礼。假若他们来买半斤肉，他却亲热地建议：拿只肥母鸡！看他们有点犹疑，他忙补充上：拿吧！先记上账！

赶到他有个头疼脑热，不要说提笼架鸟的男人们来看他，给他送来清瘟解毒丸，连女人们也派孩子来慰问。他不再是“小山东儿”，而是王掌柜，王大哥，王叔叔。他渐渐忘了他们是旗人，变成他们的朋友。虽然在三节[③]要账的时候，他还是不大好对付，可是遇到谁家娶亲，或谁家办满月，他只要听到消息，便拿着点东西来致贺。“公是公，私是私”，他对大家交代清楚。他似乎觉

---

① 教案，指十九世纪末，在外国资本主义势力侵入我国内地的情势下，我国人民掀起的反对外国教会侵略的斗争。此处是指一八九九年山东人民反对教会、教民的斗争。

② 二洋人，又叫“二毛子”，是对入了“洋教”而又仗势欺人的民族败类的蔑称。

③ 三节，五月初五的端阳节、八月十五的中秋节和大年三十的除夕，当此三节，债主子们多来讨账。

得：清朝皇上对汉人如何是另一回事，大家伙儿既谁也离不开谁，便无妨作朋友。于是，他不但随便去串门儿，跟大家谈心，而且有权拉男女小孩的“骆驼”。在谈心的时候，旗兵们告诉了他，上边怎样克扣军饷，吃空头钱粮，营私舞弊，贪污卖缺。他也说出汉人们所受的委屈，和对洋布与洋人的厌恶。彼此了解了，也就更亲热了。

拿着一对猪蹄子，他来庆祝我的洗三。二哥无论怎么让他，他也不肯进来，理由是：“年底下了，柜上忙！”二哥听到“年底下”，不由得说出来：“今年家家钱紧，您……”王掌柜叹了口气：“钱紧也得要账，公是公，私是私！”说罢，他便匆忙地走开。大概是因为他的身上有酱肉味儿吧，我们的大黄狗一直乖乖地把他送到便宜坊门外。

五

是的，我一辈子忘不了那件事。并不因为他是掌柜的，也不因为他送来一对猪蹄子。因为呀，他是汉人。

不错，在那年月，某些有房产的汉人宁可叫房子空着，也不肯租给满人和回民。可是，来京作生意的山东人、山西人，和一般的卖苦力吃饭的汉人，都和我们穷旗兵们谁也离不开谁，穿堂过户。某些有钱有势的满人也还看不起汉人与回民，因而对我们这样与汉人、回民来来往往也不大以为然。不管怎样吧，他们是他们，我们是我们，谁也挡不住人民互相友好。

过了我的三天，就该过年。姑母很不高兴。她要买许多东西，而母亲在月子里，不能替她去买。幸而父亲在家，她不好意思翻脸，可是眉毛拧得很紧，腮上也时时抽动那么一下。二姐注意到：火山即快爆发。她赶紧去和父亲商量。父亲决定：把她调拨给姑母，作采购专员。二姐明知这是最不好当的差事，可是无法推却。

“半斤高醋，到山西铺子去打；别心疼鞋；别到小油盐店去！听见没有？”姑母数了半天，才狠心地把钱交给小力笨兼专员。

醋刚打回来，二姐还没站稳。“还得去打香油，要小磨香油，懂吧？”姑母又颁布了旨意。

是的，姑母不喜欢一下子交出几吊钱来，一次买几样东西。她总觉得一样一样地买，每次出钱不多，便很上算。二姐是有耐心的。姑母怎么支使，她怎么办。她一点不怕麻烦，只是十分可怜她的鞋。赶到非买贵一些的东西不可了，姑母便亲自出马。她不愿把许多钱交给二姐，同时也不愿二姐知道她买那么贵的东西。她乘院里没人的时候，像偷偷溜走的小鱼似的溜出去。到街上，她看见什么都想买，而又都嫌太贵。在人群里，她挤来挤去，看看这，看看那，非常冷静，以免上当。结果，绕了两三个钟头，她什么也没买回来。直到除夕了，非买东西不可了，她才带着二姐一同出征。二姐提着筐子，筐子里放着各种小瓶小罐。这回，姑母不再冷静，在一个摊子上就买好几样东西，而且买的并不便宜。但是，她最忌讳人家说她的东西买贵了。所以二姐向母亲汇报的时候，总是把嘴放在母亲的耳朵上，而且用手把嘴遮得严严的才敢发笑。

我们的新年过得很简单。母亲还不能下地，二姐被调去作专员，一切都须由父亲操持。父亲虽是旗兵，可是已经失去二百年前的叱咤风云的气势。假若给他机会，他也会像正翁那样玩玩靛颏儿，坐坐茶馆，赊两只烧鸡，哼几句二黄或牌子曲。可是，他没有机会戴上顶子与花翎。北城外的二三十亩地早已被前人卖掉，只剩下一亩多，排列着几个坟头儿。旗下分给的住房，也早被他的先人先典后卖，换了烧鸭子吃。据说，我的曾祖母跟着一位满族大员到过云南等遥远的地方。那位大员得到多少元宝，已无可考查。我的曾祖母的任务大概是搀扶着大员的夫人上轿下轿，并给夫人装烟倒茶。在我们家里，对曾祖母的这些任务都不大提起，而只记得我们的房子是她购置的。

是的，父亲的唯一的无忧无虑的事就是每月不必交房租，虽然在六七月下大雨的时候，他还不能不着点急——院墙都是碎砖头儿砌成的，一遇大雨便塌倒几处。他没有嗜好，既不抽烟，也不赌钱，只在过节的时候喝一两杯酒，还没有放下酒杯，他便面若重枣。他最爱花草，每到夏季必以极低的价钱买几棵姥姥不疼、舅舅不爱的五色梅。至于洋麻绳菜与草茉莉等等，则年年自生自长，甚至不用浇水，也到时候就开花。到上班的时候，他便去上班。下了班，他照直地回家。回到家中，他识字不多，所以不去读书；家中只藏着一张画匠画的《王羲之爱鹅》，也并不随时观赏，因为每到除夕才找出来挂在墙上，到了正月十九就摘下来[①]。他只出来进去，劈劈柴，看看五色梅，或刷一刷水缸。有人跟他说话，他很和气，低声地回答两句。没人问他什么，他便老含笑不语，整天无话可说。对人，他颇有礼貌。但在街上走的时候，他总是目不邪视，非到友人们招呼他，他不会赶上前去请安。每当母亲叫他去看看亲友，他便欣然前往。没有多大一会儿，他便打道回府。“哟！怎这么快就回来了？”我母亲问。父亲便笑那么一下，然后用布掸子啪啪地掸去鞋上的尘土。一辈子，他没和

---

① 正月十九摘画，北京旧俗，正月十八日“开市”，工人上工，商店开业，学生念书，官兵执差如常。新年期间的一应节日陈设，都应在十九日以前撤去。又，正月十九为“燕九节”，灯节通常要到这个时候才收灯。所以，挂了近二十天的画《王羲之爱鹅》也要摘下来。

任何人打过架，吵过嘴。他比谁都更老实。可是，谁也不大欺负他，他是带着腰牌的旗兵啊。

在我十来岁的时候，我总爱刨根问底地问母亲：父亲是什么样子？母亲若是高兴，便把父亲的那些特点告诉给我。我总觉得父亲是个很奇怪的旗兵。

父亲把打过我三下的那棵葱扔到房上去，非常高兴。从这时候起，一直到他把《王羲之爱鹅》找出来，挂上，他不但老笑着，而且也先开口对大伙儿说话。他几乎是见人便问：这小子该叫什么呢？

研究了再研究，直到除夕给祖先焚化纸钱的时候，才决定了我的官名叫常顺，小名叫秃子，暂缺“台甫”。

在这之外，父亲并没有去买什么年货，主要的原因是没有钱。他可是没有忽略了神佛，不但请了财神与灶王的纸像，而且请了高香、大小红烛，和五碗还没有烙熟的月饼。他也煮了些年饭，用特制的小饭缸盛好，上面摆上几颗红枣，并覆上一块柿饼儿，插上一枝松枝，枝上还悬着几个小金纸元宝，看起来颇有新年气象。他简单地说出心中的喜悦：“咱们吃什么不吃什么的都不要紧，可不能委屈了神佛！神佛赏给了我一个老儿子呀！”

除夕，母亲和我很早地就昏昏睡去，似乎对过年不大感兴趣。二姐帮着姑母作年菜，姑母一边工作，一边叨唠，主要是对我不满。“早不来，晚不来，偏偏在过年的时候来捣乱，贼秃子！”每逢她骂到满宫满调的时候，父亲便过来，笑着问问：“姐姐，我帮帮您吧！”

“你？”姑母打量着他，好像向来不曾相识似的。“你不想想就说话！你想想，你会干什么？”

父亲含笑想了想，而后像与佐领或参领告辞那样，倒退着走出来。

街上，祭神的花炮逐渐多起来。胡同里，每家都在剁饺子馅儿，响成一片。赶到花炮与剁饺子馅的声响汇合起来，就有如万马奔腾，狂潮怒吼。在这一片声响之上，忽然这里，忽然那里，以压倒一切的声势，讨债的人敲着门环，啪啪啪啪，像一下子就连门带门环一齐敲碎，惊心动魄，人人肉跳心惊，连最顽强的大狗也颤抖不已，不敢轻易出声。这种声音引起多少低卑的央求，或你死我活的吵闹，夹杂着妇女与孩子们的哭叫。一些既要脸面，又无办法的男人们，为躲避这种声音，便在这诸神下界、祥云缭绕的夜晚，偷偷地去到城根或城外，默默地结束了这一生。

父亲独自包着素馅的饺子。他相当紧张。除夕要包素馅饺子是我家的传统，既为供佛，也省猪肉。供佛的作品必须精巧，要个儿姣小，而且在边缘上捏出花儿来，美观而结实——把饺子煮破了是不吉祥的。他越紧张，饺子越不听话，有的形似小船，有的像小老鼠，有的不管多么用力也还张着嘴。

除了技术不高，这恐怕也与“心不在焉”有点关系。他心中惦念着大女儿。他虽自己也是寅吃卯粮，可是的确知道这个事实，因而不敢不算计每一个钱的用途，免得在三节叫债主子敲碎门环子。而正翁夫妇与多甫呢，却以为赊到如白拣，绝对不考虑怎么还债。若是有人愿意把北海的白塔赊给他们，他们也毫不迟疑地接受。他想不明白，他们有什么妙策闯过年关，也就极不放心自己的大女儿。

母亲被邻近的一阵敲门巨响惊醒。她并没有睡实在了，心中也七上八下地惦记着大女儿。可是，她打不起精神来和父亲谈论此事，只说了声：你也睡吧！

除夕守岁，彻夜不眠，是多少辈子所必遵守的老规矩。父亲对母亲的建议感到惊异。他嗯了一声，照旧包饺子，并且找了个小钱，擦干净，放在一个饺子里，以便测验谁的运气好——得到这个饺子的，若不误把小钱吞下去，便会终年顺利！他决定要守岁，叫油灯、小铁炉、佛前的香火，都通宵不断。他有了老儿子，有了指望，必须叫灯火都旺旺的，气象峥嵘，吉祥如意！他还去把大绿瓦盆搬进来，以便储存脏水，过了“破五”[①]再往外倒。在又包了一个像老鼠的饺子之后，他拿起皇历，看清楚财神、喜神的方位，以便明天清早出了屋门便面对着他们走。他又高兴起来，以为只要自己省吃俭用，再加上神佛的保佑，就必定会一顺百顺，四季平安！

夜半，街上的花炮更多起来，铺户开始祭神。父亲又笑了。他不大晓得云南是在东边，还是在北边，更不知道英国是紧邻着美国呢，还是离云南不远。只要听到北京有花炮咚咚地响着，他便觉得天下太平，皆大欢喜。

二姐撅着嘴进来，手上捧着两块重阳花糕，泪在眼圈儿里。她并不恼帮了姑母这么好几天，连点压岁钱也没得到。可是，接到两块由重阳放到除夕的古老的花糕，她冒了火！她刚要往地上

---

① 正月初五。旧俗，破五之内不得以生米为炊，妇女不得出门。至初六，方可互相道贺。

扔，就被父亲拦住。“那不好，二妞！”父亲接过来那两块古色古香的点心，放在桌上。“二妞，别哭，别哭！那不吉祥！”二姐忍住了泪。

父亲掏出几百钱来，交给二姐：“等小李过来，买点糖豆什么的，当作杂拌吧！”他知道小李今夜必定卖到天发亮，许多买不起正规杂拌儿的孩子都在等着他。

不大会儿，小李果然过来了。二姐刚要往外走，姑母开开了屋门：“二妞，刚才，刚才我给你的……喂了狗吧！来，过来！”她塞到二姐手中一张新红钱票，然后哪的一声关上了门。二姐出去，买了些糖豆大酸枣儿，和两串冰糖葫芦。回来，先问姑母：“姑姑，您不吃一串葫芦吗？白海棠的！”姑母回答了声：“睡觉喽！明年见！”

父亲看出来，若是叫姑母这么结束了今年，大概明年的一开头准会顺利不了。他赶紧走过去，在门外吞吞吐吐地问：“姐姐！不跟我、二妞，玩会儿牌吗？”

“你们存多少钱哪？”姑母问。

“赌铁蚕豆的！”

姑母哈哈地笑起来，笑完了一阵，叱的一声，吹灭了灯！

父亲回来，低声地说：“我把她招笑了，大概明天不至于闹翻了天啦！”

父女二人一边儿吃着糖豆儿，一边儿闲谈。

“大年初六，得接大姐回来。”二姐说。

“对！”

“给她什么吃呢？公公婆婆挑着样儿吃，大姐可什么也吃不着！”

父亲没出声。他真愿意给大女儿弄些好吃的，可是……

“小弟弟满月，又得……”二姐也不愿往下说了。

父亲本想既节约又快乐地度过除夕，可是无论怎样也快乐不起来了。他不敢怀疑大清朝的一统江山能否亿万斯年。可是，即使大清皇帝能够永远稳坐金銮宝殿，他的儿子能够补上缺，也当上旗兵，又怎么样呢？生儿子是最大的喜事，可是也会变成最发愁的事！

“小弟弟长大了啊，”二姐口中含着个铁蚕豆，想说几句漂亮的话，叫父亲高兴起来。“至小也得来个骁骑校，五品顶戴，跟大姐夫一样！”

“那又怎么样呢？”父亲并没高兴起来。

“要不，就叫他念多多的书，去赶考，中个进士！”

“谁供给得起呢？”父亲脸上一点笑容也没有了。

“干脆，叫他去学手艺！跟福海二哥似的！”二姐自己也纳闷，今天晚上为什么想起这么多主意，或者是糖豆与铁蚕豆发生了什么作用。

“咱们旗人，但分[①]能够不学手艺，就不学！”

父女一直谈到早晨三点，始终没给小弟弟想出出路来。二姐把糖葫芦吃罢，一歪，便睡着了。父亲把一副缺了一张“虎头”的骨牌[②]找出来，独自给老儿子算命。

---

① 只要。极甚之辞。

② 虎头，骨牌中的一张，十一点，排列状如虎头。

初一，头一个来拜年的自然是福海二哥。他刚刚磕完头，父亲就提出给我办满月的困难。二哥出了个不轻易出的主意："您拜年去的时候，就手儿辞一辞吧！"

父亲坐在炕沿上，捧着一杯茶，好大半天说不出话来。他知道，二哥出的是好主意。可是，那么办实在对不起老儿子！一个增光耀祖的儿子，怎可以没办过满月呢？

"您看，就是挨家挨户去辞，也总还有拦不住的。咱们旗人喜欢这一套！"二哥笑了笑。"不过，那可就好办了。反正咱们先说了不办满月，那么，非来不可的就没话可说了；咱们清茶恭候，他们也挑不了眼！"

"那也不能清茶恭候！"父亲皱着眉头儿说。

"就是说！好歹地弄点东西吃吃，他们不能挑剔，咱们也总算给小弟弟办了满月！"

父亲连连点头，脸上有了笑容："对！对！老二，你说的对！"倒仿佛好歹地弄点东西吃吃，就不用花一个钱似的。"二妞，拿套裤！老二，走！我也拜年去！"

"您忙什么呀？"

"早点告诉了亲友，心里踏实！"

二姐找出父亲的那条枣红缎子套裤。套裤比二姐大着两岁，可并不显着太旧，因为只在拜年与贺喜时才穿用。

初六，大姐回来了，我们并没有给她到便宜坊叫个什锦火锅或苏式盒子。母亲的眼睛总跟着大姐，仿佛既看不够她，又对不起她。大姐说出心腹话来："奶奶，别老看着我，我不争吃什么！只要能够好好地睡睡觉，歇歇我的腿，我就念佛！"说的时候，她的嘴唇有点颤动，可不敢落泪，她不愿为倾泻自己的委屈而在娘家哭哭啼啼，冲散新春的吉祥气儿。到初九，她便回了婆家。走到一阵风刮来的时候，才落了两点泪，好归罪于沙土迷了她的眼睛。

姑母从初六起就到各处去玩牌，并且颇为顺利，赢了好几次。因此，我们的新年在物质上虽然贫乏，可是精神上颇为焕发。在元宵节晚上，她居然主动地带着二姐去看灯，并且到后门[①]西边的城隍庙观赏五官往外冒火的火判儿。她这几天似乎颇重视二姐，大概是因为二姐在除夕没有拒绝两块古老花糕的赏赐。那可能是一种试探，看看二姐到底是否真老实，真听话。假若二姐拒绝了，那便是表示不承认姑母在这个院子里的霸权，一定会受到惩罚。

我们屋里，连汤圆也没买一个。我们必须节约，好在我满月的那天招待拦而拦不住的亲友。

到了那天，果然来了几位贺喜的人。头一位是多甫大姐夫。他的脸瘦了一些，因为从初一到十九，他忙得几乎没法儿形容。他逛遍所有的庙会。在初二，他到财神庙借了元宝，并且确信自己十分虔诚，今年必能发点财。在白云观，他用铜钱打了桥洞里坐着的老道，并且用小棍儿敲了敲放生的老猪的脊背，看它会叫唤不会。在厂甸，他买了风筝与大串的山里红。在大钟寺，他喝了豆汁，还参加了没白没票的抓彩，得回手指甲大小的一块芝麻糖。各庙会中的练把式的、说相声的、唱竹板书的、变戏法儿

① 即地安门。元宵节张灯，旧时以东四牌楼和地安门为最盛。

的……都得到他的赏钱，被艺人们称为财神爷。只在白云观外的跑马场上，他没有一显身手，因为他既没有骏马，即使有骏马他也不会骑。他可是在入城之际，雇了一匹大黑驴，项挂铜铃，跑得相当快，博得游人的喝彩。他非常得意，乃至一失神，黑驴落荒而逃，把他留在沙土窝儿里。在十四、十五、十六，他连着三晚上去看东单西四鼓楼前的纱灯、牛角灯、冰灯、麦芽龙灯；并赶到内务府大臣的门外，去欣赏燃放花盒，把洋绉马褂上烧了个窟窿。

他来贺喜，主要的是为向一切人等汇报游玩的心得，传播知识。他跟我母亲、二姐讲说，她们都搭不上茬儿。所以，他只好过来启发我：小弟弟，快快地长大，我带你玩去！咱们旗人，别的不行，要讲吃喝玩乐，你记住吧，天下第一！

父亲几次要问多甫，怎么闯过了年关，可是话到嘴边上又咽回去。一来二去，倒由多甫自己说出来：把房契押了出去，所以过了个肥年。父亲听了，不住地皱眉。在父亲和一般的老成持重的旗人们看来，自己必须住着自己的房子，才能根深蒂固，永远住在北京。因作官而发了点财的人呢，“吃瓦片”[①]是最稳当可靠的。以正翁与多甫的收入来说，若是能够勤俭持家，早就应该有了几处小房，月月取租钱。可是，他们把房契押了出去！多甫看父亲皱眉，不能不稍加解释：您放心，没错儿，押出去房契，可不就是卖房！俸银一下来，就把它拿回来！

“那好！好！”父亲口中这么说，心中可十分怀疑他们能否

① 指旧时收取房租为生的人。

再看到自己的房契。

多甫见话不投机，而且看出并没有吃一顿酒席的希望，就三晃两晃不见了。

大舅妈又犯喘，福海二哥去上班，只有大舅来坐了一会儿。大家十分恳切地留他吃饭，他坚决不肯。可是，他来贺喜到底发生了点作用。姑母看到这样清锅冷灶，早想发脾气，可是大舅以参领的身分，到她屋中拜访，她又有了笑容。大舅走后，她质问父亲：为什么不早对我说呢？三两五两银子，我还拿得出来！这么冷冷清清的，不大像话呀！父亲只搭讪着嘻嘻了一阵，心里说：好家伙，用你的银子办满月，我的老儿子会叫你给骂化了！

这一年，春天来得较早。在我满月的前几天，北京已经刮过两三次大风。是的，北京的春风似乎不是把春天送来，而是狂暴地要把春天吹跑。在那年月，人们只知道砍树，不晓得栽树，慢慢地山成了秃山，地成了光地。从前，就连我们的小小的坟地上也有三五株柏树，可是到我父亲这一辈，这已经变为传说了。北边的秃山挡不住来自塞外的狂风，北京的城墙，虽然那么坚厚，也挡不住它。寒风，卷着黄沙，鬼哭神号地吹来，天昏地昏，日月无光。青天变成黄天，降落着黄沙。地上，含有马尿驴粪的黑土与鸡毛蒜皮一齐得意地飞向天空。半空中，黑黄上下，渐渐混合，结成一片深灰的沙雾，遮住阳光。太阳所在的地方，黄中透出红来，像凝固了的血块。

风来了，铺户外的冲天牌楼唧唧吱吱地乱响，布幌子吹碎，带来不知多少里外的马嘶牛鸣。大树把梢头低得不能再低，干枝子与干槐豆纷纷降落，树杈上的鸦巢七零八散。甬路与便道上所有的灰土似乎都飞起来，对面不见人。不能不出门的人们，像鱼在惊涛骇浪中挣扎，顺着风走得身不自主地向前飞奔；逆着风走的两腿向前，而身子后退。他们的身上、脸上落满了黑土，像刚由地下钻出来；发红的眼睛不断流出泪来，给鼻子两旁冲出两条小泥沟。

那在屋中的苦人们，觉得山墙在摇动，屋瓦被揭开，不知哪一会儿就连房带人一齐被刮到什么地方去。风从四面八方吹进来，把一点点暖气都排挤出去，水缸里白天就冻了冰。桌上、炕上，落满了腥臭的灰土，连正在熬开了的豆汁，也中间翻着白浪，而锅边上是黑黑的一圈。

一会儿，风从高空呼啸而去；一会儿，又擦着地皮袭来，击撞着院墙，呼隆呼隆地乱响，把院中的破纸与干草叶儿刮得不知上哪里去才好。一阵风过去，大家一齐吐一口气，心由高处落回原位。可是，风又来了，使人感到眩晕。天、地，连皇城的红墙与金銮宝殿似乎都在颤抖。太阳失去光芒，北京变成任凭飞沙走石横行无忌的场所。狂风怕日落，大家都盼着那不像样子的太阳及早落下去。傍晚，果然静寂下来。大树的枝条又都直起来，虽然还时时轻摆，可显着轻松高兴。院里比刚刚扫过还更干净，破纸什么的都不知去向，只偶然有那么一两片藏在墙角里。窗楞上堆着些小小的坟头儿，土极干极细。窗台上这里厚些，那里薄些，堆着一片片的浅黄色细土，像沙滩在水退之后，留下水溜的痕迹。大家心中安定了一些，都盼望明天没有一点儿风。可是，谁知道准怎么样呢！那时候，没有天气预报啊。

要不怎么说，我的福气不小呢！我满月的那一天，不但没有风，而且青天上来了北归较早的大雁。虽然是不多的几只，可是清亮的鸣声使大家都跑到院中，抬着头指指点点，并且念道着："七九河开，八九雁来"，都很兴奋。大家也附带着发现，台阶的砖缝里露出一小丛嫩绿的香蒿叶儿来。二姐马上要脱去大棉袄，被母亲喝止住："不许脱！春捂秋冻！"

正在这时候，来了一辆咯噔咯噔响的轿车，在我们的门外停住。紧跟着，一阵比雁声更清亮的笑声，由门外一直进到院中。大家都吃了一惊！

六

随着笑声，一段彩虹光芒四射，向前移动。朱红的帽结子发着光，青缎小帽发着光，帽沿上的一颗大珍珠发着光，二蓝团龙缎面的灰鼠袍子发着光，米色缎子坎肩发着光，雪青的褡包在身后放着光，粉底官靴发着光。众人把彩虹挡住，请安的请安，问候的问候，这才看清一张眉清目秀的圆胖洁白的脸，与漆黑含笑的一双眼珠，也都发着光。听不清他说了什么，虽然他的嗓音很清亮。他的话每每被他的哈哈哈与啊啊啊扰乱；雪白的牙齿一闪一闪地发着光。

光彩进了屋，走到炕前，照到我的脸上。哈哈哈，好！好！他不肯坐下，也不肯喝一口茶，白胖细润的手从怀中随便摸出一张二两的银票，放在我的身旁。他的大拇指戴着个翡翠扳指[①]，发出柔和温润的光泽。好！好啊！哈哈哈！随着笑声，那一身光彩往外移动。不送，不送，都不送！哈哈哈！笑着，他到了街门口。

---

① 套在右手拇指上的象牙或晶玉的装饰品，原为射箭钩弓时的用具。

笑着，他跨上车沿。鞭子轻响，车轮转动，咯噔咯噔……笑声渐远，车出了胡同，车后留下一些飞尘。

姑母急忙跑回来，立在炕前，呆呆地看着那张银票，似乎有点不大相信自己的眼睛。

大家全回来了，她出了声："定大爷，定大爷！他怎么会来了呢？他由哪儿听说的呢？"

大家都要说点什么，可都想不起说什么才好。我们的胡同里没来过那样体面的轿车。我们从来没有接过二两银子的"喜敬"——那时候，二两银子可以吃一桌高级的酒席！

父亲很后悔："你看，我今年怎么会忘了给他去拜年呢？怎么呢？"

"你没拜年去，他听谁说的呢？"姑母还问那个老问题。

"你放心吧，"母亲安慰父亲，"他既来了，就一定没挑了眼！定大爷是肚子里撑得开船的人！"

"他到底听谁说的呢？"姑母又追问一次。

没人能够回答姑母的问题，她就默默地回到自己屋中，心中既有点佩服我，又有点妒意。无可如何地点起兰花烟，她不住地骂贼秃子。

我的曾祖母不是跟过一位满族大员，到云南等处去过吗？那位大员不是带回数不清的元宝吗？定大爷就是这位到处拾元宝的大员的后代。

他的官印[①]是定禄。他有好几个号：子丰、裕斋、富臣、少甫，

---

① 原指官府所用之印，后以敬称人的大名。

有时候还自称霜清老人，虽然他刚过二十岁。刚满六岁，就有三位名儒教导他，一位教满文，一位讲经史，一位教汉文诗赋。先不提宅院有多么大，光说书房就有带廊子的六大间。书房外有一座精致的小假山，霜清老人高了兴便到山巅拿个大顶。山前有牡丹池与芍药池，每到春天便长起香蒿子与兔儿草，颇为茂盛；牡丹与芍药都早被“老人”揪出来，看看离开土还能开花与否。书房东头的粉壁前，种着一片翠竹，西头儿有一株紫荆。竹与紫荆还都活着。好几位满族大员的子弟，和两三位汉族富家子弟，都来此附学。他们有的中了秀才，有的得到差事，只有霜清老人才学出众，能够唱整出的《当锏卖马》[①]，文武双全。他是有才华的。他喜欢写字，高兴便叫书童研一大海碗墨，供他写三尺大的福字与寿字，赏给他的同学们；若不高兴，他就半年也不动一次笔，所以他的字写得很有力量，只是偶然地缺少两笔，或多了一撇。他也很爱吟诗。灵感一来，他便写出一句，命令同学们补足其余。他没学会满文，也没学好汉文，可是自信只要一使劲，马上就都学会，于是暂且不忙着使劲。他也偶然地记住一二古文中的名句，如“落霞与孤鹜齐飞，秋水共长天一色”之类，随时引用，出口成章。兴之所至，他对什么学术、学说都感兴趣，对什么三教九流的人物都乐意交往。他自居为新式的旗人，既有文化，又宽宏大量。他甚至同情康、梁的维新的主张与办法。他的心地良善，只要有人肯叫“大爷”，他就肯赏银子。

他不知道他父亲比祖父更阔了一些，还是差了一些。他不知

① 一出极为流行的京剧，演唱《隋唐演义》中秦叔宝的故事。

道他们给他留下多少财产。每月的收支，他只听管事的一句话。他不屑于问一切东西的价值，只要他爱，花多少钱也肯买。自幼儿，他就拿金银锞子与玛瑙翡翠作玩具，所以不知道它们是贵重物品。因此，不少和尚与道士都说他有仙根，海阔天空，悠然自得。他一看到别人为生活发愁着急，便以为必是心田狭隘，不善解脱。

他似乎记得，又似乎不大记得，他的祖辈有什么好处，有什么缺点，和怎么拾来那些元宝。他只觉得生下来便被绸缎裹着，男女仆伺候着，完全因为他的福大量大造化大。他不能不承认自己是满人，可并不过度地以此自豪，他有时候编出一些刻薄的笑话，讥诮旗人。他渺茫地感到自己是一种史无前例的特种人物，既记得几个满洲字，又会作一两句汉文诗，而且一使劲便可以成圣成佛。他没有能够取得功名，似乎也无意花钱去捐个什么官衔，他愿意无牵无挂，像行云流水那么闲适而又忙碌。

他与我们的关系是颇有趣的。虽然我的曾祖母在他家帮过忙，我们可并不是他的家奴[①]。他的祖父、父亲，与我的祖父、父亲，总是那么似断似续地有点关系，又没有多大关系。一直到他当了家，这种关系还没有断绝。我们去看他，他也许接见，也许不接见，那全凭他的高兴与否。他若是一时心血来潮呢，也许来看看我们。这次他来贺喜，后来我们才探听到，原来是因为他自己得了个女娃娃，也是腊月生的，比我早一天。他非常高兴，觉得世界上只有他们夫妇才会生个女娃娃，别人不会有此本领与福气。大概是便宜坊的老王掌柜，在给定宅送账单去，走漏了消息：在祭灶那

---

① 又称包衣，指在藩邸勋门永世为奴的人。

天，那个时辰，一位文曲星或扫帚星降生在一个穷旗兵家里。

是的，老王掌柜和定宅的管事的颇有交情。每逢定大爷想吃熏鸡或烤鸭，管事的总是照顾王掌柜，而王掌柜总是送去两只或三只，便在账上记下四只或六只。到年节要账的时候，即使按照三只或四只还账，王掌柜与管事的也得些好处。老王掌柜有时候受良心的谴责，认为自己颇欠诚实，可是管事的告诉他：你想想吧，若是一节只欠你一两银子，我怎么向大爷报账呢？大爷会说：怎么，凭我的身分就欠他一两？没有的事！不还！告诉你，老掌柜，至少开十两，才像个样子！受了这点教育之后，老掌柜才不再受良心的谴责，而安心地开花账了。

定大爷看见了我，而且记住了我。是的，当我已经满了七岁，而还没有人想起我该入学读书，就多亏他又心血来潮，忽然来到我家。哈哈了几声，啊啊了几声，他把我扯到一家改良私塾里去，叫我给孔夫子与老师磕头。他替我交了第一次的学费。第二天，他派人送来一管“文章一品”，一块“君子之风”，三本小书[①]，和一丈蓝布——摸不清是作书包用的呢，还是叫我作一身裤褂。

不管姑母和别人怎样重视定大爷的光临，我总觉得金四把叔叔来贺喜更有意义。

在北京，或者还有别处，受满族统治者压迫最深的是回民。以金四叔叔的身体来说，据我看，他应当起码作个武状元。他真有功夫：近距离摔跤，中距离拳打，远距离脚踢，真的，十个八

---

① 文章一品，毛笔；君子之风，墨；三本小书，《三字经》《百家姓》《千字文》，均为儿童启蒙读物。

个壮小伙子甭想靠近他的身子。他又多么体面，多么干净，多么利落！他的黄净子脸上没有多余的肉，而处处发着光；每逢阴天，我就爱多看看他的脸。他干净，不要说他的衣服，就连他切肉的案子都刷洗得露出木头的花纹来。到我会去买东西的时候，我总喜欢到他那里买羊肉或烧饼，他那里是那么清爽，以至使我相信假若北京都属他管，就不至于无风三尺土了。他利落，无论干什么都轻巧干脆；是呀，只要遇上他，我必要求他“举高高”。他双手托住我的两腋，叫声“起”，我便一步登天，升到半空中。体验过这种使我狂喜的活动以后，别人即使津贴我几个铁蚕豆，我也不同意“举高高”！

我就不能明白：为什么皇上们那么和回民过不去！是呀，在北京的回民们只能卖卖羊肉，烙烧饼，作小买卖，至多不过是开个小清真饭馆。我问过金四叔：“四叔，您干吗不去当武状元呢？”四叔的极黑极亮的眼珠转了几下，拍拍我的头，才说：“也许，也许有那么一天，我会当上武状元！秃子，你看，我现在不是吃着一份钱粮吗？”

这个回答，我不大明白。跟母亲仔细研究，也久久不能得到结论。母亲说：“是呀，咱们给他请安，他也还个安，不是跟咱一样吗？可为什么……”

我也跟福海二哥研究过，二哥也很佩服金四叔，并且说：“恐怕是因为隔着教[①]吧？可是，清真古教是古教啊，跟儒、释、道一样的好啊！”

---

① 又叫“截着教”，俗称与“汉教”不同之“回教”。

那时候，我既不懂儒、释、道都是怎么一回事，也就不懂二哥的话意。看样子，二哥反正不反对跟金四叔交朋友。

在我满月的那天，已经快到下午五点钟了，大家已经把关于定大爷的历史与特点说得没有什么可补充的了，金四叔来到。大家并没有大吃一惊，像定大爷来到时那样。假若大家觉得定大爷是自天而降，对金四把的来到却感到理当如此，非常亲切。是的，他的口中除了有时候用几个回民特有名词，几乎跟我们的话完全一样。我们特有的名词，如牛录、甲喇、格格[①]他不但全懂，而且运用得极为正确。一些我们已满、汉兼用的，如“牛录”也叫作“佐领”，他却偏说满语。因此，大家对他的吃上一份钱粮，都不怎么觉得奇怪。我们当然不便当面提及此事，可是他倒有时候自动地说出来，觉得很可笑，而且也必爽朗地笑那么一阵。

他送了两吊钱，并祝我长命百岁。大家让座的让座，递茶的递茶。可是，他不肯喝我们的茶。他严守教规，这就使我们更尊敬他，都觉得：尽管他吃上一份钱粮，他可还是个真正的好回回。是的，当彼此不相往来的时候，不同的规矩与习惯使彼此互相歧视。及至彼此成为朋友，严守规矩反倒受到对方的称赞。我母亲甚至建议：“四叔，我把那个有把儿的茶杯给你留起来，专为你用，不许别人动，你大概就会喝我们的茶了吧？”四叔也回答得好：“不！赶明儿我自己拿个碗来，存在这儿！”

四叔的嗓子很好，会唱几句《三娘教子》[②]。虽然不能上胡琴，

① 对清代皇族女儿的称呼。如亲王女儿称“和硕格格”，贝勒女儿称“多罗格格”。

② 传统戏剧，演王春娥教子的故事。

可是大家都替他可惜："凭这条嗓子，要是请位名师教一教，准成个大名角儿！"可是，他拜不着名师。于是只好在走在城根儿的时候，痛痛快快地喊几句。

今天，为是热闹热闹，大家恳请他消遣一段儿。

"嗐！我就会那么几句！"金四叔笑着说。可是，还没等再让，他已经唱出"小东人"[①]来了。

那时候，我还不会听戏，更不会评论，无法说出金四把到底唱得怎样。可是，我至今还觉得怪得意的：我的满月吉日是受过回族朋友的庆祝的。

---

① 《三娘教子》里一句唱词儿的头三字，即小主人之意。

七

在满洲饽饽里，往往有奶油，我的先人们也许是喜欢吃牛奶、马奶，以及奶油、奶酪的。可是，到后来，在北京住过几代了，这个吃奶的习惯渐渐消失。到了我这一代，我只记得大家以杏仁茶、面茶等作早点，就连喝得起牛奶的，如大舅与大姐的公公也轻易不到牛奶铺里去。只有姑母还偶尔去喝一次，可也不过是为表示她喝得起而已。至于用牛奶喂娃娃，似乎还没听说过。

这可就苦了我。我同皇太子还是婴儿的时候大概差不多，要吃饱了才能乖乖地睡觉。我睡不安，因为吃不饱。母亲没有多少奶，而牛奶与奶粉，在那年月，又不见经传。于是，尽管我有些才华，也不能不表现在爱哭上面。我的肚子一空，就大哭起来，并没有多少眼泪。姑母管这种哭法叫作“干嚎”。她讨厌这种干嚎，并且预言我会给大家招来灾难。

为减少我的干嚎与姑母的闹气，母亲只好去买些杨村糕干，糊住我的小嘴。因此，大姐夫后来时常嘲弄我：吃浆糊长大的孩子，大概中不了武状元！而姑母呢，每在用烟锅子敲我的时节，也嫌我的头部不够坚硬。

姑母并没有超人的智慧，她的预言不过是为讨厌我啼哭而发的。可是，稍稍留心大事的人会看出来，小孩们的饥啼是大风暴的先声。是呀，听听吧，在我干嚎的时候，天南地北有多少孩子，因为饿，因为冷，因为病，因为被卖出去，一齐在悲啼啊！

黄河不断泛滥，像从天而降，海啸山崩滚向下游，洗劫了田园，冲倒了房舍，卷走了牛羊，把千千万万老幼男女飞快地送到大海中去。在没有水患的地方，又连年干旱，农民们成片地倒下去，多少婴儿饿死在胎中。是呀，我的悲啼似乎正和黄河的狂吼，灾民的哀号，互相呼应。

同时，在北京，在天津，在各大都市，作威作福的叱喝声，胁肩谄笑的献媚声，鬻官卖爵的叫卖声，一掷千金的狂赌声，熊掌驼峰的烹调声，淫词浪语的取乐声，与监牢中的锁镣声，公堂上的鞭板夹棍声，都汇合到一处，“天堂”与“地狱”似乎只隔着一堵墙，狂欢与惨死相距咫尺，想象不到的荒淫和想象不到的苦痛同时并存。这时候，侵略者的炮声还隐隐在耳，瓜分中国的声浪荡漾在空中。这时候，切齿痛恨暴政与国贼的诅咒，与仇视侵略者的呼声，在农村，在乡镇，像狂潮激荡，那最纯洁善良的农民已忍无可忍，想用拳，用石头，用叉靶扫帚，杀出一条活路！

就是在我不住哭嚎的时候，我们听见了“义和拳”（后来改为义和团）这个名称。

老王掌柜的年纪越大，越爱说：得回家去看看喽！可是，最近三年，他把回家的假期都让给了年岁较轻的伙计们。他懒得动。他越想家，也越爱留在北京。北京似乎有一种使他不知如何是好的魔力。他经常说，得把老骨头埋在家乡去。可是，若是有人问他：埋在北京不好吗？他似乎也不坚决反对。

他最爱他的小儿子。在他的口中，十成（他的小儿子的名字）仿佛不是个男孩，而是一种什么标准。提到年月，他总说：在生十成的那一年，或生十成后的第三年……讲到东西的高度，他也是说：是呀，比十成高点，或比十成矮着一尺……附带着说，十成本来排三，但是"三成"有歉收之意，故名十成。我们谁也没见过十成，可是认识王掌柜的人，似乎也都认识十成。在大家问他接到家信没有的时候，总是问：十成来信没有？

正是夏天农忙时节，王十成忽然来到北京！王掌柜又惊又喜。喜的是儿子不但来了，而且长得筋是筋、骨是骨，身量比爸爸高出一头，虽然才二十岁。惊的是儿子既没带行李，又满身泥土，小褂上还破了好几块。他急忙带着儿子去买了一身现成的蓝布裤褂，一双青布双脸鞋，然后就手去拜访了两三家满汉家庭，巡回展览儿子。过了两天，不知十成说了些什么，王掌柜停止了巡回展览。可是，街坊四邻已经知道了消息，不断地来质问：怎么不带十成上我们家去？看不起我们呀？这使他受了感动，可也叫他有点为难，只好不作普遍拜访，而又不完全停止巡回。

已是下午，母亲正在西荫凉下洗衣裳；我正在屋中半醒半睡、半饥半饱，躺着咂裹自己的手指头；大黄狗正在枣树下东弹弹、西啃啃地捉狗蝇，王家父子来到。

"这就是十成！"王掌柜简单地介绍。

母亲让他们到屋里坐，他们不肯，只好在院里说话儿。在夏天，我们的院里确比屋里体面：两棵枣树不管结枣与否，反正有些绿叶。顺着墙根的几棵自生自长的草茉莉，今年特别茂盛。因为给我添购糕干，父亲今年只买了一棵五色梅，可是开花颇卖力气。天空飞着些小燕，院内还偶尔来一两只红的或黄的蜻蜓。房上有几丛兔儿草，虽然不利于屋顶，可是葱绿可喜。总起来说，我们院中颇不乏生趣。

虽然天气已相当的热，王掌柜可讲规矩，还穿着通天扯地的灰布大衫。十成的新裤褂呢，裤子太长，褂子太短，可是一致地发出热辣辣的蓝靛味儿。母亲给了王掌柜一个小板凳，他坐下，不错眼珠地看着十成。十成说“有功夫”，无论怎么让，也不肯坐下。

母亲是受过娘家与婆家的排练的，尽管不喜多嘴多舌，可是来了亲友，她总有适当的一套话语，酬应得自然而得体。是呀，放在平日，她会有用之不竭的言词，和王掌柜专讨论天气。今天，也不知怎么，她找不到话说。她看看王掌柜，王掌柜的眼总盯着十成的脸上与身上，似乎这小伙子有什么使他不放心的地方。十成呢，像棵结实的小松树似的，立在那里，生了根，只有两只大手似乎没有地方安置，一会儿抬起来，一会儿落下去。他的五官很正，眼珠与脑门都发着光，可是严严地闭着嘴，决定能不开口就不开口。母亲不知如何是好，连天气专题也忘了。愣了一会儿，十成忽然蹲下去，用手托住双腮，仿佛思索着什么极重大的问题。

正在这时候，福海二哥来了。大黄狗马上活跃起来，蹦蹦跳跳地跑前跑后，直到母亲说了声：“大黄，安顿点！”大黄才回到原位去继续捉狗蝇。

二哥坐下，十成立了起来，闭得紧紧的嘴张开，似笑不笑地叫了声“二哥”。

二哥拿着把黑面、棕竹骨的扇子，扇动了半天才说：“十成我想过了，还是算了吧！”

“算了？”十成看了看父亲，看了看二哥。“算了？”他用力咽了口唾沫。“那是你说！”

母亲不晓得什么时候十成认识了福海，也听不懂他们说的是什么，只好去给他们沏茶。

王掌柜一边思索着一边说，所以说得很慢：“十成，我连洋布大衫都看不上，更甭说洋人、洋教了！可是……”

“爹！”十成在新裤子上擦了擦手心上的汗：“爹！你多年不在乡下，你不知道我们受的是什么！大毛子听二毛子的撺掇，官儿又听大毛子的旨意，一个老百姓还不如这条狗！”十成指了指大黄。“我顶恨二毛子，他们忘了本！”

王掌柜和二哥都好一会儿没说出话来。

“也，也有没忘本的呀！”二哥笑着说，笑得很欠自然。

“忘了本的才是大毛子的亲人！”十成的眼对准了二哥的，二哥赶紧假装地去看枣树叶上的一个“花布手巾”[①]。

王掌柜仍然很慢地说：“你已经……可是没……！”

二哥赶快补上：“得啦，小伙子！”

十成的眼又对准了二哥的：“别叫我小伙子，我一点也不小！我练了拳，练了刀，还要练善避刀枪！什么我也不怕！不怕！”

“可是，你没打胜！”二哥冷笑了一下。“不管你怎么理直气

---

① 又叫“花大姐儿”，即天牛，一种色黑、长须、背有星点的鞘翅目昆虫。

壮，官兵总帮助毛子们打你！你已经吃了亏！”

王掌柜接过话去：“对！就是这么一笔账！”

“我就不服这笔账，不认这笔账！败了，败了再打！”十成说完，把嘴闭得特别严，腮上轻动，大概是咬牙呢。

“十成！”王掌柜耐心地说：“十成，听我说！先在这儿住下吧！先看一看，看明白了再走下一步棋，不好吗？我年纪这么大啦，有你在跟前……”

“对！十成！你父亲说的对！”二哥心里佩服十成，而口中不便说造反的话；他是旗兵啊。

十成又蹲下了，一声不再出。

二哥把扇子打开，又并上，并上又打开，发出轻脆的响声。他心里很乱。有意无意地他又问了句：“十成，你们有多少人哪？”

“多了！多了！有骨头的……”他狠狠地看了二哥一眼。“在山东不行啊，我们到直隶来，一直地进北京！”

王掌柜猛地立起来，几乎是喊着：“不许这么说！”

母亲拿来茶。可是十成没说什么，立起来，往外就走。母亲端着茶壶，愣在那里。

“您忙去吧，我来倒茶！”二哥接过茶具，把母亲支开，同时又让王掌柜坐下。刚才，他被十成的正气给压得几乎找不出话说；现在，只剩下了王掌柜，他的话又多起来：“王掌柜，先喝碗！别着急！我会帮助您留下十成！”

“他，他在这儿，行吗？”王掌柜问。

“他既不是强盗，又不是杀人凶犯！山东闹义和团，我早就听说了！我也听说，上边决不许老百姓乱动！十成既跑到这儿来，就别叫他再回去。在这儿，有咱们开导他，他老老实实，别人也不会刨根问底！”二哥一气说完，又恢复了平日的诸葛亮气度。

“叫他老老实实？”王掌柜惨笑了一下。“他说得有理，咱们劝不住他！”

二哥又低下头去。的确，十成说得有理！“嗐！老王掌柜，我要光是个油漆匠，不是旗兵啊，我也……”

王掌柜也叹了口气，慢慢地走出去。

母亲过来问二哥：“老二，都是怎么一回事啊？十成惹了什么祸？”

“没有！没有！”二哥的脸上红了些，他有时候很调皮，可是不爱扯谎。“没事！您放心吧！”

“我看是有点事！你可得多帮帮王掌柜呀！”

“一定！”

这时候，姑母带着“小力笨”从西庙回来。姑母心疼钱，又不好意思白跑一趟，所以只买了一包刷牙用的胡盐。

“怎么样啊？老二！”姑母笑着问。

按照规律，二哥总会回答：“听您的吧，老太太！”可是，今天他打不起精神凑凑十胡什么的。十成的样子、话语还在他的心中，使他不安、惭愧，不知如何是好。“老太太，我还有点事！”他笑着回答。然后又敷衍了几句，用扇子打了大腿一下：“我还真该走啦！”便走了出去。

出了街门，他放慢了脚步。他须好好地思索思索。对世界形势，他和当日的王爷们一样，不大知道。他只知道外国很厉害。可是，不管外国怎么厉害，他却有点不服气。因此，他佩服十成。

不过，他也猜得到，朝廷决不许十成得罪外国人，十成若是傻干，必定吃亏。他是旗兵，应当向着朝廷呢？还是向着十成呢？他的心好像几股麻绳绕在一块儿，撕拉不开了。他的身上出了汗，小褂贴在背上，袜子也粘住脚心，十分不好过。

糊里糊涂地，他就来到便宜坊门外。他决定不了，进去还是不进去。

恰好，十成出来了。看见二哥，十成立定，嘴又闭得紧紧的。他的神气似乎是说：你要捉拿我吗？好，动手吧！

二哥笑了笑，低声地说："别疑心我！走！谈谈去！"

十成的嘴唇动了动，而没说出什么来。

"别疑心我！"二哥又说了一遍。

"走！我敢作敢当！"十成跟着二哥往北走。

他们走得飞快，不大会儿就到了积水滩。这里很清静，苇塘边上只有两三个钓鱼的，都一声不出。两个小儿跑来，又追着一只蜻蜓跑去。二哥找了块石头坐下，擦着头上的汗，十成在一旁蹲下，呆视着微动的苇叶。

二哥要先交代明白自己，好引出十成的真心话来。"十成，我也恨欺侮咱们的洋人！可是，我是旗兵，上边怎么交派，我怎么作，我不能自主！不过，万一有那么一天，两军阵前，你我走对了面，我决不会开枪打你！我呀，十成，把差事丢了，还能挣饭吃，我是油漆匠！"

"油漆匠？"十成看了二哥一眼。"你问吧！"

"我不问教里的事。"

"什么教？"

“你们不是八卦教？教里的事不是不告诉外人吗？”二哥得意地笑了笑。“你看，我是白莲教。按说，咱们是师兄弟！”

“你是不敢打洋人的白莲教！别乱扯师兄弟！”

二哥以为这样扯关系，可以彼此更亲热一点；哪知道竟自碰了回来，他的脸红起来。“我，我在理儿！”

“在理儿就说在理儿，干吗扯上白莲教？”十成一句不让。

“算了，算了！”二哥沉住了气。“说说，你到底要怎样！”

“我走！在老家，我们全村受尽了大毛子、二毛子的欺负，我们造了反！我们叫官兵打散了，死了不少人！我得回去，找到朋友们，再干！洋人，官兵，一齐打！我们的心齐，我们有理，谁也挡不住我们！”十成立了起来，往远处看，好像一眼就要看到山东去。

“我能帮帮你吗？”二哥越看越爱这个天不怕地不怕的小伙子。他生在北京，长在北京，没见过像十成这样淳朴，这样干净，这样豪爽的人。

“我马上就走，你去告诉我爹，叫他老人家看明白，不打不杀，谁也没有活路儿！叫他看明白，我不是为非作歹，我是要干点好事儿！你肯吗？”十成的眼直视着二哥的眼。

“行！行！十成，你知道，我的祖先也不怕打仗！可是，现在……算了，不必说了！问你，你有盘缠钱没有？”

“没有！用不着！”

“怎么用不着？谁会白给你一个烧饼？”二哥的俏皮话又来了，可是赶紧控制住。“我是说，行路总得有点钱。”

“看！”十成解开小褂，露出一条已经被汗沤得深一块浅一块的红布腰带来。“有这个，我就饿不着！”说完，他赶紧把小褂又扣好。

“可是，叫二毛子看见，叫官兵看见，不就……”

“是呀！”十成爽朗地笑了一声。“我这不是赶快系好了扣子吗？二哥，你是好人！官兵要都像你，我们就顺利多了！哼，有朝一日，我们会叫皇上也得低头！”

“十成，”二哥掏出所有的几吊钱来，“拿着吧，不准不要！”

“好！”十成接过钱去。“我数数！记上这笔账！等把洋人全赶走，我回家种地，打了粮食还给你！”他一边说，一边数钱。“四吊八！”他把钱塞在怀里。“再见啦！”他往东走去。

二哥赶上去，“你认识路吗？”

十成指了指德胜门的城楼：“那不是城门？出了城再说！”

十成不见了，二哥还在那里立着。这里是比较凉爽的地方，有水，有树，有芦苇，还有座不很高的小土山。二哥可是觉得越来越热。他又坐在石头上。越想，越不对，越怕；头上又出了汗。不管怎样，一个旗兵不该支持造反的人！他觉得自己一点也不精明，作了极大的错事！假若十成被捉住，供出他来，他怎么办？不杀头，也得削除旗籍，发到新疆或云南去！

“也不至于！不至于！”他安慰自己。“出了事，花钱运动运动就能逢凶化吉！”这么一想，他又觉得他不是同情造反，而是理之当然了——什么事都可以营私舞弊，有银子就能买到官，赎出命来。这成何体统呢？他没读过经史，可是听过不少京戏和评书，哪一朝不是因为不成体统而垮了台呢？

再说，十成是要打洋人。一个有良心的人，没法不佩服他，大家伙儿受了洋人多少欺侮啊！别的他不知道，他可忘不了甲午之战，和英法联军焚烧圆明园啊。他镇定下来。十成有理，他也有理，有理的人心里就舒服。他慢慢地立起来，想找王掌柜去。已走了几步，他又站住了。不好！不能去！他答应下王掌柜，帮他留下十成啊！再说，王掌柜的嘴快，会到处去说：儿子跑了，福海知道底细！这不行！

可是，不去安慰王掌柜，叫老头子到处去找儿子，也不对！怎么办呢？

他急忙回了家，用左手写了封信："父亲大人金安：儿回家种地，怕大人不准回去，故不辞而别也，路上之事，到家再禀。儿十成顿首。"写完，封好，二哥说了声"不好！"赶紧又把信拆开。"十成会写字不会呢？不知道！"

想了好大半天，打不定主意，最后："算了，就是它！"他又把信粘好，决定在天黑之后，便宜坊上了门，从门缝塞进去。

八

王掌柜本来不喜欢洋人、洋东西，自从十成不辞而别，他也厌恶洋教与二毛子了。他在北京住了几十年，又是个买卖地的人，一向对谁都是一团和气，就是遇见永远不会照顾他的和尚，他也恭敬地叫声大师傅。现在，他越不放心十成，就越注意打听四面八方怎么闹教案，也就决定不便对信洋教的客客气气。每逢他路过教堂，他便站住，多看一会儿；越看，心里越别扭。那些教堂既不像佛庙，又不像道观？而且跟两旁的建筑是那么不谐调，叫他觉得它们里边必有洋枪洋炮，和什么洋秘密，洋怪物。赶上礼拜天，他更要多站一会儿，看看都是谁去作礼拜。他认识不少去作礼拜的人，其中有的是很好的好人，也有他平素不大看得起的人。这叫他心里更弄不清楚了：为什么那些好人要信洋教呢？为什么教堂收容那些不三不四的人呢？他想不明白。更叫他想不通的是：教徒里有不少旗人！他知道旗人有自己的宗教（他可是说不上来那是什么教），而且又信佛教、道教，和孔教。据他想，这也就很够了，为什么还得去信洋教呢？越想，他心里越绕得慌!

他决定问问多二爷。多二爷常到便宜坊来买东西，非常守规矩，是王掌柜所敬重的一个人。他的服装还是二三十年前的料子与式样，宽衣博带，古色古香。王掌柜因为讨厌那哗哗乱响的竹布，就特别喜爱多二爷的衣服鞋帽，每逢遇上他，二人就以此为题，谈论好大半天。多二爷在旗下衙门里当个小差事，收入不多。这也就是他的衣冠古朴的原因，他作不起新的。他没想到，这会得到王掌柜的夸赞，于是遇到有人说他的衣帽过了时，管他叫“老古董”，他便笑着说：“哼！老王掌柜还夸我的这份儿老行头呢！”因此，他和王掌柜的关系就越来越亲密。但是，他并不因此而赊账。每逢王掌柜说：“先拿去吃吧，记上账！”多二爷总是笑着摇摇头：“不，老掌柜！我一辈子不拉亏空！”是，他的确是个安分守己的人。他的衣服虽然陈旧，可是老刷洗得干干净净，容易磨破的地方都事先打好补钉。

他的脸很长，眉很重，不苟言苟笑。可是，遇到他所信任的人，他也爱拉不断扯不断地闲谈，并且怪有风趣。

他和哥哥分居另过。多大爷不大要强，虽然没作过、也不敢作什么很大的伤天害理的事，可是又馋又懒，好贪小便宜。无论去作什么事，他的劈面三刀总是非常漂亮，叫人相信他是最勤恳，没事儿会找事作的人。吃过了几天饱饭之后，他一点也不再勤恳，睡觉的时候连灯都懒得吹灭，并且声明：“没有灯亮儿，我睡不着！”

他入了基督教。全家人都反对他入教，他可是非常坚决。他的理由是：“你看，财神爷，灶王爷，都不保佑我，我干吗不试试洋神仙呢？这年头儿，什么都是洋的好，睁开眼睛看看吧！”

反对他入教最力的是多二爷。多老二也并摸不清基督教的信仰是什么，信它有什么好处或什么坏处。他的最重要的理由是：“哥哥，难道你就不要祖先了吗？入了教不准上坟烧纸！”

“那，”多大爷的脸不像弟弟的那么长，而且一急或一笑，总把眉眼口鼻都挤到一块儿去，像个多褶儿的烧卖。此时，他的脸又皱得像个烧卖。“那，我不去上坟，你去，不是两面都不得罪吗？告诉你，老二，是天使给我托了梦！前些日子，我一点辙也没有[①]。可是，我梦见了天使，告诉我：‘城外有生机’。我就出了城，顺着护城河慢慢地走。忽然，我听见了蛙叫，咕呱，咕呱！我一想，莫非那个梦就应验在田鸡身上吗？连钓带捉，我就捉到二十多只田鸡。你猜，我遇见了谁？”他停住口，等弟弟猜测。

多老二把脸拉得长长的，没出声。

多老大接着说：“在法国府……”

多老二反倒在这里插了话：“什么法国府？”

“法国使馆嘛！”

“使馆不就结了，干吗说法国府？”

“老二，你呀发不了财！你不懂洋务！”

“洋务？李鸿章懂洋务，可是大伙儿管他叫汉奸！”

“老二！”多老大的眉眼口鼻全挤到一块儿，半天没有放松。“老二！你敢说李中堂[②]是……！算了，算了，我不跟你抬死杠！

---

① 一点办法也没有。辙，车辙，借指办法，此处指生计。

② 即李鸿章。

还说田鸡那回事儿吧！”

“大哥，说点正经的！”

“我说的正是最正经的！我呀，拿着二十多只肥胖的田鸡，进了城。心里想：看看那个梦灵不灵！正这么想呢，迎头来了法国府的大师傅，春山，也是咱们旗人，镶黄旗的。你应该认识他！他哥哥春海，在天津也当洋厨子。”

“不认识！”

“哼，洋面上的人你都不认识！春山一见那些田鸡，就一把抓住了我，说：‘多老大，把田鸡卖给我吧！’我一看他的神气，知道其中有事，就沉住了气。我说：‘我找这些田鸡，是为配药用的，不卖！’我这么一说，他更要买了。敢情啊，老二，法国人哪，吃田鸡！你看，老二，那个梦灵不灵！我越不卖，他越非买不可，一直到我看他拿出两吊钱来，我才把田鸡让给他！城外有生机，应验了！从那个好日子以后，我隔不了几天，就给他送些田鸡去。可是，到了冬天，田鸡都藏起来，我又没了办法。我还没忘了天使，天使也没忘了我，又给我托了个梦：‘老牛有生机’。这可不大好办！你看，田鸡可以白捉，牛可不能随便拉走啊！有一天，下着小雪，我在街上走来走去，一点辙也没有。走着走着，一看，前面有个洋人。反正我也没事儿作，就加快了脚步，跟着他吧。你知道，洋人腿长，走得快。一边走，我一边念道：‘老牛有生机’。那个洋人忽然回过头来，吓了我一跳。他用咱们的话问我：‘你叫我，不叫我？’唉，他的声音，他的说法，可真别致，另有个味儿！我还没想起怎么回答，他可又说啦：‘我叫牛又生。’你就说，天使有多么灵！牛有生，牛又生，差不多嘛！他敢情是牛又生，牛大牧师，真正的美国人！一听说他是牧师，我赶紧说：‘牛大牧师，我有罪呀！’这是点真学问！你记住，牧师专收有罪的人，正好像买破烂的专收碎铜烂铁。牛牧师高兴极了，亲亲热热地把我拉进教堂去，管我叫迷失了的羊。我想：他是牛，我是羊，可以算差不多。他为我祷告，我也学着祷告。他叫我入查经班，白送给我一本《圣经》，还给了我两吊钱！”

“大哥！你忘了咱们是大清国的人吗？饿死，我不能去巴结洋鬼子！”多老二斩钉截铁地说。

“大清国？哈哈！”多老大冷笑着：“连咱们的皇上也怕洋人！”

“说得好！”多老二真急了。“你要是真敢信洋教，大哥，别怪我不准你再进我的门！”

“你敢！我是你哥哥，亲哥哥！我高兴几时来就几时来！”多老大气哼哼地走出去。

一个比别的民族都高着一等的旗人若是失去自信，像多老大这样，他便对一切都失去信心。他觉得自己是天底下最可怜的人，因而他干什么都应当邀得原谅。他入洋教根本不是为信仰什么，而是对社会的一种挑战。他仿佛是说：谁都不管我呀，我去信洋教，给你们个苍蝇吃[①]。他也没有把信洋教看成长远之计；多咱洋教不灵了，他会退出来，改信白莲教，假若白莲教能够给他两顿饭吃。思索了两天，他去告诉牛牧师，决定领洗入教，改邪归正。

教堂里还有位中国牧师，很不高兴收多大爷这样的人作教

---

① 故意招人恶心的意思。此指“旗人”信“洋教”的事。

徒。可是，他不便说什么，因为他怕被牛牧师问倒：教会不救有罪的人，可救谁呢？况且，教会是洋人办的，经费是由外国来的，他何必主张什么呢？自从他当上牧师那天起，他就决定毫无保留地把真话都禀明上帝，而把假话告诉牛牧师。不管牛牧师说什么，他总点头，心里可是说："你犯错误，你入地狱！上帝看得清楚！"

牛牧师在国内就传过道，因为干别的都不行。他听说地球上有个中国，可是与他毫无关联，因而也就不在话下。自从他的舅舅从中国回来，他开始对中国发生了兴趣。他的舅舅在年轻的时候偷过人家的牲口，被人家削去了一只耳朵，所以逃到中国去，卖卖鸦片什么的，发了不小的财。发财还乡之后，亲友们，就是原来管他叫流氓的亲友们，不约而同地称他为中国通。在他的面前，他们一致地避免说"耳朵"这个词儿，并且都得到了启发——混到山穷水尽，便上中国去发财，不必考虑有一只、还是两只耳朵。牛牧师也非例外。他的生活相当困难，到圣诞节都不一定能够吃上一顿烤火鸡。舅舅指给他一条明路："该到中国去！在这儿，你连在圣诞节都吃不上烤火鸡；到那儿，你天天可以吃肥母鸡，大鸡蛋！在这儿，你永远雇不起仆人；到那儿，你可以起码用一男一女，两个仆人！去吧！"

于是，牛牧师就决定到中国来。作了应有的准备，一来二去，他就来到了北京。舅舅果然说对了：他有了自己独住的小房子，用上一男一女两个仆人；鸡和鸡蛋是那么便宜，他差不多每三天就过一次圣诞节。他开始发胖。

对于工作，他不大热心，可又不敢太不热心。他想发财，而传教毕竟与贩卖鸦片有所不同。他没法儿全心全意地去工作。可是，他又准知道，若是一点成绩作不出来，他就会失去刚刚长出来的那一身肉。因此，在工作上，他总是忽冷忽热，有冬有夏。在多老大遇见他的那一天，他的心情恰好是夏天的，想把北京所有的罪人都领到上帝面前来，作出成绩。在这种时候，他羡慕天主教的神甫们。天主教的条件好，势力厚，神甫们可以用钱收买教徒，用势力庇护教徒，甚至修建堡垒，藏有枪炮。神甫们几乎全像些小皇帝。他，一个基督教的牧师，没有那么大的威风。想到这里，他不由得也想起舅舅的话来："对中国人，别给他一点好颜色！你越厉害，他们越听话！"好，他虽然不是天主教的神甫，可到底是牧师，代表着上帝！于是，在他讲道的时候，他就用他的一口似是而非的北京话，在讲坛上大喊大叫：地狱，魔鬼，世界末日……震得小教堂的顶棚上往下掉尘土。这样发泄一阵，他觉得痛快了一些，没有发了财，可是发了威，也是一种胜利。

对那些借着教会的力量，混上洋事，家业逐渐兴旺起来的教友，他有些反感。他们一得到好处，就不大热心作礼拜来了。可是，他也不便得罪他们，因为在圣诞节给他送来值钱的礼物的正是他们。有些教友呢，家道不怎么强，而人品很好。他们到时候就来礼拜，而不巴结牧师。牛牧师以为这种人，按照他舅舅对中国人的看法，不大合乎标准，所以在喊地狱的时候，他总看着他们——你们这些自高自大的人，下地狱！下地狱！他最喜爱的是多老大这类的人。他们合乎标准：穷，没有一点架子，见了他便牧师长，牧师短，叫得震心。跟他们在一道，他觉得自己多少像个小皇帝了。他的身量本来不算很矮，可是因为近来吃得好，睡得香，全身越发展越圆，也就显着矮了一些。他的黄头发不多，黄眼珠很小；因此，他很高兴：生活在中国，黄颜色多了，对他不利。他的笑法很突出：咔、咔地往外挤，好像嗓子上扎着一根鱼刺。每逢遇到教友们，他必先咔咔几下，像大人见着个小孩，本不想笑，又不好不逗一逗那样。

不论是在讲坛上，还是在日常生活中，他都说不出什么大道理来。他没有什么学问，也不需要学问。他觉得只凭自己来自美国，就理当受到尊敬。他是天生的应受尊敬的人，连上帝都得怕他三分。因此，他最讨厌那些正派的教友。当他们告诉他，或在神气上表示出：中国是有古老文化的国家，在古代就把最好的磁器、丝绸，和纸、茶等等送给全人类，他便赶紧提出轮船、火车，把磁器什么的都打碎，而后胜利地咔咔几声。及至他们表示中国也有过岳飞和文天祥等英雄人物，他最初只眨眨眼，因为根本不晓得他们是谁。后来，他打听明白了他们是谁，他便自动地，严肃地，提起他们来：你们的岳飞和文天祥有什么用呢？你们都是罪人，只是上帝能拯救你们！说这些话的时候，他的脸便红起来，手心里出了汗。他不晓得自己为什么那样激动，只觉得这样脸红脖子粗的才舒服，才对得起真理。

人家多老大就永远不提岳飞和文天祥。人家多老大冬夏长青地用一块破蓝布包着《圣经》，夹在腋下，而且巧妙地叫牛牧师看见。而后，他进一步，退两步地在牧师前面摆动，直到牧师咔咔了两声，他才毕恭毕敬地打开《圣经》，双手捧着，前去请教。这样一来，明知自己没有学问的牛牧师，忽然变成有学问的人了。

“牧师！”多老大恭敬而亲热地叫：“牧师！牛牧师，咱们敢情都是土作的呀？”

“对！对！‘创世记’[1]上说得明明白白：上帝用土造人，将生气吹在他鼻内，人就成了生灵。”牛牧师指着《圣经》说。

“牧师！牛牧师！那么，土怎么变成了肉呢？”多大爷装傻充愣地问。

“不是上帝将生气吹在鼻子里了吗？”

“对！牧师！对！我也是这么想，可是又怕想错了！”多大爷把《旧约》的“历代”翻开，交给牧师，而后背诵：“亚当生塞特，塞特生以挪士，以挪士生该南，该南生玛勒列……”[2]

“行啦！行啦！”牧师高兴地劝阻。“你是真用了功！一个中国人记这些名字，不容易呀！”

“真不容易！第一得记性好，第二还得舌头灵！牧师，我还有个弄不清楚的事儿，可以问吗？”

“当然可以！我是牧师！”

多老大翻开“启示录”[3]。“牧师，我不懂，为什么‘宝座中，和宝座四围有四个活物，前后遍体都长满了眼睛’？这是什么活物呢？”

“下面不是说：第一个活物像狮子，第二个活物像牛犊，第三个活物有脸像人，第四个活物像飞鹰吗？”

“是呀！是呀！可为什么遍体长满了眼睛呢？”

---

① 《旧约》的第一章，讲“上帝创造天地”。

② “创世纪”第五章的内容。

③ 《新约》的最后一章。多老大以《圣经》的一头一尾向牧师发问，表示自己已经通读。“宝库中……遍体长满了眼睛”是“启示录”第四章的原文。

“那，”牛牧师抓了抓稀疏的黄头发。“那，‘启示录’是最难懂的。在我们国内，光说解释‘启示录’的书就有几大车，不，几十大车！你呀，先念‘四福音书’[①]吧，等到功夫深了再看‘启示录’！”牛牧师虚晃了一刀，可是晃得非常得体。

“对！对！”多老大连连点头。在点头之际，他又福至心灵地想出警句：“牧师，我可识字不多，您得帮助我！”他的确没有读过多少书，可是无论怎么说，他也比牛牧师多认识几个汉字。他佩服了自己：一到谄媚人的时候，他的脑子就会那么快，嘴会那么甜！他觉得自己是一朵刚吐蕊的鲜花，没法儿不越开越大、越香！

“一定！一定！”牛牧师没法子不拿出四吊钱来了。他马上看出来：即使自己发不了大财，可也不必愁吃愁穿了——是呀，将来回国，他可以去作教授！好嘛，连多老大都求他帮助念《圣经》，汉语的《圣经》，他不是个汉学家，还是什么呢？舅舅，曾经是偷牲口的流氓，现在不是被称为中国通么？

接过四吊钱来，多老大拐弯抹角地说出：他不仅是个旗人，而且祖辈作过大官，戴过红顶子。

“呕！有没有王爷呢？”牛牧师极严肃地问。王爷、皇帝，甚至于一个子爵，对牛牧师来说，总有那么不小的吸引力。他切盼教友中有那么一两位王爷或子爵的后裔，以便向国内打报告的时候，可以大书特书：两位小王爷或子爵在我的手里受了洗礼！

---

① 基督教把凡是耶稣所说的话或其门徒传布的教义，都称为“福音”。《新约全书》中有马太、马可、路加、约翰四福音，均为最基本的教义。

“不记得有王爷。我可是的确记得，有两位侯爷！”多老大运用想象，创造了新的家谱。是的，就连他也不肯因伸手接那四吊钱而降低了身分。他若是侯爷的后代呢，那点钱便差不多是洋人向他献礼的了。

“侯爷就够大的了，不是吗？”牛牧师更看重了多老大，而且咔咔地笑着，又给他添了五百钱。

多老大包好《圣经》，揣好四吊多钱，到离教堂至少有十里地的地方，找了个大酒缸[①]。一进去，多老大把天堂完全忘掉了。多么香的酒味呀！假若人真是土作的，多老大希望，和泥的不是水，而是二锅头！坐在一个酒缸的旁边，他几乎要晕过去，屋中的酒味使他全身的血管都在喊叫：拿二锅头来！镇定了一下，他要了一小碟炒麻豆腐，几个腌小螃蟹，半斤白干。

喝到他的血管全舒畅了一些，他笑了出来：遍身都是眼睛，嘻嘻嘻！他飘飘然走出来，在门外精选了一块猪头肉，一对熏鸡蛋，几个白面火烧，自由自在地，连吃带喝地，享受了一顿。用那块破蓝布擦了擦嘴，他向酒缸主人告别。

吃出点甜头来以后，多老大的野心更大了些。首先他想到：要是像旗人关钱粮似的，每月由教会发给他几两银子，够多么好呢！他打听了一下，这在基督教教会不易作到。这使他有点伤心，几乎要责备自己，为什么那样冒失，不打听明白了行市就受洗入了教。

他可是并不灰心。不！既来之则安之，他必须多动脑子，给

① 指酒馆。从前的酒馆，多置有合围的大酒缸，盖以木板或石板，当作酒桌。酒缸，即作酒馆的代称。

自己打出一条活路来。是呀，能不能借着牛牧师的力量，到“美国府”去找点差事呢？刚刚想到这里，他自己赶紧打了退堂鼓：不行，规规矩矩地去当差，他受不了！他愿意在闲散之中，得到好吃好喝，像一位告老还乡的宰相似的。是的，在他的身上，历史仿佛也不是怎么走错了路。在他的血液里，似乎已经没有一点什么可以燃烧起来的东西。他的最高的理想是天上掉下馅饼来，而且恰好掉在他的嘴里。

他知道，教会里有好几家子，借着洋气儿开了大铺子，贩卖洋货，发了不小的财。他去拜访他们，希望凭教友的情谊，得点好处。可是，他们的爱心并不像他所想象的那么深厚，都对他非常冷淡。他们之中，有好几位会说洋话。他本来以为“亚当生塞特……”就是洋话；敢情并不是。他摹仿着牛牧师的官话腔调把“亚当生塞特”说成“牙当生鳃特”，人家还是摇头。他问人家那些活物为什么满身是眼睛，以便引起学术研究的兴趣，人家干脆说“不知道”！人家连一杯茶都没给他喝！多么奇怪！

多老大苦闷。他去问那些纯正的教友，他们说信教是为追求真理，不为发财。可是，真理值多少钱一斤呢？

他只好去联合吃教的苦哥儿们，想造成一种势力。他们各有各的手法与作风，不愿跟他合作。他们之中，有的借着点洋气儿，给亲友们调停官司，或介绍买房子卖地，从中取得好处；也有的买点别人不敢摸的赃货，如小古玩之类，送到外国府去；或者奉洋人之命，去到古庙里偷个小铜佛什么的，得些报酬。他们各有门道，都不传授给别人，特别是多老大。他们都看不上他的背诵“亚当生塞特”和讨论“遍身是眼睛”，并且对他得到几吊钱的赏赐也有那么点忌妒。他是新入教的，不该后来居上，压下他们去。一来二去，他们管他叫作“眼睛多”，并且有机会便在牛牧师的耳旁说他的坏话。牛牧师有“分而治之”的策略在胸，对他并没有表示冷淡，不过赶到再讨论“启示录”的时候，他只能得到一吊钱了，尽管他暗示：他的小褂也像那些活物，遍身都是眼睛！

怎么办呢？

唉，不论怎么说，非得点好处不可！不能白入教！

先从小事儿作起吧。在他入教以前，他便常到老便宜坊赊点东西吃，可是也跟别的旗人一样，一月倒一月，钱粮下来就还上账。现在，他决定只赊不还，看便宜坊怎么办。以前，他每回不过是赊二百钱的生肉，或一百六一包的盒子菜什么的；现在，他敢赊整只的酱鸡了。

王掌柜从多二爷那里得到了底细。他不再怀疑十成所说的了。他想：眼睛多是在北京，假若是在乡下，该怎样横行霸道呢？怪不得十成那么恨他们。

“王掌柜！”多二爷含羞带愧地叫：“王掌柜！他欠下几个月的了？”

“三个多月了，没还一个小钱！”

“王掌柜！我，我慢慢地替他还吧！不管怎么说，他总是我的哥哥！”多二爷含着泪说。

“怎能那么办呢？你们分居另过，你手里又不宽绰！”

“分居另过……他的祖宗也是我的祖宗！”多二爷狠狠地咽了口唾沫。

“你，你甭管！我跟他好好地讲讲理！”

“王掌柜！老大敢作那么不体面的事，是因为有洋人给他撑腰；咱们斗不过洋人！王掌柜，那点债，我还！我还！不管我怎么为难，我还！”

王掌柜考虑了半天，决定暂且不催多老大还账，省得多老大真把洋人搬出来。他也想到：洋人也许不会管这样的小事吧？可是，谁准知道呢？“还是稳当点好！”他这么告诉自己。

这时候，多老大也告诉自己：“行！行！这一手儿不坏，吃得开！看，我既不知道闹出事儿来，牛牧师到底帮不帮我的忙，也还没搬出他来吓唬王掌柜，王掌柜可是已经不言不语地把酱鸡送到我手里，仿佛儿子孝顺爸爸似的，行，行，有点意思儿！”

他要求自己更进一步：“是呀，赶上了风，还不拉起帆来吗？”可是，到底牛牧师支持他不呢？他心里没底。好吧，喝两盅儿壮壮胆子吧。喝了四两，烧卖脸上红扑扑的，他进了便宜坊。这回，他不但要赊一对肘子，而且向王掌柜借四吊钱。

王掌柜冒了火。已经忍了好久，他不能再忍。虽然作了一辈子买卖，他可究竟是个山东人，心直气壮。他对准了多老大的眼睛，看了两分钟。他以为多老大应当明白这是什么意思，希望他知难而退。可是，多老大没有动，而且冷笑了两声。这逼得王掌柜出了声：“多大爷！肘子不赊！四吊钱不借！旧账未还，免开尊口！你先还账！”

多老大没法儿不搬出牛牧师来了。要不然，他找不着台阶儿走出去。“好！王掌柜！我可有洋朋友，你咂摸咂摸[①]这个滋味儿

① 寻思，反复研究。

吧！你要是懂得好歹的话，顶好把肘子、钱都给我送上门去，我恭候大驾！”他走了出去。

为索债而和穷旗人们吵闹，应当算是王掌柜的工作。他会喊叫、争论，可是不便真动气。是呀，他和人家在除夕闹得天翻地覆，赶到大年初一见面，彼此就都赶上前去，深施一礼，连祝发财，倒好像从来都没红过脸似的。这回，他可动了真气。多老大要用洋人的势力敲诈他，他不能受！他又想起十成，并且觉得有这么个儿子实在值得自豪！

可是，万一多老大真搬来洋人，怎么办呢？他和别人一样，不大知道到底洋人有多大力量，而越摸不着底就越可怕。他赶紧去找多老二。

多老二好大半天没说出话来，恐怕是因为既很生气，又要控制住怒气，以便想出好主意来。“王掌柜，你回去吧。我找他去！”多老二想出主意来，并且决定马上行动。“你……”

“走吧！我找他去！请在铺子里等我吧！”多老二是老实人，可是一旦动了气，也有个硬劲。

他找到了老大。

“哟！老二！什么风儿把你吹来了？”老大故意要俏，心里说：你不高兴我入教，睁眼看看吧，我混得比从前强了好多：炒麻豆腐、腌小螃蟹、猪头肉、二锅头、乃至于酱鸡，对不起，全先偏过[①]了！看看我，是不是长了点肉？

“大哥！听着！”老二是那么急切、严肃，把老大的笑容都

① 偏过，已用过餐。有私自占先之意，多用作答语之谦词。

一下子赶跑。“听着！你该便宜坊的钱，我还！我去给便宜坊写个字据，一个小钱不差，慢慢地都还清！你，从此不许再到那儿赊东西去！”

眼睛多心里痒了一下。他没想到王掌柜会这么快就告诉了老二，可见王掌柜是发了慌，害了怕。他不知道牛牧师愿意帮助他不愿意，可是王掌柜既这么发慌，那就非请出牛牧师来不可了！怎么知道牛牧师不愿帮助他呢？假若牛牧师肯出头，哎呀，多老大呀，多老大，前途光明的没法儿说呀！

“老二，谢谢你的好意，我谢谢你！可是，你顶好别管我的事，你不懂洋务啊！”

“老大！”完全出于愤怒，老二跪下了，给哥哥磕了个响头。“老大！给咱们的祖宗留点脸吧，哪怕是一钉点儿呢！别再拿洋人吓唬人，那无耻！无耻！”老二的脸上一点血色也没有了，双手不住地发颤，想走出去，可又迈不开步。

老大愣了一会儿，噗哧一笑：“老二！老二！”

“怎样？”老二希望哥哥回心转意。“怎样？”

“怎样？”老大又笑了一下，而后冷不防地：“你滚出去！滚！”

老二极镇定地、狠狠地看了哥哥一眼，慢慢地走了出来。出了门，他已不知道东西南北。他一向是走路不愿踩死个蚂蚁，说话不得罪一条野狗的人。对于兄长，他总是能原谅就原谅，不敢招他生气。可是，谁想到哥哥竟自作出那么没骨头的事来——狗着[①]洋人，欺负自己人！他越想越气，出着声儿叨唠：“怎么呢？

① 溜须拍马，曲意逢迎。

怎么这种事叫我碰上了呢？怎么呢？堂堂的旗人会，会变成这么下贱呢？难道是二百多年前南征北战的祖宗们造下的孽，叫后代都变成猪狗去赎罪吗？”不知道怎样走的，他走回了家。一头扎在炕上，他哭起来。

多老大也为了难。到底该为这件事去找牛牧师不该呢？去吧，万一碰了钉子呢？不去吧，又怎么露出自己的锋芒呢？嗯——去！去！万一碰了钉子，他就退教，叫牛牧师没脸再见上帝！对！就这么办！

“牛牧师！”他叫得亲切、缠绵，使他的嗓子、舌头都那么舒服，以至没法儿不再叫一声：“牛牧师！”

“有事快说，我正忙着呢！”牛牧师一忙就忘了抚摸迷失了的羊羔，而想打它两棍子。

“那，您就先忙着吧，我改天再来！”口中这么说，多老大的脸上和身上可都露出进退两难的样子，叫牧师看出他有些要紧的事儿急待报告。

“说说吧！说说吧！”牧师赏了脸。

大起大落，多老大首先提出他听到的一些有关教会的消息——有好多地方闹了教案。“我呀，可真不放心那些位神甫、牧师！真不放心！”

“到底是教友啊，你有良心！”牛牧师点头夸赞。

“是呀，我不敢说我比别人好，也不敢说比别人坏，我可是多少有点良心！”多老大非常满意自己这句话，不卑不亢，恰到好处。然后，他由全国性的问题，扯到北京：“北京怎么样呢？”

牛牧师当然早已听说，并且非常注意，各地方怎么闹乱子。

虽然各处教会都得到胜利，他心里可还不大安静。教会胜利固然可喜，可是把自己的脑袋耍掉了，恐怕也不大上算。他给舅舅写了信，请求指示。舅舅是中国通，比上帝都更了解中国人。在信里，他暗示：虽然母鸡的确肥美，可是丢掉性命也怪别扭。舅舅的回信简而明：

“很奇怪，居然有怕老鼠的猫——我说的是你！乱子闹大了，我们会出兵，你怕什么呢？在一个野蛮国家里，越闹乱子，对我们越有利！问问你的上帝，是这样不是？告诉你句最有用的话：没有乱子，你也该制造一个两个的！你要躲开那儿吗？你算把牧师的气泄透了！祝你不平安！祝天下不太平！”

接到舅舅的信，牛牧师看到了真理。不管怎么说，舅舅发了财是真的。那么，舅舅的意见也必是真理！他坚强起来。一方面，他推测中国人一定不敢造反；另一方面，他向使馆建议，早些调兵，有备无患。

“北京怎样？告诉你，连人带地方，都又脏又臭！咔，咔，咔！”

听了这样随便、亲切，叫他完全能明白的话，多老大从心灵的最深处掏出点最地道的笑意，摆在脸上。牛牧师成为他的知己，肯对他说这么爽直，毫不客气的话。乘热打铁，他点到了题：便宜坊的王掌柜是奸商，欺诈教友，诽谤教会。

“好，告他去！告他！”牛牧师不能再叫舅舅骂他是怕老鼠的猫！再说，各处的教案多数是天主教制造的，他自己该为基督教争口气。再说，教案差不多都发生在乡间，他要是能叫北京震动那么一下，岂不名扬天下，名利双收！再说，使馆在北京，在使馆的眼皮子下面闹点事，调兵大概就不成问题了。再说……越想越对，不管怎么说，王掌柜必须是个奸商！

多老大反倒有点发慌。他拿什么凭据去控告王掌柜呢？自己的弟弟会去作证人，可是证明自己理亏！怎么办？他请求牛牧师叫王掌柜摆一桌酒席，公开道歉；要是王掌柜不肯，再去打官司。

牛牧师也一时决定不了怎么作才好，愣了一会儿，想起主意："咱们祷告吧！"他低下头、闭上了眼。

多老大也赶紧低头闭眼，盘算着：是叫王掌柜在前门外的山东馆子摆酒呢，还是到大茶馆去吃白肉呢？各有所长，很难马上作出决定，他始终没想起对上帝说什么。

牛牧师说了声"阿们"，睁开了眼。

多老大把眼闭得更严了些，心里空空的，可挺虔诚。

"好吧，先叫他道歉吧！"牛牧师也觉得先去吃一顿更实惠一些。

九

眼睛多没有学问，所以看不起学问。他也没有骨头，所以也看不起骨头——他重视，极其重视，酱肉。

他记得几个零七八碎的，可信可不信的，小掌故。其中的一个是他最爱说道的，因为它与酱肉颇有关系。

他说呀：便宜坊里切熟肉的木墩子是半棵大树。为什么要这么高呢？在古时候，切肉的墩子本来很矮。后来呀，在旗的哥儿们往往喜爱伸手指指点点，挑肥拣瘦，并且有时候捡起肉丝或肉块儿往嘴里送。这样，手指和飞快的刀碰到一起，就难免流点血什么的，造成严重的纠纷，甚至于去打官司。所以，墩子一来二去就长了身量，高高在上，以免手指和快刀发生关系。

在他讲说这个小掌故的时候，他并没有提出自己的看法，到底应否把肉墩子加高，使手指与快刀隔离。

可是，由他所爱讲的第二件小事情来推测，我们或者也可以找到点那弦外之音。

他说呀：许多许多旗籍哥儿们爱闻鼻烟。客人进了烟铺，把烟壶儿递出去，店伙必先把一小撮鼻烟倒在柜台上，以便客人一边闻着，一边等着往壶里装烟。这叫作规矩。是呀，在北京作买卖都得有规矩，不准野调无腔。在古时候，店中的伙计并不懂先“敬”烟，后装烟这个规矩，叫客人没事可作，等得不大耐烦。于是，旗人就想出了办法：一见柜台上没有个小小的坟头儿，便把手掌找了伙计的脸去。这样，一来二去，就创造了，并且巩固下来，那条“敬”烟的规矩。

假若我们把这二者——肉墩子与“敬”烟，放在一块儿去咂摸，我们颇可以肯定地说，眼睛多对那高不可及的半棵大树是有意见的。我们可以替他说出来，假若便宜坊也懂得先“敬”点酱肉，够多么好呢！

多老大对自己是不是在旗，和是否应当保持旗人的尊严，似乎已不大在意。可是，每逢他想起那个“敬”烟的规矩，便又不能不承认旗人的优越。是呀，这一条，和类似的多少条规矩，无论怎么说，也不能不算旗人们的创造。在他信教以后，他甚至这么想过：上帝创造了北京人，北京的旗人创造了一切规矩。

对！对！还得继续创造！王掌柜不肯赊给他一对肘子，不肯借给他四吊钱，好！哈哈，叫他摆一桌酒席，公开道歉！这只是个开端，新规矩还多着哩！多老大的脸日夜不息地笑得像个烧卖，而且是三鲜馅儿的。

可是，王掌柜拒绝了道歉！

眼睛多几乎晕了过去！

王掌柜心里也很不安。他不肯再找多老二去。多老二是老实人，不应再去叫他为难。他明知毛病都在洋人身上；可是，怎样对付洋人，他没有一点经验。他需要帮助。一想，他就想到福海二哥。不是想起一个旗人，而是想起一个肯帮忙的朋友。

自从十成走后，二哥故意地躲着王掌柜。今天，王掌柜忽然来找他，他吓了一跳，莫非十成又回来了，还是出了什么岔子？直到王掌柜说明了来意，他才放下心去。

可是，王掌柜现在所谈的更不好办。他看明白：这件事和十成所说的那些事的根子是一样的。他管不了！在外省，连知府知州知县都最怕遇上这种事，他自己不过是个旗兵，而且是在北京。

他可是不肯摇头。事在人为，得办办看，先摇头是最没出息的办法。他始终觉得自己在十成面前丢了人；现在，他不能不管王掌柜的事，王掌柜是一条好汉子的父亲。再说，眼睛多是旗人，给旗人丢人的旗人，特别可恨！是，从各方面来看，他都得管这件事。

“老掌柜，您看，咱们找找定大爷去，怎样？”

“那行吗？”王掌柜并非怀疑定大爷的势力，而是有点不好意思——每到年、节，他总给定府开点花账。

“这么办：我的身分低，又嘴上无毛，办事不牢，不如请上我父亲和正翁，一位参领，一位佐领，一同去见定大爷，或者能有门儿！对！试试看！您老人家先回吧，别急，听我的回话儿！”

云亭大舅对于一个忘了本，去信洋教的旗人，表示厌恶。“旗人信洋教，那么汉人该怎么样呢？”在日常生活里，他不愿把满、汉的界限划得太清了；是呀，谁能够因为天泰轩的掌柜的与跑堂的都是汉人，就不到那里去喝茶吃饭呢？可是，遇到大事，像满汉应否通婚，大清国的人应否信洋教，他就觉得旗人应该比汉人高明，心中有个准数儿，不会先犯错误。他看不起多老大，不管他是眼睛多，还是鼻子多。

及至听到这件事里牵涉着洋人，他赶紧摇了摇头。他告诉二哥："少管闲事！"对了，大舅很喜欢说"少管闲事"。每逢这么一说，他就觉得自己为官多年，经验富，阅历深。

二哥没再说什么。他们爷儿俩表面上是父慈子孝，可心里并不十分对劲儿。二哥去找正翁。

八月未完，九月将到，论天气，这是北京最好的时候。风不多，也不大，而且暖中透凉，使人觉得爽快。论色彩，二八月，乱穿衣，大家开始穿出颜色浓艳的衣裳，不再像夏天的那么浅淡。果子全熟了，街上的大小摊子上都展览着由各地运来的各色的果品，五光十色，打扮着北京的初秋。皇宫上面的琉璃瓦，白塔的金顶，在晴美的阳光下闪闪发光。风少，灰土少，正好油饰门面，发了财的铺户的匾额与门脸儿都添上新的色彩。好玩鸟儿的人们，一夏天都用活蚂蚱什么的加意饲养，把鸟儿喂得羽毛丰满，红是红，黄是黄，全身闪动着明润的光泽，比绸缎更美一些。

二哥的院里有不少棵枣树，树梢上还挂着些熟透了的红枣儿。他打下来一些，用包袱兜好，拿去送给正翁夫妇。那年月，旗人们比较闲在，探望亲友便成为生活中的要事一端。常来常往，大家都观察得详细，记得清楚：谁家院里有一棵歪脖的大白杏，谁家的二门外有两株爱开花而不大爱结果的"虎拉车"[①]。记得清楚，自然到时候就期望有些果子送上门来，亲切而实惠。大姐婆

---

① 即花红，俗称沙果。虎读作 huǒ。

婆向来不赠送别人任何果子，因为她从前种的白枣和蜜桃什么的都叫她给瞪死了，后来就起誓不再种果树。这可就叫她有时间关心别人家的桃李和苹果，到时候若不给她送来一些，差不多便是大逆不道！因此，二哥若不拿着些枣子，便根本不敢前去访问。

多甫大姐夫正在院里放鸽子。他仰着头，随着鸽阵的盘旋而轻扭脖颈，眼睛紧盯着飞动的“元宝”。他的脖子有点发酸，可是“不苦不乐”，心中的喜悦难以形容。看久了，鸽子越飞越高，明朗的青天也越来越高，在鸽翅的上下左右仿佛还飞动着一些小小的金星。天是那么深远，明洁，鸽子是那么黑白分明，使他不能不微张着嘴，嘴角上挂着笑意。人、鸽子、天，似乎通了气，都爽快、高兴、快活。

今天，他只放起二十来只鸽子，半数以上是白身子，黑凤头，黑尾巴的“黑点子”，其余的是几只“紫点子”和两只黑头黑尾黑翅边的“铁翅乌”。阵式不大，可是配合得很有考究。是呀，已到初秋，天高，小风儿凉爽，若是放起全白的或白尾的鸽儿，岂不显着轻飘，压不住秋景与凉风儿么？看，看那短短的黑尾，多么厚深有力啊。看，那几条紫尾确是稍淡了一些，可是鸽子一转身或一侧身啊，尾上就发出紫羽特有的闪光呀！由全局看来，白色似乎还是过多了一些，可是那一对铁翅乌大有作用啊：中间白，四边黑，像两朵奇丽的大花！这不就使鸽阵于素净之中又不算不花哨么？有考究！真有考究！看着自己的这一盘儿鸽子，大姐夫不能不暗笑那些阔人们——他们一放就放起一百多只，什么颜色的都有，杂乱无章，叫人看着心里闹得慌！“贵精不贵多呀”！他想起古人的这句名言来。虽然想不起到底是哪一位古人说的，他可是觉得“有诗为证”，更佩服自己了。

在愉快之中，他并没忘了警惕。玩嘛，就得全心全意，一丝不苟。虽然西风还没有吹黄了多少树叶，他已不给鸽子戴上鸽铃，怕声闻九天，招来“鸦虎子”——一种秋天来到北京的鹞子，鸽子的敌人。一点不能大意，万一鸦虎子提前几天进了京呢，可怎么办？他不错眼珠地看着鸽阵，只要鸽子露出点惊慌，不从从容容地飞旋，那必是看见了敌人。他便赶紧把它们招下来，决不冒险。今天，鸽子们并没有一点不安的神气，可是他还不敢叫它们飞得过高了。鸦虎子专会在高空袭击。他打开鸽栅，放出几只老弱残兵，飞到房上。空中的鸽子很快地都抿翅降落。他的心由天上回到胸膛里。

二哥已在院中立了一会儿。他知道，多甫一玩起来便心无二用，听不见也看不见旁的，而且讨厌有人闯进来。见鸽子都安全地落在房上，他才敢开口：“多甫，不错呀！”

“哟！二哥！”多甫这才看见客人。他本想说两句道歉的话，可是一心都在鸽子上，爽兴就接着二哥的话茬儿说下去：“什么？不错？光是不错吗？看您说的！这是点真学问！我叫下它们来，您细瞧瞧！每一只都值得瞧半天的！”他往栅子里撒了一把高粱，鸽子全飞了下来。“您看！您要是找紫点子和黑点子的样本儿，都在这儿呢！您看看，全是凤头的，而且是多么大，多么俊的凤头啊！美呀！飞起来，美；落下来，美；这才算地道玩艺儿！”没等二哥细细欣赏那些美丽的凤头，多甫又指着一对“紫老虎帽儿”说：“二哥！看看这一对宝贝吧！帽儿一直披过了肩，多么好的尺寸，还一根杂毛儿也没有啊！告诉您，没地方找去！”

他放低了声音，好像怕隔墙有耳："庆王府的！府里的秀泉，秀把式偷出来的一对蛋！到底是王府里的玩艺儿，孵出来的哪是鸽子，是凤凰哟！"

"嗯！是真体面！得送给秀把式一两八钱的吧？"

"二哥，您是怎么啦？一两八钱的，连看也不叫看一眼啊！靠着面子，我给了他三两。可是，这一对小活宝贝得值多少银子啊？二哥，不信您马上拍出十两银子来，看我肯让给您不肯！"

"那，我还留着银子娶媳妇呢！"

"那，也不尽然！"多甫把声音放得更低了些："您记得博胜之博二爷，不是用老婆换了一对蓝乌头吗？"这时候，他才看见二哥手里的包袱。"二哥，您家里的树熟儿[①]吧？嘿！我顶爱吃您那儿的那种'莲蓬子儿'，甜酸，核儿小，皮嫩！太好啦！我道谢啦！"他请了个安，把包袱接过去。

进了堂屋，二哥给二位长亲请了安，问了好，而后献礼："没什么孝敬您的，自家园的一点红枣儿！"

大姐进来献茶，然后似乎说了点什么，又似乎没说什么，就那么有规有矩地找到最合适的地方，垂手侍立。

多甫一心要吃枣子，手老想往包袱里伸。大姐婆婆的眼睛把他的手瞪了回去，而后下命令："媳妇，放在我的盒子里去！"大姐把包袱拿走，大姐夫心里凉了一阵。

有大姐婆婆在座，二哥不便提起王掌柜的事，怕她以子爵的女儿的资格，拦头给他一杠子。她对什么事，不管懂不懂，都有

---

① 指树上熟透了的果实。

她自己的见解与办法。一旦她说出“不管”，正翁就绝对不便违抗。这并不是说正翁有点怕老婆，而是他拥护一条真理——“不管”比“管”更省事。二哥有耐性儿，即使大姐婆婆在那儿坐一整天，他也会始终不动，滔滔不绝地瞎扯。

大姐不知在哪儿那么轻嗽了一下。只有大姐会这么轻嗽，叫有心听的能听出点什么意思来，叫没心听的也觉得挺悦耳，叫似有心听又没心听的既觉得挺悦耳，还可能听出点什么意思来。这是她的绝技。大姐婆婆听见了，瞪了瞪眼，欠了欠身。二哥听到了那声轻嗽，也看见了这个欠身，赶紧笑着说：“您有事，就请吧！”大姐婆婆十分庄严地走出去。二哥这才对二位男主人说明了来意。

多甫还没把事情完全听明白，就怒从心中起，恶向胆边生。“什么？洋人？洋人算老几呢？我斗斗他们！大清国是天朝上邦，所有的外国都该进贡称臣！”他马上想出来具体的办法：“二哥，您甭管，全交给我吧！善扑营[①]的、当库兵的哥儿们，多了没有，约个三十口子，四十口子，还不算不现成！他眼睛多呀，就是千眼佛，我也把他揍瞎了！”

“打群架吗？”二哥笑着问。

“对！拉躺下，打！打得他叫了亲爹，拉倒！不叫，往死里打！”多甫立起来，晃着两肩，抡抡拳头，还狠狠地啐了两口。

“多甫，”旗人的文化已经提到这么高，正翁当着客人面前，

---

① 善扑，摔跤。清代设置的善扑营，是专门训练为演习用的摔跤、射箭、骑马等技艺的军营。

称儿子的号而不呼名了。“多甫，你坐下！”看儿子坐下了，正翁本不想咳嗽，可是又似乎有咳嗽的必要，于是就有腔有调地咳嗽了一会儿，而后问二哥：“定大爷肯管这个事吗？”

“我不知道，所以才来请您帮帮忙！”

“我看，我看，拿不准的事儿，顶好不作！”正翁作出很有思想的样子，慢慢地说。

“先打了再说嘛，有什么拿不准的？”多甫依然十分坚决。“是呀，我可以去请两位黄带子[①]来，打完准保没事！”

“多甫，”正翁掏出四吊钱的票子来，“给你，出去蹓蹓！看有好的小白梨，买几个来，这两天我心里老有点火。”

多甫接过钱来，扭头就走，大有子路负米的孝心与勇气。“二哥，您坐着，我给老爷子找小白梨去！什么时候打，我听您一句话，决不含糊！”他摇晃着肩膀走了出去。

“正翁，您……”二哥问。

“老二，”正翁亲切地叫，“老二！咱们顶好别去蹚浑水！”这种地方，正翁与云翁有些不同：云翁在拒绝帮忙的时候，设法叫人家看出来他的身分，理当不轻举妄动。正翁呢，到底是玩鸟儿、玩票惯了，虽然拒绝帮忙，说的可怪亲切，照顾到双方的利益。“咱们爷儿俩听听书去吧！双厚坪、恒永通，双说‘西游’，可真有个听头！”

“我改天，改天陪您去！今儿个……”二哥心里很不高兴，

---

① 清代的宗室，都系着金黄色带子，俗称宗室为“黄带子”。此处是指能在宗室中请出朋友。

虽然脸上不露出来——也许笑容反倒更明显了些，稍欠自然一些。他看不上多甫那个虚假劲儿：明知自己不行，却还爱说大话，只图嘴皮子舒服。即使他真想打群架，那也只是证明他糊涂；他难道看不出来，旗人的威风已不像从前那么大了吗？对正翁，二哥就更看不上了。他对于这件事完全漠不关心，他一心想去听《西游记》！

大姐婆婆在前，大姐在后，一同进来。大姐把包袱退还给二哥，里边包着点东西。不能叫客人拿着空包袱走，这是规矩，这也就是婆媳二人躲开了半天的原因。大姐婆婆好吃，存不下东西。婆媳二人到处搜寻，才偶然地碰到了一小盒杏仁粉，光绪十六年的出品。“就行啦！”大姐安慰着婆婆：“反正有点东西压着包袱，就说得过去啦！”

二哥拿着远年的杏仁粉，请安道谢，告退。出了大门，打开包袱，看了看，顺手儿把小盒扔在垃圾堆上——那年月，什么地方都有垃圾堆，很“方便”。

十

福海二哥是有这股子劲头的：假若听说天德堂的万应锭这几天缺货，他就必须亲自去问问；眼见为实，耳听是虚。他一点不晓得定大爷肯接见他不肯。他不过是个普通的旗兵。可是，他决定去碰碰；碰巧了呢，好；碰一鼻子灰呢，再想别的办法。

他知道，他必须买通了定宅的管家，才会有见到定大爷的希望。他到便宜坊拿了一对烧鸡，并没跟王掌柜说什么。帮忙就帮到家，他不愿意叫王老头儿多操心。

提着那对鸡——打了个很体面的蒲包，上面盖着红纸黑字的门票，也鲜艳可喜——他不由得笑了笑，心里说：这算干什么玩呢！他有点讨厌这种送礼行贿的无聊，可又觉得有点好玩儿。他是旗人，有什么办法能够从蒲包儿、烧鸡的圈圈里冲出去呢？没办法！

见了管家，他献上了礼物，说是王掌柜求他来的。是的，王掌柜有点小小的、比针尖大不了多少的困难，希望定大爷帮帮忙。王掌柜是买卖地儿的人，不敢来见定大爷，所以才托他登门拜见。

是呀，二哥转弯抹角地叫管家听明白，他的父亲是三品顶子的参领——他知道，定大爷虽然有钱有势，可是还没作过官。二哥也叫管家看清楚，他在定大爷面前，一定不会冒冒失失地说出现在一两银子能换多少铜钱，或烧鸡卖多少钱一只。他猜得出，定宅的银盘儿和物价都与众不同，完全由管家规定。假若定大爷万一问到烧鸡，二哥会说：这一程子，烧鸡贵得出奇！二哥这些话当然不是直入公堂说出来的。他也不是怎么说着说着，话就那么一拐弯儿，叫管家听出点什么意思来，而后再拐弯儿，再绕回来。这样拐弯抹角，他说了一个钟头。连这样，管家可是还没有替他通禀一声的表示。至此，二哥也就露出，即使等三天三夜，他也不嫌烦——好在有那对烧鸡在那儿摆着，管家还不至把他轰了出去。

管家倒不耐烦了，只好懒懒地立起来。“好吧，我给你回一声儿吧！”

恰好定大爷这会儿很高兴，马上传见。

定大爷是以开明的旗人自居的。他的祖父、父亲都作过外任官，到处拾来金银元宝，珍珠玛瑙。定大爷自己不急于作官，因为那些元宝还没有花完，他满可以从从容容地享些清福。在戊戌变法的时候，他甚至于相当同情维新派。他不像云翁与正翁那么顾虑到一变法就丢失了铁杆儿庄稼。他用不着顾虑，在他的宅院附近，半条街的房子都是他的，专靠房租，他也能舒舒服服地吃一辈子。他觉得自己非常清高，有时候他甚至想到，将来他会当和尚去，像贾宝玉似的。因此，他也轻看作生意。朋友们屡屡劝他拿点资本，帮助他们开个买卖，他总是摇头。对于李鸿章那伙兴办实业的人，他不愿表示意见，因为他既不明白实业是什么，又觉得“实业”二字颇为时髦，不便轻易否定。对了，定大爷就是这么样的一个阔少爷，时代潮浪动荡得那么厉害，连他也没法子听而不闻，没法子不改变点老旗人的顽固看法。可是，他的元宝与房产又遮住他的眼睛，使他没法子真能明白点什么。所以，他一阵儿明白，一阵儿糊涂，像个十岁左右、聪明而淘气的孩子。

他只有一个比较具体的主张：想叫大清国强盛起来，必须办教育。为什么要办教育呢？因为识文断字的人多起来，社会上就会变得文雅风流了。到端午、中秋、重阳，大家若是都作些诗，喝点黄酒，有多好呢！哼，那么一来，天下准保太平无事了！从实际上想，假若他捐出一所不大不小的房子作校址，再卖出一所房子购置桌椅板凳，就有了一所学堂啊！这容易作到，只要他肯牺牲那两所房子，便马上会得到毁家兴学的荣誉。

定大爷极细心地听取二哥的陈述，只在必要的地方“啊”一下或“哈”一下。二哥原来有些紧张，看到定大爷这么注意听，他脸上露出真的笑意。他心里说：哼，不亲自到药铺问问，就不会真知道有没有万应锭！心中虽然欢喜，二哥可也没敢加枝添叶，故意刺激定大爷。他心里没底——那个旗人是天之骄子，所向无敌的老底。

二哥说完，定大爷闭上眼，深思。而后，睁开眼，他用细润白胖，大指上戴着个碧绿明润的翡翠扳指的手，轻脆地拍了胖腿一下：“啊！啊？我看你不错，你来给我办学堂吧！”

“啊？”二哥吓了一跳。

“你先别出声，听我说！”定大爷微微有点急切地说：“大清国为什么……啊？”凡是他不愿明说的地方，他便问一声“啊”，叫客人去揣摩。“旗人，像你说的那个什么多，啊？去巴结外国人？还不都因为幼而失学，不明白大道理吗？非办学堂不可！非办不可！你就办去吧！我看你很好，你行！哈哈哈！”

“我，我去办学堂？我连学堂是什么样儿都不知道！”二哥是不怕困难的人，可是听见叫他去办学堂，真有点慌了。

定大爷又哈哈地笑了一阵。平日他所接触到的人，没有像二哥这么说话的。不管他说什么，即使是叫他们去挖祖坟，他们也嗻嗻是是地答应着。他们知道，过一会儿他就忘说过什么，他们也就无须去挖坟了。二哥虽然很精明，可到底和定大爷这样的人不大来往，所以没能沉住了气。定大爷觉得二哥的说话法儿颇为新颖，就仿佛偶然吃一口窝窝头也怪有个意思儿似的。“我看你可靠！可靠的人办什么也行！啊？我找了不是一天啦，什么样的人都有，就是没有可靠的！你就看我那个管家吧，啊？我叫他去买一只小兔儿，他会赚一匹骆驼的钱！哈哈哈！”

“那，为什么不辞掉他呢？”这句话已到唇边，二哥可没敢说出来，省得定大爷又笑一阵。

“啊！我知道你要说什么！我五年前就想辞了他！可是，他走了，我怎么办呢？怎见得找个新人来，买只小兔，不赚三匹骆驼的钱呢？”

二哥要笑，可是没笑出来；他也不怎么觉得一阵难过。他赶紧把话拉回来：“那，那什么，定大爷，您看王掌柜的事儿怎么办呢？”

“那，他不过是个老山东儿！”

这句话伤了二哥的心。他低下头去，半天没说出话来。

“怎么啦？怎么啦？”定大爷相当急切地问。在他家里，他是个小皇帝。可也正因如此，他有时候觉得寂寞、孤独。他很愿意关心国计民生，以备将来时机一到，大展经纶，像出了茅庐的诸葛亮似的。可是，自幼儿娇生惯养，没离开过庭院与花园，他总以为老米白面，鸡鸭鱼肉，都来自厨房；鲜白藕与酸梅汤什么的都是冰箱里产出来的。他接触不到普通人所遇到的困难与问题。他有点苦闷，觉得孤独。是呀，在家里，一呼百诺；出去探望亲友，还是众星捧月；看见的老是那一些人，听到的老是那一套奉承的话。他渴望见到一些新面孔，交几个真朋友。因此，他很容易把初次见面的人当作宝贝，希望由此而找到些人与人之间的新关系，增加一些人生的新知识。是的，新来上工的花把式或金鱼把式，总是他的新宝贝。有那么三四天，他从早到晚跟着他们学种花或养鱼。可是，他们也和那个管家一样，对他总是那么有礼貌，使他感到难过，感到冷淡。新鲜劲儿一过去，他就不再亲自参加种花和养鱼，而花把式与鱼把式也就默默地操作着，对他连看也不多看一眼，好像不同种的两只鸟儿相遇，谁也不理谁。

这一会儿，二哥成为定大爷的新宝贝。是呀，二哥长得体面，能说会道，既是旗人，又不完全像个旗人——至少是不像管家那样的旗人。哼，那个管家，无论冬夏，老穿着护着脚面的长袍，走路没有一点声音，像个两条腿的大猫似的！

二哥这会儿很为难，怎么办呢？想来想去，嗯，反正定大爷不是他的佐领，得罪了也没太大的关系。实话实说吧：“定大爷！不管他是老山东儿，还是老山西儿，他是咱们的人，不该受洋人的欺侮！您，您不恨欺压我们的洋人吗？”说罢，二哥心里痛快了一些，可也知道恐怕这是沙锅砸蒜，一锤子的买卖，不把他轰出去就是好事。

定大爷愣了一会儿：这小伙子，教训我呢，不能受！可是，他忍住了气；这小伙子是新宝贝呀，不该随便就扔掉。“光恨可有什么用呢？啊？咱们得自己先要强啊！”说到这里，定大爷觉得自己就是最要强的人：他不吸鸦片，晓得有个林则徐；他还没作官，所以很清廉；他虽爱花钱，但花的是祖辈留下来的，大爷高兴把钱都打了水飘儿玩，谁也管不着……

“定大爷，您也听说了吧，四外闹义和团哪！”

二哥这么一提，使定大爷有点惊异。他用翡翠扳指蹭了蹭上嘴唇上的黑而软的细毛——他每隔三天刮一次脸。关于较比重大的国事、天下事，他以为只有他自己才配去议论。是呀，事实是这样：他的亲友之中有不少贵人，即使他不去打听，一些紧要消息也会送到他的耳边来。对这些消息，他高兴呢，就想一想；不高兴呢，就由左耳进来，右耳出去。他想一想呢，是关心国家大事；不去想呢，是沉得住气，不见神见鬼。不管怎么说吧，二哥，一个小小的旗兵，不该随便谈论国事。对于各处闹教案，他久有所闻，但没有特别注意，因为闹事的地方离北京相当的远。当亲友中作大官的和他讨论这些事件的时候，在感情上，他和那些满族大员们一样，都很讨厌那些洋人；在理智上，他虽不明说，可是暗中同意那些富贵双全的老爷们的意见：忍口气，可以不伤财。是的，洋人不过是要点便宜，给他们就是了，很简单。至于义和团，谁知道他们会闹出什么饥荒来呢？他必须把二哥顶回去：“听说了，不该闹！你想想，凭些个拿着棍子棒子的乡下佬儿，能打得过洋人吗？啊？啊？”他走到二哥的身前，嘴对着二哥的脑门子，又问了两声：“啊？啊？”

二哥赶紧立起来。定大爷得意地哈哈了一阵。二哥不知道外国到底有多么大的力量，也不晓得大清国到底有多么大的力量。最使他难以把定大爷顶回去的是，他自己也不知道自己有多大力量。他只好改变了口风：“定大爷，咱们这一带可就数您德高望重，也只有您肯帮助我们！您要是揣起手儿不管，我们这些小民可找谁去呢？”

定大爷这回是真笑了，所以没出声。“麻烦哪！麻烦！”他轻轻地摇着头。二哥看出这种摇头不过是作派，赶紧再央求：“管管吧！管管吧！”

“可怎么管呢？”

二哥又愣住了。他原想定大爷一出头，就能把教会压下去。看样子，定大爷并不准备那么办。他不由得又想起十成来。是，十成作的对！官儿们不管老百姓的事，老百姓只好自己动手！就是这么一笔账！

“我看哪，”定大爷想起来了，“我看哪，把那个什么牧师约来，我给他一顿饭吃，大概事情也就可以过去了。啊？”

二哥不十分喜欢这个办法。可是，好容易得到这么个结果，他不便再说什么。“那，您就分心吧！”他给定大爷请了个安。他急于告辞。虽然这里的桌椅都是红木的，墙上挂着精裱的名人字画，而且小书童隔不会儿就进来，添水或换茶叶，用的是景德镇细磁盖碗，沏的是顶好的双熏茉莉花茶，他可是觉得身上和心里都很不舒服。首先是，他摸不清定大爷到底是怎么一个人，不知对他说什么才好。他愿意马上走出去，尽管街上是那么乱七八糟，飞起的尘土带着马尿味儿，他会感到舒服，亲切。

可是，定大爷不让他走。他刚要走，定大爷就问出来："你闲着的时候，干点什么？养花？养鱼？玩蛐蛐？"不等二哥回答，他先说下去，也许说养花，也许说养鱼，说着说着，就又岔开，说起他的一对蓝眼睛的白狮子猫来。二哥听得出来，定大爷什么都知道一点，什么可也不真在行。二哥决定只听，不挑错儿，好找机会走出去。

二哥对定大爷所用的语言，也觉得有点奇怪。他自己的话，大致可以分作两种：一种是日常生活中用的，里边有不少土话，歇后语，油漆匠的行话，和旗人惯用的而汉人也懂得的满文词儿。他最喜欢这种话，信口说来，活泼亲切。另一种是交际语言，在见长官或招待贵宾的时候才用。他没有上过朝，只能想象：皇上若是召见他，跟他商议点国家大事，他大概就须用这种话回奏。这种话大致是以云亭大舅的语言为标准，第一要多用些文雅的词儿，如"台甫"，"府上"之类，第二要多用些满文，如"贵牛录"，"几栅栏"等等。在说这种话的时候，吐字要十分清楚，所以顶好有个腔调，并且随时要加入"嗻是"，毕恭毕敬，二哥不大喜爱这种拿腔作势的语言，每一运用，他就觉自己是在装蒜。它不亲切。可是，正因为不亲切，才听起来像官腔，像那么回事儿。

定大爷不耍官腔，这叫二哥高兴；定大爷没有三、四品官员的酸味儿。使二哥不大高兴的是：第一，定大爷的口里还有不少好几年前流行而现在已经不大用的土语。这叫他感到不是和一位青年谈话呢。听到那样的土语，他就赶紧看一看对方，似乎怀疑定大爷的年纪。第二，定大爷的话里有不少虽然不算村野，可也不算十分干净的字眼儿。二哥想得出来：定大爷还用着日久年深的土语，是因为不大和中、下层社会接触，或是接触得不及时。他可是想不出，为什么一个官宦之家的，受过教育的子弟，嘴里会不干不净。是不是中等旗人的语言越来越文雅，而高等旗人的嘴里反倒越来越简单，俗俚呢？二哥想不清楚。

更叫他不痛快的是：定大爷的话没头没脑，说着说着金鱼，忽然转到："你看，赶明儿个我约那个洋人吃饭，是让他进大门呢？还是走后门？"这使二哥很难马上作出妥当的回答。他正在思索，定大爷自己却提出答案："对，叫他进后门！那，头一招，他就算输给咱们了！告诉你，要讲斗心路儿，红毛儿鬼子可差多了！啊？"

有这么几次大转弯，二哥看清楚：定大爷是把正经事儿搀在闲话儿说，表示自己会于谈笑之中，指挥若定。二哥也看清楚：表面上定大爷很随便，很天真，可是心里并非没有自己的一套办法。这套办法必是从日常接触到的达官贵人那里学来的，似乎有点道理，又似乎很荒唐。二哥很不喜欢这种急转弯，对鬼子进大门还是走后门这类的问题，也不大感觉兴趣。他急于告别，一来是他心里不大舒服，二来是很怕定大爷再提起叫他去办学堂。

十一

牛牧师接到了请帖。打听明白了定大爷是何等人，他非常兴奋。来自美国，他崇拜阔人。他只尊敬财主，向来不分析财是怎么发的。因此，在他的舅舅发了财之后，若是有人暗示：那个老东西本是个流氓。他便马上反驳：你为什么没有发了财呢？可见你还不如流氓！因此，他拿着那张请帖，老大半天舍不得放下，几乎忘了定禄是个中国人，他所看不起的中国人。这时候，他心中忽然来了一阵民主的热气：黄脸的财主是可以作白脸人的朋友的！同时，他也想起：他须抓住定禄，从而多认识些达官贵人，刺探些重要消息，报告给国内或使馆，提高自己的地位。他赶紧叫仆人给他擦鞋、烫衣服，并找出一本精装的《新旧约全书》，预备送给定大爷。

他不知道定大爷为什么请他吃饭，也不愿多想。眼睛多倒猜出一点来，可是顾不得和牧师讨论。他比牛牧师还更高兴："牛牧师！牛牧师！准是翅席哟！准是！嘿！"他咂摸着滋味，大口地咽口水。

眼睛多福至心灵地建议：牛牧师去赴宴，他自己愿当跟班的，头戴红缨官帽，身骑高大而老实的白马，给牧师拿着礼物什么的。他既骑马，牧师当然须坐轿车。“对！牛牧师！我去雇一辆车，准保体面！到了定宅，我去喊：‘回事’！您听，我的嗓音儿还像那么一回事吧？”平日，他不敢跟牧师这么随便说话。今天，他看出牧师十分高兴，而自己充当跟随，有可能吃点残汤腊水，或得到两吊钱的赏赐，所以就大胆一些。

“轿车？”牛牧师转了转眼珠。

“轿车！对！”眼睛多不知吉凶如何，赶紧补充：“定大爷出门儿就坐轿车，别叫他小看了牧师！”

“他坐轿车，我就坐大轿！我比他高一等！”

眼睛多没有想到这一招，一时想不出怎么办才好。“那，那，轿子，不，不能随便坐呀！”

“那，你等着瞧！我会叫你们的皇上送给我一乘大轿，八个人抬着！”

“对！牧师！牧师应当是头品官！您可别忘了，您戴上红顶子，可也得给我弄个官衔！我这儿先谢谢牧师啦！”眼睛多规规矩矩地请了个安。

牧师咔咔咔地笑了一阵。

商议了许久，他们最后决定：牧师不坚持坐大轿，眼睛多也不必骑马，只雇一辆体面的骡车就行了。眼睛多见台阶就下，一来是他并没有不从马上掉下来的把握，尽管是一匹很老实的马，二来是若全不让步，惹得牧师推翻全盘计划，干脆连跟班的也不带，他便失去到定宅吃一顿或得点赏钱的机会。

宴会时间是上午十一点。牛牧师本想迟起一些，表示自己并不重视一顿好饭食。可是，他仍然起来得很早，而且加细地刮了脸。他不会去想，到定宅能够看见什么珍贵的字画，或艺术价值很高的陈设。他能够想象得到的是去看看大堆的金锭子、银锞子，和什么价值连城的夜光珠。他非常兴奋，以至把下巴刮破了两块儿。

眼睛多从看街的德二爷那里借来一顶破官帽。帽子太大，戴上以后，一个劲儿在头上打转儿。他很早就来到教堂门外，先把在那儿歇腿的几个乡下人，和几个捡煤核的孩子，都轰了走："这儿是教堂，站不住脚儿！散散！待会儿洋大人就出来，等着吃洋火腿吗？"看他们散去，他觉得自己的确有些威严，非常高兴。然后，他把牧师的男仆叫了出来："我说，门口是不是得动动条帚呢？待会儿，牧师出来一看……是吧？"平日，他对男仆非常客气，以便随时要口茶喝什么的，怪方便。现在，他戴上了官帽，要随牧师去赴宴，他觉得男仆理当归他指挥了。男仆一声没出，只对那顶风车似的帽子翻了翻白眼。

十点半，牛牧师已打扮停妥。他有点急躁。在他的小小生活圈子里，穷教友们是他天天必须接触到的。他讨厌他们，鄙视他们，可又非跟他们打交道不可。没有他们，他的饭锅也就砸了。他觉得这是上帝对他的一种惩罚！他羡慕各使馆的那些文武官员，个个扬眉吐气，的确像西洋人的样子。他自己算哪道西洋人呢？他几乎要祷告：叫定大爷成为他的朋友，叫他打入贵人、财主的圈子里去！那，可就有个混头儿了！这时候，他想起许多自幼儿读过的廉价的"文学作品"来。那些作品中所讲的冒险的故事，或一对男女仆人的罗曼司，不能都是假的。是呀，那对仆人结了婚之后才发现男的是东欧的一位公爵，而女的得到一笔极大极大的遗产！是，这不能都是假的！

这时候，眼睛多进来请示，轿车已到，可否前去赴宴？平时，牧师极看不起眼睛多，可是又不能不仗着他表现自己的大慈大悲，与上帝的无所不知，无所不能。现在，他心中正想着那些廉价的罗曼司，忽然觉得眼睛多确有可爱之处，像一条丑陋而颇通人性的狗那么可笑又可爱。他爱那顶破官帽。他不由得想到：他若有朝一日发了财，就必用许多中国仆人，都穿一种由他设计的服装，都戴红缨帽。他看着那顶破帽子咔咔了好几声。眼睛多受宠若惊，乐得连腿都有点发软，几乎立不住了。

这是秋高气爽的时候，北京的天空特别晴朗可喜。正是十一点来钟，霜气散尽，日光很暖，可小西北风又那么爽利，使人觉得既暖和又舒服。

可惜，那时代的道路很坏：甬路很高，有的地方比便道高着三四尺。甬路下面往往就是臭泥塘。若是在甬路上翻了车，坐车的说不定是摔个半死，还是掉在臭泥里面。甬路比较平坦，可也黑土飞扬，只在过皇上的时候才清水泼街，黄土垫道，干净那么三五个钟头。

眼睛多雇来的轿车相当体面。这是他头一天到车口[①]上预定的，怕临时抓不着好车。

他恭恭敬敬地拿着那本精装《圣经》，请牧师上车。牛牧师

---

① 停放车辆以等待顾主的地方。

不肯进车厢，愿跨车沿儿。

“牧师！牛牧师！请吧！没有跟班的坐里面，主人反倒跨车沿儿的，那不成体统！”眼睛多诚恳地劝说。

牧师无可如何，只好往车厢里爬，眼睛多拧身跨上车沿，轻巧飘洒，十分得意。给洋人当跟随，满足了他的崇高愿望。

车刚一动，牧师的头与口一齐出了声，头上碰了个大包。原来昨天去定车的时候，几辆车静静地排在一处，眼睛多无从看出来骡子瘸了一条腿。腿不大方便的骡子须费很大的事，才能够迈步前进，而牧师左摇右晃，手足失措，便把头碰在坚硬的地方。

“不要紧！不要紧！”赶车的急忙笑着说：“您坐稳点！上了甬路就好啦！别看它有点瘸，走几十里路可不算一回事！还是越走越快，越稳！”

牧师手捂着头，眼睛多赶紧往里边移动，都没说什么。车上了甬路。牧师的腿没法儿安置：开始，他拳着双腿，一手用力拄着车垫子，一手捂着头上；这样支持了一会儿，他试探着伸开一条腿。正在此时，瘸骡子也不怎么忽然往路边上一扭，牧师的腿不由得伸直。眼睛多正得意地用手往上推一推官帽，以便叫路上行人赏识他的面貌，忽然觉得腰眼上挨了一炮弹，或一铁锤。说时迟，那时快，他还没来得及“哎呀”一声，身子已飘然而起，直奔甬路下的泥塘。他想一拧腰，改变飞行的方向，可是恰好落在泥塘的最深处。别无办法，他只好极诚恳地高喊：“救命啊！”

几个过路的七手八脚地把他拉了上来。牛牧师见车沿已空，赶紧往前补缺。大家仰头一看，不约而同地又把眼睛多扔了回去。他们不高兴搭救洋奴。牛牧师催车夫快走。眼睛多独力挣扎了许久，慢慢地爬了上来，带着满身污泥，手捧官帽，骂骂咧咧地回了家。

定宅门外已经有好几辆很讲究的轿车，骡子也都很体面。定大爷原想叫牧师进后门，提高自己的身分，削减洋人的威风。可是，女眷们一致要求在暗中看看“洋老道”是什么样子。她们不大熟悉牧师这个称呼，而渺茫地知道它与宗教有关，所以创造了“洋老道”这一名词。定大爷觉得这很好玩，所以允许牛牧师进前门。这虽然给了洋人一点面子，可是暗中有人拿他当作大马猴似的看着玩，也就得失平衡，安排得当。

一个十三四岁的小童儿领着牧师往院里走。小童儿年纪虽小，却穿着件扑着脚面的长衫，显出极其老成，在老成之中又有点顽皮。牛牧师的黄眼珠东溜溜，西看看，不由得长吸了一口气。看，迎面是一座很高很长的雕砖的影壁，中间悬着个大木框，框心是朱纸黑字，好大的两个黑字。他不会欣赏那砖雕，也不认识那俩大黑字，只觉得气势非凡，的确是财主住的地方。影壁左右都有门，分明都有院落。

“请！”小童儿的声音不高也不低，毫无感情。说罢，他向左手的门走去。门坎很高，牧师只顾看门上面的雕花，忘了下面。鞋头碰到门坎上，磕去一块皮，颇为不快。

进了二门，有很长的一段甬路，墁[①]着方砖，边缘上镶着五色的石子，石子儿四围长着些青苔。往左右看，各有月亮门儿。左边的墙头上露着些青青的竹叶。右门里面有座小假山，遮住院

---

① 铺。

内的一切，牛牧师可是听到一阵妇女的笑声。他看了看小童儿，小童儿很老练而顽皮地似乎挤了挤眼，又似乎没有挤了挤眼。

又来到一座门，不很大，而雕刻与漆饰比二门更讲究。进了这道门，左右都是长廊，包着一个宽敞的院子。听不见一点人声，只有正房的廊下悬着一个长方的鸟笼，一只画眉独自在歌唱。靠近北房，有两大株海棠树，挂满了半红的大海棠果。一只长毛的小白猫在树下玩着一根鸡毛，听见脚步声，忽然地不见了。

顺着正房的西北角，小童儿把牧师领到后院。又是一片竹子，竹林旁有个小门。牧师闻到桂花的香味。进了小门，豁然开朗，是一座不小的花园。牛牧师估计，从大门到这里，至少有一里地。迎门，一个汉白玉的座子，上边摆着一块细长而玲珑的太湖石。远处是一座小土山，这里那里安排着一些奇形怪状的石头，给土山添出些棱角。小山上长满了小树与杂花，最高的地方有个茅亭，大概登亭远望，可以看到青青的西山与北山。山前，有个荷花池，大的荷叶都已残破，可是还有几叶刚刚出水，半卷半开。顺着池边的一条很窄，长满青苔的小路走，走到山尽头，在一棵高大的白皮松下，有三间花厅。门外，摆着四大盆桂花，二金二银，正在盛开。

“回事！”小童儿喊了一声。听到里面的一声轻嗽，他高打帘栊，请客人进去。然后，他立在大松下，抠弄树上的白皮儿，等候命令。

花厅里的木器一致是楠木色的，蓝与绿是副色。木制的对联，楠木地绿字；匾额，楠木地蓝字。所有的磁器都是青花的。只有一个小瓶里插着两朵红的秋玫瑰花。牛牧师扫了一眼，觉得很失望——没有金盘子银碗！

定大爷正和两位翰林公欣赏一块古砚。见牛牧师进来，他才转身拱手，很响亮地说："牛牧师！我是定禄！请坐！"牧师还没坐下，主人又说了话："啊，引见引见，这是林小秋翰林，这是纳雨声翰林，都坐！坐！"

两位翰林，一高一矮，一胖一瘦，一满一汉，都留着稀疏的胡子。汉翰林有点拘束。在拘束之中露出他既不敢拒绝定大爷的约请，又实在不高兴与洋牧师同席。满翰林是个矮胖子，他的祖先曾征服了全中国，而他自己又吸收了那么多的汉族文化，以至当上翰林，所以不像汉翰林那么拘束。他觉得自己是天之骄子，他的才华足以应付一切人，一切事。一切人，包括着白脸蓝眼珠的，都天生来的比他低着一等或好几等。他不知道世界列强的真情实况，可的确知道外国的枪炮很厉害，所以有点怕洋鬼子。不过，洋鬼子毕竟是洋鬼子，无论怎么厉害也是野人，只要让着他们一点，客气一点，也就可以相安无事了。不幸，非短兵相接，打交手仗不可，他也能在畏惧之中想出对策。他直看牛牧师的腿，要证实鬼子腿，像有些人说的那样，确是直的。假若他们都是直腿，一倒下就再也起不来，那便好办了——只须用长竹竿捅他们的磕膝，弄倒他们，就可以像捉仰卧的甲虫那样，从从容容地捉活的就是了。牛牧师的腿并不像两根小柱子。翰林有点失望，只好再欣赏那块古砚。

"贵国的砚台，以哪种石头为最好呢？"纳雨声翰林为表示自己不怕外国人，这样发问。

牛牧师想了想，没法儿回答，只好咔咔了两声。笑完，居然想起一句:“这块值多少钱?”

“珍秀斋刚送来,要八十两,还没给价儿。雨翁说,值多少?”定大爷一边回答牧师,一边问纳翰林。

“给五十两吧,值!”纳雨翁怕冷淡了林小秋,补上一句,“秋翁说呢?”

秋翁知道,他自己若去买,十两银子包管买到手,可是不便给旗官儿省钱,于是只点了点头。

牛牧师的鼻子上出了些细汗珠儿。他觉得自己完全走错了路。看,这里的人竟自肯花五十两买一块破石头!他为什么不早找个门路,到这里来,而跟眼睛多那些穷光蛋们瞎混呢?他须下决心,和这群人拉拢拉拢,即使是卑躬屈膝也好!等把钱拿到手,再跟他们瞪眼,也还不迟!他决定现在就开始讨他们的喜欢!正在这么盘算,他听见一声不很大而轻脆的响声。他偷眼往里间看,一僧一道正在窗前下围棋呢。他们聚精会神地看着棋盘,似乎丝毫没理会他的光临。

那和尚有五十多岁,虽然只穿件灰布大领僧衣,可是气度不凡:头剃得极光,脑门儿极亮,脸上没有一丝五十多岁人所应有的皱纹。那位道士的道袍道冠都很讲究,脸色黄黄的,静中透亮,好像不过五十来岁,可是一部胡须很美很长,完全白了。

牛牧师不由得生了气。他,和他的亲友一样,知道除了自己所信奉的,没有,也不应当有,任何配称为宗教的宗教。这包括着犹太教、天主教。至于佛教、道教……更根本全是邪魔外道,理当消灭!现在,定大爷竟敢约来僧道陪他吃饭,分明是戏弄他,否定他的上帝!他想牺牲那顿好饭食,马上告辞,叫他们下不来台。

一个小丫环托着个福建漆的蓝色小盘进来，盘上放着个青花磁盖碗。她低着头，轻轻把盖碗放在他身旁的小几上，轻俏地走出去。

他掀开了盖碗的盖儿，碗里边浮动着几片很绿很长的茶叶。他喝惯了加糖加奶的稠嘟嘟的红茶，不晓得这种清茶有什么好处。他觉得别扭，更想告辞了。

“回事！”小童在外边喊了一声。

两位喇嘛紧跟着走进来。他们满面红光，满身绸缎，还戴着绣花的荷包与褡裢，通体光彩照人。

牛牧师更坐不住了。他不止生气，而且有点害怕——是不是这些邪魔外道要跟他辩论教义呢？假若是那样，他怎么办呢？他的那点学问只能吓唬眼睛多，他自己知道！

一位喇嘛胖胖的，说话声音很低，嘴角上老挂着笑意，看起来颇有些修养。另一位，说话声音很高，非常活泼，进门就嚷：“定大爷！我待会儿唱几句《辕门斩子》[①]，您听听！”

“那好哇！”定大爷眉飞色舞地说：“我来焦赞，怎样？啊，好！先吃饭吧！”他向门外喊：“来呀！开饭！”

小童儿在园内回答：“嗻！全齐啦！”

“请！请！”定大爷对客人们说。

牛牧师听到开饭，也不怎么怒气全消，绝对不想告辞了。他

---

① 传统戏剧，演杨六郎严正军法，欲斩其子杨宗保的故事。焦赞为该剧中的人物。

决定抢先走，把僧、道、喇嘛，和翰林，都撂在后边。可是，定大爷说了话："不让啊，李方丈岁数最大，请！"

那位白胡子道士，只略露出一点点谦让的神气，便慢慢往外走，小童儿忙进来搀扶。定大爷笑着说："老方丈已经九十八了，还这么硬朗！"

这叫牛牧师吃了一惊，可也更相信道士必定有什么妖术邪法，可以长生不老。

和尚没等让，就随着道士走。定大爷也介绍了一下："月朗大师，学问好，修持好，琴棋书画无一不佳！"

牛牧师心里想：这顿饭大概不容易吃！他正这么想，两位翰林和两位喇嘛都走了出去。牛牧师皱了皱眉，定大爷面有得色。牛牧师刚要走，定大爷往前赶了一步："我领路！"牛牧师真想踢他一脚，可是又舍不得那顿饭，只好作了殿军。

酒席设在离花厅不远的一个圆亭里。它原来是亭子，后来才安上玻璃窗，改成暖阁。定大爷在每次大发脾气之后，就到这里来陶真养性。假若尚有余怒，他可以顺手摔几件小东西。这里的陈设都是洋式的，洋钟、洋灯、洋磁人儿……地上铺着洋地毯。

离　婚

介绍婚姻是创造，消灭离婚是艺术批评。

第一

一

张大哥是一切人的大哥。你总以为他的父亲也得管他叫大哥；他的“大哥”味儿就这么足。

张大哥一生所要完成的神圣使命：作媒人和反对离婚。在他的眼中，凡为姑娘者必有个相当的丈夫，凡为小伙子者必有个合适的夫人。这相当的人物都在哪里呢？张大哥的全身整个儿是显微镜兼天平。在显微镜下发现了一位姑娘，脸上有几个麻子；他立刻就会在人海之中找到一位男人，说话有点结巴，或是眼睛有点近视。在天平上，麻子与近视眼恰好两相抵销，上等婚姻。近视眼容易忽略了麻子，而麻小姐当然不肯催促丈夫去配眼镜，马上进行双方——假如有必要——交换相片，只许成功，不准失败。

自然张大哥的天平不能就这么简单。年龄，长相，家道，性格，八字，也都须细细测量过的；终身大事岂可马马虎虎！因此，亲友间有不经张大哥为媒而结婚者，他只派张大嫂去道喜，他自己决不去参观婚礼——看着伤心。这决不是出于嫉妒，而是善意地觉得这样的结婚，即使过得去，也不能是上等婚；在张大哥的天平上是没有半点将就凑合的。

离婚，据张大哥看，没有别的原因，完全因为媒人的天平不准。经他介绍而成家的还没有一个闹过离婚的，连提过这个意思的也没有。小两口打架吵嘴什么的是另一回事。一夜夫妻百日恩，不打不爱，抓破了鼻子打青了眼，和离婚还差着一万多里地，远得很呢。

至于自由结婚，哼，和离婚是一件事的两端——根本没上过天平。这类的喜事，连张大嫂也不去致贺，只派人去送一对喜联——虽然写的与挽联不同，也差不很多。

介绍婚姻是创造，消灭离婚是艺术批评。张大哥虽然没这么明说，可是确有这番意思。媒人的天平不准是离婚的主因，所以打算大事化小，小事化无，必须从新用他的天平估量一回，细细加以分析，然后设法把双方重量不等之处加上些砝码，便能一天云雾散，没事一大堆，家庭免于离散，律师只得干瞪眼——张大哥的朋友中没有挂律师牌子的。只有创造家配批评艺术，只有真正的媒人会消灭离婚。张大哥往往是打倒原来的媒人，进而为要到法厅去的夫妇的调停者；及至言归于好之后，夫妻便否认第一次的介绍人，而以张大哥为地道的大媒，一辈子感谢不尽。这样，他由批评者的地位仍回到创造家的宝座上去。

大叔和大哥最适宜作媒人。张大哥与媒人是同一意义。“张大哥来了，”这一声出去，无论在哪个家庭里，姑娘们便红着脸躲到僻静地方去听自己的心跳。没儿没女的家庭——除了有丧事——见不着他的足迹。他来过一次，而在十天之内没有再来，那一家里必会有一半个枕头被哭湿了的。他的势力是操纵着人们的心灵。就是家中有四五十岁老姑娘的也欢迎他来，即使婚事无望，可是每来一次，总有人把已发灰的生命略加上些玫瑰色儿。

二

张大哥是个博学的人，自幼便出经入史，似乎也读过《结婚的爱》。他必须读书，好证明自己的意见怎样妥当。他长着一对阴阳眼：左眼的上皮特别长，永远把眼珠囚禁着一半；右眼没有特色，一向是照常办公。这只左眼便是极细密的小筛子。右眼所读所见的一切，都要经过这半闭的左目筛过一番——那被囚禁的半个眼珠是向内看着自己的心的。这样，无论读什么，他自己的意见总是最妥善的；那与他意见不合之处，已随时被左眼给筛下去了。

这个小筛子是天赐的珍宝。张大哥只对天生来的优越有点骄傲，此外他是谦卑和蔼的化身。凡事经小筛子一筛，永不会走到极端上去；走极端是使生命失去平衡，而要平地摔跟头的。张大哥最不喜欢摔跟头。他的衣裳，帽子，手套，烟斗，手杖，全是摩登人用过半年多，而顽固佬还要再思索三两个月才敢用的时候的样式与风格。就好比一座社会的骆驼桥，张大哥的服装打扮是叫车马行人一看便放慢些脚步，可又不是完全停住不走。

“听张大哥的，没错！”凡是张家亲友要办喜事的少有不这么说的。彩汽车里另放一座小轿，是张大哥的发明。用彩汽车迎娶，已是公认为可以行得通的事。不过，大姑娘一辈子没坐过花轿，大小是个缺点。况且坐汽车须在门外下车，闲杂人等不干不净的都等着看新人，也不合体统，还不提什么吉祥不吉祥。汽车里另放小轿，没有再好的办法，张大哥的主意。汽车到了门口，拍，四个人搬出一顶轿屉！闲杂人等只有干瞪眼；除非自己去结婚，无从看见新娘子的面目。这顺手就是一种爱的教育，一种暗示。只有一次，在夏天，新娘子是由轿屉倒出来的，因为已经热昏过去。所以现在就是在秋天，彩汽车上顶总备好两个电扇，还是张大哥的发明；

不经一事，不长一智。

三

假如人人有个满意的妻子，世界上决不会闹共产党；没有共产党自然不会闹共妻。张大哥深信此理。革命青年一结婚，便比老鼠还老实，是个事实，张大哥于此点颇有证据。因此，在他的眼中，凡是未婚的人脸上起了几个小红点，或是已婚的眉头不大舒展，必定与婚事有关，而马上应当设法解决。不然，非出事不可！

老李这几天眉头不大舒展，一定大有文章。张大哥嘱咐他先吃一片阿司匹灵，又告诉他吃一九清瘟解毒。无效，老李的眉头依然皱着。张大哥给他定了脉案——婚姻问题。

老李是乡下人。据张大哥看，除了北平人都是乡下佬。天津，汉口，上海，连巴黎，伦敦，都算在内，通通是乡下。张大哥知道的山是西山，对于由北山来的卖果子的都觉得有些神秘不测。

最远的旅行，他出过永定门，可是他晓得九江出磁，苏杭出绸缎，青岛是在山东，而山东人都在北平开猪肉铺。他没看见过海，也不希望看。世界的中心是北平。所以老李是乡下人，因为他不是生在北平，张大哥对乡下人特别表同情；有意离婚的多数是乡下人，乡间的媒人，正如山村里的医生，是不会十分高明的。生在乡下多少是个不幸。

他们二位都在财政所作事。老李的学问与资格，凭良心说，都比张大哥强：可是他们坐在一处，张大哥若是像个伟人，老李还够不上个小书记员：张大哥要是和各国公使坐在一块儿谈心，一定会说出极动人的言语，而老李见着个女招待便手足无措。老李是光绪末年那拨子姥姥不疼舅舅不爱的孩子们中的一位。说不上来为什么那样不起眼。张大哥在没剪去发辫的时候，看着几乎像张勋那么福气；剪发以后，头上稍微抹了点生发油，至不济像个银行经理。老李，在另一方面，穿上最新式的西服会在身上打转，好像里面絮着二斤滚成蛋的碎棉花。刚刮净的脸，会仿佛顺着刀子冒槐子水，又涩又暗。他递给人家带官衔的——财政所第二科科员——名片，人家似乎得思索半天，才敢承认这是事实。他要是说他学过银行和经济学，人家便更注意他的脸，好像他脸上有什么对不起银行和经济学的地方。

其实老李并不丑；细高身量，宽眉大眼，嘴稍过大一些，一嘴整齐白健的牙。但是，他不顺眼。无论在什么环境之下，他使人觉得不舒服。他自己似乎也知道这个，所以事事特别小心，结果是更显着慌张。人家要是给他倒上茶来，他必定要立起来，双手去接，好像只为洒人家一身茶，而且烫了自己的手。赶紧掏出手绢给人家擦抹，好顺手碰人家鼻子一下。然后，他一语不发，直到憋急了，抓起帽子就走，一气不定跑到哪里去。

作起事来，他可是非常的细心。因此受累是他的事；见上司，出外差，分私钱，升官，一概没他的份儿。公事以外，买书看书是他的娱乐。偶尔也独自去看一回电影。不过，设若前面或旁边有对摩登男女在黑影中偷偷地接个吻，他能混身一麻，站起就走，皮鞋的铁掌专找女人的脚尖踩。

至于张大哥呢，长长的脸，并不驴脸瓜搭，笑意常把脸往扁处纵上些，而且颇有些四五十岁的人当有的肉。高鼻子，阴阳眼，大耳唇，无论在哪儿也是个富泰的人。打扮得也体面：藏青哔叽袍，花驼绒里，青素缎坎肩，襟前有个小袋，插着金夹子自来水笔，向来没沾过墨水；有时候拿出来，用白绸子手绢擦擦钢笔尖。提着潍县漆的金箍手杖，杖尖永没挨过地。抽着英国银星烟斗，一边吸一边用珐蓝的洋火盒轻轻往下按烟叶。左手的四指上戴着金戒指，上刻着篆字姓名。袍子里面不穿小褂，而是一件西装的汗衫，因为最喜欢汗衫袖口那对镶着假宝石的袖扣。张大嫂给汗衫上钉上四个口袋，于是钱包，图章盒——永远不能离身，好随时往婚书上盖章——金表，全有了安放的地方，而且不易被小绺给扒了去。放假的日子，肩上有时候带着个小照相匣，可是至今还没开始照相。

没有张大哥不爱的东西，特别是灵巧的小玩艺。中原公司，商务印书馆，吴彩霞南绣店，亨得利钟表行等的大减价日期，他比谁也记得准确。可是，他不买日本货。不买日货便是尽了一切爱国的责任；谁骂卖国贼，张大哥总有参加一齐骂的资格。

他的经验是与日用百科全书有同样性质的。哪一界的事情，他都知道。哪一部的小官，他都作过。哪一党的职员，他都认识；可是永不关心党里的宗旨与主义。无论社会国家有什么样的变动，他老有事作；而且一进到个机关里，马上成为最得人的张大哥。新同事只须提起一个人，不论是科长，司长，还是书记，他便闭死了左眼，用右眼笑着看烟斗的蓝烟，诚意地听着。等人家说完，他睁开左眼，低声地说："他呀，我给他作过媒。"从此，全机关的人开始知道来了位活神仙，月下老人的转身。从此，张大哥是一边办公，一边办婚事：多数的日子是没公事可办，而没有一天缺乏婚事的设计与经营。而且婚事越忙，就是有公事也不必张大哥去办。"以婚治国"，他最忙的时候才这么说。给他来的电话比谁的也多，而工友并不讨厌他。特别是青年工友，只要伺候好了张科员大哥，准可以娶上个老婆，也许丑一点，可是两个箱子，四个匣子的陪送，早就在媒人的天平上放好。

张大哥这程子精神特别好，因为同事的老李"有意"离婚。

四

"老李，晚上到家里吃个便饭。"张大哥请客无须问人家有工夫没有，而是干脆地命令着；可是命令得那么亲热，使你觉得就是有天大的事也得说有工夫。

老李在什么也没说之中答应了。或者该说张大哥没等老李回答而替他答应了。等着老李回答一个问题是需要时间的：只要有人问他一件事，无论什么事，他就好像电话局司机生同时接到了好几个要码的，非等到逐渐把该删去的观念删净，他无法答对。你抽冷子问他今天天气好，他能把幼年上学忘带了书包也想起来。因此，他可是比别人想得精密，也不易忘记了事。

“早点去，老李。家常便饭，为是谈一谈。就说五点半吧？”张大哥不好命令到底，把末一句改为商问。

“好吧，”老李把事才听明白。“别多弄菜！”这句说得好似极端反对人家请他吃饭，虽然原意是要客气一些。

老李确是喜欢有人请他去谈谈。把该说的话都细细预备了一番；他准知道张大哥要问他什么。只要他听明白了，或是看透言语中的暗示，他的思想是细腻的。

整五点半，敲门。其实老李十分钟以前就到了，可是在胡同里转了两三个圈：他要是相信恪守时刻有益处，他便不但不来迟，也不早到，这才澈底。

张大哥还没回来。张大嫂知道老李来吃饭，把他让进去。张大哥是不能够——不是不愿意——严守时刻的。一天遇上三个人情，两个放定，碰巧还陪着王太太或是李二婶去看嫁妆，守时间是不可能的。老李晓得这个，所以不怪张大哥。可是，对张大嫂说什么呢？没预备和她谈话！

大嫂除了不是男人，一切全和大哥差不多。张大哥知道的，大嫂也知道。大哥是媒人，她便是副媒人。语气，连长相，都有点像张大哥，除了身量矮一些。有时候她看着像张大哥的姐姐，有时候像姑姑，及至她一说话，你才敢决定她是张太太。大嫂子的笑声比大哥的高着一个调门。大哥一抿嘴，大嫂的唇已张开；大哥出了声，她已把窗户纸震得直动。大嫂子没有阴阳眼，长得挺俏式，剪了发，过了一个月又留起来，因为脑后没小髻，心中觉着失去平衡。

“坐下，坐下，老李！”张大嫂的称呼人永远和大哥一致。“大哥马上就回来。咱们回头吃羊肉锅子，我去切肉。这有的是茶，瓜子，点心，你自己张罗自己，不客气。把大衣脱了。”她把客人的话也附带着说了，笑了两声，忽然止住，走出去。

老李始终没找到一句适当的话，大嫂已经走出去。心里舒坦了些。把大衣脱下来，找了半天地方，结果搭在自己的胳臂上。坐下，没敢动大嫂的点心，只拿起一个瓜子在手指间捻着玩。正是初冬天气，屋中已安好洋炉，可是还没生火，老李的手心出了汗。到朋友家去，他的汗比话来得方便得多。有时候因看朋友能够治好自己的伤风。

以天气说，还没有吃火锅的必要。但是迎时吃穿是生活的一种趣味。张大哥对于羊肉火锅，打卤面，年糕，皮袍，风镜，放爆竹等等都要作个先知先觉。“趣味”是比“必要”更精神的。哪怕是刚有点觉得出的小风，虽然树叶还没很摆动，张大哥戴上了风镜。哪怕是天上有二尺来长一块无意义的灰云，张大哥放下手杖，换上小伞。张大哥的家中一切布置全与这吃“前期”火锅，与气象预告的小伞，相合。客厅里已摆上一盘木瓜。水仙已出了芽。张大哥是在冬腊月先赏自己晒的水仙，赶到新年再买些花窖薰开的龙爪与玉玲珑。留声机片，老李偷着翻了翻，都是新近出来的。不只是京戏，还有些有声电影的歌片——为小姐们预备的。应有尽有，补足了迎时当令。地上铺着地毯，椅子是老式硬木的——站着似乎比坐着舒服；可是谁也不敢说蓝地浅粉桃花的地毯，配上硬木雕花的椅子，是不古雅朴秀的。

老李有点羡慕——几乎近于嫉妒——张大哥。因为羡慕张大哥，进而佩服张大嫂。她去切羊肉，是的，张大哥不用仆人；遇到家中事忙，他可以借用衙门里一个男仆。仆人不怕，而且有时候欢迎，瞎炸烟而实际不懂行的主人；干打雷不下雨是没有什么作用的。可是张大哥永远不瞎炸烟，而真懂行。他只要在街上走几步，得，连狐皮袍带小干虾米的价钱便全知道了；街上的空气好像会跟他说话似的。没有仆人能在张宅作长久了的。张大哥并非不公道，不体恤；正是因为公道体恤，仆人时时觉得应当跳回河或上回吊才合适。一切家事都是张大嫂的。她永远笑得那么响亮。老李不能不佩服她。可是，想了一会儿之后，他微微地摇头了。不对！这样的家庭是一种重担。只有张大哥——常识的结晶，活物价表——才能安心乐意担负这个，而后由担负中强寻出一点快乐，一点由擦桌子洗碗切羊肉而来的快乐，一点使女子地位低降得不值一斤羊肉钱的快乐。张大嫂可怜！

五

张大哥回来了。手里拿着四个大小不等的纸包，腋下夹着个大包袱。不等放下这些，设法用左手和客人握手。他的握手法是另成一格：永远用左手，不直着与人交握，而是与人家的手成直角，像在人家的手心上诊一诊脉。

老李没预备好去诊张大哥的手心，来回翻了翻手，然后，没办法，在裤子上擦了擦手心的汗。

“对不起，对不起！早来了吧？坐，坐下！我就是一天瞎忙，无事忙。坐下。有茶没有？”

老李忙着坐下，又忙着看碗里有茶没有，没说出什么来。张大哥接着说：“我去把东西交给她，”用头向厨房那边点着。“就来；喝茶，别客气！”

张大哥比他多着点什么，老李想。什么呢？什么使张大哥这样快活呢？拿着纸包上厨房，这好像和“生命”，“真理”，等等带着刺儿的字眼离得过远。纸包，瞎忙，厨房，都显着平庸老实，至好也不过和手纸，被子，一样的味道。可是，设若他自己要有机会到厨房去，他也许不反对。火光，肉味，小猫喵喵地叫。也许这就是真理，就是生命。谁知道！

“老李，”张大哥回来陪客人说话儿，“今儿个这点羊肉，你吃吧，敢保说好。连卤虾油都是北平能买得到的最好的。我就是吃一口，没别的毛病。我告诉你，老李，男子吃口得味的，女人穿件好衣裳，哈哈哈！”他把烟斗从墙上摘下来。

墙上一溜挂着五个烟斗。张大哥不等旧的已经不能再用才买新的，而是使到半路就买个新的来；新旧替换着用，能多用些日子。张大哥不大喜欢完全新的东西，更不喜欢完全旧的。不堪再用的烟斗，当劈柴烧有味，换洋火人家不要，真使他想不出办法来。

老李不知道随着主人笑好，还是不笑好；刚要张嘴，觉得不好意思，舐了舐嘴唇。他心里还预备着等张大哥审他，可是张大哥似乎在涮羊肉到肚内以前不谈身家大事。

是的，张大哥以为政府要能在国历元旦请全国人民吃涮羊肉，哪怕是吃饺子呢，用不着下命令禁用旧历。肚子饱了，再提婚事，有了这两样，天下没法不太平。

六

自火锅以至葱花没有一件东西不是带着喜气的。老李向来没吃过这么多这么舒服的饭。舒服，他这才佩服了张大哥的生命观，肚子里有油水，生命才有意义。上帝造人把肚子放在中间，生命的中心。他的口腔已被羊肉汤——漂着一层油星和绿香菜叶，好像是一碗想象的，有诗意的，什么动植物合起来的天地精华——给冲得滑腻，言语就像要由滑车往下滚似的。

张大哥的左眼完全闭上了，右眼看着老李发烧的两腮。

张大嫂作菜，端菜，让客人，添汤，换筷子——老李吃高了兴，把筷子掉在地上两回——自己挑肥的吃，夸奖自己的手艺，同时并举。作得漂亮，吃得也漂亮。大家吃完，她马上就都搬运了走，好像长着好几只手，无影无形地替她收拾一切。设若她不是搬运着碟碗杯盘，老李几乎以为她是个女神仙。

张大哥给老李一只吕宋烟，老李不晓得怎么办好；为透着客气，用嘴吸着，而后在手指中夹着，专预备弹烟灰。张大哥点上烟斗，烟气与羊肉的余味在口中合成一种新味道，里边夹着点生命的笑意，仿佛是。

"老李，"张大哥叼着烟斗，由嘴的右角挤出这么两个字，与一些笑意，笑的纹缕走到鼻洼那溜儿便收住了。

老李预备好了，嘴中的滑车已加了油。

他的嘴唇动了。

张大哥把刚收住的笑纹又放松，到了眼角的附近。

老李的牙刚稍微与外面的空气接触，门外有人敲门，好似失了火的那么急。

“等等，老李，我去看一眼。”

不大一会儿，他带进一个青年妇人来。

第二

一

“有什么事，坐下说，二妹妹！”张大哥命令着她，然后用烟斗指着老李，“这不是外人；说吧。”

妇人未曾说话，泪落得很流畅。

张大哥一点不着急，可是装出着急的样子，“说话呀，二妹，你看！”

“您的二兄弟呀，”抽了一口气，“叫巡警给拿去了！这可怎么好！”泪又是三串。

“为什么呢？”

“苦水井姓张的，闹白喉，叫他给治——”抽气，“治死了。他以为是——我也不知道他怎么治的；反正是治错了。这可怎好，巡警要是枪毙他呢！”眼泪更加流畅。

“还不至有那么大的罪过。”张大哥说。

“就是圈禁一年半载的，也受不了啊！家里没人没钱，叫我怎么好！”

老李看出来，她是个新媳妇，大概张大哥是媒人。

果然，她一边哭，一边说：“您是媒人，我就仗着您啦；自然您是为好，才给我说这门子亲，得了，您作好就作到底吧！”

老李心里说，“依着她的辩证法，凡作媒人的还得附带立个收养所。”

张大哥更显着安坦了，好像早就承认了媒人的责任并不“止”于看姑娘上了花轿或汽车。“一切都有我呢，二妹，不用着急。”他向窗外叫，“我说，你这儿来！”

张大嫂正洗家伙，一边擦着胡萝卜似的手指，一边往屋里来，刚一开开门，“哟，二妹妹？坐下呀！”

二妹妹一见大嫂子，眼睛又开了河。

“我说，给二妹弄点什么吃。”张大哥发了命令。

“我吃不下去，大哥！我的心在嗓子眼里堵着呢，还吃？”二妹妹转向大嫂，“您瞧，大嫂子，您的二兄弟叫巡警给拿了去啦！”

“哟！”张大嫂仿佛绝对没想到巡警可以把二兄弟拿去似的，“哟！这怎会说的！几儿拿去的？怎么拿去的？为什么拿去的？”

张大哥看出来，要是由着她们的性儿说，大概一夜也说不完。他发了话：

“二妹既是不吃，也就不必让了。二妹，他怎么当上了医生，不是得警区考试及格吗？”

“是呀！他托了个人情，就考上了。从他一挂牌，我就提心吊胆，怕出了蘑菇，”二妹妹虽是着急，可是没忘了北平的土话。“他不管什么病，永远下二两石膏，这是玩的吗？这回他一高兴，下了半斤石膏，横是下大发了。我常劝他，少下石膏，多用点金银花；您知道他的脾气，永远不听劝！”

“可是石膏价钱便宜呀！”张大嫂下了个实际的判断。

张大哥点了点头，不晓得是承认知道二兄弟的脾气，还是同意夫人的意见。他问，“他托谁来着？”

“公安局的一位什么王八羔呀——”

“王伯高，”张大哥也认识此人。

“对了；在家里我们老叫他王八羔，”二妹妹也笑了，挤下不少眼泪来。

“好了，二妹，明天我天一亮就找王伯高去；有他，什么都好办。我这个媒人含忽不了！”张大哥给了二妹妹一句。“能托人情考上医生，咱们就也能托人把他放出来。”

“那可就好了，我这先谢谢大哥大嫂子，”二妹妹的眼睛几乎完全干了。“可是，他出来以后还能行医不能呢？我要是劝着他别多下石膏，也许不至再惹出祸来！”

“那是后话，以后再说。得了，您把事交给我吧；叫大嫂子给您弄点什么吃。”

“哎！这我才有了主心骨！”

张大嫂知道，人一有了主心骨，就非吃点什么不可。“来吧，二妹妹，咱们上厨房说话儿去，就手弄点吃的。”

二妹妹的心放宽了，胃也觉出空虚来，就棍打腿地下了台阶：“那么，大哥就多分心吧，我和大嫂子说会子话去。”她没看老李，可是一定是向他说的：“您这儿坐着！”

大嫂和二妹下了厨房。

二

老李把话头忘了，心中想开了别的事：他不知是佩服张大哥好，还是恨他好。以热心帮助人说，张大哥确是有可取之处；以他的办法说，他确是可恨。在这种社会里，他继而一想，这种可恨的办法也许就是最好的。可是，这种敷衍目下的办法——虽然是善意的——似乎只能继续保持社会的黑暗，而使人人乐意生活在黑暗里；偶尔有点光明，人们还许都闭上眼，受不住呢！

张大哥笑了，"老李，你看那个小媳妇？没出嫁的时候，真是个没嘴的葫芦，一句整话也说不出来；看现在，小梆子似的；刚出嫁不到一年，不到一年！到底结婚——"他没往下说，似乎是把结婚的赞颂留给老李说。

老李没言语，可是心里说，"马马虎虎当医生，杀人……都不值得一考虑？托人把他放出来……"

张大哥看老李没出声，以为他是想自己的事呢，"老李，说吧！"

"说什么？"

"你自己的事，成天地皱着眉，那些事！"

"没事！"老李觉得张大哥很讨厌。

"不过心中觉着难过——苦闷，用个新字儿。"

"大概在这种社会里，是个有点思想的就不能不苦闷；除了——啊——"老李的脸红了。

"不用管我，"张大哥笑了，左眼闭成一道缝，"不过我也很明白些社会现象。可是话也得两说着：社会黑暗所以大家苦闷，也许是大家苦闷社会才黑暗。"

老李不知道怎样好了。张大哥所谓的“社会现象”，“黑暗”，“苦闷”，到底是什么意思？焉知他的“黑暗”不就是“连阴天”的意思呢……“你的都是常——”老李本来是这么想，不觉地说了出来；连头上都出了汗。

“不错，我的都是常识；可是离开常识，怎么活着？吃涮羊肉不用卤虾油，好吃？哈哈……”

老李半天没说出什么来，心里想，“常识就是文化——皮肤那么厚的文化——的一些小毛孔。文化还不能仗着一两个小毛孔的作用而活着。一个患肺病的，就是多长些毛孔又有什么用呢？但是不便和张大哥说这个。他的宇宙就是这个院子，他的生命就是瞎热闹一回，热闹而没有任何意义。不过，他不是个坏人——一个黑暗里的小虫，可是不咬人。”想到这里，老李投降了。设若不和张大哥谈一谈，似乎对不起那么精致的一顿涮羊肉。常识是要紧的，他的心中笑了笑，吃完羊肉站起告辞，没有常识！不过，为敷衍常识而丢弃了真诚，许——呕，张大哥等着我说话呢。

可不是，张大哥吸着烟，眨巴着右眼，专等他说话呢。

“我想，”老李看着膝上说，“苦闷并不是由婚姻不得意而来，而是婚姻制度根本就不该要！”

张大哥的烟斗离开了嘴唇！

老李仍然低着头说，“我不想解决婚姻问题，为什么在根本不当存在的东西上花费光阴呢？”

“共产党！”张大哥笑着喊，心中确是不大得劲。在他的心中，共产和枪毙是一件事，而且是应当如此；共产之后便共妻，共妻便不要媒人，应当枪毙！

“这还不是共产党，”老李还是慢慢地说，可是话语中增加了力量。“我并不想尝尝恋爱的滋味，我要追求的是点——诗意。家庭，社会，国家，世界，都是脚踏实地的，都没有诗意。大多数的妇女——已婚的未婚的都算在内——是平凡的，或者比男人们更平凡一些；我要——哪怕是看看呢，一个还未被实际给教坏了的女子，情热像一首诗，愉快像一些乐音，贞纯像个天使。我大概是有点疯狂，这点疯狂是，假如我能认识自己，不敢浪漫而愿有个梦想，看社会黑暗而希望马上太平，知道人生的宿命而想象一个永生的乐园，不许自己迷信而愿有些神秘，我的疯狂是这些个不好形容的东西组合成的；你或者以为这全是废话？”

“很有趣，非常有趣！”张大哥看着头上的几圈蓝烔，练习着由烔色的深浅断定烟叶的好坏。“不过，诗也罢，神秘也罢，我们若是能由切近的事作起，也不妨先去作一些。神秘是顶有趣的，没事儿我还就是爱读个剑侠小说什么的，神秘！《火烧红莲寺》！可是，希望剑侠而不可得，还不如给——假如有富余钱的话——叫花子一毛钱。诗，我也懂一些，《千家诗》，《唐诗三百首》，小时候就读过。可是诗没叫谁发过财，也没叫我聪明到哪儿去。我倒以为写笔顺顺溜溜的小文章更有用处；你还不能用诗写封家信什么的。哎？我老实不客气地讲，你是不愿意解决问题，不是不能解决。因此，你把实际的问题放在一边，同时在半夜里胡思乱想。你心中那个妇女——”

“不是实有其人，一点诗意！”

“不管是什么吧。哼，据我看诗意也是妇女，妇女就是妇女；你还不能用八人大轿到女家去娶诗意。简单干脆地说，老李，你这么胡思乱想是危险的！你以为这很高超，其实是不硬气。怎说不硬气呢？有问题不想解决，半夜三更闹诗意玩，什么话！壮起气来，解决问题，事实顺了心，管保不再闹玄虚，而是追求——用您个新字眼——涮羊肉了，哈哈哈！”

“你不是劝我离婚？”

“当然不是！”张大哥的左眼也瞪圆了！“愣拆七座庙，不破一门婚，况且你已娶了好几年，一夜夫妻百日恩！离婚，什么话！”

“那么，怎办呢？”

“怎办？容易得很！回家把弟妹接来。她也许不是你理想中的人儿，可是她是你的夫人，一个真人，没有您那些‘聊斋志异！’”

“把她一接来便万事亨通？”老李钉了一板。

“不敢说万事亨通，反正比您这万事不通强得多！”张大哥真想给自己喝一声彩！“她有不懂得的地方呀，教导她。小脚啊，放。剪发不剪发似乎还不成什么问题。自己的夫人自己去教，比什么也有意味。”

“结婚还不就是开学校，张大哥？”老李要笑，没笑出来。

“哼，还就是开学校！”张大哥也来得不弱。“先把‘她’放在一边。你不是还有两个小孩吗？小孩也需要教育！不爱理她呀，跟孩子们玩会儿，教他们几个字，人，山水，土田，也怪有意思！你爱你的孩子？”

张大哥攻到大本营，老李没话可讲，无论怎样不佩服对方的意见，他不敢说他不爱自己的小孩们。

一见老李没言语，张大哥就热打铁，赶紧出了办法：

“老李，你只须下乡走一遭，其余的全交给我啦！租房子，预备家具，全有我呢。你要是说不便多花钱，咱们有简便的办法：我先借给你点木器；万一她真不能改造呢，再把她送回去，我再把东西拉回来。决不会瞎花许多钱。我看，她决不能那么不堪造就，没有年青青的妇女不愿和丈夫在一块的；她既来了，你说东她就不能说西。不过，为事情活便起见，先和她说好了，这是到北平来玩几天，几时有必要，就把她送回去。事要往长里看，话可得活说着。听你张大哥的，老李！我办婚事办多了，我准知道天下没有不可造就的妇女。况且，你有小孩，小孩就是活神仙，比你那点诗意还神妙得多。小孩的哭声都能使你听着痛快；家里有个病孩子也比老光棍的心里欢喜；你打算都买什么？来，开个单子；钱，我先给垫上。”

老李知道张大哥的厉害：他自己要说应买什么，自然便是完全投降；设若不说话，张大哥明天就能硬给买一车东西来；他要是不收这一车东西，张大哥能亲自下乡把李太太接来。张大哥的热心是无限的，能力是无限的；只要吃了他的涮羊肉，他叫你娶个黄牛，也得算着！

老李急得直出汗，只能说：“我再想想！”

“干吗‘再’想想啊？早晚还不是这么回事！”

老李从月亮上落在黑土道上！从诗意一降而为接家眷！自己打自己的嘴巴！就以接家眷说吧，还有许多实际上的问题；可是把这些提出讨论分明是连“再想想”也取销了！

可是从另一方面想，老李急得不能不从另一方面想了：生命也许就是这样，多一分经验便少一分幻想，以实际的愉快平衡实际的痛苦……小孩，是的，张大哥晓得痒痒肉在哪儿。老李确是有时候想摸一摸自己儿女的小手，亲一亲那滚热的脸蛋。小孩，小孩把女性的尊严给提高了。

老李不言语，张大哥认为这是无条件的投降。

三

设若老李在厨房里，他要命也不会投降。这并不是说厨房里不热闹。张大嫂和二妹妹把家常事说得异常复杂而有趣。丁二爷也在那里陪着二妹妹打扫残余的，不大精致的羊肉片。他是一言不发，可是吃得很英勇。

丁二爷的地位很难规定。他不是仆人，可是当张家夫妇都出门的时候，他管看家与添火。在张大哥眼中，他是个“例外”——一个男人，没家没业，在亲戚家住着！可是从张家的利益上看，丁二爷还是个少不得的人；既不愿用仆人，而夫妇又有时候不能不一齐出门，找个白吃饭而肯负责看家的人有事实上的必要。从丁二爷看呢，张大哥若是不收留他，也许他还能活着，不过不十分有把握，可也不十分忧虑这一层。

丁二爷白吃张家，另有一些白吃他的——一些小黄鸟。他的小鸟无须到街上去遛，好像有点小米吃便很知足。在张家夫妇都出了门的时候，他提着它们——都在一个大笼子里——在院中遛弯儿。它们在鸟的世界中，大概也是些“例外”：秃尾巴的，烂眼边的，顶上缺着一块毛的，破翅膀的，个个有点特色，而这些特色使它们只能在丁二爷手下得个地位。

丁二爷吃完了饭，回到自己屋中和小鸟们闲谈。花和尚，插翅虎，豹子头……他就着每个小鸟的特色起了鲜明的名字。他自居及时雨宋江，小屋里时常开着英雄会。

他走了，二妹妹帮着张大嫂收拾家伙。

“秀真还在学校里住哪？”二妹妹一边擦筷子一边问。秀真是张大嫂的女儿。

“可不是；别提啦，二妹妹，这年头养女儿才麻烦呢！”花——一壶开水倒在绿盆里。

“您这还不是造化，有儿有女，大哥又这么能事；吃的喝的用的要什么有什么！”

“话虽是这么说呀，二妹妹，一家有一家的难处。看你大哥那么精明，其实全是——这就是咱们姐儿俩这么说——瞎掰！儿子，他管不了；女儿，他管不了；一天到晚老是应酬亲友，我一个人是苦核儿。买也是我，作也是我，儿子不回家，女儿住学校，事情全交给我一个人，我好像是大家的总打杂儿的，而且是应当应分！有吃有喝有穿有戴，不错；可是谁知道我还不如一个老妈子！”张大嫂还是笑着，可是腮上露出些红斑。“当老妈子的有个辗转腾挪，得歇会儿就歇会儿；我，这一家子的事全是我的！从早到晚手脚不识闲。提起您大哥来，那点狗脾气，说来就来！在外面，他比子孙娘娘还温和；回到家，从什么地方来的怒气全冲着我发散！”她叹了一口长气。“可是呀，这又说回来啦，谁叫咱们是女人呢；女人天生的倒霉就结了！好处全是男人的，坏处全是咱们当老娘们的，认命！”由悲观改为听其自然，张大嫂惨然一笑。

"您可真是不容易，大嫂子。我就常说：像您这样的人真算少有，说洗就洗，说作就作，买东道西，什么全成——"

张大嫂点了点头，心中似乎痛快了些。二妹妹接着说，"我多咱要能赶上您一半儿，也就好了！"

"二妹妹，别这么说，您那点家事也不是个二五眼能了得了的。"张大嫂觉得非这么夸奖二妹妹不可了："二兄弟一月也抓几十块呀？"

"哪摸准儿去！亲友大半是不给钱，到节啦年啦的送点茶叶什么的；家里时常的茶叶比白面多，可是光喝不吃还不行！干什么也别当大夫：看好了病，不定给钱不给；看错了，得，砸匾！我一天到晚提心吊胆，有时候真觉着活着和死了都不大吃劲！"二妹妹也叹了口长气。"我就是看着人家新派的姑娘小媳妇们还有点意思，一天到晚，走走逛逛，针也不拿，线也不动，打扮得花枝招展的！"

"哼！"张大嫂接过去了，"白天走走逛逛，夜里挨揍的有的是！妇女就是不嫁人好——"

二妹妹又接过来："老姑娘可又看着花轿眼馋呢！"

"哎！"两位妇人同声一叹。一时难以继续讨论。二妹妹在炉上烤了烤手。

待了半天，二妹妹打破寂寞，"大嫂子，天真还没定亲事哪？"

"那个老东西，"张大嫂的头向书房那边一歪，"一天到晚给别人家的儿女张罗亲事，可就是不管自己的儿女！"

"也别说，读书识字的小人们也确是难管，这个年头。哪都像咱们这么傻佬呢。”

“我就不信一个作父亲的管不了儿子，我就不信！”张大嫂确是挂了气。“二妹妹你大概也看见过，太仆寺街齐家的大姑娘，模样是模样，活计是活计，又识文断字，又不疯野，我一跟他说，喝！他的话可多了！又是什么人家是作买卖的咧，又是姑娘脸上雀斑多咧！哪个姑娘脸上没雀斑呀？擦厚着点粉不就全盖上了吗？我娶儿媳妇要的是人，谁管雀斑呢！外国洋妞脸上也不能一顺儿白！我提一回，他驳一回；现在，人家嫁了个团长，成天呜呜地坐着汽车；有雀斑敢情要坐汽车也一样地坐呀！”

二妹妹乘着大嫂喘气，补上一句：“我脸上雀斑倒少呢，那天差点儿叫汽车给轧在底下！”

“齐家这个让他给耽误了，又提了家姓王的，姑娘疯得厉害，听说一天到晚钉在东安市场，头发烫得像卷毛鸡，夏天讲究不穿袜子。我一听，不用费话，不要！我不能往家里娶卷毛鸡，不能！您大哥的话又多了，说人家有钱有势，定下这门子亲，天真毕业后不愁没事情作。可是，及至天真回来和爸爸说了三言五语，这回事又干铲儿不提啦？”

“天真说什么来着呢？”二妹妹问。

“敞开儿是糊涂话，他说，非毕业后不定婚，又是什么要定婚也不必父亲分心——”

“自由婚！”二妹妹似乎比大嫂更能扼要地形容。

“就是，自由，什么都自由，就是作妈妈的不自由：一天到晚，一年到头，老作饭，老洗衣裳，老擦桌椅板凳！那个老东西，听了儿子的，一声也可没出，叭唧叭唧地咂他的烟袋；好像他是吃着儿子，不是儿子吃着爸爸。我可气了，可不是说我愿意要那个卷毛鸡；我气的是儿子老自由，妈妈永远使不上儿媳妇。好啦，我什么也没说，站起来就回了娘家；心里说，你们自由哇，我老太太也休息几天去！饭没人作呀，活该！”张大嫂一“活该”，差点儿把头后的小髻给震散了。

“是得给他们一手儿看看！”二妹妹十二分表同情。

可是，张大嫂又惨笑了一下，“虽然这么说不是，我只走了半天，到底舍不得这个破家：又怕火灭了，又怕丁二爷费了劈柴，唉！自己的家就像自己的儿子，怎么不好也舍不的，一天也舍不的，我没那个狠心。再说，老姑奶奶了，回娘家也不受人欢迎！”

“到如今婚事还是没定？”

张大嫂摇摇头，摇出无限的伤心。

“秀真呢？”

“那个丫头片子，比谁也坏！入了高中了，哭天喊地非搬到学校去住不可。脑袋上也烫得卷毛鸡似的！可是，那个小旁影，唉，真好看！小苹果脸，上面蓬蓬着黑头发；也别说，新打扮要是长得俊，也好看。你大哥不管她，我如何管得了。按说十八九的姑娘了，也该提人家了，可是你大哥不肯撒手。自然哪，谁的鲜花似的女儿谁不爱，可是——唉！不用说了；我手心里老攥着把凉汗！多咱她一回来，我才放心，一块石头落了地。可是，只要一回来，不是买丝袜子，就是闹皮鞋；一个驳回，立刻眉毛挑起一尺多高！一说生儿养女，把老心使碎了，他们一点也不知情！”

“可是，不为儿女，咱们奔的是什么呢？”二妹说了极圣明的话。

“唉！”张大嫂又叹了口气，似乎是悲伤，又似乎是得了些安慰。

话转了方向，张大嫂开始盘问二妹妹了。

“妹妹，还没有喜哪？”

二妹妹迎头叹了口气……眼圈红了……

二妹妹含着泪走了，“大嫂，千万求大哥多分点心！”

四

回到公寓，老李连大衣也没脱便躺在床上，枕着双手，向天花板发愣。

诗意也罢，实际也罢，他被张大哥打败。被战败的原因，不在思想上，也不在口才上，而是在他自己不准知道自己，这叫他觉着自己没有任何的价值与分量！他应当是个哲学家，应当是个革命家，可是恍忽不定；他不应当是个小官，不应当是老老实实的家长，可是恍忽不定。到底——呕，没有到底，一切恍忽不定！

把她接来？要命！那双脚，那一对红裤子绿袄的小孩！

这似乎不是最要紧的问题；可是只有这么想还比较的具体一些，心里觉得难受，而难受又没有一定的因由。他不敢再去捉弄那漫无边际的理想，理想使他难受得渺茫，像个随时变化而永远阴惨的梦。

离婚是不可能的，他告诉自己。父母不容易，怎肯去伤老人们的心。可是，天下哪有完全不自私的愉快呢，除非世界完全改了样子？小资产阶级的伦理观念，和世上乐园的实现，相距着多少世纪？老李，他自己审问自己，你在哪儿站着呢？恍忽！

脚并不是她自己裹的，绿裤子也不是她发明的，不怨她，一点也不怨她！可是，难倒怨我？可怜她好，还是自怜好？哼，情感似乎不应当在理智的伞下走，遮去那温暖的阳光。恍忽！

没有办法。我在城里忍着，她在乡间忍着，眼不见心不烦，只有这一条不是办法的办法；可是，到底还不是办法！

管它呢，能耗一天便耗一天，老婆到底不是张大哥的！

拿起本书来，看了半天，不晓得看的是哪本。去洗个澡？买点水果？借《大公报》看看？始终没动，再看书，书上的字恍忽，意思渺茫。

焉知她不能改造？为何太没有勇气？

没法改造！要是能改造，早把我自己改造了！前面一堵墙，推开它，那面是荒山野水，可是雄伟辽阔。不敢去推，恐怕那未经人吸过的空气有毒！后面一堵墙，推开它，那面是床帷桌椅，炉火茶烟。不敢去推，恐怕那污浊的空气有毒！站在这儿吧，两墙之间站着个梦里的人！

二号房里来了客人，说笑得非常热闹，老李惊醒过来，听着人家说笑，觉得自己寂寞。

小孩们的教育？应当替社会养起些体面的孩子来！

他要摸摸那四只小手，四只胖，软，热，有些香蕉糖味的小手。手背上有些小肉窝，小指甲向上翻翻着。

就是走桃花运，肥猪送上门来，我也舍不得那两个孩子！老李告诉他自己。

她？老李闭上了眼。她似乎只是孩子的妈。她怎样笑？想不起。她会作饭，受累……

二号似乎还有个女子的声音。鼓掌了；一男一女合唱起来。自己的妻子呢，只会赶小鸡，叫猪，和大声吓喝孩子。还会撒村骂街呢！

非自己担起教育儿女的责任不可，不然对不起孩子们。

还不能只接小孩，不接大人。

越想越没有头绪。“这是生命呢？还是向生命致歉来了呢？”他问自己。

他的每一思念，每一行为，都带着注脚：不要落伍！可是同时他又要问：这是否正当？拿什么作正当与不正当的标准？还不是“诗云”“子曰”？他的行为——合乎良心的——必须向新思想道歉。他的思想——合乎时代的——必须向那个鬼影儿道歉。生命是个两截的，正像他妻子那双改组脚。

老李不敢再想了；张大哥是圣人。张大哥的生命是个整的。

第三

一

太阳还没出来，天上浮着层灰冷的光。土道上的车辙有些霜迹。骆驼的背上与项上挂着些白穗，鼻子冒着白气。北平似乎改了样儿，连最熟的路也看着眼生。庞大，安静，冷峭，驯顺，正像那连脚步声也没有的骆驼。老李打了个哈欠，眼泪下来许多，冷气一直袭入胸中，特别的痛快。

越走越亮了，青亮的电灯渐渐地只剩一些金丝了。天上的灰光染上些无力的红色；太阳似乎不大愿意痛快地出来。及至出来，光还是很淡，连地上的影子都不大分明。远处有电车的铃响。

街上的人渐渐多起来。人们好似能引起太阳的热力，地上的影儿明显了许多，墙角上的光特别的亮。

换火柴的妇女背着大筐，筐虽是空的，也还往前探着身儿走。穷小孩们扛着丧事旗伞的竿子，一边踏拉着破鞋疾走，一边互相叫骂。这也是孩子！老李对自己说：看那个小的，至多也不过八岁，一身的破布没有一块够二寸的，腿肚子，脚指头，全在外边露着。脏，破烂，骂人骂得特别的响亮。这也是孩子！老李可怜那个孩子，同时不知道咒骂谁才好；家庭，社会，似乎都该骂。可是骂一阵有什么用呢？往切近一点想吧——心中极不安地又要向谁道歉似的——先管自己的儿女吧。

走到了中海。“海”中已薄薄的冻了层冰，灰绿上罩着层亮光。桥下一些枯荷梗与短苇都冻在冰里，还有半个破荷叶很像长锈的一片马口铁。

迎头来了一乘彩轿，走得很快，一望而知是到乡下迎娶的，所以发轿这么早。老李呆呆地看着那乘喜轿：神秘，奇怪，可笑。可是，这就是真实；不然，人们不会还这么敬重这加大的鸟笼似的玩艺。他心似乎有了些骨力。坐彩轿的姑娘大概非常的骄傲，不向任何人致歉？

他一直走到西四牌楼；一点没有上这里来的必要与预计，可是就那么来到了。在北平住了这么些年了，就没在清晨到过这里。猪肉，羊肉，牛肉；鸡，活的死的；鱼，死的活的；各样的菜蔬；猪血与葱皮冻在地上；多少多少条鳝鱼与泥鳅在一汪儿水里乱挤，头上顶着些冰凌，泥鳅的眼睛像要给谁催眠似的瞪着。乱，腥臭，热闹；鱼摊旁边吆喝着腿带子：“带子，带子，买好带子。”剃头的人们还没来，小白布棚已支好，有人正扫昨天剃下的短硬带泥的头发。拔了毛的鸡与活鸡紧临地放着，活着的还在笼内争吵与打鸣儿。贩子掏出一只来，嘎——啊，嘎——没打好价钱，拍地一扔，扔在笼内，半个翅膀掩在笼盖下，嘎！一只大瘦黄狗偷了一挂猪肠，往东跑，被屠户截住，肠子掉在土上，拾起来，照旧挂在铁钩上。广东人，北平人，上海人，各处的人，老幼男女，都在这腥臭污乱的一块地方挤来挤去。人的生活，在这里，是屠杀，血肉，与污浊。肚子是一切，吞食了整个世界的肚子！在这里，没有半点任何理想；这是肚子的天国。奇怪。尤其是妇女们，头还没梳，脸上挂着隔夜的泥与粉；谁知道下午上东安市场的也是她们？

老李这是头一次来观光，惊异，有趣，使他似乎抓到了些真实。这是生命，吃，什么也吃；人确是为面包而生。面包的不平等是根本的不平等。什么诗意，瞎扯！为保护自家的面包而饿杀别人，和为争面包而战争，都是必要的。西四牌楼是世界的雏形。那群男女都认识这个地方，他们是真活着呢。为肚子活着，不为别的；张大哥对了。为肚子而战争是最切实的革命，也对了。只有老李不对：他在公寓里住惯了，他总以为公寓里会产生炒木犀肉与豆腐汤。他以为封建制度是浪漫的史迹，他以为阶级战争是条诗意的道路。他不晓得这块带腥味的土是比整个的北平还重要。他只有两条路可走：去空洞地作梦，或切实地活着。后者还可以再分一下：为抓自己的面包活着，或为大众争面包活着。他要是能在二者之中选定一条，他从此可以不再向生命道歉。

牌楼底下，热豆浆，杏仁茶，枣儿切糕，面茶，大麦粥，都冒着热气，都有股特别的味道。切糕上的豆儿，切开后，像一排鱼眼睛，看着人们来吃。

老李立在那里，喝了碗豆浆。

二

老李决定了接家眷，先“这么”活着试试。可是始终想不起什么时候下乡去。

张大哥每天早晨必定报告一些消息：“房子定好了；看看去？”

“何必看；您的眼睛不比我的有准？”老李把感激的话总说得不受听了。

好在张大哥明白老李的为人，因而不但不恼，反觉得可以自傲。

“三张桌子，六把椅子，一个榆木擦漆的——漆皮稍微有些不大好看了——衣橱；暂时可以对付了吧？”第二天早晨的报告。

老李只好点头，表示可以对付。

及至张大哥报告到茶壶茶碗也预备齐了，老李觉得非下乡不可了。

张大哥给出主意，请了五天假。临走的时候，老李嘱咐张大哥千万别向同事的说这个事，张大哥答应了决不走露消息。

老李从后门绕到正阳门，想给父母买些北平特有的东西；这个自然不好意思再向张大哥要主意，只好自己去探险。走了一身透汗，什么也没买，最大的原因是看着铺子们眼生，既不能扼要地决定买什么，又好像怕铺子们不喜欢他的照顾，一进去也许有被咬了一口的危险。最后，还是在东安市场买了些果子，虽然明知道香蕉什么的并不是北平的出产。又添了六个陈嘉庚的罐头，商标的彩纸印得还怪好看的。

三

老李走后的第二天，衙门里的同事几乎全知道了：李太太快来了。

张大哥确是没有泄露消息。

消息广播的总站是赵科员。赵科员听戏永远拿着红票；凡是发红票的时候，他不是第一也是第二得到几张。运动会给职员预备的秩序单，他手里总会有一份。上运动会，或任何会场，听戏，赵科员手里永远拿着个纸卷，用作打熟人脑袋的兵器。打了人家的脑袋，然后，“你也来啦？”

他对于别人的太太极为关心。接家眷，据他看，就是个人的展览会；虽然不发入场券，可是他必是头一个“去瞧一眼”的。女运动员，女招待，女戏子等等都是预备着为他“瞧”的，别无意义。对于别人的夫人也是这样。瞧一眼去便是瞧人家的脸，脖子，手，脚，与一切可以被生人看见的地方。他作梦的时候，女子全是裸体的。经赵科员看了一眼之后，衙门中便添上多少多少新而有趣的谈话资料。

赵科员等着老李接家眷已经等得不耐烦了。平日他评论妇女的时候，老李永不像别人那样痛痛快快地笑，那就是说不能尽量欣赏，所以他一心地盼望瞧老李一手儿。

赵科员的长像与举动，和白听戏的红票差不多，有实际上的用处，而没有分毫的价值。因此，耳目口鼻都没有一定地位的必要，事实上说活的时节五官也确随便挪动位置。眼珠像两炒豆似的，满脸上蹦。笑的时候，小尖下巴能和脑门挨上。他自己觉得他很漂亮，这个自然是旁人不便干涉的。他的言语很能叫别人开心，他以为这是点天才。当着老王，他拿老李开心；当着老李，他拿老王开心；当着老王老李，拿老孙开心；实在没法子的时候，利用想象，拿莫须有先生开心。

“老李接‘人儿’去了！”赵科员的眼睛挤得像一口热汤烫了嗓子那样。

“是吗？”大家的耳朵全竖起来。

“是吗！请了五天假，五天——”

“五天？平日他连迟到早退都没有过！”

“可就是呀！等瞧一眼吧！”赵科员心里痒了一下，头发根全直刺闹得慌。

“小赵，你这回要是不同我们一块儿去，留神你的皮，不剥了你的！”邱先生说。

“赵，你饶了人家老李吧，何苦呢，人家怪老实的！”吴先生沉着气说。

吴先生直着腰板，饭碗大的拳头握着枝羊毫，写着酱肘子体的字，脸上通红，心中一团正气。是的，吴先生是以正直自夸的，非常的正直，甚至于把自己不正直的行为也视为正直。小赵是他的亲戚，他的位置是小赵给运动的，可是没把小赵放在眼里，因为自己正直。前者因为要纳妾，被小赵扩大的宣传，弄到吴太太耳中，差点没给吴先生的耳朵咬下一个来，所以更看不起小赵。小赵也确是有些怕吴先生；那一对拳头！

赵科员不言语了，心中盘算好怎样等老李回来，怎样暗中跟着他，看他在哪里住，而后怎样约会同事的们——不要老吴，而且先瞪他一眼——去瞧一眼，或者应说去打个茶围。

邱先生是个好人，不过有点苦闷，所以对此事特别的热心，过来和小赵嘀咕：“大家合伙买二斤茶叶，瞧她一眼，还弄老李一顿饭吃；你的司令。”

吴先生把这个事告诉了张大哥。张大哥笑了一笑，没说什么。张大哥热心为朋友办事是真的，但是为朋友而得罪另一朋友，不便。张大哥冬季的几吨煤是由小赵假公济私运来的——一吨可以省着三四块钱——似乎不必得罪小赵。即使得罪了小赵，除了少烧几吨便宜煤，也倒没多大的关系；可是得罪人到底是得罪人，况且便宜煤到底是便宜煤。

四

不过，不得罪小赵是一件事，为老李预备一切又是一件事。张大哥又到给老李租好的房子看了一番。房子是在砖塔胡同，离电车站近，离市场近，而胡同里又比兵马司和丰盛胡同清静一些，比大院胡同整齐一些，最宜于住家——指着科员们说。三合房，老李住北房五间，东西屋另有人住。新房，油饰得出色，就是天生来的房顶爱漏水。张大哥晓得自从女子剪发以后，北平的新房都有漏水的天性，所以一租房的时候，就先向这肉嫩的地方指了一刀，结果是减少了两块钱的房租；每月省两圆，自然可以与下雨在屋里打伞的劳苦相抵；况且漏水与塌房还相距甚远，不必过虑。

张大哥到屋里又看了一遍。屋里有点酸面味。遍地是烂纸，破袜子，还有两个旧油篓，和四五个美丽烟的空筒——都没有盖，好像几只大眼睛替房东看着房。窗户在秋天并没糊过，只把冷布的纸帘好歹地粘上。玻璃上抹着各样的黑道，纸棚上好几个窟窿，有一两处垂着纸片，似乎与地上的烂纸遥相呼应。张大哥心中有点不痛快，并不是要责备由这个屋里搬走的人们，而是想起自己那两处吃租的小房——人们搬家的时候也是这样毁坏，租房住的人和老鼠似乎是亲戚！

窗户当然要从新糊过；棚？似乎不必管。墙上不少照片与对联的痕迹，四围灰黄，整整齐齐的几个方的与长的白印儿；也不必管，老李还能没些照片与对联？照原来的白印儿挂上就行。张大哥以为没有照片与对联的不能算作“文明”人。

把这些计划好，张大哥立在当中的那一间，左右一打眼，心中立刻浮出个具体的设计：当中作客厅，一张八仙桌，四把椅子。东西两间每间一张桌，一把椅；太少点！暂时将就吧；不，客厅也来两把椅子吧。东间作书房，呕，没有书架子呀！老李是爱买书的人——傻瓜！每月把书费省下，有几年的工夫能买一处小房，信不信？还得给他去弄个书架子！西间放那个衣橱。东西套间：一间卧室，一间厨房；床是有了，厨房还短着案子。

还显着太简单！科员的家里是简单不得的！不过，挂上些照片与对联也许稍微好些；况且堂屋还得安洋炉子。张大哥立刻看看后檐墙有出洋炉烟管子的圆孔没有。有个碟子大的圆洞，糊着张纸，四围有些烟迹，像被黑云遮住的月亮。心中平安了许多；冬天不用洋炉子，不“文明”！

计划好一切，终于觉得东西太少。可是，虽然同是科员，老李究竟是乡下人，这便又差一事了；乡下人还懂得哪叫四衬，哪叫八稳？有好桌子也是让那对乡下孩子给抹个乱七八糟。好了，只须去找裱糊匠来糊窗子，和打扫打扫地上。得，就是它！

张大哥出来，从新端详了街门一番。不错，小洋式门，上面有两个洋灰堆成的狮子，虽然不十分像狮子，可是有几分像哈吧狗呢，就算手艺不错。两狮之间，有个碟子大小的八卦。狮子与八卦联合起来，力量颇足以抵得住一对门神爷。张大哥很满意。“文明”房必须有洋式门，门上必须有洋灰狮子；况且还有八卦！

张大哥马上去找裱糊匠，熟人，不用讲价钱；或者应说裱糊匠不用讲价钱，因为张大哥没等他张嘴，已把价钱定好。作也得作，不作也得作，糊窗户是苦买卖，可是裱糊喜棚呢，糊冥衣呢，不能不拉这些生意。凡是张大哥为媒的婚事，自然张大哥也给介绍裱糊匠；不幸新娘或新郎不等白头到老便死去一位呢，张大哥少不得又给张罗糊冥衣——裱糊匠是在张大哥手心里呢！说好了怎样糊窗户，张大哥就手打听金银箔现在卖多少钱一刀，和纸人的粉脸长了价钱没有。张大哥对事事要有个底稿，用不着不要紧，备而不用，切莫用而不备。

五点多了，张大哥必须回家了。到四牌楼买了只酱鸡，回家请请夫人。心里想：那条棉裤她大概快给作成了，总得买只鸡犒劳犒劳她。其实，她要是会打毛绳裤子，还真用不着作棉的；赶明儿请孙太太来教教她。一条毛绳裤，买，得七八块钱；自己打，两磅绳子——不，用不了，一磅半足够；就说两磅吧，两块八加两块八，五块六。省小三块子！请孙太太教教她，反正我上衙门，她没事作，闲着也是闲着。叫太太闲着，不近情理。老夫老妻的，总得叫太太多学本事。张大哥看了看手中的荷叶包：酱鸡个子真不小，女儿也不回来！一家子吃也不至于不够。

女儿十八了，该定亲了。出了高中入大学，一点用处没有，只是费钱。还有二年毕业，二十；四年大学，二十四；再作二年事——大学毕业不作二年事对不起那些学费——二十六。二十六！姑娘就别过二十五！过了二十五，天好，没人要，除非给续弦！赶紧选个小人，高中一毕业，去她的，别耍玄虚！

儿子，儿子是块心病！

看见一挑子鲜花，晚菊，老来少，番椒……张大哥把儿子忘了，用半闭着的那只眼轻轻了了一下。要买便宜东西，决不能瞪着眼直扑过去，像东安市场里穿洋服拉着女朋友的那些大爷那样。总得虚虚实实，了一眼。卖花的恰巧在这一了的工夫，捉住张大哥的眼。张大哥拉线似的把眼光收到手中的酱鸡上，走了过去。

儿子是块心病！

第四

一

老李怎么把夫人，一对小孩，铺盖卷，尿垫子，四个网篮，大小七个布包，两把雨伞，一篓家腌的芥菜头，半坛子新小米，全一鼓作气运来，至今还是个谜。他好像是下了决心接家眷，所以凡是夫人舍不得的物件全搬了来；往常他买过了三件小东西就觉得有丢失一件的可能。

他请了五天假，第三天上就由乡间拔了营，为是到北平之后，好有一天的工夫布置一切，不必另请假。

由张大哥那里把桌椅搬运了来，张大哥非到四点后不能来，所以丁二爷自告奋勇来帮忙。丁二爷的帮忙限于看孩子。丁二爷的看孩子是专门挡路碍事添麻烦。老李要往东间里放桌子，丁二爷和两个孩子恰好在最宜放桌子那块玩呢；老李抓了抓头发，往西间去，丁二爷率领二位副将急忙赶到。老李找锤子，无论如何也找不到，丁二爷拿着呢。

忙了一天，两把伞还在院里扔着，小米洒了一地，四个网篮全打开了，东西以极新颖的排列法陈列在地上，没有一件得到相当的立身所在，而且生命非常的不安全：老李踩碎一个针盒，李太太被切菜墩绊倒两次，压瘪了无数可以瘪的东西，博得丁二爷与孩子们的一片彩声。

还不到四点钟，张大哥来了。把左眼稍微一睁，四篮的东西已大半有了地位，用手左右指了指，地上已经看不见什么，连洒出来的小米全又回了坛子。

全布置好了，没有相片和对联！张大哥对老李有些失望。再看，新糊的窗子被丁二爷戳了个窟窿。不怪张大哥看不起他们。

“老李，明天上我那儿取几张风景画片，一付对联，一个中堂，好在都没上款。”

老李看了看墙上，才发现了黑白分明不大好看，“糊一糊好了。”他说。

“知道能住多少日子呀，白给人家糊？况且糊墙就得糊顶棚，你还不能四白落地，可是上边悬着块黑膏药。再说，一裱糊，又是天翻地覆，东西都得挪动。”张大哥点上了烟斗。

一听又要天翻地覆，老李觉得糊墙一定是罪孽深重，只好点了点头，意思是明天去取那没上款的对联。

张大哥走了。

他走后，老李才想起来了，也没让他吃饭！饭在哪儿呢？可是，退一步说，茶总该沏一壶吧！看了看堂屋，方桌上一把壶六个碗，在个磁盘上放着，好像专等有人来沏茶似的。谁当沏茶去？假如这是在张大哥家里？谁应当张罗客人喝茶？老李的眉头皱上了。他刚一皱眉，丁二爷也告辞：孩子们拉住丁二爷的手，不许他走。

“在这儿吃饭，妈会作枣儿窝窝！”男孩儿说。

“枣儿喏喏！”女孩跟着哥哥学，话还说得不大便利。

老李一边往外送客，一边心里说：“大人还不如小孩子懂事呢！”继而一想，“弄些客套又有什么意义呢？”心中这么想，把丁二爷忘了。客人走出老远，他才想起，“呕，丁二爷呢？”

二

李太太不难看。脸上挺干净，有点发整。眉眼也端正。嘴不大爱闭上，呼吸带着点响声，大牙板。身子横宽，棉袍又肥了些，显着迟笨。一双前后顶着棉花的改造脚，走路只见胳臂扇动，不见身体往前挪：有时猛地倒退半步，大概是脚踵设法找那些棉花呢。坐下的时候确不难看。新学会的鞠躬：腰板挺着，两手贴垂，忽然一个整劲往前一栽：十分的郑重，只是略带点危险性。

她给丁二爷鞠了躬，给张大哥鞠了躬，心里觉得不十分自然，可是也有点高兴。张大哥说“好在还不冷”的时候，她答了句“还没到立冬”，也非常的漂亮而恰当。

屋子大概地布置好了，她一手扶着椅子背，四下打了一眼，不错，只是太空！可是，空得另有一种可喜的味道。这一切是她的！除了丈夫就属她大，没有公婆管着，小姑子看着。况且，这是北平！北平未见得比乡下“好”，可是，一定比乡下“高”。

老李的眉头还皱着呢，看了她一眼，要说：“不会沏点茶呀？”可是管住了自己，改为：“倒壶茶。”跟她说，连“沏”还得改成“倒”！

“我还真忘了，真！”李太太笑了，把牙全露出来。“茶叶呢？”这句好像是问全北平呢，声音非常的高。

“小声点！”老李说，把“这儿不是乡下，屋里说话，村外都得听见！”咽了回去。

她似乎为抵销大嗓说话的罪过，居然把茶叶找到。“还忘了呢，没水！”为找到茶叶把大嗓门的罪过又犯了。

“你小点声！”老李咬着牙说，眉头皱得像座小山。

她拿着茶壶在屋里转了半个圈，因脚下的棉花又发生了变化，所以没有转圆。“我上街坊屋借一壶开水去？”

他摇头。不行，还得告诉她：“这儿不比乡下，不许随便用人家的东西。”

“妈，吃饭饭！”小妞子过来拉住妈妈的手。

妈妈抱起孩子来，眼圈红了。在乡下，这时候孩子就该睡了；在这儿，臭北平！这个不准，那个不行，孩子到这咱晚还没吃饭！屋子是空的，没有顺山大炕，没有箱子，没有水，看哪儿都发生，找什么也不顺手，丈夫皱着眉！一百个北平也比不上乡下！

“爸，还不吃饭？”男孩用拳头打了老李一下。

老李看了看两个孩子，眉头上那座小山化了。“爸给你们买吃的去，”然后把小拳头放在自己的手掌上，“这儿呀，方便极了，一会儿我都能买来，买——”他看了太太一眼，“买什么？”

太太没言语，脸上代她说，“我知道你们的北平有什么！”

“爸，买点落花生，大海棠果。”

“爸，菱吃发生！”小妞子说。

老李笑了，要回答他们几句，没找到话，披上大衣上了街。

三

街上东西是很多，老李只想不出买什么好。街西一个旧书摊，卖书的；老人正往筐中收拾《茶花女》，《老残游记》，和光绪三十二年的头版《格致讲义》。老李看了看，搭讪着走开：迈了两步，又回头看看卖书的——正忙着收摊，似乎没有理会到老李的存在。老李开始注意羊肉床子旁边的芝麻酱烧饼，刚烙得，焦黄的芝麻像些吃饱的蚊子肚儿。颇想买几个。旁边一位老太太正打好洋铁壶的价钱，老李跟着买了两把。等她走后，才敢问洋炉子的价钱——因为张大哥极端地主张用洋炉子——买定了一个。

一问价钱的时候，心中就决定好——准买贵了。买好之后又决定好，告诉张大哥的时候，少说两块钱，他还能说贵吗？心中很痛快，生平第一次买洋炉子，一辈子不准买上两回，贵点就贵点吧。说好炉子和铁管次日一早送去。然后，提着水壶，茫然不知到哪里去好。

到底给孩子们买什么吃呢？

虽然结婚这么几年，太太只是父母的儿媳妇，儿女只是祖母的孙儿，老李似乎不知道他是丈夫与父亲。现在，他要是不管儿女的吃食，还真就没第二个人来管。老李觉得奇怪。灯下的西四牌楼像个梦！

给小孩吃当然要软而容易消化的，老李握紧了铁壶的把儿，好像壶把会给他出主意似的。代乳粉？没吃过！眼前是干果子铺，别忘了落花生。买了一斤花生米。一斤，本来以为可以遮点羞，哼，谁知道才一角五分钱！没法出来，在有这么些只电灯的铺子只花一角五？又要了两罐蜜饯海棠。开始往回走。到胡同口，似乎有点不得劲——花生米海棠大概和晚饭不是同一意义。又转回身来，看了看油盐店，猪肉铺，不好意思进去。可是日久天长，将来总得进去，于是更觉得今天不应进去。心里说："你一进去，你就是张大哥第二！"可是不进去，又是什么第二呢？又看见烧饼。买了二十个。羊肉白菜馅包子也刚出屉，在灯光下白得像些磁的，可是冒着热气。买了一屉。卖烧饼的好像应该是姓"和"名"气"，老李痛快得手都有点发颤，世界还没到末日！拿出一块钱，唯恐人家嫌找钱麻烦；一点也没有，客客气气地找来铜子与钱票两样，还用报纸给包好，还说，"两搀儿，花着方便。"老李的心比刚出屉的包子还热了。有家庭的快乐，还不限在家庭之内；家庭是快乐的无线广播电台，由此发送出一切快乐的音乐与消息，由北平一直传到南美洲！怨不得张大哥快活！

菱在妈妈怀中已快睡着，闻见烧饼味，眼睛睁得滴溜圆，像两个白棋子上转着两个黑棋子。英——那个男孩——好似烧饼味还没放出来，已经入肚了一个。然后，一口烧饼，一口包子，一口花生米，似乎与几个小饿老虎竞赛呢。

谁也没想起找筷子，手指原是在筷子以前发明出来的。更没人想到世界上还有碟子什么的。

李太太嚼着烧饼，眼睛看着菱，仿佛唯恐菱吃不饱，甚至于有点自己不吃也可以，只愿菱把包子都吃了的表示。

菱的眼长得像妈妈，英的眼像爸爸，俩小人的鼻子，据说，都像祖母的。菱没有模样，就仗着一脸的肉讨人喜欢，小长脸，腮部特别的胖，像个会说话的葫芦。短腿，大肚子，不走道，用脸上的肉与肚子往前摇。小嘴像个花骨葖，老带着点水。不怕人，仰着葫芦脸向人眨巴眼。

英是个愣小子，大眼睛像他爸爸，愣头磕脑，脖子和脸一样黑，肉不少，可是不显胖，像没长全羽毛的肥公鸡，虽肥而显着细胳臂蜡腿。棉裤似乎刚作好就落伍，比腿短着一大块，可是英满不在乎，裤子越紧，他跳得越欢，一跳把什么都露出来。

老李爱这个黑小子。“英，赛呀！看谁能三口吃一个？看，一口一个月牙，两口一个银锭，三口，没！”

英把黑脸全涨紫了，可是老李差点没噎绿了。

不该鼓舞小孩狼吞虎咽，老李在缓不过气来的工夫想起儿童教育。同时也想起，没有水！倒了点蜜饯海棠汁儿喝，不行；急得直扬脖。在公寓里，只须叫一声茶房，茶是茶，水是水，接家眷，麻烦还多着呢！

正在这个当儿，西屋的老太太在窗外叫：“大爷，你们没水吧？这儿一壶开水，给您。”

老李心中觉得感激，可是找不到现成的话。“呕呕老太太，呕——”把开水拿进来，沏在茶壶里。一边沏，一边想话。他还没想好，老太太又发了言：

“壶放着吧，明儿早晨再给我。还出去不出去？我可要去关街门啦。早睡惯了，一黑就想躺下。明儿倒水的来叫他给你们倒一挑儿。有缸啊？六个子儿一挑，零倒；包月也好；甜水。”

老李要想赶上老太太的话，有点像骆驼想追电车，“六个子，谢谢，有缸，不出去，上门。”忘了说，“你歇着吧，我去关门。”

“孩子们可真不淘气，多么乖呀！”老太太似乎在要就寝的时候精神更大。“大的几岁了？别叫他们自己出去，街上车马是多的；汽车可霸道，撞葬哪，连我都眼晕，不用说孩子们！还没生火哪？多给他们穿上点，刚入冬，天气贼滑的呢，忽冷忽热，多穿点保险！有厚棉袄啊？有作不过来的活计，拿来，我给他们作；戴上镜子，粗枝大叶的我还能缝几针呢；反正孩子们也穿不出好来。明天见。上茅房留点神，砖头瓦块的别绊倒；拿个亮儿。明天见。”

“明天——老太太，”老李连句整话也没有了。

可是他觉得生活美满多了，公寓里没有老太太来招呼。那是买卖，这是人情。喝了碗茶，打了个哈欠，吃了个海棠，甜美！要给英说个故事，想不起；腰有点痛。是的，腰疼，因为尽了责任，卖了力气。拿刚才的事说吧，右手烧饼，左手包子，大衣的袋中一大包花生米，中指上挂着铁壶！到底是有家！在公寓里这时候正吃完了鸡子炒饭，不是看报，就是独坐剔牙。太太也过得去，只是鞠躬的样子像纸人往前倒——看了太太一眼。

菱的小手里拿着半个烧饼，小肉葫芦直向妈妈身上倒，眼已闭上，可还偶尔睁开一点缝。妈妈嘴中还嚼动着，脸上没有任何表情，搂着孩子微微地向左右摇身，眼睛看着洋蜡的苗。

老李不敢再看。高跟鞋，曲线美，肉色丝袜，大红嘴唇，细长眉……离李太太有两个世纪！老李不知是难过好，还是痛快好。他似乎也觉出他的毛病来了——自己没法安排自己。只好打个哈欠吧，啊——哈——哈。

英的黑手真热，正捻着爸的手指肚儿看有几个斗，几个簸箕。

“英，该睡了吧？”

“海棠还没吃完呢。”英理直气壮地说。

老李虽然又打了个哈欠，可是反倒不困了。接了家眷来理当觉出亲密热闹，可是也不知怎么只显着奇怪隔膜与不舒适。屋子里只有一枝洋烛的光明，在太太眼珠上跳！

第五

一

老李上衙门去。

张大哥确是有眼力：给老李租的房正好离衙门不远——也就是将到二里地。省车钱是一，可以来往运动运动是二，午饭能在家里吃是三。

老李虽然没有计算一月可以省多少车钱，可是心中微微有点可以多储蓄下点的光亮与希望。想到储蓄，不由得想到：家眷来了，还能剩钱？张大哥永远劝人结婚和接家眷，唯一的理由似乎是："两口儿并不见得比一个人费钱。"好像女人天生来的不会花钱，没有任何需要，也不准有需要！老李看女人也是个人。可是，英的妈……即使是养只鸡也得给小米吃呀！老李觉得接家眷这回事有点错误。一家之长？越看自己越不像。

快到了衙门，他更不痛快了。怎么当上了科员？似乎想不起。家长？当科员或者不是件坏事。没有科员的薪水怎能当家长？科员与家长是天造地设的一对——什么？看见了衙门，那个黑大门好似一张吐着凉气的大嘴，天天早晨等着吞食那一群小官僚。吞，吞，吞，直到他们在这怪物的肚子里变成衰老丑恶枯干闭塞——死！虽然时时被一张纸上印着个红印给驱逐出去，可是在这怪物肚中被驱逐，不是个有刺激性的事。这里免职，而去另起炉灶干点新的有意义的事，绝对想不到。此处不留爷，自有留爷处；衙门不止一个。吃衙门的虫儿不想，不会，也不肯，干别的。可恨的怪物！

可是老李得天天往怪物肚中爬，现在又往里爬呢！每爬进一次，他觉得出他的头发是往白里变呢。可是他必须往里爬；一种不是事业的事业。不得不敷衍的敷衍。现在已接来家眷，更必得往里爬了。这个大嘴在这里等着他，“她”在家里等着他；一个怪物与一个女魔，老李立在当中——科员，家长！他几乎不能再走了，他看见一个衰老丑恶的他，和一个衰老丑恶的她，一同在死亡的路上走，路旁的花草是些破烂的钱票与油腻的铜！然而他得走，不能立在那里不动；诗意？浪漫？自由？只是一些好听的名词。生活就是买炉子，租房……炉子送去没有？她会告诉怎样安铁管子呀？

到了衙门口。他真要往后退了。可是门口的巡警似乎故意戏弄他，给他行了个立正礼。他只能进去。他的手出了汗。那一群同事们一定都等着审问他呢：“老李，接家眷也不言语一声？几时请吃饭？”吃饭，那群东西和苍蝇同类，嘴不闲着便是生命的光荣！

进了自己的办公室，心中安定了些。一个人还没来呢，他深深吸了口气。破公事案，铺着块桌布的冤魂，茶碗印，墨汁点，烟卷烧的孔，永远在这里，永远。大而丑的月份牌，五天没撕了，老李不来没人管撕。玻璃上的土！怪物的肚子里没人管任何事情。他把月份牌扯下五页来，扔在纸篓里；也配叫作纸篓，靠着两面墙还随时地自己倒下来。

他坐在自己的椅子上，屋中最破的那一把，发愣。公事，公事就是没事；世界上没有公事，人类一点也不吃亏。公文，公文，公文，没头没尾，没结没完的公文。只有一样事是真的——可恨它是真的——和人民要钱。这个怪物吃钱，吐公文！钱到哪儿去？没人知道。只见有人买洋楼，汽车，小老婆；公文是大家能见到的唯一的东西。老李恨不能登时砸碎那把破椅子，破公事案，破纸篓，和这个怪物！可是，砸不碎这个怪物，连这张破桌布也弄不碎。碎了这块布等于使砖塔胡同那三口儿饿死。

他又坐下了，等着他们。他们，这个世界是给他们预备的。在家里，油盐酱醋与麻雀牌；来到衙门，一进门有巡警给行礼，进了公事房，嘻嘻嘻，讨论着，辩论着，彼此的私事，孩子闹耳朵，老太太办生日，春华楼一号女招待。能晚到一分便晚到一分，能早走一分便早走一分。破桌子，破茶碗，无穷无尽地喝茶。烟卷烟斗一齐烧着，把月份牌都罩得看不清。老李等着他们，他们是他的朋友，在某种程度上，他的审判官。他得为他们穿上洋服，他得随着他们嘻嘻嘻。他接家眷得请他们吃饭。他得向他们时常道歉。

邱先生来了。

“啊，老李，回来了？家中都好？”和老李握了握手。

邱先生的眼中带着点不大正经的笑意。老李的脸红了。邱先生没往下说什么，可是那个笑在眼角上挂着，大有一时半会儿不能消灭的来派，于是老李的脸上继续着增加热力。

邱先生脱大衣，喊听差沏茶，眼睛没看着老李，可是眼上那两个笑点会绕着圈向老李那边飞掷，像对流星。

吴先生也到了。

“啊，老李，回来了？家中都好？”和老李握了握手。他的手比老李的大着两号——按着手套的尺寸说——柔软，滑溜，带着科员的热力。然后，掏出一毛钱的票子：“张顺，送车钱去！”

吴先生非常正直，可是眼角上也有点笑意，和邱先生的那个相似，虽然程度上不那么深。老李的脸更热了。

他闭着气专等小赵，小赵来到他就知道是五年徒刑，还是取保释放了。

小赵没来。

二

小赵为什么没来？老李不敢问。吴先生虽然是小赵的亲戚，可是最不关心小赵的事，除了托小赵给维持地位，他简直不大爱和小赵说话，吴先生是正直人。老李自然不敢向吴先生打听小赵。邱先生呢，年纪比小赵大，而人情没有小赵的硬，所以有小赵领首，他对于向同事们开玩笑的事无不参加；可是小赵不提倡，他不便自居祸首；甚至于小赵不在眼前，他连“小赵”二字提也不提。邱先生在不和人开玩笑的时候很能咂着滋味苦闷。

可是吴邱二位都知道小赵干什么去了。小赵是为所长太太到天津办事去了。二位对小赵都有点忌妒。但是不便和老李说。老李是以力气挣钱，不管旁人的事，二位自然不能以他为同调。况且吴先生是正直人，在老李面前特别要显着正直。老李开始办公，心里老有个小赵的影。吴先生挺直腰板，写着酱肘子体的字。邱先生喝茶吸烟，咂着滋味苦闷，眼睛专看着手表。

张大哥不和老李同科，可是特意过来招呼一声。

“啊，老李，回来了？家中都好？”用手指诊了老李手心一下。

老李十分感激张大哥：为人谋永远忠诚到底。果然，邱吴二位的眼神有点改变光度与神气。设若老李接家眷，张大哥必知道一切；可是张大哥也问“家中都好？”小赵的话是造谣，一定。自然，不一定，更好。

“今年乡下收成不坏吧？”张大哥对乡下人自然要问乡下话，吴邱二位登时觉得还不够真正北平人的资格。

“不坏，不过民间还是很苦！”老李带着感情说。

“今年就盼着来场大雪，去去瘟毒；麦子也得意。”去去瘟毒，其实是张大哥的注意之点，麦子得意与否，民间苦不苦，都嫌离北平太远；世界上麦子都不得意，北平总有白面吃。

张大哥和老李又敷衍了几句，完全出于诚意，同时不失为敷衍，张大哥自己都佩服这一招儿。诚意地敷衍完老李，又过去和邱吴二位谈了一点来钟。张大哥比他们二位更没事可作，他是庶务科上的，他的职务是调动工友，和买办东西。对调动工友这一项，他是完全无为而治，所以工友们为他的私事能非常的殷勤卖力气，因为在衙门里总是闲着。对于买办一项，自有铺子送来，只要打打电话，过过数目，便完事大吉。至于照例的回扣呢，张大哥决不破例拒绝，也不独吞，该分给谁便分给谁，连工友都大家有份。张大哥是庶务中的圣手。

这样，他永远不忙，除了忙着串各科，而各科的职员一律欢迎他的降临。请医生，雇奶妈，定包厢，买旧地毯，卖灰鼠皮袍再买狐腿的，租房，定打新式桌椅，配丸药……凡是科员所需都要张大哥的指导与建议。批婚书，过嫁礼，更不用说，永远是他一手包办。新从南方来的同事，单找他来练习官话——孙先生便是一个。连美国留学回来的都和他研究相面与合婚。这些差事是纯粹义务，张大哥只落得两句赞美："北平真是宝地，"和"北平人真会办事。"有这两句，张大哥觉得前生定是积下阴功，所以不但住在北平，而且生在北平！"有宰相之才，没有宰相之命。"当他喝下两盅酒才这样叹息，而并非全无自慰的意思；两个"之"字特别的意味深长。

张大哥和邱吴二位谈起来；二位就是盼望有人来闲谈，不然真不好意思把公事都交给老李办，虽然大家深知老李有办事的瘾——科员中的怪物！

吴先生，军队出身，非常正直，刚练好一笔酱肘子体的字，打算娶个妾。他又提起来了："老吴是军人，先生，没别的好处，就是正直，过山炮一样的正直。四十多了，没个儿子，得改变战线，先生！"吴先生的"先生"永远不离口，仿佛是拿这两个字证明自己已经弃武修文了似的。他的腰背永远笔直，脖子与头一齐扭转，不是向左便是向右"看齐"。

这给张大哥一个难题。他并不绝对不管给人买妾，不过假使能推得开，他便不管。假如非叫他管不可，那么，有个基本条件：买妾的人须文过司长，武官至小是团副。妇女应否作妾？那是妇女杂志上的问题，张大哥不便于过问。他专从实际上看男人。一个小科员，或是中学教师，不论持着怎样充足的理由，能不纳妾顶好就不纳。精力，金钱，家庭间的困难，这些都在纳妾项下向科员与教师摇着头。别自己找枷扛。其实买个妾还不是件容易事，只看男人的脑袋是金银铜铁哪种金属作的。吴先生的脑袋，据张大哥的检定，是铁的；虽然面积不小，可是能值多少钱一斤？纳妾是一种娱乐，也许是一种必需，无论怎说，总得以金钱地位作保险费。

可是张大哥不能直接告诉吴先生的头是铁的。他对吴先生和学校的青年都没有办法。这两种人中又以吴先生为更难办。青年们闹恋爱，只好听之而已，张大哥还能替谁去恋爱？而吴先生偏偏要张大哥给帮忙。

拒绝，敷衍，打岔，都等于得罪吴先生。世界上没有不可以作的事，除了得罪人。可是和吴先生讨论？吴先生能立刻请他吃饭；吃了人家的饭，再也吐不出，那便被人家一把抓定！张大哥的左眼闭得几乎有不再睁开的趋势。有了，谈太极拳吧！

吴先生的拳头那么大，据他自己说，完全是练太极拳练出来的，只有提太极拳，他可以把纳妾暂时忘下。太极拳是一切。把云手和倒撵猴运在笔端，便能写出酱肘子体的字。张大哥把烟斗用海底针势掏出来，吴先生立刻摆了个白鹤亮翅。谈了一点来钟，张大哥乘着如封似闭的机会溜了出去。

三

邱吴二先生都没审问老李，老李觉得稍微痛快一点。午时散了衙门，走到大街上，呼吸似乎自由了些。这是头一次由衙门出来不往公寓走，而是回家。家中有三颗心在那儿盼念他，三张嘴在那儿念道他。他觉得他有些重要，有些生趣。他后悔了，早晨不应那样悲观。自己所处的环境，所有的工作，确是没有多少意义；可是自己担当着养活一家大小，和教育那两个孩子，这至少是一种重要的，假如不是十分伟大的，工作。离开那个怪物衙门，回到可爱的家庭，到底是有点意思。这点意思也许和抽鸦片烟一样——由一点享受把自己卖给魔鬼。从此得因家庭而忍受着那个怪物的毒气，得因儿女而牺牲一切生命的高大理想与自由！老李的心又跳起来。

没办法。还是忘了自己吧。忘掉自己有担得起更大的工作的可能，而把自己交给妻，子，女；为他们活着，为他们工作，这样至少可以把自己的平衡暂时地苟且地保持住；多么难堪与不是味儿的两个形容字——暂时地，苟且地！生命就这么没劲！可是……

他不想了。捉住点事实把思想骗开吧。对，给孩子们买些玩艺。马上去买了几个橡皮的马牛羊。这些没有生命的软皮，能增加孩子们多少多少乐趣？生命或者原来就是便宜东西。他极快地走到家中。

李太太正在厨房预备饭。炉子已安好，窗纸又破了一个窟窿。两个孩子正在捉迷藏，小肉葫芦蹲在桌子底下，黑小子在屋里嚷：

“得了没有？”

“英，菱，来，看玩艺来！”老李不晓得为什么必须这样痛快地喊，可是心中确是痛快。在乡间——不过偶尔回去一次——连自己的小孩都不敢畅意地在一块玩耍：现在他可以自由地，尽兴地，和他们玩；一切是他的。

英和菱的眼睛睁圆了，看着那些花红柳绿的橡皮，不敢伸手去摸。菱把大拇指插在口中；英用手背抹了鼻子两下，并没有任何作用。

“要牛要马？”老李问。

英们还没看出那些软皮是什么，可是一致地说，“牛！”

老李，好像神话中的巨人，提起牛来，嘴衔着汽管，用力地吹。

英先看明白了：“真是牛，给我，爸！”

“给菱，爸！”

老李知道给谁也不行，可是一嘴又吹不起两个来。“英，你自己吹，吹那只老山羊。”他不知怎么会想起这个好办法，只觉得自己确是有智慧。

英蹲下，拿起一个来，不知是马还是羊；十分兴奋，头一气便把自己的鼻子吹出了汗。再给他牛，他也不要了，自己吹是何等的美事。

“菱也吹！”她把马抓起来；似乎那头牛已没有分毫价值。

老李帮着把牲口们全吹起来，堵好气管。英手擦着裤腿，无话可讲，一劲地吸气。菱抱着山羊，小肉葫芦上全是笑意，英忽然撒腿跑了，去把妈妈拉来。妈妈手上挂着好些白面。“妈，妈，”

英叫一声，扯妈妈的大襟一下，“看爸给拿来的牛，马，羊，妈，你看哪！”又吸了一回气。

妈笑了。要和丈夫说话，又似乎没什么可说的；不说，又显着有点发秃。她的眼神显出来，她是以老李为家长——甚至于是上帝。在乡下的时候，当着众人她自然不便和丈夫说话，况且凡事有公婆在前，也无须向丈夫要主意；现在，只有他是一切；没有他，北平能把她和儿女全嚼嚼吃了。她应当说点什么，他是为她和儿女们去受苦，去挣钱；可是想不起从哪里说起。

“妈，我拿牛叫西屋老奶奶看看吧？”英问，急于展览他的新宝贝。

妈得着个机会：“问爸。”

爸觉得不大安坦，为什么应当问爸呢，孩子难道不是咱们俩的？可是，这样的妇人必定真以我为丈夫，主人。老李不敢决定一切，只感觉着夫妇之间隔着些什么东西。算了吧，让脑子休息会儿吧：“不用了，英，先吃饭，吃完再去。”

“爸，菱抱羊一块吃饭饭！”

“好。”老李还有一句，“给老山羊点饭饭吃。”可是打不起精神说。

大家一块吃饭，吃得很痛快。菱把汤洒了羊一身，羊没哭，妈也没打菱。

饭后，妈收拾家伙，英菱与牛羊和爸玩了半天。老李细看了看儿女，越看越觉得他与他们有最密切的关系。英的嘴，鼻子，和老李的一样，特别是那对大而迟钝的眼睛。老李心里说，“大概我小时候也这么黑！”菱的胳臂短腿短，将来也许像她妈妈那样短粗。儿女的将来，渺茫！英再像我，菱再像她？不，一定不能！但是管它呢，“菱，来，叫爸亲亲！”亲完了小肉葫芦，他向厨房那边说，“我说——菱没有件体面的棉袍子呀？”

“那不就挺好看的吗？”太太在厨房里嚷，好像愿叫街上的人也都听见。“她还有件紫的呢，留着出门穿。”

“留着你那件臭紫袍吧！”老李心里说，有给菱作件新袍的必要；打扮上，一定是个可爱的小女孩。希望母亲也来看看菱的新衣裳，虽然新衣裳还八字没有一撇。

“晚上见，菱。”

“爸买发生去？”菱以为爸一出去就得买落花生。

“爸，再带头牛来，好凑一对！”英以为爸一出去必是买牛去。

老李在屋门口停了一停，她没出来。东屋的门开着点缝，老李看见一个人影，没看清楚，只觉得一件红衣那么一闪。

第六

一

一大蒲包果子，四张风景相片，没有上款的中堂与对联，半打小洋袜子，张大嫂全付武装来看李太太。

在大嫂的眼中，李太太是个顶好，一百成的——乡下人儿。大嫂对于乡下人，特别是妇女，十二分的原谅，怜恤，而且愿尽所能为地帮助，指导。她由一进门，嘴便开了河，直说得李太太的脑子里像转疯了的留声机片，只剩了张着嘴大口地咽气。张大嫂可是并非不真诚，更没有一点骄傲。对于乡下妇女这个名词，她更注意到后一半——妇女。妇女都是妇女。不过“乡下”这个形容，表示出说话带口音，一切不在行，可是诚实直爽。这个，只要一经张大嫂指导，乡下妇女便不久会变成一百成的漂亮小媳妇。这是自信，不是骄傲。

英和菱是一对宝贝。大嫂马上非认菱作干女儿不可，也立刻想起家中橱柜里还有一对花漆木碗，连三的抽屉里——西边那个——有一个银锁，系着一条大红珠线索子。非认干女儿不可。现成的木碗与银锁，现成的菱，现成的大嫂，为什么不联结起来呢。

李太太不知道说什么好，只露出牙来，没露任何意见，心里怕老李回来不愿意。

大嫂看出李太太的难处。“不用管老李，女儿是你养的：来，给干娘磕头，菱！”

李太太一想，本来吗，女儿是自己的，老李反正没受过生产的苦楚；立刻叫菱磕头。菱把大拇指放在嘴内，眨巴着眼，想了一会儿；没想好主意，马马虎虎地磕了几个头。磕完头，心中似乎清楚了些，不觉得别的，只觉得有点骄傲，至少是应对英骄傲，因为英没有干妈，她过去拉住干妈一个手指。干妈确是干的，因为脸上笑得都皱起来，像个烤糊了的苹果，红而多皱。

英撅了嘴，要练习练习磕头，可是没有机会。大嫂笑着说，“我不要小子，小子淘气；看我这干女儿多么老实。可是，你等着，英，赶明儿我给你说个小媳妇，要轿子娶，还是用汽车？”

“火车娶！”英还没忘这次由乡间到北平的火车经验。用火车娶媳妇自然无须再认干妈，于是英也不撅嘴了。

因提起小子淘气，大嫂把天真的历史，从满月怎么办事，一直到怎么没说停当太仆寺街齐家的姑娘，一气呵成，说得天翻地覆。最后：“告诉你，大妹妹，现在的年头，养孩子可真不易呀！尤其是男孩子，坏透了！大妹妹，你提防着点老李，男子从十六到六十六岁，不知哪时就出毛病。看着他，我说，看着他！别多心，大妹妹，您是乡下人，还不知道大城里的坏处。多了，无穷无尽；男女都是狐狸精！男的招女的，女的招男的，三言两语，得，钩搭上了。咱们这守旧的老娘们，就得对他们留点神！”

李太太似乎早就知道这个，不过没听张大嫂说明之前，不敢决定相信，也不敢对老李有什么设施。现在听了大嫂——况且又是菱的干娘——的一片话，心中另有一个劲儿了。是的，到了北平，她与丈夫是一边儿大的；老李是一家之主，即使不便否认这点，可是她的眼睛须对这一家之主留点神。但是她只有点头，并没发表什么意见；谈作活计与作饭，她是在行的，到大城里来怎么管束丈夫，还不便于猛进。况且，焉知张大嫂不是来试探她呢！得留点神，你当是乡下人就那么傻瓜呢！

“待两天再来，我可该走了？家里撂着一大片事呢！”大嫂并没立起来：“干女儿，明儿看干妈去。记着，堂子胡同九——号；说，堂子胡同——九——号；嘻嘻嘻。”

“堂胡同走奥，”菱一点也不晓得这是什么怪物。

“吃了晚饭再走吧，大嫂，”李太太早就预备好这句，从头一天搬来就预备好了。可是忘对张大哥与丁二爷说，招得丈夫直皱眉；这可得到机会找补上了。

“改日，改日，家里事多着呢。我可该走了！”大嫂又喝了碗茶。

最后，大嫂立起来，“干姑娘，过两天干娘给送木碗和锁来。”又坐下了，因为，“啊，也得给英拿点玩艺来呀！是不是，英？”

“我要个——”英想了会儿，“木碗，干妈！”

“干妈是菱的！”

“看，小干女儿多么厉害！唉，我真该走了！”

大嫂走到院中，西屋老太太正在院中添炉子。大嫂觉得应当替李太太托咐托咐，虽然自己也不认识老太太。

“老太太，你添火哪？”

“您可别那么称呼我，还小呢，才六十五！屋里坐着。”老太太添火一半是为在院中旁听，巴不得借个机会加入谈话会。“贵姓呀？”

“张。”

“呕，那天租房的那位——”

“可不是吗，他和这儿李先生同事，好朋友，您多照应着点！”大嫂拉着菱，看着李太太。

“还用嘱咐，近邻比亲！大奶奶可真好，一天连个大声也不出，”老太太也看着李太太。“两个孩儿们多么乖呀！我说，英，你的牛呢？”没等英回答，“我就是爱个结结实实有人缘的小孩。看菱的小肉脸，多有个趣！”

“您跟前有——”

“别提了，一儿一女，女儿出了阁，跟着女婿上南京了，一晃儿十年了，始终也没回来一次。小子呀，唉！”老太太把声音放低了些，“唉，别提了，已经娶——”她向东屋一指。“唉，简直说着羞得慌，对外人我也不说，说了，被人耻笑。”

“咱们还是外人吗？”张大嫂急于听个下回分解。

“唉，已经娶了，这么个又体面又明白的小媳妇！会，会，会又在外边——不用提了！三四个月没回来了！老了老了的给我这么个报应，不知哪辈子造下的孽！这么好个小媳妇，年青青的，叫我看着心焦不心焦？又没有个小孩！菱，你可美呀，认了干娘？”老太太大概把张李二太太的谈话至少听了一半去。

菱笑了，爽性把食指也放在口里。

“改天再说话，老太太，咱们这作妈妈的，一人有一肚子委屈呀！”

“您别那么称呼我，您大！”

“我小呢，才四十九。也忘了，您贵姓呀？”

“马；也没到屋里喝碗茶！”

“改天，改天特意来看您。”

马老太太也随英们把张大嫂送出去，好像张大嫂和李太太都是她的娘家妹妹似的。

二

老李下了衙门，到张大哥家去取对联；一点也不愿意去取，不过张大哥既然说了，不去显着不好意思。老李顶不喜欢随俗，而又最怕驳朋友的面子，还是敷衍一下好吧。他到了张家，大嫂刚从李家回来。

“啊，亲家来了！”

老李一愣，不知怎么会又升了亲家。

大嫂把认干女儿的经过，从头至尾，有枝添叶的讲演了一番。老李有点高兴；大嫂既肯认菱作干女儿，菱必是非常的可爱，有许多可爱的地方他自己大概还没看到。

“大妹妹可真是个俏式小媳妇，头是头，脚是脚，又安稳，又老实！”大嫂讲演完了干姑娘，开始褒奖干姑娘的母亲。从干姑娘的母亲又想到干姑娘的父亲："老李——亲家，你就别不满意啦；还要什么样的媳妇呀？干干净净，老老实实，得了！况且，有这么一对虎头虎脑的小宝贝；放下你们年青小伙子的贪心吧！该得就得，快快乐乐地过日子，比什么也强。看那个马老太太——"

"哪个马老太太？"

"你们西屋的街坊：老太太的命才苦呢！娶来个一朵鲜花似的小媳妇，儿子会三四个月，三——四——个——月，没家来！我要是马老太太呀，不咬那个儿子几口才怪！"

正说到这里，张大哥进来了。"你咬谁几口呀？"他似乎以为是背地讲论他。

她笑了："放心，没人咬你的肉，臭！我们这儿说马家那当子事呢。"

张大哥自然知道马家的事，急忙点上烟斗，左眼闭上，把大嫂的讲演接过来：老李租的房是马老太太的，买过来不久——买上了当，木架不好，工也稀松。老太太还能买得出什么漂亮东西。张大哥顺手把妇人——连张大嫂也在其内——不会办事给证实。买过来之后，马家本是自己住自己的房。搬来不久就办婚事，大概因为有喜事才急于买房，因为急买所以就买贵了——一点也不应当算个上当的原谅，又看了大嫂一眼。马老太太的儿子，那时节，是在中学里教书，娶的是个高小毕业的女学生，娘家姓黄，很美。结婚不到半年——张大哥的眼闭死了——马先生和同事的一位音乐教员有了事，先是在外边同居，后来一齐跑到南边去："三四个月没回来，他，三年也未必回来！"张大哥结束了这段叙述："天平不准！"

因为儿子跑了，所以老太太把上房让出来，租几个钱，加上手里有点积蓄，婆媳可以对付着过日子。

老李知道大嫂已把对联送去，大哥的讲演又告一段落，于是告辞回家。大嫂没留他吃饭："唉，快家去吧；等和李太太一块来的时候，我再给你们弄点什么吃。告诉菱，过两天干妈给送木碗去，别忘了！"

老李心中的红衣人影已有了固定的面目，姓黄，很美，弃妇，可怜虫！爱是个最热，同时又最冷的东西！设若老李跟——谁？不管谁吧，一同逃走，妻，子，女，将要陷入什么样的苦境？不敢想！张大哥对了，俗气凡庸，可是能用常识杀死浪漫，和把几条被浪漫毒火烧着的生命救回。从另一方面说，常识杀死了浪漫，也杀死了理想与革命！老李又来到死胡同里，进是无路，退又不得劲。菱，小丫头片子，可爱，张大嫂的干女儿，俗气！

到了家。

"爸，"黑小子在门口等着他呢，"爸，菱有了干妈，张大嫂子，过两天给送木碗和银锁来。我呢？我认妈妈作干妈得了；你给妈点钱，叫妈给我买木碗，不要银锁，要两只皮马，你给我的那只，我并没使劲，也不怎么破了个窟窿，怎吹也吹不起来了！"

老李一生似乎没这么笑过。

"爸，东屋的大婶，还替我吹了半天，也没吹起来。大婶顶好顶好看啦。大眼睛，像俩，俩，俩——"英直翻白眼，"俩小月亮！那手呀，又软又细，比妈的手细得多。妈的手就是给我抓痒痒好，净是刺儿。"

“妈听见，不揍你！”老李不笑了。

三

星期日。老李带领全家上东安市场，决定痛快地玩一天，早晚饭全在外边吃。

英说对了，妈的手上有刺儿；整天添火作饭洗衣裳，怎能不长刺？应当雇个仆人。一点也不是要摆排场；太太不应当这样受累。可是，有仆人她会调动不会？好吧，不用挑吃挑喝，大家对敷吧。把雇人的钱，每月请她玩两天，也许不错。决定上市场。

李太太不晓得穿什么好，由家中带来的还是出嫁时候的短棉袍与夹裙子。长棉袍只有一件，是由家起身前临时昼夜赶作的，蓝色，没沿边，而且太肥。

“还把裙子带来？天桥一块钱两条，没人要！”

她不知道天桥在哪里，可是听得出，裙子在北平已经一块钱两条，自然是没什么价值。她决定穿那件唯一的长蓝棉袍，没沿边，而且太肥。

老李把孩子们的衣裳全翻出来，怎么打扮，怎么不顺眼。他手心又出了汗。拿服装修饰作美满家庭的广告，布尔乔亚[①]！可是孩子到底是孩子，孩子必须干净美好，正像花草必须鲜明水灵。老李最不喜欢布尔乔亚的妈妈大全，同时要在儿女身上显出爱美——遮一遮自己的洋服在身上打滚的羞。不去！那未免太胆小

① 资产阶级。法语 bourgeois 的音译。

了。一定走，什么样也得走。可是，招些无聊的笑话即使是小事，怎能叫自己心里稍微舒服点呢？他依着生平美的理想，就着现成的材料，把两个孩子几乎摆弄熟了；还是不像样！走，老李把牛劲从心灵搬运出来，走！和马老太太招呼了一声，托咐照应着点。

“呕，我说，菱，”老太太揉了眼睛一把，“打扮起来更俊了？这双小老虎鞋！挑着点道儿走，别弄脏了，听见没有？来，菱，英，奶奶这儿还有十个大子，一人五个；来，放在小口袋里，到街上买花生吃。”十个大铜子带着热气落在他们的袋中。

老李痛快了一些；不负生平美的理想！

出了门，他的眼睛溜着来往行人，是否注意他们。没有。北平能批评一切，也能接收一切。北平没有成见。北平除了风，没有硬东西。北平使一切人骄傲，因此张大哥特别的骄傲。老李的呼吸不那么紧促了。回头一看，英和妈妈在道路中间走呢，好像新由乡下来的皇后与太子。老李站住了：“你们要找死，就不用往边上来！”李太太瞪了眼，往四下看，并没有什么。“你把英拉过来！”她把英拉到旁边来，脸上红了。丈夫的话一定被路上的人听见了。在乡下，爱怎走便怎走！她把气咽下去，丈夫是好意。可是，何必那么急扯白脸的呀！心中都觉得，“今天要能玩得好才怪！”

到了胡同口，拉车的照样地打招呼，并没因李太太的棉袍而轻慢。好吧，车夫既然招呼，不好意思不坐。平日老李的坐车与否是一出街门就决定好的：决定不坐便设法躲着洋车走；拒绝车夫是难堪的事。决定坐车，他永远给大价钱。张大哥和老李一块儿走的时候，张大哥永不张罗坐车。英和妈妈坐一辆，菱跟着爸。

一路上英的问题多了，西安门，北海，故宫……全安着个极大的问号。老李怕太太回头问他。她并没言语，而英的问题全被拉车的给回答了。老李又怕她也和车夫一答一和地说起来，她也没有。他心里说："傻瓜，当是妇女真没心眼呢！妇女是社会习俗的保存者。"想到这里，他不得劲地一笑，"老李，你还是张大哥第二，未能免俗！"

一进市场门，菱和英一致地要苹果。老李为了难；买多了吧不好拿，只买两个又怕叫卖果子的看不起。不买，孩子们不答应。

"上那边买去，菱，"太太到底有主意。

老李的眉头好似有皱上的瘾：那边果摊子还多着呢，买就是买，不买就是不买，干吗欺哄孩子呢！丈夫布尔乔亚，太太随便骗孩子，有劲！可是问题解决了问题，菱看见玩艺摊子，好像就是再买苹果也不要了。

"那边还有好的呢，"又是一个谎！

说谎居然也能解决问题，越往里走，东西越多，英们似乎已看花了眼，想不起要什么好了。老李偷眼看着太太，心中老有点"刘姥姥入大观园"的恐怖。太太的两眼好像是分别工作着，一眼紧钉着孩子，一眼收取各样东西与色彩。到必要的时候，两眼全照管着孩子，牺牲了那些引诱妇女灵魂的物件。老李受了感动。

摩登男女们，男的给女的拿着东西与皮包，脸上冬夏常青地笑着，连脚踵都轻而带弹力，好像也在发笑。女子的眼毛刚一看果子，男的脚指便笑着奔了果摊去，只捡包着细皱纸，印洋字蓝戳的挑，不问价钱。老李不敢再看自己的太太，没有围巾，没有小手袋，没有卜——开了，卜——拉上的活扣棉鞋；只是一件棉袍，没沿边，而且太肥。有点对不起太太！决定给她买这些宝贝。自己不布尔乔亚是一件事，太太须布尔乔亚是另一件事；买！也得给孩子买鞋，小绒线帽。“你自己去挑！”他发了命令，心中是一团美意，可是说得十二分难听。进了一家百货店。

太太先挑围巾，红的太艳，绿的太老，黄的当然不行，蓝的不错，可惜太短……老李直向菱说，“等着，等妈妈挑好了，咱们试皮鞋。”这大概足以使全铺子的人都减少些厌恶的心；老李要是当伙计的，早把太太给推出去了！几乎所有的围巾全拿出来了，太太这才问，“你说，要哪条好？”连这点主意都没有，妇女！连什么颜色好看都看不出！老李过来挑了条蓝的。“蓝的很时行，先生。”伙计好像从一生下来就没哭过，而且岁数越大越爱笑。老李放下蓝的，又拿起条紫的来。“玫瑰紫，太太戴正合适。”伙计的脸加紧发笑。老李的脸有点发热，又把蓝的拿起来。“还是这条好，先生，颜色正道，绒头也长。”伙计脸上的笑意要跳起来吻谁一下才好。“还是你自己挑吧，”老李辞职了。伙计的笑脸转向太太去。太太挑了条最不得人心的灰蓝色的，一遇上阳光管保只剩下灰，一点也不蓝。不过，到底是买成了一件，再看别的吧。

“先生请坐，您吸烟！”伙计们张罗。

老李既不吸烟，又不肯坐下；恐怕自己一坐下，叫太太想可以在这儿住一两天也不碍事。

李太太要小孩的饭巾，要男人的卫生衣……所要的全是老李没想到的。可是，饭巾确是比皮鞋还要紧，自己还没有冬季卫生衣。妇女到底是妇女，她们有保卫生命的本能。然后又买花线，洋针，小剪子，这更出乎老李意料之外。家门口就有卖针线的，何必上市场来买？可是太太手中一个钱没有，还不能在门口买任何零杂。他的错儿，应当给太太点钱，她不是仆人，她有她必需的用品。

买了一大包东西，算了算才十五元二角七分，开来账条，上面还贴好印花！

怎么拿着呢？伙计出了主意，“先放在这里，逛完再来拿。”和气，有主意，会拉主顾，一共才十五块多钱！老李觉得生命是该在这些小节目上消磨的，这才有人情，有意思。那些给女的提皮包买果子的人们，不定心中怎样快活呢！

绕到丹桂商场，老李把自己种在书摊子前面。李太太前呼后拥的脚有点不吃力了。看了几次丈夫，他确是种在了那里。英忽然不见了！隔着书摊一望，他在西边，脸贴着玻璃窗看小泥人呢。

“英可上那边去了，”太太的脚确是不行了。

“英，”老李极不满意地放下书，抓着空向小伙计笑了笑。

回到家中，已经快掌灯，菱在新围巾里睡着。英的精神十足，一进院里就喊：“大婶，看我的新帽子！”东屋大婶没出来，在屋中说，“真好！”

“北平怎样？”老李问太太。

“没什么，除了大街就是大街——还就是市场好，东西多么齐全哪！”

老李决定不请太太逛天坛和孔庙什么的了。

第七

一

张大哥的“心病”回了家。这块心病的另一名称是张天真。暑假寒假的前四五个星期，心病先生一定回家，他所在的学校永远没有考试——只考过一次，刚一发卷子，校长的脑袋不知怎么由项上飞起，至今没有下落。

天真从入小学到现在，父亲给他托过多少次人情，请过多少回客，已经无法计算。张大哥爱儿子的至诚与礼貌的周到，使托人情和请客变成一种艺术。在入小学第一年的时候，张大哥便托校长的亲戚去给报名，因为这么办官样一些，即使小学的入学测验不过是那么一回事。入学那天，他亲自领着天真拜见校长教员，连看门的校役都接了他五角钱。考中学的时候，钱花得特别的多。考了五处，都没考上，虽然五处的校长和重要的教职员都吃了他的饭，而且有两处是校长太太亲手给报的名。五处的失败使他看清——人情到底没托到家。所以在第六回投考的时候，他把教育局中学科科长恳求得直落泪，结果天真的总分数差着许多，由科长亲自到学校去给短多少补多少，于是天真很惊异地纳闷这回怎会及了格，而自己诅咒命运不佳，又得上学。入大学的时候——不，没多少人准知道天真是正式生还是旁听生；张大哥承认人情是托到了家，不然，天真怎会在大学读书？

天真漂亮，空洞，看不起穷人，倾向共产，钱老是不够花，没钱的时候也偶尔上半点钟课。漂亮：高鼻子，大眼睛，腮向下溜着点，板着脸笑，所以似笑非笑，到没要笑而笑的时候，专为展列口中的白牙。一举一动没有不像电影明星的，约翰巴里穆尔[①]是圣人，是上帝。头发分得讲究，不出门时永戴着压发的小帽垫。东交民巷俄国理发馆去理发，因为不会说英语，被白俄老鬼看不起；给了一块五的小账，第二次再去，白俄老鬼敢情也说中国话，而且说得不错。高身量，细腰，长腿，穿西服。爱“看”跳舞，假装有理想，皱着眉照镜子，整天吃蜜柑。拿着冰鞋上东安市场，穿上运动衣睡觉。每天看三份小报，不知道国事，专记影戏园的广告。非常的和蔼，对于女的；也好生个闷气，对于父亲。

回家了，就是讨厌回家，而又不得不回家来。学校罢了课，不晓得为什么，自然不便参加任何团体的开会与工作。上天津或上海吧，手里又不那么富裕，况且胆子又小，只好回家，虽然十二分不痛快。第一个讨厌的是父亲，第二个是家中的硬木椅子，封建制度的徽帜。母亲无所谓。幸而书房里有地毯，可以随便烧

---

① 约翰·巴里穆尔（John Barrymore 1882—？），当时的美国电影明星。

几个窟窿，往痰盂里扔烟卷头太费事。

张大嫂对天真有点怕，母亲对长子理当如是，况且是这么个漂亮，新式吕洞宾似的大儿子。儿子回来了，当然给弄点好吃的。问儿子，儿子不说，只板着脸一笑，无所谓。自己设计吧，又怕不合儿子的口味，儿子是不好伺候的，因为儿子比爸爸又维新着十几倍。高高兴兴地给预备下鸡汤煮馄饨，儿子出去没回来吃饭。张大嫂一边刷洗家伙，一边落泪，还不敢叫丈夫看见，收拾完了站在炉前烤干两个湿眼睛。儿子十二点还没回来，妈妈当然该等着门。

一点半，儿子回来了。“喝，妈，干吗还等着我呢？”露了露白牙。

“你看，我不等门，你跳墙进来呀？”

“好了，妈，赶明儿不用再等我。”

“你不饿呀？”妈妈看着儿子的耳朵冻得像两片山楂糕，“老穿这洋衣裳，多么薄薄！”

“不饿，也不冷——里边有绒紧子。妈，来看看，绒有多么厚！”儿子对妈妈有时候就得宽大一些，像逗小孩似的逗逗。

“可不是，真厚！”

“二十六块呢，账还没还；地道英国货！”

“不去看看爸爸？他还没看见你呢！”妈妈眼中带着恳求的神气。

“明天再说，他准得睡了。”

“叫醒他也不要紧呀，他明天起得早，出去得早，你又不定睡到什么时候。”

“算了吧，明天早早起。”儿子对着镜子向后抹撒头发，光润得像个漆光的槟榔勺儿。“妈，睡去吧。”

妈妈叹了口气，去睡。

儿子戴上小帽垫，坐在床边上哼唧着《一对爱的鸟》，一边剥蜜柑，顺着果汁的甜美，板着脸一笑，想着自己像巴里穆尔。

二

张大哥对于儿子的希望不大——北平人对儿子的希望都不大——只盼他成为下得去的，有模有样的，有一官半职的，有家有室的，一个中等人。科长就稍嫌过了点劲，中学的教职员又嫌低得点；局子里的科员，税关上的办事员，县衙门的收发主任——最远的是通县——恰好不高不低的正合适。大学——不管什么样的大学——毕业，而后闹个科员，名利兼收，理想的儿子。作事不要太认真，交际可得广一些，家中有个贤内助——最好是老派家庭的，认识些个字，胖胖的，会生白胖小子。天真的大学资格是一定可以拿到手的，即使是旁听生，到时候也得来张文凭，有人情什么事也可以办到。毕业后的事情，有张大哥在，不难：教育局，公安局，市政局，全有人。婚姻是个难题。张大哥这四五年来最发愁的就是这件事。自己当了半辈子媒人，要是自己娶个窝窝头样的儿媳妇，那才叫一交摔到西山去呢！不过这还是就女的一方面说，张大哥难道还找不到个合适的大姑娘？天真是块心病。天真的学业，虽然五次没考上中学是因为人情没托到家，可是张大哥心中也不能不打鼓。天真的那笔字，那路白话夹白字的文章，张大哥未免寒心。别的都不要紧，作科员总得有笔拿得出手的字与文章。自然洋文好也能作科员科长，可是天真的洋文大概连白字也写不出几个。人情是得托，本事也得多少有一点，张大哥还不是一省的主席，能叫个大字不识的人作县知事。这是块病。万一天真真不行，就满打找住理想的儿媳妇，又怎样呢？

还有，天真的行为也来得奇。说他是共产党，屈心；不是，他又一点没规矩，没准稿子。说他硬，他只买冰鞋而不敢去滑冰，怕摔了后脑海。说他软，他敢向爸爸立楞眼睛。说他糊涂，他很明白；说他明白，他又糊涂。张大哥没有法子把儿子分到哪种哪类中去，换句话说，天真在他的天平上忽高忽低，没有准分两。心病，没法对外人说；知子莫如父，而今父亲竟自不明白儿子。

天平已经有一端忽上忽下，怎叫那一端不低昂不定？没法给儿子定亲，天下还有比这再难堪的事没有？不给他定婚，万一他……张大哥把两只眼一齐闭上了！

提到财产，张大哥自从二十三岁进衙门，到如今已作了二十七八年的事，钱，没剩下多少，虽然事情老没断过，手头看着也老像富裕。手头看着富裕，正是不能剩钱的原因。架子。架子支到那块是没法省钱的。诚然，他没有乱扔过一个小铜子，张大嫂没错花过一百钱，可是，一顿涮羊肉就是五六块。要请客——作科员能不请客吗？——就得连香菜老醋都买顶鲜顶高的。自然五六块一顿火锅比十二块一桌菜——连酒饭车钱和小账就得二十来块的——省得多了，可是五六块到底是五六块，况且架不住常吃。儿女的教育费是一大宗，儿女又都不是省钱的材料。人情来往又是一大宗，况且张大哥是以出份子赶份子为荣的。他那年办四十整寿的时候，整整进了一千号人情，这是个体面，绝大的体面，可是不照样给人家送礼，怎能到时候有一千号的收入？

北平人的财产观念是有房产。开铺子是山东山西——现在添上了广东佬——人们的事。地亩限于祖产和祖坟。买空卖空太不保险。上万国储金是个道儿，可是也不一定可靠。只有吃瓦片是条安全的路。张大哥有三处小房，连自己住的那处在内。当个科员能置买三处小房，在他同事的眼中，这不亚于一个奇迹。

天真以为父亲是个财主。对秀真提到父亲的时候，他的头一歪——“那个资本老头”。他不知道父亲有多少钱，也不探问。父亲不给钱，他希望共产。父亲给钱，他希望别共了父亲的产，好留着给他一个人花。钱到了手，他花三四块理个发，论半打吃冰激凌，以十个为起码吃橘子，因为听说外国的青年全爱吃冰激凌与水果。这些经常费外，还有不言不语，先斩后奏的临时费；先买了东西，而后硬往家里送账条；资本老头没法不代偿，这叫作不流血的共产法。

女儿也是块心病，不过没有儿子的那样大。女儿生就是赔钱货，从洗三那天起已打定主意为她赔钱，赔上二十来年，打发她出嫁，出嫁之后还许回娘家来掉眼泪。这是谁也没办法的事。老天爷赏给谁女儿，谁就得唱出义务戏。指着女儿发财是混账话，张大哥不能出售女儿，可是凭良心说，义务戏谁也是捏着鼻子唱。到底是儿子，只要不是马蜂儿子。天真是不是马蜂儿子？谁敢断定！

天真回来的那天，资本老头一夜没睡好。

三

天真的特点：懒，懦。

和妈妈定好第二天早起：爸爸上了衙门，他还正作着最好的那个梦呢。十点半才起来，妈妈特意给定下的豆浆，买下顶小顶脆的焦油炸果，洋白糖——又怕儿子不爱喝甜浆，另备下一碟老天义的八宝酱菜。儿子起来了，由打哈欠到擦完雪花膏，一点四十分钟的工夫。

妈妈去收拾屋子，爸爸是资本老头，妈妈是奴隶。天真常想到共爸爸的产，永远没想到释放奴隶妈妈。没人能信这是那么漂亮的人的卧室：被子一半在地上，烟卷头——都是自行烧尽的——把茶碟烧了好几道黄油印，地上扔满了报纸，报纸上扔着橘子皮，木梳，大刷子，小刷子。枕头上放着篋子，拖鞋上躺着生发油瓶。茶碗里有几个橘子核。换下的袜子在痰盂里练习游泳。妈妈皱了眉。天真是地道出淤泥而不染，和街坊家王二嫂正是一对儿。王二嫂的被子能整片往下掉泥，锅盖上清理得下来一斤肥料，可是一出门，脸擦得像个银娃娃，衣裳像些嫩莲花瓣儿。自腕以上，自项而下，皆泥也。妈妈最不佩服王二嫂，可是恰好有这么个儿子。

可是妈妈闻着儿子睡衣上的汗味，手绢上的香水与烟卷味，仿佛得到些安慰。这么大，这么魁梧，而又大妞儿似的儿子！妈妈抱着枕头，想了半天女儿。女儿的小苹果脸，那一笑！妈妈的眉头散开了，看满地的乱七八糟都有些意思。只盼娶一房漂漂亮亮的儿媳妇，可不要王二嫂那样的。

妈妈收拾完了，儿子已早把豆浆等吃了个净尽。

“妈，老头这几天手里怎样？”天真手插在裤袋里，挺着胸，眼看着棚，脚尖往起欠，很像电影明星。

“又要钱？”妈妈不知是笑好，还是哭好。

“不是；得作一身礼服；我自己不要钱。有个朋友下礼拜结婚，请我作伴郎，得穿礼服。”

“也得二三十块吧？”

天真笑了，板着脸，肩头往上端，“别叫一百听见，这还是常礼服。”

“那——和爸爸说去吧。据我想，为别人的事不便——”

“不能就穿一回不是？！”

“你自己说去吧！”

妈妈不肯负责，儿子更不愿意和爸爸去交涉。

“您和爸爸有交情，给我说说！”儿子忽然发现了妈与爸有交情，牙都露出来。

“臭小子，我不和他有交情，和谁有——”妈拿笑补足后半句。儿子又露了露牙，继而一想，妈妈大概是肯代为交涉了，应当把笑扩大一些，张了张嘴，吸进些带着豆浆味的空气。

四

晚上，爷儿俩见着面。天真吸烟，没话可讲。张大哥吸烟，没话可讲。天真看着蓝烟往上升，张大哥斜眼看着烟斗。好大半天，张大哥觉得专看烟斗是办不了事的：“天真，你还有多少日子就毕业了？”

“至多一年吧，”天真一点也不准知道什么时候毕业。

“毕业后怎样呢？”

“顶好上西洋留学。”天真正了正洋裤裤缝。

“哼——”张大哥又看上了烟斗。待了老大半天，“去学什么呢？”

“到外国再说。也别说，近来很喜欢音乐，就研究音乐也不坏。”

“学音乐将来能挣多少钱呢？”

“艺术家也有穷的，也有阔的，没准儿。”

“没准儿”是张大哥最忌讳的三个字。但是不便和儿子辩论。又待了半天，“据我看，不如学财政好。”

“财政也行；那么您一定送我留洋了？”天真立起来。

“我并没那么说！上外洋一年得多少钱？”

“还不得两三千？”天真约摸着说。记得李正华在巴黎一年花六千。可是他养着三个法国姑娘，设若养一个的话，三千也许够了。

张大哥不便于再说什么。儿子敢向这样家境的老子一年要三千，定不是个明白儿子，也就不必费话。

天真也不便再说，给父亲一个草案，以后再慢慢进行，资本老头的钱不能像流水那么痛快。

“水仙好哇，今年，还是您自己晒的？”天真一阵明白，知道讨资本老头的喜欢是要去留洋的第一步，而夸奖老头自己晒的水仙是讨喜欢的捷径。

“不算十分好，”资本老头的眼从烟斗上挪到儿子的脸部，然后沉着气立起来，“不算十分好。”走到水仙花那里，用手在花苞的下面横着一比，“去年的才这样矮；今年的长荒了；屋子还是太热。”

“您没养洋水仙花，今年？”天真心里直暗笑自己。

“太慢，非到阴历二月初开不了，而且今年也真贵，四毛五分钱一头；玩不起！可是好哇，上面看花，下面看根，养好了根子这么长。前天才听说，洋水仙开过之后，等叶子干了，把包儿头朝下挂在不见阳光，干松的地方，到冬天就又能开花。事就奇怪，怎么倒挂着，”烟斗头朝了下，“就又能拔尖子呢？其中必有个道理！”张大哥显出爱用思想的样子。

“把小孩子倒栽葱养着，大了准能作高官。”天真觉得自己非常的幽默，而且对父亲过度的和气。

爸爸觉得儿子真俏皮，聪明，哈哈地笑起来。

妈妈听见父子的笑声，进来向他们眨巴眼。

“你看，我说洋水仙倒挂起来，能再开花，天真说小孩子倒养着能作大官！哈哈哈……”

妈妈的笑声震下棚顶一缕塔灰，“咱们可该扫房了，看这些灰！”

一家子非常的欢喜。

临睡的时候：“天真还要留洋呢，一年两三千！志向不错呀，啊——”一个哈欠，“可是也得供给得起呀！”

“还要作礼服呢，得个整数，给人家作伴郎去。”妈妈也陪了个哈欠。

“一百？”

老两口谁也没再言语。

第八

一

小赵回来了。老李知道自己的罪名快判定了，可是心中反觉得痛快些，“看看小赵的，也看看太太的。”他心里说。生命似在薄雾里，不十分黑，也不十分亮，叫人哭不得笑不得。应当来些日光；假如不能，来阵暴风也好吹走这层雾；“看看小赵的！”

小赵是所长太太的人，可是并不完全替所长守着家庭间的秘密。可以说的他便说些给同事们听，以便博得大众的羡慕与尊敬。就是闹到所长耳中去，小赵也不怕：不但是所长的官，连所长的命，全在所长太太手里拿着：小赵是所长太太的人，所谓办公便是给她料理私事，小赵不怕。他回来了，全局的人们忽地一齐把耳朵立起来，嘴预备着张开，等着闻所未闻，而低声叹气。说真的，所谓所长太太的私事，正自神秘不测的往往与公事有关系，所以大家有时候也能由小赵的口中讨得些政治消息。小赵回来的前两天中，都被大众这种希冀与探听给包围住：虽然向老李笑了笑，歪了歪头，可是还没得工夫正式来讨伐。老李等着，好似一个大闪过去，等着霹雳。

应当先警告太太一声不呢？老李想：矫正她的鞠躬姿式，教给她几句该说的话？他似乎没有这种精神去教导个三十出头的大孩子。再说，小赵与其他同事的一切全是无聊，何必把他们放在心上呢？爱怎样怎样：没意义！他看着太太作饭，哄孩子，洗衣裳，觉得她可怜。自己呢，也寂寞。她越忙，他越寂寞。想去帮助她些，打不起精神。小赵还计划着收拾她！她可怜：越可怜越显着不可爱，人心的狠毒是没办法的！他只能和孩子们玩。孩子们教给他许多有奇趣的游戏法。可是孩子们一黑便睡，他除了看书，没有别的可作。哼哼几句二黄？不会。给她念两段小说？已经想了好几天，始终没敢开口，怕她那个不了解，没热力，只为表示服从的“好吧”。

“我念点小说，听不听？”他终于要试验一下。

“好吧。”

老李看着书，半天没能念出一个字来。

一本新小说，开首是形容一个城，老李念了五六页，她很用心地听着，可是老李知道她并没能了解。可笑的地方她没笑。老李口腔用力读的地方，她没任何表示。她手放在膝上，呆呆地看着灯，好像灯上有个什么幻象。老李忽然地不念了，她没问为什么，也没请求往下念。愣了一会儿，“哟，小英的裤子还得补补呢！”走了，去找英的裤子。老李也愣起来。

西屋里马老太太和儿媳妇咯啰咯啰地说话。老李心里说，我还不如她呢，一个弃妇，到底还有个知心的婆婆一块儿说会子话儿。到西屋去？那怎好意思！这个社会只有无聊的规禁，没有半点快乐与自由！只好去睡觉，或是到四牌楼洗澡去？出去也好。“我洗澡去。”披上大衣。

她并没抬头，“带点蓝线来，细的。”

老李的气大了：买线，买线，买线，男人是买线机器！一天到晚，没说没笑，只管买线，哪道夫妻呢！

洗澡回来，眉头还拧着，到了院中，西屋已灭了灯，东屋的马少奶奶在屋门口立着呢。看见他进来，好像如梦方醒，吓了一跳的样子，退到屋里去。

老李连大衣没脱，坐在椅子上，似乎非思索一些什么不可。“她也是苦闷，一定！她有婆母，可是能安慰她吗？不能。在一块儿住，未必就能互相了解。”他看了太太一眼，好像为自己的思想找个确实的证据。“夫妇还不能——何况婆媳！”他不愿再往下想，没用。喝着酒，落着泪，跟个知己朋友畅谈一番，多么好！谁是知己？没有。就是有，而且畅谈了，结果还不是没用？睡去！

一夜的大风，门摇窗响，连山墙也好像发颤。纸棚忽嘟忽嘟地动，门缝一阵阵地往里灌凉气。什么也听不清，因为一切全正响。风把一切声音吞起来，而后从新吐出去，使一切变成惊异可怕地叫唤着。刷——一阵沙子，呕——从空中飞过一群笑鬼。哗啷哗啦，能动的东西都震颤着。忽——忽——忽——，全世界都要跑。人不敢出声，犬停止了吠叫。猛孤丁的静寂，院中滚着个小火柴盒，也许是孩子们一件纸玩具。又来了，呕——，呼——屋顶不晓得什么时候就随着跑到什么地方去。老李睡不着。乘着风静的当儿，听一听孩子们，睡得呼吸很匀，大概就是被风刮到南海去也不会醒。太太已经打了呼。老李独自听着这无意识的恼人的风。伸出头来，凉气就像小锥子似的刺太阳穴。急忙缩回头去，翻身，忍着；又翻身，不行。忽——风大概对自己很觉得骄傲，浪漫。什么都浪漫，只有你——老李叫着自己——只有你不敢浪漫。小科员，乡下佬，循规守矩地在雾里挣饭吃。社会上最无聊最腐臭的东西，你也得香花似的抱着，为那饭碗；更不必说打碎这个臭雾满天的社会。既不敢浪漫，又不屑于作些无聊的事。既要敷衍，又觉得不满意。生命是何苦来，你算哪一回？老李在床上觉得自己还不如一粒砂子呢，砂子遇上风都可以响一声，跳一下；自己，头埋在被子里！明天风定了，一定很冷，上衙门，办公事，还是那一套！连个浪漫的兴奋的梦都作不到。四面八方都要致歉，自己到底是干吗的？睡，只希望清晨不再来！

二

“老李，你认什么罚吧？”小赵找寻下来。

不必装傻，认罚是最简截的，老李连说：请吃饭，请吃饭！

邱先生们的鼻子立刻想象着闻见菜味，把老李围上，正直的吴太极要了个云手，说，“在哪儿吃？”

老李想了会儿：“同和居。”心里说：“能用同和居挡一阵，到底比叫太太出丑强得多！”

小赵的眼睛，本来不大，挤成了两道缝。“不过，我们要看太太！偷偷地把家眷接来，不到赵老爷这里来报案，你想想吧！”

老李看着吴太极问："同和居怎样？"好像同和居是此时的主心骨似的。

吴太极是无所不可，只要白吃饭，地方可以不拘。可是小赵不干："谁还没吃过同和居？不经我批准，连大碗居谁也不用打算吃上！"吴太极咽了一口气。邱先生——苦闷的象征——和小赵嘀咕了两句，小赵羊灯似的点了点头，然后对老李说："这么办，请华泰大餐馆吧。明天晚六点。吃完了，我们一齐给嫂夫人去请安。这规矩不？有面子不？"

老李连连点头，觉得这一出不至于当场出彩了。

"张顺——给华泰打电定座！几个？"小赵按着人头数了数，"还有张大哥，就说六七位吧。明天晚六点。提我；不给咱们好房间，不揍死贼兔子们！"嘱咐完张顺，拍了老李的肩膀一下："明天见，还得到所长家里去，"然后对大家，"明天晚六点，不另下帖啦。"想了想，似乎没有什么可操心的了，"张顺，找老王去，拉我上所长家里去。"

"没想到小赵能这样轻轻地饶了我，"老李心中暗喜，"大概他也看人行事，咱平日不招惹他，他怎好意思赶尽杀绝！"

三

五点半老李就到了华泰。

六点半吴先生邱先生来到。吴先生还是那么正直："我替约了孙先生，一会儿就来。我来得太早了，军人，不懂得官场的规矩。茶房，拿炮台烟。当年在军队里，炮台烟，香槟酒；现在……"

吴太极挺着腰板坐下追想过去的光荣。想着想着，双手比了两个拳式子，好像太极拳是文雅的象征，自己已经是弃武修文，摆两个拳式似乎就是作文官考试的主考也够资格。

张大哥和孙先生一齐来了，张大哥说，“干吗还请客？”孙先生是努力地学官话，只说了个“干吗”，下半句没有安排好，笑了一笑。

小赵到七点还没来。

邱先生要了些点心，声明：先垫一垫，恐怕回头吃白兰地的时候肚子太空。老李连半点要白兰地的意思也没有，可是已被邱先生给关了钉儿，大概还是非要不可。

“我可不喝酒，这两天胃口又——”张大哥说。

老李知道这是个暗示，既然有不喝的，谁喝谁要一杯好了，无须开整瓶的；到底是张大哥。

外面来了辆汽车。一会儿，小赵抱着菱，后面跟着李太太和英。菱吓得直撇嘴。见了爸，她有了主心骨，拧了小赵的鼻子一把。

“诸位，来，见过皇后！”小赵郑重地向大家一鞠躬。

她不知怎好，把鞠躬也忘了，张着嘴，一手拉着英，一手在胸下拜了拜。小赵的笑往心中走，只在眉尖上露出一点，非常的得意。

“李太太，张罗张罗烟卷，”小赵把烟筒递给她。她没去接，英顺手接过来，菱过来也抢，英不给，菱要哭。拍，李太太给英一个脖儿拐，英糊里糊涂的只觉得头上发热，而没敢哭，大家都要笑，而故意不笑出来。李太太的新围巾还围着，围得特别的紧；

还穿着那件蓝棉袍，没沿边，而且太肥。她看看大家，看看老李，莫名其妙。

“李太太，这边坐！”小赵把桌头的椅子拉出，请她入坐。她看着丈夫，老李的脸已焦黄。

救恩又来自张大哥，他赶紧也拉开椅子，“大家请坐！”

李太太见别人坐，她才敢坐。小赵还在后边给拉着椅子，而且故意地拉得很远，李太太没留神，差点出溜下去。除了张大哥，其余的眼全钉着她。

大家坐好，摆台的拿过菜单来。小赵忙递给李太太。她看了看，菱——坐在妈旁边——拿过去了；“哟，还有发呢，妈，菱拿着玩吧？”她顺手把菜单往小口袋里放。小赵觉得异常有趣。“开白兰地！”酒到了，他先给李太太斟满一杯，李太太直说不喝不喝，可是立起来，用手拢着杯子。

“坐下！”老李要说，没说出来，咽了口吐沫。

小吃上来，当然先递给李太太，她是座中唯一的女人。摆台的端着一大盘，纸人似的立在她身旁。她寻思了一下：“放在这儿吧！”

小赵的笑无论如何憋不住了。

张大哥说了话：“先由这边递，茶房；不用论规矩，吃舒服了才多给小账。”他也笑了笑。

菱见大盘子拿走，下了椅子就追，一交摔在地上，妈妈忙着过来，一边打地，一边说：“打地，打，干吗绊我们小菱一交啊？！”菱知道地该打，而且确是挨了打，便没放声哭，只落了几点泪。

老李的头上冒了汗。他向来不喝酒，可是吞了一大口白兰地。李太太看人家——连丈夫——全端起酒来，也呷了一口，辣得直缩脖子，把菱招得咯咯地笑起来。

菱用不惯刀叉，下了手。妈妈不敢放下刀叉，用叉按着肉，用刀使劲切，把碟子切得直打出溜；爽性不切了，向着没人的地方一劲咽气。

小赵非常的得意。

吴先生灌下两杯酒，话开了河，昔日当军人的光荣与现在练太极拳的成绩，完全向李太太述说一番。她的脸红一阵白一阵，不知说什么好。幸而张大哥问了她几句关于房子与安洋炉的事，她算是能找到相当的答对。孙先生也要显着和气，打着他自己认为是官话的话向她发问，她是以为孙先生故意和她说外国话，打了几个岔，脸红了几阵，一句也答不出。孙先生心中暗喜，以为李太太不懂官话。

老李像坐着电椅，混身刺闹得慌。幸而小英在一旁问这个问那个，老李爽性不往对面看，用宰牛的力气给英切肉。

小赵要和老李对杯，老李没有抬头，两口把一杯酒喝净。小赵回头向李太太："李太太。先生喝净了，该您赏脸了！"李太太又要立起来。

"李太太别客气，吃鬼子饭不论规矩。"张大哥把她拦住。

她要伸手拿杯子，张大哥又发了话："老吴你替李太太喝点吧；白兰地厉害，她还得照应着孩子们呢。"

吴太极觉得张大哥是看得起他，"老吴是军人，李大嫂，喝个一瓶两瓶没关系。"一口灌下去一杯，哈了一声，打了个抱虎归山，用手背擦了擦嘴。还觉得不尽兴，“老李，咱替了李太太一杯，咱俩得对一杯，公道不公道？请！”没等老李说什么，他又干了一杯，紧跟着，“开酒！”

老李没说什么，也干了一杯。

四

怎么到了家，老李不知道，白兰地把他的眼封上了。一路的凉风叫他明白过来，他看见了家，也看见了张大哥。看见张大哥，他的怒气借着酒气冲了上来。但是他无论如何不能向张大哥闹气，张大哥不能明白他——没有人能明白他！怒气变为伤心，多少年积蓄下的眼泪只待总动员令。他咧着大嘴哭起来。英和菱吓得不知道怎好，都藏在妈妈的身旁。妈妈没吃饱，而且丢了脸，见丈夫哭，自己也不由得落泪。

张大哥由着老李哭，过去劝李太太：“大妹妹，不用往心里去，这算不了什么！那群人专会掏坏，没有正经的。再遇上他们的时候，我告诉您，大妹妹，不管三七二十一，和他们嘴是嘴，眼上眼，一点别饶人，他们管保不闹了；您越怕，他们越得意。”

“不是呀，大哥，您看我，我不惯那么着呀，我哪斗得过几个大老爷们呀！”她越想越觉伤心，也要哭出声来。

“大妹妹，别，看吓着孩子们！”

李太太一听吓着孩子，赶紧把泪往肚子里咽。醒了把鼻子，委委屈屈地说：“大哥您看，那个姓赵的来了，我不认识他，怎能和他走呢？可是他同丁二爷一块来的，我——”

“呕，丁二爷？”

“是呀，我认识丁二爷。小赵说什么，丁二爷都点头，我干吗再多心呢？他又都说得有眉有眼！他说您大兄弟又请了女客，叫我去陪陪，我心里就想，要是不去，岂不叫您大兄弟不愿意？我还留了个心眼，到西屋问了问马老太太，老太太也认识丁二爷，说，去就去吧。及至到了那里，我一看并没有女客，就瞪了眼！没看见过这么坏的人，没看见过！”

张大哥觉得她说了这一片，也当够解气的了，又过来劝老李：“老李，你睡去吧，这不算什么，小赵的坏，何必跟他生气？！”

老李连大气也没出；不便于说什么，张大哥不懂。

这个工夫，马老太太进来了。李太太走后，婆媳们又不放心了，念叨了一晚上。可是他们回来了，老李又哭起来，老太太莫名其妙。听见老李住了声才敢过来。“张先生，怎回事呀？”

“老李被同事们起哄灌醉了；您还没歇着哪，老太太？”

“没哪，她们娘儿三个走后，我又不放心了，直提心吊胆的一大晚上！”

“老李呀，你睡去，我该走了，明天见。”张大哥似乎有把这一案交给马老太太撕捋的意思。

老李没有要送出张大哥的意思，可是似乎是出于习惯，不由得立起来。张大哥怕他再晃摇得吐了，拦住了他。

马老太太和李太太说了几句也回到西屋去。李太太抱着菱上床去落泪。

老李坐在火旁，喝了一大壶开水，心中还觉得渴。头发紧，一声不语，心中烧着个没有火苗的闷火。他没有和李太太闹气的意思，虽然她是出了丑。他恨自己。为什么请小赵们吃饭？只为透着和气？不，为是避免太太出丑；可是终于是出了丑，而且是花了许多的钱！为什么怕太太出丑？跟小赵硬硬的，不请客，不请！小赵能把我怎样了？我的太太就是那样，就是那样！干什么想回避藏躲？自己，自己根本是腐朽社会意见的化身，不敢和无聊，瞎闹，硬碰一碰，自己不算个人，没有人气！为什么不端起酒杯，对准了泼在小赵脸上？或是捏着小赵的鼻子灌他一杯醋？只会自己生闷气，不敢正眼看自己的太太！老觉得自己是个新人物，有理想，却原来是地道的怯货，不敢向小科员们说半个错字，不敢不给他们作开心的材料！

老李恨小赵不似恨张大哥那么深。对小赵，他只恨自己为什么不当场叫他吃点亏，受点教训，对张大哥，他没办法。这场玩笑，第一个得胜的是小赵，第二个是张大哥。看张大哥多么细心圆到，处处替李太太解围，其实处处是替小赵完成这个玩笑。为什么张大哥不直接地拦阻小赵？或是当场鼓动我或太太和小赵，嘴是嘴，眼是眼？张大哥哪敢那么办！他承认小赵的举动是对的，即使不是完全有分寸的。他承认李太太是该被人戏弄的，不过别太过火。那位二妹妹的丈夫，托人情考中了医生，还要托人情免了庸医杀人的罪名，这是张大哥的办法！任着小赵戏弄英的妈，而从中用好像很圣明的方法给她排解，好叫她受尽嘲笑，这是他的办法！他叫我接来家眷！

张大哥不敢得罪任何人，可是老李——他叫着自己——你自己呢？根本是和他一个模子刻出来的！你自己总觉得比张大哥高明，其实你比他还不济！假如有人戏弄张大嫂？张大哥也许有种不得罪人的办法替她解围。老李你呢？没有任何办法！小赵是什么东西？可是你竟自不敢得罪他。小赵替狗粪样的社会演活动电影，你自己老老实实地给他作演员！还说什么理想，革命，打倒无聊的社会规俗！哈，哈！

太太，自然是不高明。为什么把她接来？那么，谁把她接来的？就不敢像马老太太的儿子那样浪漫，连那样想想也不敢！你一辈子只会吃社会的屎！既然接来，为什么要藏藏躲躲？为什么那件蓝棉袍就不宜于上东安市场？为什么她就见不得小赵？

老李的闷火差不多把自己要烧裂了。越想头越疼，渐渐地他不能再清楚地思想了。

第九

一

老李醒得很早，不敢再睡。起来，用凉水抹了抹脸，凉得透骨，可是头觉得轻松些。好歹穿齐了衣裳，上了街。街上清冷，有几个行人都缩着脖子，揣着手，鼻子冒着热气，走得很快。上哪里去？随便走吧。不思索什么，张大哥，小赵，吴太极，全不值得一想；在街上走，好了，走到哪儿是哪儿。几片胭脂瓣色的薄云横在东方，颇有些诗意：什么是诗意？呕，到了单牌楼。一家小牛奶铺已经挂小招牌，房沿那溜微微有些不很明的阳光。进去，吃了碗牛奶，半块点心，胃中有些发痛。再绕几步，干脆上衙门去，早早的，倒叫小赵看看我并不怕他。昨天为什么不惩治他一顿？绕了个大圈，腿已有些发酸，到了那个怪物衙门。办公室里还没有升火，坐下等着，老李是不会张顺李顺瞎喊的，好在科员们不喊，工友也不来，正好独自静坐一会儿。

坐了好久，连个鬼魂也没露面。忽然工友们像见了妖精，忙成一团，所长到了。“有人来了没有？有人没有？”所长连喊。

“二科的李先生来了，”七八个嘴一致地回答。

“请，请，到所长室去！”

老李到了所长室，所长似乎并不认识他，虽然老李在他手下已经小二年。所长有件十万火急的公事要顿时办好，他自己带到天津去。老李对公事很熟习，婆婆慢慢地开始动笔。所长在屋里喝茶，咳嗽，擦脸，好像非常的忙，而确是不忙。所长的脸像块加大的洋钱，光而多油，两个小豆眼。一匹极大的肚子，小短腿，滚着走似乎最合适。

老李把公事办好，递给了所长，所长看完了公事，用小豆眼像检定钞票似的看了老李一眼。“李先生为什么来这么早？”老李自然不好意思说在家中闹了气，别的话一时也想不起，手心发了汗。工友们平日对老李正如所长对他那么冷淡，今天见李科员在御前办了公事，立刻增了几倍敬意，一个资格较老的代老李回答：“李科员先生天天来得很早，是。”

所长转了转小豆眼，点了点头，“好吧，李先生回来告诉秘书长，我到天津去，有要事打电话好了，他知道我的地点。”所长说罢，肚子似有动意，工友们知道所长要滚，争着向外飞跑。衙门外汽车嘟嘟地响起来，给清冷的早晨加上一点动力。所长滚出来，爬进车去，呼——一阵尘土，把清冷的街道暂时布下个飞沙阵。

小赵预备着广播李太太的出丑，一路上已打好了草稿，有枝添叶必使同事们笑得鼻孔朝天。哪知道，工友们也预备下广播节目：所长怎么带着星光就来了，而李科员一手承办了天大的公事，所长和李科员谈了好大好大半天，一边说一边转那对豆眼——谁也知道所长转眼珠是上等吉卦。小赵刚一进衙门，他的文章还没出口，已经接到老李的好消息。他登时改了态度，跑到科里找老李。“我说，老李，所长真是带着星星就来了吗？”

“不过早一点罢了。”老李不便于说假话，可是小赵不十分相信，而且觉得老李的劲儿有点傲慢。

“办什么公事来着？”

老李告诉了他，并且拿出原稿给他看。小赵看不出公事有多大重要，可是觉得老李的态度很和平日不同。“说，老李，你和所长怎么个认识？”

“我？所长没到任，我就在这儿：他来了不知为什么没撤我的差。”

“呕！”小赵心里说：“天下还有那么便宜的事！单说所长太太手里就还有三百多人，会无缘无故地留下你！老李这小子心里有活，别看他傻头傻脑的。”然后对老李，“我说，老李，所长没应下你什么差事呀？”

“办一件公事有什么了不得的？”老李心中非常地讨厌小赵，可是到底不能不回答他。

“老李，大嫂昨天回家好呀，没骂我？”

“哪能呢？她开了眼，乐得直并不上嘴！”老李很奇怪自己，居然能说出这样漂亮话来。

小赵心里更打了鼓；老李不但不傻，而且确是很厉害。同时：他要是和所长有一腿的话，我不是得想法收拾他，就得狗着他点：先狗他一下试试。“老李，今天晚上我还席，可得请大嫂子一定到。我去请几位太太们：谁瞎说谁是狗！”

老李讨厌请客，更讨厌被请。不过，为和小赵赌气，登时答应了。心里说，“小子，你敢再闹，不剥了你的皮！”

回家和太太一说，她登时瞪了眼。她本来预备着老李回来和她大闹一场，因为虽然自己确是没吃过洋饭，可是出丑到底是出丑：丈夫一清早就出去了！丈夫回来，并没向她闹气，心中安顿了一些，虽然是莫名其妙。听到又有人请客，而且还是小赵，泪当时要落下来——这一定是丈夫想用这种方法惩治我，再丢一回脸，而后二归一，和我总闹一回！

老李是不惯于详细地陈说，话总是横着出来，虽然没意思吵嘴。于是两下不来台。

“我不能再去，还是那群人，昨晚上还没把人丢够，再找补上点是怎着？”李太太的脸都气白了。

“正是因为那个，才必须去，叫他们看看到底那些坏招儿不能把谁的鼻子擦了去！”

“自然不是你的鼻子！”

“我叫你去，你就得去；还有太太们呢！”

“不去定了，偏不去！”

老李知道这非闹一阵不可了。可是有什么意思呢？况且，犯得上和小赵赌气吗？赌过这口气又怎样？算了吧，爱去不去，我才不在乎呢！正在这么想着，小英发了话：

“妈，咱们去！今个要再吃那大块肉啊，我偷偷地拿回把叉子来，多么好玩！”

老李借这个机会，结束了这个纷争：“好了，英去，菱去，妈妈也去。”

太太没言语。

“我五点回来，都预备好了。”

太太没言语。

五点，老李回来，心里想，太太准保是蓬着头发散着腿，一手的白面渣儿。还没到街门，看见英，菱，马老太太都在门口站着呢。两个孩子都已打扮好。

“老太太，昨个晚上没——”老李找不到相当的字眼向她致歉。

“没有，”老太太的想象猜着他应当说什么，“今天又出去吃饭？”

“是，”老李抱起菱来，“没意思！”

“别那么说，这个年头在衙门里作事，还短得了应酬？我那个儿——”老太太不往下说了，叹了口气。

李太太也打扮好了，穿着件老李向来没看见过的蓝皮袍，腰间瘦着一点，长短倒还合适，设若不严格的挑剔。

“马大妹妹借给我的，”李太太说，赶紧补了一句，“你要是不——我就还穿那件棉袍去。”

“那天买的材料为什么还不快作上？”

问题转了弯，她知道不必把皮袍脱下来，也没回答丈夫的发问，大概不是三言两语所能说明的。

她的头梳得特别的光，唇上还抹了点胭脂，粉也匀得很润，还打得长长的眉毛，这些总合起来叫她减少了两岁在乡间长成的年纪。油味，对于老李，也有些特别。

“东屋大妹妹给我修饰了半天。”李太太似乎很满意。

为什么由坚决不去赴宴，改为高高兴兴地去，大概也与大妹妹有关系：老李想到，不便再问。

“马奶奶看家，大婶看家，我们走了。”李太太不但和气，语声都变得委婉了些，大概也是受了大妹妹的传染。

小赵请的是同和居。他们不必坐车，只有那么几步！可是这么几步，英也走了一脚尘土，一边走一边踢着块小瓦片：被爸说了两句，不再踢了，偷偷地将瓦片拾起藏在口袋里。

二

怪不得吴太极急于纳妾。吴太太的模样确是难以为情：虎背熊腰，似乎也是个练家子，可是一对改组脚，又好像不能打一套大洪拳——大概连太极都得费事。横竖差不多相等，整是一大块四方墩肉，上面放着个白馒头，非常的白，仿佛在石灰水里泡过三天，把眼皮鼻尖耳唇都烧红了，眉毛和头发烧剩下不多。眉眼在脸上的布置就好像男小孩画了个人头轮廓，然后由女小孩把鼻眼等极谨慎地密画在一处，四围还余着很宽的空地，没法利用。眼和耳的距离似乎要很费些事才能测定。说话儿可是很和气，像石灰厂掌柜的那样。

吴太极不敢正眼看太太，专看着自己的大拳头，似乎打谁一顿才痛快。

邱先生的夫人非常文雅，只是长像不得人心。瘦小枯干，一槽上牙全在唇外休息着。剪发，没多少头发。胸像张干纸板，随便可以贴在墙上。邱先生对太太似乎十分尊敬，太太一说话，他赶紧看众人的脸上起了什么感应。太太说了句俏皮话，他巡视一番，看大家笑了，他赶快向太太笑一笑，笑得很闷气。

孙先生的夫人没来。他是生育节制的热烈拥护者，已经把各种方法试行了三年，太太是一年一胎，现在又正在月子里。作科员而讲生育节制，近于大逆不道。可是孙先生虽“讲”而不伤于子女满堂，所以还被同事们尊敬，甚至于引起无后的人们的羡慕：“子女是天赐的，看人家孙先生！”

倒还是张大嫂像个样子，服装打扮都合身分与年纪。

小赵的太太没来——不，没人准知道他有太太没有。他自己声明有个内助，谁也没看见过。有时她在北平，有时她在天津，有时她也在上海，只有小赵知道。有人说，赵太太有时候和赵先生在一块住，有时候也和别人同居；可是小赵没自己这样说，也就不必相信。

有太太们在座，男人们谁也不敢提头天晚上的事，谁也没敢偷着笑李太太一下；反之，大家都极客气地招待她和两个小孩。

老李把各位太太和自己的比较了一下，得到个结论：夫妻们原来不过是那么一回事，“将就”是必要的；不将就，只好根本取销婚姻制度。可是，取销婚姻制度岂不苦了这些位夫人，除了张大嫂，她们连一个享受过青春的也没有，都好像一生下来便是三十多岁！

方墩的吴太太，牙科展览的邱太太，张大嫂，和穿着别人衣裳的李太太，都谈开了。妇女彼此间的知识距离好似是不很大：文雅的大学毕业邱太太爱菱的老虎鞋，问李太太怎样作。方墩太太和张大嫂打听北平的酱萝卜属哪一家的好。张大嫂与乡下的李太太是彼此亲家相称。所提出的问题都不很大，可是彼此都可以得些立刻能应用的知识与经验，比稣格拉底[①]一辈子所讨论的都有意思得多。据老李看，这些细小事儿也比吴先生的太极拳与纳妾，小赵的给所长太太当差，张大哥的介绍婚姻，更有些价值。而且女人们——特别是这些半新不旧的妇道们——只顾彼此谈话，毫不注意她们的丈夫，批评与意见完全集中在女人与孩子们，决牵涉不到男人身上；男人们一开口就是女的怎样，讨厌！老李颇有些羡慕与尊敬女人的意思，几乎要决定给太太买一件皮袍。

饭吃得很慢，谁也没敢多喝酒，很有礼貌。吴太极虽然与张大哥坐一处，连一个“妾”字也没敢说。孙先生也没敢宣传生育节制的实验法，只乘着机会练习了些北平的俗语，如“猪八戒照镜子，里外不是人”之类。小赵本想打几句哈哈，几次刚一张嘴，被文雅的邱太太给当头炮顶了回去。邱先生本要给太太鼓掌，庆祝胜利，被太太的牙给吓老实了——邱太太用当头炮的时候，连下边一槽牙也都露出来，颇有些咬住耳朵不撒嘴的暗示。老李觉得生命得到了平衡，即使这几位太太生下来便是三十多岁，也似乎没大关系。

饭后，太太们交换住址，规定彼此拜访的日期，亲热得好似一团儿火。

三

过了两天，老李从衙门回来，看太太的脸上带着些不常见的

---

① 苏格拉底

笑容，好像心中有所获得似的。“吴太太来了，”她说。

他点点头，心里说，“方墩！”

“吴太太敢情也不省心呀？”她试着路儿说。

“怎么？”

“吴先生敢情不大老实呢！”

老李哼了一声。男人批评别人的太太，妇人批评自己的丈夫！

“他净闹娶姨太太呢，敢情！吴太太多么和气能干呀，还娶姨太太干吗？！”

老李心中说，“方墩！”

“你可少和吴先生在一块打联联。”

啊，有了联盟！男人不专制，女人立刻抬头，张大哥的天平永远不会两边同样分量，不是我高，便是你低，不会平衡！“我和他有什么关系呢？”

“我是这么说；吴太太说男人们都不可靠。”

“我也不可靠？”

“没你的事，她不过那么说说，你就值得疑心？”话虽然柔和，可是往常她就不敢这样说。

老李想嘱咐她几句，不用这么拉老婆舌头，而且有意要禁止她回拜方墩太太去，可是没说出来。对于尊敬妇女的意思，可是，扫除了个干干净净。男女都是一样，无聊，没意义，瞎扯！婚姻便是将就，打算不将就，顶好取销婚姻制度。家庭是个男女，小孩，臭虫，方墩样的朋友们的一个臭而瞎闹的小战场！老李恨自己没胆气抛弃这块污臭的地方！只是和个知己——不论是男是女——谈一谈才痛快；哪里去找？家庭是一汪臭水，世界是片沙漠；什么也不用说，认命！

四

李太太确是长了胆子。张大嫂，吴方墩，邱太太，刚出月子的孙太太，组成了国际联盟；马家婆媳也是会员国。她说话行事自然没有她们那样漂亮，那样多知多懂，那样有成见，可是傻人有个傻人缘。况且因为她，她们才可充分表示怜爱辅助照管指导的善意，她是弱小国家，她们是国联行政院的常务委员。她们都没有像英和菱这样的孩子，张大嫂的儿女已长大，孙太太的又太小，邱太太极希望得个男孩，可是纸板样的身体，不易得个立体的娃娃；只就这两个小孩发言立论，李太太就可以长篇大论，振振有词。邱太太虽是大学毕业，连生小孩怎样难过的劲儿都不晓得，还得李太太讲给她听。还有，她来自乡间，说些庄稼事儿，城里的太太觉得是听瞽儿词[①]。邱太太就没看见过在地上长着的韭菜。

依着马少奶奶的劝告，李太太剪了发，并没和丈夫商议。发留得太长，后边还梳上两个小辫。吴方墩说，有这一对小辫可以减少十岁年纪；老李至少也得再迟五年才闹纳妾。可是老李看见这对小辫直头疼，想不出怎样对待女人才好；还是少开口的为是，也就闭口无言。可是夫妻之间闭上嘴，等于有茶壶茶碗，而没有

① 瞽儿词，一种民间曲艺形式。演唱者多盲人。

茶壶嘴，倒是倒不出茶来，赶到憋急了，一倒准连茶叶也倒出来，而且还要洒一桌子。老李想劝告她几句：“修饰打扮是可以的，但是要合身分，要素美；三十多岁梳哪门子小辫？”这类话不好出口，所以始终也没说，心里随时憋得慌。况且，细咂这几句的味道，根本是布尔乔亚；老李转过头来看不起自己。看不起自己自然不便再教训别人。

对于钱财上，她也不像原先那样给一个就接一个，不给便拉倒，而是时时向丈夫咕唧着要钱。不给妻子留钱，老李自己承认是个过错，可是随时的索要，都买了无用的东西，虽然老李不惜钱，可也不愿看着钱扔在河里打了水漂儿。谁说乡下人不会花钱？张家，吴家，李太太常去，买礼物，坐来回的车……回来并不报告一声都买了什么，而拉不断扯不断地学说方墩太太说了什么，邱太太又作了什么新衣裳。老李不愿听，正和不愿听老吴小赵们的扯淡一样。在衙门得听着他们扯，回家来又听她扯，好像嘴是专为闲扯长着的。况且，老李开始觉到钱有点不富裕了。

更难堪的是她由吴邱二位太太学来些怎样管教丈夫的方法。方墩太太的办法是：丈夫有一块钱便应交给太太十角；丈夫晚上不得过十点回来，过了十时锁门不候。丈夫的口袋应每晚检查一次，有块新手绢也当即刻开审——这个年月，女招待，女学生，女理发师，女职员，女教习，随时随处有拐走丈夫的可能。邱太太的办法更简单一些，凡有女人在，而丈夫不向着自己太太发笑，咬！

果然有一天，老李十一点半才回来，屋门虽没封锁，可是灯熄火灭，太太脸朝墙假睡，是假睡，因为推她也不醒吗！老李晓得她背后有联盟，劝告是白饶，解释更显着示弱，只好也躺下假睡。身旁躺着块顽石，又糊涂又凉，石块上边有一对小辫，像用残的两把小干刷子。“训练她？张大哥才真不明白妇女！‘我’现在是入了传习所！”老李叹了口气。有心踹她一脚，没好意思。打个哈欠，故意有腔有调地延长，以便表示不困，为是气她。

老李睡不着，思索：不行，不能忍受这个！前几天的要钱，剪发，看朋友去，都是她试验丈夫呢；丈夫没有什么表示，好，叫她抓住门道。今个晚上的不等门是更进一步的攻击，再不反攻，她还不定怎么成精作怪呢！在接家眷以前，把她放在糊涂虫的队伍中；接家眷的时候，把她提高了些，可以明白，也可以糊涂；现在，决定把她仍旧发回原籍——糊涂虫！原先他以为太太与摩登妇女的差别只是在那点浮浅的教育；现在看清，想拿一点教育补足爱情是不可能的。先前他以为接家眷是为成全她，现在她倒旗开得胜，要把他压下去。她的一切都讨厌！半夜里吵架，不必：怕吓住孩子们。但是不能再和这块顽石一块儿躺着。他起来了摸着黑点上灯，掀了一床被子，把所有的椅子全搬到堂屋拚成一个床。把大衣也盖上。躺了半天，屋里有了响动。

“菱的爹，你是干吗呀？”她的声音还是强硬，可是并非全无悔意。

老李不言语，一口吹灭了灯，专等她放声痛哭：她要是敢放声的嚎丧，明天起来就把她送回乡下去！

太太没哭。老李更气了：“皮蛋，不软不硬的皮蛋！橡皮蛋！”心里骂着。小说里，电影里，夫妇吵架，而后一搂一吻，完事，“爱与吵”。但是老李不能吻她，她不懂：没有言归于好的希望。爱与吵自然也是无聊，可是到底还有个“爱”。好吧，我不爱，也不吵：顽石，糊涂虫！

“你来呀，等冻着呢！”她低声地叫。

还是不理，只等她放声地哭。“一哭就送去，没二句话！”老李横了心，觉得越忍心越痛快。半夜里打太太的人，有的是；牛似的东西还不该打！

“菱的爹，”她下了床，在地上摸鞋呢。

老李等着，连大气不出。街上过去两次汽车，她的鞋还没找着。

“你这是干吗呢？”她出来了：“我有点头疼，你进来我没听见，真！”

“不撒谎不算娘们！”他心里说。

“快好好地去睡，看冻着呢！洋火呢？”她随问随在桌子上摸，摸到了洋火，点上灯，过来掀他的被子。“走，大冷的天！”

老李的嘴闭得像铁的，看了她一眼。她不是个泼妇，她的眼中有点泪。两个小辫撅撅着，在灯光下，像两个小秃翅膀。不能爱这个妇人，虽然不是泼妇。随着她进了屋里，躺下。等着她说话，她什么也没再说。又睁了半天眼，想不出什么高明招数来，赌气子睡了。

第十

一

旧历年底。过年是为小孩，老李这么想，成人有什么过年的必要？给英们买来一堆玩具，觉得尽了作父亲的责任，新年自然可以快乐地过去。

李太太看别人买东道西，挑白菜，定年糕，心里直痒痒，眉头皱得要往下滴水。

老李看出来，成人也得过年；不然，在除夕或元旦也许有悬梁自尽的。给了太太二十块钱。“你爱买什么就买什么，把钱都给了狗也好，”心里说。

赶上个星期天，他在家看孩子，太太要大举进攻西四牌楼。

马老太太也提着竹篮，带着十来个小罐，去上市场收庄稼。

老李和英们玩开了。菱叫爸当牛，英叫爸当老虎。爸觉得非变成走兽不可，只好弯着身来回走，菱粗声地叫着。

“菱，”窗外细声地叫，“菱，给你这个。”

“哎——”菱像小猫娇声低叫似的答应了声，开开门。

老李急忙恢复了原形。马少奶奶拿着一个鲜红的扁萝卜，中间种好一个鹅黄的白菜心，四围种着五六个小蒜瓣，顶着豆绿的嫩芽。“呕，大哥在家哪？大嫂子呢？”她提着那个红玩艺，不好意思退回去。

“她买东西去了，”老李的脸红了，咽了口气，才又说出来：“您进来！”

她不愿进去，可是菱扯住她不放，英也上来抱住腿。

老李这才看明白她，确是好看！不算美；好看。混身上下没有一处不调匀，不轻巧。小小的身量，像是名手刻成的，肩头，腿肚，全是圆圆的。挺着小肉脊梁，项与肩的曲线自然，舒适，圆美。长长的脸，两只大眼睛，两道很长很齐的秀眉。剪着发，脑后也扎了两个小辫——比李太太的那两个轻俏着一个多世纪！穿着件半大的淡蓝皮袍，自如，合适，露着手腕。一些活泼，独立，俊秀的力量透在衣裳外边，把四围的空气也似乎给感映得活泼舒服了，像围着一个石刻杰作的那点空气。不算美；只是这点精神力量使她可爱。

老李把她看得自己害了羞！她往前走了两步，全身都那么处处活动，又处处不特别用力的，不自觉而调和的，走了两步。不是走，是全身的轻移。全身比那张脸好看得多。“我把这个挂在哪儿，英？”她高高地提着那个萝卜。“不是拿着玩的；挂起来；赶明儿白菜还开小黄花呢。”她对英们说，可是并没故意躲避着老李。

“叫爸顶着！”英出了主意。

老李笑了。马少奶奶看了看，没有合适的地方，轻轻把萝卜放在桌上，“我还有事呢，”说着就往外走。

“玩玩，玩玩！”菱直央告。

老李急于找两句话说，想不出。忽然手一使劲，来了一句：“您娘家贵姓呀？”不管是否显着突乎其来，反正是一句话。她没吓一跳，唇边起了些笑意，同时：“姓黄，”那些笑意好似化在字的里边，字并不美；好听。

“不常回娘家？”他似乎好容易抓到一点，再也不肯放松。

“永远不回去，”她拍着菱的头发说，“他们不许我回去。”

“怎么？”

她又笑了笑，可是眉头皱上了些，“他们不要我啦！”

“那可太——”老李想不出太怎么来。

“菱，来，跟我玩去。”她拉着菱往外走。

“我也去！”英抱起一堆玩物，跟着往外走。

她走到门口，脸稍微向内一偏，微微一点头。老李又没想起说什么好。

他独自看着那个红萝卜，手插在裤袋里，“为什么娘家不要她了呢？”

二

李太太大胜而归。十个手指头没有一个不被麻绳杀成了红印的，双手不知一共提着多少个包儿。鼻尖冻得像个山里红，可是威风凛凛，屋门就好似凯旋门。二十块只剩了一毛零俩子儿，还没打酱油，买羊肉，和许多零碎儿。老李不便说什么，也没夸奖她。她专等丈夫发问，以便开始展览战利品，他始终没言语。她叹了口气，“羊肉还没买呢！”他哼了一声。

老李心中直责备自己：为什么不问她两句，哪怕是责备她呢，不也可以打破僵局吗？可是只哼了一声！他知道他的心是没在家，对于她好像是看过两三次的电影片子，完全不感觉趣味。

丁二爷来了，来送张家给干女儿的年礼。英们一听丁二大爷来了，立刻倒戈，觉得马婶娘一点也不可爱了，急忙跑过来，把玩艺全放在丁二大爷的怀里。丁二爷在张大哥眼中是块废物，可是在英们看，他是无价之宝。

老李对丁二爷没什么可说的。可是太太仿佛得着谈话的对手。她说的，丁二爷不但是懂得，而且有同情的欣赏。

“天可真冷！”她说。

“够瞧的！滴水成冰！年底下，正冷的时候！”他加上了些注解。

“口蘑怎那么贵呀！”李太太叹息。

“要不怎么说‘口’蘑呢，贵，不贱，真不贱！”丁二爷也叹息着。

老李要笑，又觉得该哭。丁二爷是废物，当然说废话，可是自己的妻子和废物谈得有来有去的！打算夫妇和睦，老李自己非也变成个丁二爷不可：可是谁甘于作废物，说废话！“您坐着，我出去有点事，”老李抓起帽子走了出去。他走后，太太把买来的东西全和丁二爷研究了一番，他给每件都顺着她的口气加上些有分量的形容：很好，真便宜，太贵……李太太越说越高兴，以为丁二爷是天下唯一能了解她的人。英们也爱他。英说，“二大爷当牛！”二大爷立刻说，“当牛，当牛，我当牛！”菱说，“二大，举菱高高！”二大立刻把她举起来，“举高高，举菱高高！”把二大爷和爸比较起来，爸真不能算个好玩的人。英甚至于提议：“二大爷，叫爸当你的爸，你呀当我们的爸，好不好？”二大爷很高兴，似乎很赞成这种安排法。妈妈也不由得这样想：设若老李像丁二爷，那要把新年过得何等快活如意！可惜，丁二爷不会挣钱，而老李倒是个科员——科员自然是要难伺候一些的。

老李没回来吃午饭。太太心中嘀咕上了。莫非他还记恨着那天晚上的碴儿？也许嫌我花银太多？还是讨厌丁二爷？她看见那个扁红萝卜。“这是哪儿来的？”

“东屋大婶给送来的，”英说。

“我上街的时候，她进来了？”

菱抢在英的前面：“妈去，婶来，爸当牛。”

“呕！”天大的一个“呕”！一夜夫妻百日恩，他不能还记恨着我。丁二爷是好人。花钱，男人挣钱不给太太花，给谁？给养汉老婆花？其中有事！人家老婆不在家，你串哪家子门儿呀？你的汉子不要你，干吗看别人的汉子眼馋呀？李太太当时决定，把东屋的野老婆除名，不能再算国联的会员国，而且想着想着出了声：“英，菱，”声音不小，含有广播的性质。“英，少上人家屋里去！自己没有屋子吗？听见没有？小不要脸的！撞什么丧，别叫我好说不好听的胡卷你们！”

英和菱瞪了眼，不知妈打哪里来的邪气。

李太太知道广播的电力不小，心中已不那么憋得慌。把种着鹅黄色菜心的红萝卜一摔，摔在痰盂里，更觉得大可以暂告一段落。

三

老李是因为躲丁二爷才出去，自然没有目的地。走到顺治门，看了看五路电车的终点，往回走。走到西单商场又遇上了丁二爷。丁二爷混身的衣裳都是张大哥绝对不想再留着的古玩，在丁二爷身上说不清怎么那样难过，棉袍似秋柳，裤子像莲篷篓，帽子像大鲜蘑菇，可是绝对不鲜。老李忽然觉得这个人可怜。或者是因为自己觉得饿与寂寞，他莫名其妙地说了句："一块去吃点东西怎样？"

丁二爷咽了口气，而后吐出个"好！"

在商场附近找了家小饭馆。老李想不起要什么好，丁二爷只向着跑堂的搓手，表示一点主张也没有。

"来两壶酒？"跑堂的建议。

"对，两壶酒，两壶，很好！"丁二爷说。

其余的，跑堂建议，二位饭客很快地通过议案。

老李不大喝酒，两壶都照顾了丁二爷。他的脸渐渐地红上来，眼光也充足了些，腮上挂上些笑纹，嘴唇咂着酒味动了几次，要说话，又似乎没个话头儿。看了老李一眼，又对自己笑了笑，口张开了："两个小孩真可爱，真的！"

老李笑着一点头。

"原先我自己也有个胖男孩，"丁二爷的眼稍微湿了点，脸上可是还笑着。“多年了，”他的眼似乎看到很远的过去，“多年了！”他拿起酒盅来，没看，往唇上送；只有极小的一滴落在下唇上。把盅子放下，用手捣着，愣了半天，叹了口气。

老李招呼跑堂的，再来一壶；丁二爷连说不喝了，可是酒到了，他自己斟满。呷了一口，“多年了！”好像他心中始终没忘了这句。“李先生，谢谢你的酒饭！多年了！”他又喝了一口。“妇女，妇女，”他脸上的笑容已经不见，眼直看着酒盅，“妇女最不可靠，最不可靠，您不恼丁二，没出息的丁二，白吃饭的丁二，这么说？”

老李觉着不大得劲，可是很愿听听他说什么，又笑了笑，“我也是那么看。”

“啊！丁二今天遇见知己：喝一口，李先生！我说妇女不可靠；看我这个样，看！都因为一个女人，多年了！当年，我也曾漂亮过，也像个人似的。娶了亲，哼！她从一下轿就嫌我，不知道为什么，很嫌我！我怎么办？给她个下马威；哼！她连吃子孙饽饽的碗都摔了。闹吧，很闹了一场：归齐，是我算底[①]：丁二是老实人，很老实！她看哪个男人都好，只有我不好！谁甘心当王八呢？但是——喝一口，李先生。但是，我是老实人。三年的工夫，我是在十八层地狱里！一点不假，第十八层！打，我打不了，老实，真老实！我只能一天到晚拿这个，”他指了指酒盅，“拿这个好歹凑合着度过一天，一月，一年，一共三年！很能喝点，一斤二斤的，没有什么，”他笑了笑，似乎是自豪，又像是自愧。

---

① 算底，被压在下面，失败者的意思。

老李也抿了一口酒，让丁二爷吃菜，还笑着鼓舞着丁二往下说。

“事情丢了；谁要醉鬼呢？从车上翻出来，摔得鼻青脸肿；把刚关的薪水交给要饭的，把公事卷巴卷巴当火纸用；多了，真多，都是笑话。可是醉卧在洋沟里，也比回家强！强得多！自己的胖小子，就不许我逗一逗，抱一抱：还有人说，那不是我丁二的儿子！她要是把孩子留下，她自己干脆跑了，丁二还能把酒一断，成个人。她不跑，及至她把我人和钱全耗净，我连一件遮身的大衫都没有了，她跑了，带着我的儿子！我还有什么活头呢？有人送给我一件大衫，我也把它卖了，去喝酒。张大哥从小店里，把我掏了出来，我只穿着半截裤子，腊月天，小店里用鸡毛蒜皮烧着火！我忘不了她，忘不了我的儿子。她在哪儿呢？干什么呢？我一天到晚，这么些年了，老盼望有封信来——不管是打哪儿来的——告诉我个消息。邮差是些奇怪的人，成天成年给人家送信，只是没有我的。儿子。唉！完了，我丁二算是完了！妇女要是毁人，毁到家，真的！李先生，谢谢你的酒饭！见了张大哥别说我喝酒来着，一从一入他的家门，没喝过一滴酒。李先生，谢谢你！”

“你还没吃饱呢？”老李拦住了他。

“够了，真够了，遇见了知己，不饿。多年了，没人听我这一套。天真，秀真，小的时候，还爱听我说；现在，他们长大了，不再愿听。谢谢。李先生！我够了：得上街去遛一遛嘴里的酒味：叫张大嫂闻见，了不得，很了不得！”

四

老李心中堵得慌。一个女人可以毁一个，或者不止一个，男子；同样的，男人毁了多少妇女？不仅是男女个人的问题，不是，婚姻这个东西必是有毛病。解决不了这样大的问题，只好替自己和丁二爷伤心。丁二爷不那样讨厌了。世上原没讨厌的人，生活的过程使大家不快活，不快活自然显着讨厌：大概是这么回事，他想。假如丁二爷娶了李太太，假如自己娶了——就说马少奶奶吧，大概两人的生活会是另一个样子？可也许更坏，谁知道！他上了天桥，没看见一个讨厌的人，可是觉得人人心的深处藏着些苦楚。说书的，卖艺的，唱蹦蹦戏的，吆喝零碎布头的，心中一定都有苦处。或者那听书看戏捧角的人中有些是快活的，可是那种快活必是自私的，家中有几个钱，有个满意的老婆，都足以使他们快活，快活得狭小，没意义，像臭土堆上偶尔有几根绿草，既然不足以代表春天，而且根子扎在臭土堆上，用人生的苦痛烦恼不平堆起来的。

回到家中，孩子们已钻了被窝。太太没盘问他，脸上可是带着得意的神气。

李太太确是觉着得意，指槐骂柳地卷了马少奶奶一顿，马少奶奶连个大气也没出：理直的气壮，马少奶奶的理不直，怎能气壮？李太太越想越合理。丈夫回来了，鼻子耳朵都冻得通红，神气也不正，都是马家的小娘们的错儿！丈夫就是有错也可以原谅：那个小不要脸的是坏东西。对丈夫不要说穿，只须眼睛长在他身上，不要叫那个小坏东西得手。况且已经骂了她一顿，她一时也未必敢怎样。保护丈夫是李太太唯一的责任。她想得头头是道，仿佛已经争服了砖塔胡同和西四牌楼一带。对丈夫，所以，得拿出老大姐的气派，既不盘问上哪儿去了一天，并且脸上挂出欢迎他回来的神气：叫他自己去想！

老李以为太太的得意是由于和丁二爷谈得投缘。由她去。可是太太要跟了丁二爷去，自己该怎样呢？谁知道！丁二是可怜的废物。

李太太急于要知道的是马少奶奶有什么表示。设若她们在院中遇见，而马少奶奶的鼻子不是鼻子，眼睛不是眼睛，那便有点麻烦。决不怕她，不过既然住着人家的房，万一闹大发了，叫人家撵着搬家，事儿便闹明，而自己就得面对面地和丈夫见个胜负。虽说丈夫也没什么可怕的，可是男人的脾气究竟是暴的，为这个事挨顿打，那才合不着呢！李太太不怕；稍有点发慌。不该为嘴皮子舒服而惹下是非。再说捉奸要双；哪能只凭一个红萝卜？就是捉奸要双的话，也还没听说过当媳妇的一刀两个把丈夫和野娘们一齐杀死！哪个男人是老实的？可是谁杀了丈夫不是谋害亲夫？越想越绕不过花儿来，一夜没有睡好，两次梦见野狗把年糕偷了走。

第二天，她很想和马少奶奶打个对面。正赶上天很冷，马少奶奶似乎有不出屋门的意思：李太太自己也忙着预备年菜，一时离不开厨房。蒸上馒头之际，忽然有了主意："英，上东屋看看大婶去。"

"昨儿不是妈不准我再去吗？"黑小子的记忆力还不坏。

"那是跟你说着玩呢；你去吧。"

“菱也去！”她早就想上东屋去。

“都去吧：英，好好拉着菱。”

两位小天使在东屋玩了有一刻来钟，李太太在屋门口叫，英啊，该家来吧，别紧自给大婶添乱，大年底下的！”

“再玩一会儿！”英喊。

“家来吧，啊？”李太太急于听听马少奶奶的语气。

“在这儿玩吧，我不忙。”马少奶奶非常的和气。

“吃过了饭，大妹妹？”李太太要细细地化验化验。

“吃过了，您也吃了吧？”非常的和蔼，好听。

一块石头落了地：“莫非她昨天没听见？”李太太心里说。然后大声地：“你们都好好的，不许和大婶讪脸，听见没有？”

看着蒸锅的热气，李太太心里那块小石头又飞来了。“她不能没听见。也许是装蒜呢，嘴儿甜甘心里辣！也许是真不敢惹我？本来是她不对，就是抓破了脸，闹起来，也是她丢人。二十来岁的小媳妇，没事儿上街坊屋里去找男人！”这么一想，心中安顿下去，完全胜利！

五

年底末一次护国寺庙会。风不小，老李想庙上人必不多，或者能买到些便宜花草什么的；买些水仙，或是两盆梅花，好减少些屋中的俗气。所谓俗气，似乎是指着太太而言，也许是说张大嫂送来的那付对联，未便分明的指定。

庙上人并不少，东西当然不能贱卖，老李纳闷人们对过年为什么这样热心。大姑娘，小媳妇，痰喘咳嗽的老头子，都很勇敢地出来进去：有些个并不买东西，仿佛专为来喝风受冻吃土看大姑娘。生命大概是无聊，老李想，不然——刚想到这儿，他几乎要不承认他是醒着了，离他不远，正在磁器摊旁，马少奶奶！他的脸忽地一下热起来。

“走哇！大年底下的别发呆呀！”一个又糟又倔的老头子推了老李一把。

他机械地往前挪了两步，不敢向她走去，又愿走过去。他硬着胆子，迷迷糊糊地，假装对他自己不负责任地，向她走了去。怕他自己的胆气低降，又怕她抽身走开，把怕别的事的顾虑都压下去；不管一切了，去，去，鼓舞着自己；别走，别走，心中对她祷告着！今天就是今天了，打开一切顾忌，作个也还敢自由一下的人！

她仿佛是等着他呢，像一枝桃花等着个春莺。全世界都没有风，没有冷气，没有苦闷了，老李觉得，只有两颗向一处拧绕的心。他们谁也没说什么，一同往庙外走。老李的心跳得很厉害，生命的根源似乎起了颤动，在她的身旁走！她低着头，可是腰儿挺着，最好看的一双腿腕轻移，肩圆圆地微微前后地动，温美地抵抗着轻视着一切。

他们并没有商议，进了宝禅寺街，比大街上清静一些。老李不敢说话——一半是话太多，不能决定先说哪一句；一半是不肯打破这种甜美的相对无语。

可是她说了话：“李大哥，”她的眼向前看着，脸上没有一点笑意。“以后你，啊，咱们，彼此要回避着点。我真不愿说，您知道大嫂子骂了我一顿吗？”

“她——”

“是不是！”她还板着脸，“设若你为这个和她吵架，我就不说了！”

“我不吵架，敢起誓！她为什么骂你？”

“那个红萝卜。好啦，事情说明了，以后我们——呕，我要雇车了。”

“等等！告诉我一件事，为什么你的娘家不要你了？”

她开始笑了笑。“我一气都说了，好不好？‘他’是我的家庭教师，给我补习英文算术，因为我考了两次中学都没考上。后来我跟他跑出来，所以家里不准我再回去。其实，央告央告父母，也没有什么完不了的事，不过，求情，不干！婆母对我很好，也不愿离开她。没什么！”她好似是赶着说，唯恐老李插嘴。说完，她紧了紧头纱，向前赶了几步，“我雇车回去了。”她加紧地走，胸更挺得直了些。忽然回过头来，“别吵架！”

她雇上了车。世界依然是个黑冷多风，而且最恼人的。老李整个的一个好梦打得粉碎！他以为这是浪漫史的开始；她告诉他的是平凡而没有任何色彩的话。她没拿他当个爱人，而是老大姐似的来教训他，拒绝他。她浪漫过，她认为老李是不宜于浪漫的人，老李是废物，是为个科员的笨老婆而活着的——别吵架！一枝桃花等着春莺？一只温美的鸽儿躲避着老鹰！老李的羞愧胜过了失望。失望中还可以有希望；自惭，除了移怒于人，只能咒诅自己速死。在庙中用了多少力量才敢走向她去，结果，最没起色的一块破瓦把自己打倒在粪堆上。恨她便是移怒，老李不肯这样办；只好恨自己吧！自己一定是个平庸恰好到了家的人——平庸得出奇也能引人注意，没人注意老李。就是丁二爷大概也比我强，他想。不敢浪漫，不敢浪漫，自己约束了这么些年了；及至敢冒险了，心确是跳了——只为是丢人！两颗心往一处拧绕？谁和你拧绕？老李的头碰在电线杆上，才知道是走错了路。

再说，太太竟自敢骂人，她也比我强！她的坏招数也许就是马少奶奶教给的，而马少奶奶是商鞅制法，自作自受。可是这个小妇人不去反抗，而来警告我；她也许是好意——为维持我的身分。臭科员，老李——他叫着自己——你这一辈子只是个臭科员，张大哥与马少奶奶都可怜你，善意地，惨酷而善意地，想维持你。你只在人们的怜悯中活着，挣点薪水，穿身洋服，脸上不准挂一点血色，目不旁视，以至于死！老李想上城外，跳了冰窟窿；可是身不由己地走回家去。别吵架！

第十一

一

年节到了，很热闹。人人对于新旧岁换班的时节有些神秘的刺激与感应。只是老李觉不出热闹来。太太作年菜，还张大嫂等的礼物，给小孩子打扮。他虽然也有时候帮着动动手，可是手只管动，或是嘴只管吃，心并没在这些上面。在院中遇上马少奶奶两回，他故意地低了头；等她过去，狠命地看她的背影。她是个谜，甚至于是个妖怪；他是个平凡到家的东西；越爱她的高傲独立的精神，越恨他自己的懦弱没出息。吃着太太作的年菜，脸上竟自瘦了些。在无可如何之中，自己硬找出安慰的药品：这就是爱的滋味吧？脸上瘦，手上烫，心中渺茫，希望作好梦而梦中常是哭泣与乱七八糟？

除夕。太太与小孩们都睡了，他独自点起一双红烛，听着街上的人声与爆竹响。街上越乱他越觉得寂寞。似乎听见东屋有些低悲的哭声，可是她正在西屋与老太太作伴呢。

炉火的爆炸，烛光的跳动，使他由寂寞而暴燥。他听着西屋里婆媳们说话，想听到一两个字，借此压下他的暴燥去；听不清，心中更不知如何是好了。

她由西屋里出来。老太太咳嗽了一阵，熄了灯。

他隔着窗子看看东屋，今晚也点的是蜡烛，因为窗上的影子时时跳动。他轻轻开了门，立在阶上。天极黑，星比平日似乎密得加倍。想起幼时的迷信——三十晚上，诸神下界。虽然不再相信这个，可是除夕的黑暗确有一种和平之感，天尽管黑冷，而心中没有任何恐怖；街上的爆竹声更使人感到一点介乎迷信与清醒之间的似悲似欢的心情。他对着星们叹了口气，泪在眼中。又加了一岁，白活！他觉着有点冷，可是舍不得进去。她的影子在窗上移动了两次，她嗑瓜子呢。街上放了极大的几个麻雷子。他有些摸不清他是干什么呢，这个世界干什么呢。他又看了看星们，越看越远越多，恨不能飞入黑空，像爆竹那样响着，把自己在空中炸碎，化为千万小星！她出来了，向后院走去，大概没有看见他。他的心要跳出来。随着一阵爆竹声，她回来了。门外来了个卖酪的，长而曲转地吆喝了两声。她到了屋门，愣了愣，要拉门，没有拉，走出去。他的心里喊了声，去，机会到了！可是他像钉在阶上，腿颤起来，没动。嗓子像烧干了似的，眼看着她走了出去。街门开了。静寂。关街门。微微有点脚步声。她一手端着一碗，在屋前又愣了会儿。屋内透出的烛光照清她手内的两个小白碗。往西走了两步，她似乎要给婆母送去，又似乎不愿惊动了老太太，用脚尖开开了门，进去。

老李始终没动。她进了屋中，他的心极难堪地极后悔地落下去；未泄出的勇气自己销散，只剩下腿哆嗦。他进到屋中，炉火的热气猛地抱住他，红烛的光在满屋里旋转。他奔了椅子去，一栽似的坐下，似乎还听见些爆竹声，可是很远很远，像来自另一世界。

二

老李因为不自贵，向来不肯闹病。头疼脑热任其自来自去。较重的病才报告张大哥，张大哥自有家藏的丸散膏丹——连治猩红热与白喉，都有现成的药。老李总不肯照顾医生。

这次，他觉得是要病。他不怕病，而怕病中泄露了心里的秘密。他本能地理会到，假若要病，一定便厉害——热度假如到四十八，或一百零五，他难免要说胡话。只要一说胡话，夫妻之间就要糟心。

他勉强支持着，自己施行心理治疗。假装不和病打招呼，早晨起来到街上走一遭。街上是元旦样的静寂，没有什么人，铺户还全关着；偶尔有个行人，必是穿着新衣服，脸上带着春联样的笑意。老李刚走出不远便折回来了，头上像压着块千斤石；上边越重，下边越轻，一步一陷，像踩着棉花。他咬着嘴唇，用力地放脚，不敢再往远处去。回到家中，他照了照镜子，眼珠上像刚抹了红漆，一丝一丝地没有抹匀。他不肯声张，穿着大衣坐下了。

忽然地立起来，把帽子像练习排球似的一托一接。

“爸，你干什么玩呢？”英问。

他打了个冷战，赶紧放下帽子。他说了话，可是不晓得说什么呢。又把帽子拿起来，赶紧又放下。一直奔了卧室去，一头栽倒床上。

新年的头几天，生命是块空白。

到了初五，他还闭着眼，可是觉出有人摸他的脑门，他知道那是太太的手。微微睁开眼：她已变了样，像个久病的妇人：头发像向来没有梳过，眼皮干红，脸上又老了二年。她的眼神，可是，带着不易测量的一股深情，注视着他的头上。他又闭了眼，无力思索，也不敢思索。他在生死之际被她战败！他只能自居病人，在她的看护下静卧着，他和婴儿一样地没能力。他欠着她一条性命的人情。

他愿永远病下去，假如一时死不了的话。可是他慢慢地好起来。她还是至少有多半夜不睡。直到他已能起来了，她仍然不许他出去方便。她好似不懂什么是干净，哪是污浊，只知道有他。她不会安慰他，每逢要表示亲爱的时候只会说："年菜还都给你留着呢，快好，好吃一口啊！"这个，不给老李什么感动。可是有一天夜间，他恰好是醒着，她由梦中惊醒："英的爸！英的爸！"老李推了她一下，她问："没叫我呀？好像听见你喊了我一声。"

"我没有。"

"我是作梦呢！"她不言语了。

老李不能再睡，思想与眼泪都没闲着。

太太去抓药，老李把英叫来："菱呢？"

"菱叫干妈给抱走了。"

"干妈来了？"

“来了，张大哥也来了。”

“哪个张大哥？”老李想不起英的张大哥是谁，刚要这么问，不由得笑了，“英，他不是你的大哥，叫张伯伯。”

“妈老叫他张大哥，嘻嘻，”黑小子找到根据。

老李没精神往下辩论。待了半天：“英，我说胡话来着没有？”

“那天爸还唱来着呢，妈哭，我也哭了。”英嘻嘻了两声，追想爸唱妈哭自己也哭的情景，颇可笑。“菱哭着叫干妈给抱走了。我也要去，妈把我拦住了，嘻嘻。”英想了会儿；“东屋大婶也哭来着，在东屋里。妈不理我，我就上东屋去玩，看见大婶的大眼睛——不是我说像俩星星吗？——有眼泪，好看极了，嘻嘻。”

“马奶奶呢？”老李故意地岔开。

“老奶奶天天过来看爸，给爸抓过好几次药了。妈妈老要自己去，老奶奶抢过药方就走，连钱也不要妈妈的。那个老梆子，嘻嘻。”

“说什么呢，英？”

“干妈净管张大——啊，伯伯，叫老梆子；我当是老人都叫老梆子呢。”

“不准说。”

黑小子换了题目，“爸，你怎么生了病？嘻嘻。”

爸半天没言语。英以为又说错了话，又嘻嘻了两声。

“英，赶明儿你长大了，你要什么样的小媳妇？”老李知道自己有点傻气。

“要个顶好看的，像东屋大婶那么好看。我戴上大红花，自己打着鼓，咚，咚咚，美不美？”

老李点点头，没觉出英的话可笑。

三

病中是想见朋友的。连小赵似乎也不讨厌了。张大哥是每两天总来望看一次，一来是探病，二来是报告干女儿的起居，好像菱是位公主。丁二爷正自大有用处：与李太太说得相投，减少她许多的痛苦，并且还能帮忙买买东西——丁二爷好像只有两条腿还有些作用，而且他的腿永远是听着别人的命令而动作。老李至少是欢迎丁二爷的腿。丁二爷怎样丢了妻子与职业，怎样趴小店，连英都能背诵了。相距最近的是最难相见的，而是老李最想见的——她。她不肯来，他无法去请；他觉得病好了与否似乎都没大关系。继而一想，他必须得好了，为太太，他得活着，为责任，他得活着，即使是不快乐地活着，他欠着她的情。他始终想不到太太的情分是可以不需要报酬的；也许是因为不自私，也许是因为缺少那么一股热力，叫他不能不这么想。他只能理智地称量夫妻间互相酬报的轻重。东屋的——没有服侍过他，但是，他能想到他能安心地接收她的服务，而不想任何义务与条件。这也许是个梦想，但是他相信。因此，一会儿他愿马上好了，去为太太挣钱，为太太工作。一会儿他又怕病好了，病好了去为太太工作，为太太挣钱——一种责任，一种酬劳。只是证明不自私，只能给布尔乔亚的社会挣得一些荣誉；对自己的心灵上，全不相干！

他想菱，又怕菱回来更给太太添事，他不肯再给太太添加工作。似乎应当找个女仆来。“我说，得找个老妈子。”

李太太想了会儿，心中一向没有过这个观念。四口人的事，找老妈子？工钱之外，吃，喝，还得偷点？再说，有了仆人，我该作什么，仆人该作什么？况且，我的东西就不许别人动：我的衣裳叫老妈子粗枝大叶地洗，洗两回就搓几个窟窿？我的厨房由她占据着……她的回答很简单："我不累！"

"我想菱，"他说。

"接回来呀，我也怪想的呢！"

"菱回来，不又多一份事？"

"人家有五六个孩子的呢，没老妈子也没吃不上喝不上！"

"怕你太累！"

"不累！"

老李再没有话说。

"要是找老妈子，"李太太思索了半天，"还不如把二利找来呢。"

二利是李太太娘家的人，在乡下作短工活，会拉吕宋烟粗细的面条，烙饼，和洗衣裳，跑腿自不用提。

老李还没对这个建议下批评，小赵来了，找老妈一案暂行缓办。

小赵很和气，并且给买来许多水果。

所长太太已经知道老李和他的病势，因为小赵的报告。不仅是报告，小赵还和所长太太讨论过——而且是不止一次——对待老李的办法。老李没有得罪过小赵，因此小赵要得罪老李。小赵对所长太太这么说；"老李这小子，在所长接任的时候，没被撤差；他硬说和所长没关系，谁信！咱们手里三百多人全挤不上去，他和所长没关系，没一点关系！前者所长单单挑他给办了件要紧的公事，连我和秘书长全不知道！不乘早儿收拾他，他不成精作怪才怪。收拾他！他现在病了。跟所长说，撤他！”

所长太太手心直痒痒，被手里那三百多人给抓弄的。她和所长开了谈判。所长不承认他和老李认识。及至谈到那天早晨老李替他办了件公事，他才想起有这么个姓李的。赶到提及老李生病，所长给了不能撤换老李的理由——晨星不明。撤换谁都可以，晨星是换不得的。可是衙门中的人，除了老李，似乎都直接间接与所长太太和小赵有关系：要撤只能撤老李，而所长决定不肯撤换晨星。所长向来怕太太，现在他要决定还是服从太太呢，还是服从吕祖。他觉得服从太太的次数比服从吕祖的次数太不调匀了，这次他应当服从吕祖一回。他竟自和太太叫上了劲。太太告诉了小赵，小赵恨不能揍吕祖一顿。

所长是崇信吕祖的。对于吕祖的教训，他除了财色两项未便遵照办理，其余的是虔守神谕。在上天津的前夕，吕祖下坛，在沙盘上龙飞凤舞地写了四个大字——晨星不明。第二天早晨，所长到了衙门，遇上了老李。李科员必是晨星了！老李请病假，应验了晨星不明。恰巧所长又贪了点赃，虽然只是五六万块钱，究竟在给吕祖磕头的时候觉得有不大一点难过，正好用遵行晨星不明来将功赎罪。保护晨星是种圣职。不惜与太太小有冲突，虽然太太有时候比吕祖还厉害。神与太太都当敷衍，暂时决不撤换晨星。万一太太长期抵抗，决不让步，到时候再说。比如说过两个月再撤换李科员，岂不是吕祖，太太，大家的脸面上都过得去？

小赵要把这颗晨星摘下来，扔在井里。一时既摘不下，不免买些水果祭一祭病星，借机会套套老李的实话。假如老李说了实话，晨星自然不能再有作用，便马上收拾他。假如他自认为晨星，那就得另想主意，设法运动吕祖，叫吕祖说，比如晨星“过”明一类的话，所长自会收拾他手下过明的星星。小赵非常的和气，亲弟兄似的和老李谈了四十多分钟。不得要领。小赵一出屋门把牙咬上了，一出街门骂上了：“不收拾了你不姓赵！”

老李觉得自从一病，人类进步了许多，连小赵都不那么讨厌了。

四

从正月到二月初，胜利完全是李太太的。

张大嫂把菱送回来，好一顿夸奖干女儿。“有什么妈妈，有什么女儿，这个得人心劲儿的，小嘴多么甜甘哪！”

老李向来没觉出太太的嘴甜甘。

吴方墩太太来了，扑过老李去：“李先生，多亏大妹妹呀，你这场病！一个失神呀，好——”她闭上了眼，大概是想象老李死去该当什么样式。

邱太太来了，扑过老李去：“李先生，还是旧式的夫人！昨天听说，一位大学教授死在传染病医院，他的夫人始终就没去看他一次，怕传染！什么话！”文雅的邱太太有意把李太太加入“列女传”里去。

张大哥又来了，连皱眉带咳嗽都显然地表示出：“我叫你接家眷，有好处没有？这场病不幸亏有她？一来闹离婚，两来闹离婚，到底是结发夫妻！”口中虽没这么明说，可是更使人难过，老李只好设法躲着张大哥的眼睛与眉毛。

张人哥近来特别的高兴，因为春天将到，男婚女嫁自应及时举办，而媒人的荣耀也不减于催花的春雨。张大哥说了许多婚姻介绍的趣事，老李似乎全没注意去听，最后张大哥的烟斗指着窗外，说，“老李，衙门里这两天要出人命！”老李正欣赏着张大哥的衣裳：净蓝面缎子的灰鼠皮袍，宽袖窄领。浅蓝的薄绸棉裤，散裤角，露着些草黄色的毛袜。黑皮鞋。“人命？”他重了这两个字，因为只听到这么一点话尾。

张大哥的左眼闭死，声音放低，腔调改慢，似乎要低唱一部史涛：“吴太极和小赵！”

“吴太太前两天还来了呢，”老李说。

“她当然不便告诉你。吴太极惹了祸，小赵又不是轻易饶人的人，事情非闹大了不可！”

老李静候着张大哥往下说。

“你知道吴太极没事就嚷嚷纳妾？”

老李点了点头。

“练太极练的，精力没地方发泄！方块太太大概也管束得太严。事情可就闹糟了。你知道小赵常提到太太，可是没人见过赵太太？”张大哥笑了，大概是觉出自己过于热心述说，而说得有点乱了。

正在这个当儿，丁二爷疯了似的跑进来。

“您快回家，天真叫巡警拿去了！”

第十二

一

无论怎么说，老李是非出去不可。病没全好而冒险出去，是缺乏常识。但是为别人牺牲至少是有意思的。自从生下来到现在，他老是按步就班地活着，他自己是头一个觉到这么活着是空虚的。张大哥虽然是瞎忙，到底并不完全为自己忙。人与人的互助是人生的真实，不管是出于个人情愿，还是社会组织使人能相助相成。谁也再不拦住他到张大哥家中去。他的腿还软着，可是心意非常坚定：雇了辆车去赶张大哥。

张大嫂已哭得像个泪人——天真是五花大绑捆了走的。

没看见过张大哥这么难受，也想不到他可以这么难看。脸上一点血色也没有了，左眼闭着，下眼皮和嘴角上的肉一齐抽动，一声不发，嗓子里咯咯地咽气。手颤着，握着烟斗。

老李进了屋中便坐下了，只觉得自己没有能力，自己是废物，连一句话也说不出。

张大哥看见老李进来，并没立起来，愣了好大半天，他忽然睁开左眼，眨巴了几下，用力咽了口气。猛地立起来，叫了声，“老李！”没有再说别的，往外走：到了屋门，看了张大嫂一眼：“我找儿子去！”

张大嫂除了说天真是被绑走的，其余一概不知。

丁二爷在院中提着一笼破黄鸟，来回地走，一边走一边落泪，“小鸟，小鸟！你叫一声，叫一声！你要是叫一声，天真就没危险！叫！叫！”小鸟们始终不叫。

二

第二天，老李决定上衙门，虽然还病病歪歪。

吴太极已经撤了差，邱先生，张大哥，都请假。熟人中只见了孙先生。孙先生是初次到北平，专为学习国语，所以公事不会办，学问没什么，脑子不灵敏，而能作科员，因为学习国语是个人的事，作科员是为国家效劳，个人的事自然比国事要紧得多。孙先生打着自创的国语向老李报告：

“吴太极儿，”他以为无论什么字后加上个“儿”便是官话，“和小赵儿，哎呀，打得凶！压根儿没完，到如今儿没完，哎哟，凶得很！”

“为什么呢？”连慢性的老李也着了急。

“小赵儿呀，有个未婚妻儿，压根儿顶呱呱，呱呱叫！”

“他还没娶过，那么？”

“压根儿没娶过，压根儿也娶过，瘸子的屁股儿，斜门！”

孙先生非常得意用上一句。“怎么讲呢？他娶过，娶过之后，哎呀，小赵儿凶得咧，送给别人。那么，压根儿他是娶过，可又压根儿没娶过，凶！你我老老实实，规规矩矩，作勿来，作勿来。小赵儿到处会骗，百八十块，买一个儿来，然后，擦胭脂抹粉儿，送了出去，油滑鬼儿，压根儿的！”孙先生见神见鬼地把声音放低：“你晓得，他在所长家里？所长的——是他的人儿，哎哟，漂亮得很！小赵儿和她把所长儿给，怎么说？对，抬起来；将来，小赵儿自己有市长儿的希望，凶！这回又弄了一个儿，刚刚十九岁儿。他想调教好，送出去，送给团长旅长儿，说不定。呕，对，是个旅长儿，姓王的，练得好拳脚儿，猴子拳，梅花掌，交关好。小赵儿，官话有的说，狗熊的舅舅，猩猩儿，精得咧。把她交给了吴太极儿，叫老吴儿教给她点拳术儿，十三妹，凶！旅长儿爱十三妹，凶！”孙先生的吐沫溅了老李一脸。喘了口气，继续地说，“哎呀，吴太极儿吃了密哉！肥猪拱门，讲北平的话，三下两下，噗，十九岁的大姑娘儿！小赵儿正上了天津，压根儿作梦。前几天儿回来了，一看，哎呀，煮熟的——什么，北平的讲话，鹅，还是鸭儿？”

“鸭子！”

“对，煮熟的鸭子儿又飞了！压根儿气得脖子有大腿粗，凶！小赵儿，吴太极儿，是亲戚哟！吴太极儿是吴太急儿。小赵儿哪里放得过，拍，拍，两个嘴巴子，哎呀，打得吴太极儿好不伤心儿！吴，工夫是好的，拳头这么大，可是，莫得还手，差得咧，没面目！小赵儿打出——什么？嗜好？有了，打出瘾来了。对吴太极讲，姓吴的，你来等兹我，我去约一百一千一万人来揍你！

可是，方墩儿太太动了手，樊梨花上阵儿，一下子，哎呀，把小赵儿压在底下，压根儿几几乎压死，大方墩儿，三百多斤，好家伙得很！要不是吴太极儿拉开，小赵儿早成大扁杏仁儿。哎呀，小赵儿爬起来，不敢再讲打，压根儿的！不讲武的，讲文的，登报纸，打官司，凶，吴太极儿撤了差！”

“小赵呢？”老李问。

“小赵儿？大家都说他呱呱叫。老吴儿，他们讲，不是东西。”孙先生看了看表，“哎呀，先去一会儿，得闲再讲。”摆好科员的架式，孙先生走了出去。

老李急于打听张大哥的事，可是孙先生走了。科里只剩下他自己，不好意思也出去。他思索开孙先生的一片官话。男人是要不得的，他想：女人的天真是女人自作的陷阱，女人的姿色是自然给女人的锁镣，女人的丑陋是女人的活地狱，女人怎么着也不好，都因为男子坏！

不对，这还不仅是男女个人的事：而是有个更大的东西，根本要不得。老李不便往远处想，衙门里这群人就是个好例子。所长是谁？官僚兼土匪。小赵？骗子兼科员。张大哥？男性的媒婆。吴太极？饭桶兼把式匠。孙先生？流氓兼北平俗语搜集者。邱先生？苦闷的象征兼科员。这一堆东西也可以组成一个机关？

再看那些太太们，张大嫂，方墩，孙太太，邱太太，加上自己的那一位，有一个得样的没有？

这些男女就是社会的中坚人物，也要生儿养女，为民族谋发展？笑话！一定有个总毛病，不然，这群人便根本不应当存在。既然允许他们存在，除了瞎闹，叫他们干什么？

老李闻到一股臭味。他嘱咐自己：不必再为自己那一点点事伤心了。在臭地方不会有什么美满生活，臭地方不会出完好的女子，即使能恋爱自由又能美到哪儿去？他心中有了些力量。往大处看，往大处看，真正的幸福是出自健美的文化——要从新的整部的建设起来：不是多接几个吻，叫几声“达儿灵”就能成的。

他决定不再关心吴太极的事！最自然的事，最值不得大惊小怪的事。吴太极和小赵谁胜谁败有什么关系呢。得杀了小赵们的文化，人生才能开香的花，结真的果。小赵，吴太极，不值一提。

自己那位太太，何必再想，她与千千万万的妇女一样的可怜。东屋的——也不再想，她也不值得一顾，一片烧焦草原上的一棵草。

那么，干什么呢？帮助张大哥把天真救出来？为什么？只为张大哥好娶个儿媳妇，请上一千号人来贺喜？

但是，人情，人情。张大哥到底不是坏人。

假如决定不去管张大哥的事，又该作什么呢？

又到了死葫芦头！这个社会是和老李开玩笑呢，他动也不是，不动也不是。他没法安排自己。他要在一个臭水沟儿里跑圆圈，怎能跑得圆？他的头疼起来，回家！科里只有他一个人：谁管，空三年也没关系。

三

“苦闷的象征”出头给吴赵调解，以便减少苦闷。吴太极依然很正直，怎么说都行。小赵摇头。赶到邱先生和后补十三妹过了话，他知道小赵输了。十三妹愿意跟吴太极！她原来绝对不是孙先生所形容的那个“十九岁的大姑娘”。十九岁，或者还不假；大姑娘，她自己说在十四岁上已变成妇人。从十四到十九，她已经过好几道手：只要一听见洋钱响，她便知道又要改姓。吴太极教她白鹤亮翅的时候，因为教得细腻，连“我永远爱你”也附带着说了，而且起下血誓。她以为跟谁也好，只要不再过手，所以决不再跟小赵去。小赵的头摇得不那么有把握了。他要求赔偿。吴太极没钱。方墩太太手里有点积蓄，她叫小赵亲自去取：小赵没有作大扁杏仁的志愿，不敢去。邱先生非常得意：“小赵丢了个人，老吴丢了官，两不饶。大家的面子，何必太认真。”小赵虽不甘心，可是方墩太太确是厉害；况且万一把吴太极逼急了，那一对拳头！邱先生也指破此点：“小赵，等老吴真还敬你两个嘴巴，你可吃不了兜着走！得了，你打了他，他没还手，他的理短。知道什么时候大家又在一处混事，得留情处且留情，是不是，小赵？”小赵追想自己的手在吴太极脸上拍拍，也总得算过瘾；可是方墩那一压，深幸自己有些骨力，不然……

不过，既不能直接由吴家得到赔偿，设法由别处得些是当然的。吴太极的缺还没补上。想到这里，小赵让步了，不再和老吴捣乱：“让他享受去，我慢慢地惩治他。老邱，看你的面子，我暂时不再和他闹气。”邱先生十分高兴，小赵开始计划怎样谋吴太极的缺。

邱先生打着得胜鼓向老李报告。老李看邱先生肯代吴赵调停，灵机一动：“邱先生，我们是不是应当联名具保，保天真一下呢？”

“哪个天真？”

“张大哥的少爷，他就是这么一个儿子！”老李想打动邱先生的同情心。

邱先生没言语。

老李应当改换题目。可是他把邱先生看得太高了，他又追了一句：“你看怎样？”

“什么？”邱先生翻了翻白眼。

老李只听见“什么”，没看见白眼，“保天真哪。”

“那，对不起，没我。”

老李的心凉了。等邱先生出去之后，老李的心又热起来：哼，臭事有人管，好事没人作！咱老李作定了！

老李原来并不以为保释天真是好事，或是有什么意义。经邱先生一拒绝，他叫上了劲。平日张大哥是大家的好朋友，一旦有事，大家袖手旁观！吴赵的事比起张家的是臭事，张大哥是丢了儿子！老李马上草了一个呈文，每个字都斟酌了三四遍，然后誊清，拿着去找孙先生。心里说，不能人人都像邱先生吧？！

“哎呀，老李儿，好文章，呱呱叫，”孙先生接过保状，一边看一边夸赞。凡是有孙先生不识的字的文章都是好文章，所以他连呼“好文章，呱呱叫！”看完，他递给老李，“好，压根儿好！”

“签个字吧？”老李极和气地说。

“我呀？叫我签字呀？哎呀，等下看，等下看。文章是好的，呱呱叫！”

老李拿起笔来，自己签上了名：“我先把自己写在前面，等正式誊录的时候，再商量一下谁领衔好。”

“好，好得很。我还等一下，等一下。”

老李在各科转了一遭，还就是邱先生痛快，其余的人全是先夸奖他的文笔，而后极谦恭和蔼的，绕着圈的，不“说”不签字，而不签字。保状被大家已揉得不像样子，上边只有老李一个人的名字。

老李倒不生气了，他恨不能替张大哥哭一场。张大哥的整个生命消磨在维持人；现在，他自己有事了……设若张天真死了，张大哥为他开吊请客，管保还进一千号人情。这群人们的送礼出份资是人情的最高点，送礼请客便是人道。救救天真？退一步说，安慰安慰张大哥的心？出了他们的人道范围！老李对着那张保状发愣。忽然抓起来，撕得粉碎，扔在地上。

四

老李回到家中，方墩太太正和李太太鼻一把泪一把地谈。见他进来，她的泪更有了富裕：“李先生，这些朋友里还只有你这么一个好人，给我出个主意！那个小妖精，我受不了，受不了！”

老李一时想不到小妖精是谁：或者吴宅这两天闹妖精？及至吴太太又说了几句，他才明白过来：十三妹又变成小妖精。也许她还是后补十三妹，不过在方墩的眼中她变了形。老李心中慢慢找到了一条清楚的路线：小赵与方墩太太有亲属的关系，因此吴太极才能在财政所找着个差事。在小赵与老吴吵闹的时节，方墩太太一定是左右为难，帮助娘家人欺侮丈夫，不好；帮助丈夫和小赵干，也不好。赶到小赵动了手，而且声言去搬兵征讨，她决定了帮助丈夫，于是把小赵压在地上。打退了小赵，再把那个贱丫头撵出去，吴太太岂不是大获全胜？合计着闹来闹去，只是老吴丢了差事，而她自己毫无损失：差事搁下再去谋，衙门里不出铁杆庄稼。谁知道那个贱人跟定了老吴，又被邱先生这一调停给关了钉，盘大拳头的丈夫，硬被个小妖精缠住！方墩太太脸上减了半斤多肉。

李太太完全同情于方墩，可是她没好主意，而且没把事情的内容听清楚。她很恨小赵，并不因为这件事。她也恨吴太极：放着好好的方墩不要，单要小妖精，不要脸！

老李把事里的钩套圈全看清楚，但是从心中不爱管这种事，况且刚在衙门生了一肚子气，更没有心肠安慰吴太太，他三言两语给搪出去了："吴太太，去和老邱要主意：他也许有高明办法。"心里说，"什么人会办什么事，老李管不着尊府上的臭事！"然后对她说，"要不然，爽性离婚！"老李要不是心中有气，决不肯为别人出这种极端的办法。现在，他是被那口气逼着，他觉得破坏是必需的。老邱会敷衍：要敷衍，找老邱去；咱老李的办法是离婚，要不然，你自己去另找位男人，假如有人愿要块大方墩的话。这个，叫他心中痛快了些，破坏！我老李还不定跟谁跑了呢！

"离婚？"吴太太似乎没想到过，"你是什么话呀，李先生？这还不够丢人的，再闹离婚？"

老李没说什么。

吴太太的眼睛找了李太太去。

李太太一时聪明，想起个主意来："你偷偷地把那个小东西给小赵送回去，不就完了吗？”

“这倒是个主意，大妹妹，是个主意，”方墩因为脖子太粗不能点头，一劲儿眨巴眼。“我回去再想想，啊——想起来了，我找邱太太去，看她有主意没有。”吴太太似乎决定不再向男人们要主意。

五

邱太太赞成离婚。“我们没儿没女，丈夫不讲情理，何必一定跟他呢！”

方墩连头带脖子一致地摇了摇。“说着容易呀，离婚：吃谁去？”

“难道咱们就不会找个事作？我没结婚的时候就不想出嫁；及至结了婚，事事得由我作主。丈夫向我摇头，好，咱马上还去作事；闲气，受不着！”

“可是你有那个本事，我没有呀！”方墩含着泪说。

邱太太忘了，妇女不都是大学毕业。可是既然这么说了，不便再改口——她是以“个性强”自命的。“那也没关系，叫他给你生活费呀。真凭实据，他是对你不忠，叫他拿钱！”

“他也得有哇！”方墩心里更难过了：“当初他作军官的时候，钱来得容易去得快。军队解散了，他一闲就是二年，大吃大喝地惯了，叫他省俭，不会。入了财政所之后，我是一把死拿，能把过一块是一块，一毛是一毛。可是薪水是有一定的，任凭怎么省吃俭用，还能都剩下；就说都能剩下，一共能有几个钱？哎！都是我命苦，谁叫没个儿子呢！设若有个儿子，他管保不敢闹娶小；我并不是不跟他闹死闹活地吵哇，可是咱们妇人任凭怎么精明，没儿子到底堵不住丈夫的嘴！其实没儿子能都怨我吗？他年青的时候，胡逛八扯：哎，什么也不用说，命苦就结了！”吴太太叹了口长气。

谈到没儿子，邱太太心中也不好受了。可是为显出个性强，不便和方墩一同叹气。“我也没儿子，我也极愿意得个小孩，可是结婚这么几年也没有过喜，没有就没有吧，我才不在乎！我知道邱先生也盼着有个小孩，可是他，他连对我皱下眉也不敢，哼！”

方墩和纸板对坐不语。方墩没得着一点安慰，纸板心中也不十分舒服。

第十三

一

老李去看张大哥。张大哥已经不像样子了，头发好像忽然白了许多，眼陷在坑儿里。关于媒人的一切职务全交给了丁二爷。丁二爷的办法很简单：有人来找媒人——“没在家”。老李不敢告诉张大哥，同事们怎么拒绝在保状上签字；他只觉得来安慰朋友是一种使心里舒坦的事，因为并没有多少用处。张大哥还始终没见着天真，虽然已跑细了腿。

“老李！”张大哥拉住友人的手，“老李！”嘴唇颤起来，别的话没有说出，只剩了落泪。

老李理会到张大哥是怎样的难过。使张大哥在五十来岁丢了儿子，生命已到了尽处。但是他不会安慰人。除了能代张大哥作有效的奔走，再说，安慰的话，即使说得好听，又有什么用。他决定去设法营救天真，只来看看张大哥是没意义的。

以张大哥的人缘与能力，他只打听到：天真是被一个全能的机关捕了去，这个机关可以不对任何人负责而去办任何事。没人知道它在哪里，可是人人知道有这么个机关。被它捕去的人，或狗，很少有活着出来的。张大哥在什么机关都有熟人，除了在这个神秘得像地府的地方。人情托遍了，从众人的口气中他看出来，天真至少是有共产党的嫌疑，说不定已经作了鬼。张大哥已经筋疲力尽，只剩了把自己哭死，微微有点光明，他是不会落泪的；他现在已完全走进雾阵中。设若天真死在他眼前，他只要痛哭一阵就够了。现在他是把自己终身的一切全要哭出来，平生一句得罪人的话没说过，一个场面没落后过，自己是一切朋友的指导师：临完，儿子是共产党！天真设若真这么死了，张大哥没法再往下活。平日，张大哥永远留着神，躲着革命党走，非到革命党作了官，决不给送礼，而儿子……

老李看出来，张大哥只有两条路，除了哭死便是疯了。拿些硬话激动他？没用。张大哥的硬气只限于狠命的请客，骂一句人他都觉得有负于社会的规法。老李没的说。

衙门的人，他只剩下没见所长与小赵。见所长？或者还不如见小赵。央求小赵是难堪的事，可是为朋友，无法。

找到了小赵。

“啊，老李，”小赵先开了口，“正找你呢！有事没有？洗澡去？”

老李心里说，这小子一定有什么故典。跟他走！

一进澡堂的大门，小赵就解衣裳，好像洗澡与否无关紧要，上澡堂专为脱光眼子。到了客座单间，小赵已经全光，觉得才与澡室内的一切调和，点上香烟，拍着屁股，非常写意。

“老李，抖哇……”小赵的眼珠又在满脸上跳舞了一回：“拿着保状各科走走，真有你的！知道要升头等科员了，叫全衙门的得瞻丰采？有你的，行！”

“什么头等科员？”

“还装傻不是？！老李你也太厉害了，谁不知道吴太极的缺是由你补！还跟我装傻，真有心打你俩脖儿拐！吴是头等科员，我给他运动上的。那小子吃里爬外，咱把他请出了。你和他同科，又是所长的人，又恰好是二等科员，不由你补由谁补？还用装傻！老李，吃点东西好不好？”小赵在澡堂什么也想着，除了洗澡。

“我不吃什么。我告诉你，小赵——”

“对了，这就对了，叫我小赵。什么李先生赵先生，官话；小赵，老李，多么痛快，多么自己。还非是小赵老李不行，不信换换个，老赵小李就不大好听。”

老李确是头一次当着小赵管他叫“小赵”，因为讨厌他。“我告诉你，小赵，不用给我造谣言。我与所长没关系，更无意作头等科员。据我看，倒是维持维持老吴有点意思。老吴与我也没关系，他可是你的亲戚，何必——”

“咱们可不准再提吴太极！”小赵的眼珠跳回原位，“亲戚？亲戚霸占人家的未婚妻！我跟他没完！咱小赵是有恩的报恩，有仇的报仇，男子汉大丈夫！就拿你说，老李，自从我一和你见面，心里就说，这是个朋友：惺惺惜惺惺，好汉爱好汉！”眼珠又跳出去。“告诉我，老李，吴太极的缺怎样了？要是落在你手里，我没话可讲，你是个朋友。万一落在别人手里，比如说那个老孙，咱小赵就不能好好咽这口气。所长太太手里人还多着呢，不过真落在个好朋友手中，我自有向所长太太给美言几句的，决不给破坏：虽然我‘能’从中给破坏！看这像句话不像，老李？”

“我还是那句话，不知道。我今天找你是为求你点事。”

“求？把这个字收起去！你不会说，小赵，给我办点事去！求？什么话！说你的，老李。”

“我说完，只要你痛快的‘行’，或是‘不行’，不准来绕弯的！”老李心里舒服了许多，今天可敢和小赵旗鼓相当地干了。“还是那回事，救张天真。衙门里没一个人肯伸伸手，我是有心无力；你怎样？”

“我？行！不为天真，还不为张大哥？行！你说怎办吧？”小赵拍着屁股说。

“我没办法。张大哥连天真拘在哪里也还不知道。你要能给打听出来就是天大的善事，大哥眼看着快疯了。打听出来，咱们再想办法，是不是？”

“一点也不错。我去打听，容易得很；小赵没有别的好处，就是眼皮子杂点儿。”小赵的眼珠改为连跳带转，转了几遭，他的脸板起来，“可有一样，老李，你得答应我一件事！”

“说吧！”

“好！你真没有谋老吴的缺？”

“对天起誓，我没有！”

“好！假如我给你运动，你干不干？”

“没意思！”

“好！你没意思，咱对张家的事也没意思，吹！”

“我干呢？”

“我去营救天真。”

“行了！”

“我的办法与步骤是——”

“不必告诉我！”

“好！我怎办怎好？”

“只要你能帮助张大哥。”

“好！事情都交给我了？”

“都交给你了。对于我，牺牲也好，耍弄也好。对于张大哥，只准帮忙，不准掏一点坏。”

“好！”

二

老李非常的痛快。帮助张大哥，没有什么了不得。跟小赵说得强硬，也算不得什么，小赵原是不要脸的货。可喜的是居然敢把自己押给小赵，任凭他摆布，浮士德！心里说，“看小赵的，看他把我怎样了！”生命开始有些味道。回到家中，不由得想和太太谈一谈。她不懂；衙门里那群人当然也不懂：不懂又有什么关系呢。且自己享受着：大侠，神秘，浪漫。黑暗的社会是悲剧的母亲，在悲剧中敢放胆牺牲的是个人物。老李不知不觉地多吃了一碗饭。

李太太心中，这两天，只有两件事：给孩子们拆洗春衣，和惦记着方墩太太。不放心方墩正是不赞成丈夫——给人家出主意离婚！谁说老李老实？老实人叫方墩离婚？她对离婚是怎回事不大清楚，在她的心目中离婚就是散伙；夫妻俩可以散伙？老李厉害！看他不言不语的，心里有数！李太太这两天加工梳脑后的小辫，一边梳着一边想：吴太太要是和丈夫散了伙，第二个就该轮到我了：老李心里要没憋着跟我散伙的意思，怎会给吴太太出那个主意？加工的梳小辫，脸上多拍了半盒儿粉。也不敢再和他要钱，他病那么一场，多花了许多钱，别叫他翻了狗脸说我花张了！本应当上张家去看看，他病着，人家张大哥夫妇跑前跑后，赶到人家出了事，怎好不去看看。她心中的天真被捕和家中有个三天满月是一样，去看看——至多不过给买点东西——也就够了。可是一出门又得要钱，算了吧，等张家儿子出来再说。

对于马少奶奶似乎应当恢复邦交。马老奶奶可真不错，老李病着，人家给跑东跑西。马少奶奶当然是没和婆婆讲究过我：那么，马少奶奶心眼也不错。也许都是老李的坏，男人哪有老实的，看那位吴先生，四五十的人了，霸占小赵的；可是小赵也该，该！得和她套近乎，我越在中间岔糊着，他们越是俩打一个儿。倒得和马少奶奶拉近，把她拉到我这边来，丈夫也得说我好，她也就不好意思再……李太太把乡下的逻辑咂摸一个透。然后，当着丈夫拿起给小菱裁好的一条小裤子："我求马婶给作作去，她会作活，手巧着呢。"

老李点了点头，没说什么。等太太出了屋门，他笑了笑，这也是位女侠。把人生当个笑话看也很有意思。

三

衙门里这几天大家的耳朵都立起来，特别是二三等科员。对于吴赵战争的趣味已经低降得快到零度，大家不提吴太极便罢，提起来便是与他那个“缺”有关系。有希望高升一等的人很多，而且全努力地尽所能为想把这个希望实现，甚至于因为希望相同而引起些暗潮。老李是个最不热衷的，可是自从那天到各科请求为张大哥帮忙以后，人们都用另一种眼神看他。每逢他从外面进来，或是散班后出去，随着他的后影总引起几阵嘀咕。可是对于张大哥，大家这几天连说“几张纸”好似都有改成“几篇纸”的必要。“张”字犯禁！“他的儿子，共产党！”大家都后悔曾经认识这么一个人。因此对于老李越发地觉得神秘不测，甚至于是有点可怕：“就是准有升头等科员的把握，也无须这么狂呀！”大家偷偷地用手指向老李的脊背说。有的人，极不甘心地看出自己没有高升的希望，为宽心起见，造出一种新消息：“共产党的父亲也要搁下！所长还能留着他？！”张大哥虽然不是头等科员，可是差事肥，庶务上，回扣……这两种消息与希冀使科员级的空气十二分紧张，好似天下兴亡与这个有极密切的关系。科长与秘书的耳旁也一天到晚是嗡嗡着这个——大家还有个不各显神通的运动？请客的知单总继续在科长室与秘书处巡行。科长们也对老李怀疑，他有多大人情呢，竟自看不见他的帖？！

老李反倒接着两三个请帖，而且有人过来预先递个口话：李先生荣升的时候，请分神维持个好友，补您的缺；明天晚上千万请赏光！老李虽然有时候也能欣赏幽默，但是对这种过度的滑稽还不会逢场作戏。他把请帖轻轻地放在纸篓里。

命令下来了，果然是老李。补他的缺的是位王先生。没有人认识王先生。大家一边向老李道喜，一边打听王先生是谁；老李也不认识，大家以为老李太厉害：何必呢，你的人情大，也不必这么狂啊；不告诉我们拉倒！大家一面这样不满意老李，一面希望着张大哥的免职令下来。

“哎呀，老李，恭喜恭喜！”孙先生又得着练习官话的机会。“几时请客？吾来作陪呀，压根儿的。猪八戒掉在泔水桶里，得吃得喝！”

老李决定不请客。大家对他完全失望。“苦闷的象征”特别地觉得老李不懂交情。邱先生本是头等科员，对老李的升级原来不必忌妒，可是心中苦闷，总想抓个碴儿向谁耍耍刺才痛快。他敲着撩着说开了闲话，把公事完全堆给老李。原先本来也是老李一个人受累，可是邱先生交过公事来的时候很客气；现在他老嫂子使唤新媳妇似的直接命令老李，鼻子尖上似乎是说，我是老资格！老李的气不打一处来。呆坐了半天，他想出来了：“跟这群东西一块儿，要不随着他们的道走，顶好干脆离开他们。”他决定不妥协，跟他们来硬的，反正我已经把自己押给了小赵，知道他的肚子里是闹什么狗油呢？干！他原封地把公事全给邱先生送回：“出去看个人，你先办着！”可是他知道他的嘴唇有点颤：不行，到底是没玩惯这种使人难堪的把戏。他去看张大哥。

张大哥免职的谣传是否应当报告呢？谣传，可是在政界里谣言比真实还重要。怎好告诉张大哥呢？他心中正那么难受。不告诉吧，万一成了事实，岂不叫他更苦痛？张大哥不那么难看了，可是非常的倦怠。老李似乎看出些危险来。张大哥是蚯蚓式地运用生命，软磨，可是始终不懈：没看见他放任或懒过。现在他非常的安静，像个跑乏了的马，连尾巴也懒得动。危险！老李非常的难过。不管张大哥是怎样的人，老李看他是个朋友。

“大哥，怎样了？”

“坐下，老李，”张大哥又顾到客套与规矩了，可是话中没有半点平日那种火力，似乎极懒得说话而不得不说。还表示出天真的事是没什么希望，因关切而改成不愿再提。“坐下。没什么消息。小赵来了一次，他正给我跑着，据他说，没危险。”

张大哥只为说这么几句，老李看出来，一点信任小赵的话的意思也没有。

“我托咐他来着，”老李决不是为表功，只为有句话说。

“对了，他眼皮子宽，可不是。”

二人全没了话。

无论说点什么也比这么愣着好，老李实在受不住了：“大哥，衙门里有人说——啊——你上衙门看看去。这个社会不是什么可靠的。”

“啊，没什么，”张大哥听出话中的意思，脸上可是没有任何表情，“没什么，老李，”他仿佛反倒安慰老李呢。“什么都没关系了，儿子已经没啦，还奔什么！”他的语声提高了些，可是仍似乎没精神多说，忽然地止住。

“我看不能有危险，”老李善意地敷衍了一句。

“也许。”

张大哥是整个地结束了自己。科员都可以扔弃了！

丁二爷提着一笼破鸟进来："大哥，二妹妹来了。我告诉她，您不见人，她非要进来不可。大概又是为二兄弟的事。"

"叫她快滚，"张大哥猛地立起来，"我的儿子还不知道生死呢，没工夫管别人的臭事，滚！"瞪了丁二爷一眼，坐下了。丁二爷出去，他好像跟自己说："全不管了，全不管了！我姓张的完了，前世造下了什么孽！"

老李也立起来，他的脸白了，在大衣上擦了擦手心的汗，不敢再看张大哥，扭着头说，"大哥，明天再来看你。"

张大哥抬起头来，"走啊，老李，明天见。"没往外送。

走到门口，丁二爷拉住了他，"李先生，明天还来吧，大哥还就是跟你不发脾气，很好。明天来吧，一定来！"

四

老李什么也没想，一直走回衙门。思想有什么用呢。他看见张大哥，便是看见小人物的尽端：要快乐地活着得另想办法，张大哥的每根毫毛都是合着社会的意思长的，而今？张大哥，社会，空白，什么也没有；还干吗再思索。

进了衙门，他想起邱先生。管他呢，硬来，还是硬来；张大哥倒软和呢，有什么用？

邱先生低着头办公呢，眉毛皱得要往下落毛。及至看见老李，他的眉头反倒舒展开了，放下笔，笑着："老李，请不要计较我啊。告诉你实话，我是精神不好，无心中可以得罪了人。不是有意！你看，"他把声音放低了些，"邱太太，这就是对你说，不便和别——生人提。她个性太强，太强。一天到晚和我别扭着。我一说，夫妇得互相容让呀。她来了：当初不是我追求你，是你磕头请安追求我吧？好了，我就得由性儿爱怎着怎着。老李，你看这像什么话。前几天，我好心好意为吴赵们调解，回家又挨了她一顿：好哇，不帮助吴太太把那个野丫头赶出去，反助纣为虐？！你们男人都没好心眼。再不许你到吴家去！老李，你看，这是何苦！我也看明白了，逼急了我，跟她离婚！娶谁也别娶大学毕业生，来派大多了。其实，大学毕业生净是些二十八九的丑八怪，可是自居女圣人。你看着，早晚我跟她离婚。”

老李点头说“是”之外不便参加意见。邱先生绕了个大圈，又往回说：“因为这个，心中老不痛快，未免有得罪人的地方。老李你不用计较我。朋友就得互助，焉知你升不了科长，或是我作了秘书——要不是家里成天瞎嘈嘈，我也不能到如今还是个科员——到那时节，我们不是还得互相照顾吗？”

老李没好意思笑出来。

“老李，我已约好老孙老吴，一同吃个便饭，不是请客。一来为你贺喜，二来为约出老吴谈一谈。准去啊！”邱先生把请帖递过来。

老李不知是哭好，还是笑好。把请帖接过来，爽性和邱先生谈一谈。在张大哥眼中，邱先生是极新的人物。老李要细看看这个新人物。

“老邱，你看咱们这么活着有意思没有？”

邱先生愣了半天，笑了笑：“没意思！生命入了圈，和野鸟入了笼，一样地没意思。我少年的时候是个野驴；中年，结了婚，作了事，变成个贼鬼溜滑的皮驴；将来，拉到德胜门外，大锅煮，卖驴肉。我不会再跳出圈外，谁也不能。我现在是冷一会热一会，热的时候只能发点小性，冷的时候请客赔情；发疟子的生活。没办法。我不甘心作个小官僚，我不甘心作个好丈夫，可是不作这个作什么去呢？我早看出，你比我硬，可也没硬着多少，你我只是程度上的差别，其实是一锅里的菜。完了，谈点无聊的吧；只有无聊的话开心。”

老李又摔破了一个人蛋，原来老邱也认识自己。二人成了好朋友，老李没把请帖又放在字纸篓里。

回到家中，李太太正按着黑小子打屁股呢。老李抹回头来又上了街，找个小饭馆要了三十猪肉韭黄饺子，一碗三仙汤。“我也发回疟子试试！”

第十四

一

北平春天的生命是短的。蜂蝶刚一出世，春似乎已要过去。春光对于老李们似乎不大有作用：他们只随时地换衣服，由皮袍而棉衣，由棉衣而夹衫，只显出他们的由拥肿而削瘦。他们依旧上衙门，上衙门，上衙门；偶尔上一次公园都觉得空气使他们的肺劳累得慌，还不如凑上手打个小牌。

张大哥每年清明前后必出城扫墓，年中唯一的长途旅行，必定折些野草回来，压在旧书里。今年他没去。天真还在狱里。丁二爷虽然把石榴树，夹竹桃，仙人掌等都搬到院中，张大哥可是没有惠顾它们一点点水，他已与春断绝关系。张大嫂也瘦得不像样了。丁二爷的小黄鸟们似乎受了什么咒诅，在春雨初晴的时节，浴着金蓝的阳光，也不肯叫一声。后院的柳树上来了只老鸦，狂嚎了一阵，那天张大哥接到了免职的公文。他连看也没看。他似乎是等着更大的恶耗。

吴太极为表示同情来看张大哥，张大哥没有见他。

他只接待老李。

老李家中也没有春光；春光仿佛始终就没有到西四牌楼去的意思。除了一冬积蓄下的腥臊味被春风从地下掀起，一切还是那么枯丑。马老太太将几盆在床底下藏了一冬的小木本花搬在院中，虽然不断地浇水，可是能否今年再出几个绿叶便很可怀疑。李太太到了春天照例地脱头发，脑后的一双小辫十分棘手，用什么样的梳子也梳不到一处。黑小子脸上的癣经春风一吹，直往下落鳞片。合院之中，只有马少奶奶不知由哪里得到一些春的消息。脸上虽瘦了些，可是腮上的颜色近于海棠。她已经和李太太又成了好友；老李在家的时候她也肯到屋中来。小菱的春衣都是马婶给作成的，作得非常的合适好看。菱好像是个大布娃娃，由着马婶翻过来掉过去地摆弄，马婶是将领子袖子都在菱的身上绷好，画了白线，而后拆下来再缝成的。袖口上都绣了花。马婶的大眼睛向菱的身上眨巴着，菱的眼睛向马婶的海棠脸蛋眨巴着。

老李看着她们，心中编了一句诗——一点儿诗意孕着春的宇宙。他不敢再看太太那对缺乏资本的小辫，唯恐把这点诗意给挤跑了。

李太太心中暗喜，能把马少奶奶征服。可是还不满意老李，因为方墩太太一趟八趟地来，而口口声声是已快离婚——老李的主意。还有呢，方墩太太虽然与李太太成为莫逆，可是口气中有点不满意老李——他顶了吴先生的缺，不够面子！李太太一点也不晓得丈夫升了官，因为老李没告诉她。升了官多挣钱，而一声不发，一定是把钱私自掖着，谁知道作什么用？！邱太太也常来，说的话虽文雅，可是显然的是说邱先生近来对太太颇不敬。四位太太遇在一块，几乎要把男人们全拴起来当狗养着。大家都把张大嫂忘了。菱几次要看干娘去，李太太也倒还无所不可，可是方墩太太拦住她们：还上张家去呢？共产党！结果，老李带着菱去看干娘。直到父女平安地回到家中，李太太才放下心去。她以为共产党必是见了小孩就嚼嚼吃了的。

衙门里，吴太极与张大哥的缺都有人补上，大家心里开始安顿下去。可是对于补缺的人，多少心中有点忌恨，特别是对老李。“看着平日那么老实，敢情心里更辣；补吴太极的缺，焉知不是他给顶下去的呢？！”起初，大家拿吴太极当个笑话说，现在改成以他为殉难者，全是老李一个人的坏。老李一声不出，在衙门，在家里，任凭那群男女嘈嘈，只在大街上多吸几口气。

二

丁二爷来了：“李先生，张大哥请你呢。”

到了张家，大哥正在院中背着手走遛，他的背弯着些。见了老李，他极快地走进屋中，好像又恢复了些素日的精神。老李还没坐下，张大哥就开了口：

“小赵来了，说天真可以出来。可是我得答应他一件事。”他愣住，想了会儿：“他说，他是听你的话这么办，一切有你负责。”他看着老李。

“我把自己押给了他！”老李心里说，然后对张大哥：“得答应他什么呢？”

张大哥立起来，几乎是喊着：“他要秀真！要我的命！”

老李一句话没有。

张大哥在屋中走来走去，嗓子里咯咯地咽气：“救出儿子，丢了女儿，要我的命！这是你出的主意？老李！这是你给张大哥出的主意？我的女儿给小赵？强买强卖？你是帮朋友呢，还是要朋友的命呢？”

老李只剩了哆嗦了。他忽然立起来，往外就走：“我找小赵去！”刚走到门口，被大嫂给截住了。

“老李，你先别走，”张大嫂命令着他，她眼中含着泪，可是神气非常的坚决，“咱们得把事说明白了。你叫小赵这么办来着？”

“我托他帮助营救天真来着，没叫他干别的。”老李又坐下了。

“我想你也不是那样的人。大哥是急疯了，所以信了小赵的话。咱们商量商量怎办吧。”她向张大哥说，“你坐下，和老李商量个办法。”

“我没办法！”张大哥还是嚷着，可是坐下了：“我没办法！我帮了人家一辈子的忙，到我有事了，大家看哈哈笑！要我的儿女，为什么不干脆要我的老命呢！我得罪过谁？招惹过谁？我的女儿给小赵？也配！”他发泄了一顿，嘴唇倒不颤了，低着头，手扶着磕膝，喘气。

老李等了半天，张大哥没再发作，他低声地说：“大哥，咱们有办法。你事事有办法，我就不信办不动这回事。”

张大哥点了点头。

“咱们大家想主意，好不好，大哥？”

张大哥抬起头来，看了看老李，叹了一口气。“老李，张大哥完了！一辈子，一辈子安分守己，一辈子没跟人惹过气，老来老来叫我受这个，我完了。真动了心的没工夫再想办法。叫我去杀人放火革命，我不会，只好听之而已。活着为儿女奔忙，儿女完了，我随着他们死。我不能孤孤单单地活到七老八十，没味儿！”

老李知道张大哥是失了平衡，因为他的生命理想根本地被别人毁坏，而自己无从另起炉灶，他只能自己钻入黑暗里，想不起别的方法。但是老李不便和他讨论这个，更不能给他出激烈的主意——张大哥是永远顺着车辙走的人，得设法再把他引到辙迹上去。“大哥，不必伤心了，还是办事要紧。告诉我，小赵说什么来着？”

张大哥的脸上安静了。“他说，天真并不是共产党，是错拿了。他可以设法把他放出来。”

“咱们自己不能设法，既是拿错了？”老李问。

张大哥摇头：“小赵就不告诉我，天真在哪里圈着。我是老了，对于这些新机关的事，简直不懂。假如他是囚在公安局，我早把他保出来了。我平日总以为事事有办法，敢情我已经是老狗熊了，要不了新玩艺！”

“非小赵不行，所以他提出条件？”

“就是。他说，你给他出的主意。”

“我求他来着。”老李很安静地说。“求他的时候，我是这么和他说好的——要牺牲，牺牲我老李，不准和张大哥掏坏。他这么答应了我。”

“为什么单求他？”

老李不能不说了：“衙门里可有谁愿意帮助你？再说，谁有他那样眼杂？我早知道他不可靠，所以才把自己押给他。”

“押给他？”

“押给他了。我不知道为什么他恨我，时时想收拾我。也许只因为他看我不顺眼；谁去管。我给他个收拾我的机会，他自要能救出天真来，对我是怎办怎好。”

张大哥的泪在眼圈里，张大嫂叫了声：“老李！”

“我不是上这儿来表功，事实挤成了这么一步棋；我所没想到的是他又背了约，我还是太诚实。不过，管它呢，先谈要紧的。事情是一步一步地办，先叫小赵把天真放出来。”

“不答应给他秀真，他肯那么办吗？”张大嫂问。

“答应他！”

“什么？”夫妇一齐喊。

“答应他，我自有办法，决不叫秀真姑娘吃亏。就是咱们现在有别人来帮忙，也不行。小赵不是好惹的。假如甩了他，另想方法，他会从中破坏，天真不用想再出来了。不如就利用他，先把天真放出来再讲。”

老夫妇愣了半天，张大哥先开口：“老李，你说怎办就怎办吧。我不行了。先把天真放出来。我一共有三处小房，叫小赵挑吧，他爱要哪一处，我双手奉送，只求他饶了秀真！”张大嫂接了下去，“老李，我只有那么一个姑娘，不能给个骗子手！不能！能保住我的一对眼珠，他说要什么也行。都给了他，我们娘儿几个要饭吃去，甘心！”

“要饭吃去也甘心！”张大哥重了一句。

张大哥确是下了决心，老李看出来。牺牲房产就是牺牲张大哥一生的心血，可是儿女比什么也更贵重。他还是看不起张大哥，可是十二分地可怜他。“事情也许不至那么坏，放心吧，大哥，我老李拿这条命去换回秀真来。”

“老李，你可别为我们的事动——凶啊！给小赵钱！”张大哥看着老李的脸。

张大哥至死也是软的！老李不便再吓唬他：“我瞧事办事，要是钱有用的话，就给他钱。”

“给他钱，老李，给他钱，”张大嫂好像以为事情已经办妥了似的。“你还有一家老小呢，别为我们——”她没说出，用手弹去一个泪珠。

三

在无聊中寻些趣味：老李很得意，能和小赵干一干。

“喂，小赵，”叫狗似的叫，“张家的事怎样了？”

“有希望，天真不日就可以出来。”

“张大哥问我，怎样酬报你。我来问你，原谅我不会客气一些。”老李觉得自己也能俏皮的讽骂，心里说：“谁要是不怕人了，谁就能像耶稣似的行奇迹。”

“要不我怎么爱和你交往呢，”小赵的眉毛转到眼睛底下来，“客气有什么用？给我报酬？怎好意思要老丈人的礼物？半子之劳，应当应分！”

“谁是老丈人？”

“张大哥难道没告诉你？现在的张大哥，过两天就升为老丈人。”

“你答应了我，不和他掏坏！”

“掏坏是掏坏，婚姻是婚姻，张大哥一生好作媒，难道有人要他的女儿，他不喜欢？”小赵指着鼻梁：“看看小赵，现在是科员，不久便是科长，将来局长所长市长部长也还不敢一定说准没我的份儿！将来，女婿作所长，老丈人少不的是秘书，不仅是郎才女貌，连老丈人也委屈不了！”

老李的闷火又要冒烟，可是压制住自己。“小赵，说脆快的，假如张大哥送给你钱，你能饶了他的女儿不能？”

“老李，你这怎说话呢？什么饶了饶了的，该打！可是，你说说，他能给多少钱？”

“一所房子。”

小赵把头摇得像风扇：“一所小房，一所？把个共产党释放出来，就值一所小房？”

“可是天真并不真是共产党！”

“有错拿没错放的，小赵一句话可以叫他出来，一句话也可以叫他死。随张大哥的便；他的话是怎么说都可以。”

“你要多少呢？”

“我要多少，他也得给得起呀！他有多少？”

老李的脸紫了。咽了一口毒气，“他一共有三所小房，一生的心血！”

“好吧，我不能都要了他的，人心总是肉长的，我下不去狠手，给我两所好了。”小赵很同情地叹了口气。

“假如我老李再求你个情，看我的面上，只要他一所，我老李再自己另送给你点钱，怎样？”

“那看你能送多少了！”

“我只能拿二百。二百之外，再叫我下一跪也可以！”

“我再说一句，二百五，行不行？”

“好了，张大哥给你一处房，我给你二百五十块钱：你把天真设法救出来，不再提秀真一个字，是这样不是？”

“好吧，苦买卖！小赵不能不讲交情！”

“好了，小赵，拿笔写下来！”

“还用写下来，这点屁事？难道我的话不像话是怎着？”

“你的话是不算话，写下来，签上字！”

“有你的，老李，越学越精，行，怎写？”

“今天收我二百五十；天真活着到了家那天，张大哥交你一张房契；以后永不许你提秀真这两个字。按这个意思写吧！”

小赵笑着，提起笔来，“没想到老李会这么厉害，早就知道你厉害，没想到这么厉害：这点事还值得签字画押，真，不用按斗迹呀？”

字据写好。各存一张。签字的时候，老李的手哆嗦得连自己的名字全写不上来了。他恨不能一口吃了小赵，可是为张大哥的事，没法不敷衍小赵。小赵是当代的圣人，老李，闹了归齐，还是张大哥的一流人物！老李把二百五十元的支票摔在桌上。

小赵拿起支票，前后看了看，笑着放在小皮夹里：“银行里放着钱，老李？资本家，早知道，多花你几个！积蓄下多少了，老李？”

老李没理他。

他拿着字据去给张大哥看，张大哥十分感激他。越发使他心中难堪。本想在灰色的生活里找些刺激，作个悲剧里的人物，谁知作来作去，只是上了张大哥所走的辙迹，而使小赵名利兼收地戏弄他！

“为什么小赵这样恨我呢？”只有这一句话在老李心中有点颜色。“莫非老李你还没完全变成张大哥？所以小赵看你不顺眼？即使是这样。还不是无聊？”老李低着头回家，到家里没敢说给了小赵二百五十块钱，对太太也得欺哄敷衍！

四

夏天已经把杏子的脸晒红，天真还是没放出来。端阳是多么热闹的节令，神秘的蒲艾在家家门外陪伴着神符与判官。张大哥的家中终日连一声笑语也听不见，夫妇的心中与墙上的挂钟，日夜响着天真，天真！丁二爷的破鸟们全脱了毛，越发的不大好看。院中的石榴，因为缺水，只有些半干的黄叶，静静地等着下雨。

老李找了小赵几次，小赵的话很有道理：“就是人情托到了，也不能顿时出来不是？这么重的案子！我不比你着急？他一天不出来，房子一天到不了我手里！我专等着有了房子好结婚呢！”

老李没有精神再过五月节：李太太心中又嘀咕起来：“又怎么了？连节也不过？莫非又——”又钉上了马少奶奶，一眼也不放松。菱和英又成了自用的侦探。

节后，方墩太太带着一太平水桶的泪来给李家洒地，“完了，完了，离婚了！我没地方去，就在这块吧！大妹妹，咱俩无仇无怨，我是跟老李！他不叫我好好地过日子，我也不能叫他平安了！”

李太太的脸白了：“他怎么了？”

“怎么了？我打听明白了，是他把我的丈夫给顶了，要不是他，我的丈夫丢不了官；我打听明白了，有凭有据！这还不算，他还把自己的缺留着，自己拿双份薪水，找了个姓王的给遮掩耳目，姓王的一月只到衙门两天，干拿十五块钱，其余全是老李的。不信，他前者给了小赵二百五，哪儿来的？你知道不知道？”

“我不知道呀！”李太太直咽气。

“你怎能知道，我的傻妹妹！这还不足为奇，前两天他托小赵给吴先生送了五十块钱来。我本想把小赵打出去，可是既是老李托他去的，我就不便于发作了。小赵一五一十都对我说了。怎么老李要买张大哥的房子，怎么鼓动吴先生和我离婚，怎么老吴要是离了婚，老李好借此吓吓你，李太太，把你吓吓住，老李好买个妾。老吴没心没肺没骨头，接了那五十块钱，口口声声把我赶出去！他娶了小老婆，我不跟他吵，他反倒跟我翻了脸！都是老李，都是老李！我跟他不能善罢甘休！我上衙门给他嚷去；科员？他是皇上也不行！我不给他的事闹掉了底，我算白活！”

一片话引出李太太一太平水桶的眼泪。“吴大嫂，你先别跟他闹，不看别的，还不看这俩孩子？把他的事弄掉，我们吃谁去？你先别跟他闹，看我的，我审问他：我必给你出气！”又说了无数的好话，算是把方墩太太劝了走。

吴太太走后，李太太像上了热锅台的蚂蚁。想了好大半天，不知怎办好。最后，把孩子托咐给马少奶奶，去找邱太太要主意。

邱太太为是表示个性强，始终不给客人开口的机会，专讲自己的事："老邱是打定了主意跟我过不去，我看出来了！回到家来东也不是，西也不是，脸上就没个笑容。什么又抱一个儿子吧，什么又辞职不干了吧，生命没有意思。这都是故意地指槐说柳。他是讨厌我了，我看得明明白白。早晚我是和他离婚，拿着我的资格，我才不怕！"

李太太乘机会插入一句："老李也不老实呢！"

邱太太赶紧接过来："他们没有老实的！可是有一层，你有儿有女，有家可归。我更困难，我虽然可以独立，自谋生活，可是到底没个小孩；自己过得天好，究竟是空虚，一个人恐怕太寂寞了，是不是？这么一想，我又不肯——不是不敢——和老邱大吵特吵了。困难！可是，我要不和他闹，又怕他学吴先生，硬往家里接姨太太！以我这个身分，叫人说我不能拴系住男人的心，受不了！真离婚吧，他才正乐意。困难！"

"我怎么办呢？"李太太问。

"跟老李吵！你和我就不同了；我被文学士拘束住，不肯动野蛮的。你和他吵，我作你的后盾！"

李太太运足了气回家预备冲锋。

五

不在太太处备案而把钱给了别人，是个太太就不能忍受这一手儿。李太太越想越生气。自己真是一心一意地过日子，而丈夫一给小赵就是二百五十，够买两三亩地的！还帮着吴先生欺侮吴太太！跟他干！邱太太的话虽然不好懂，可是她明明地说了，管我的后顿；有人管后顿，前顿还不好说？跟他吵。后盾改成后顿，李太太精神上物质上都有了倚靠。从乡下到大城里来，原想和和气气地过日子，谁想到他会这么坏；他的错，跟他干。一进屋门便把脑后的小辫披散开了，换上了旧衣裳，恐怕真打起来的时候把新衣撕了。饭也不去作，不过了！

老李刚走到院中，屋里已放了声哭起来。哭的虽然是“我的娘呀！”可是骂的都是老李。他看出事儿来得邪。听着她哭，不便生气。可是越听越不是味儿，不由得动了气。揍她！怎好意思？扯着头发，连踢带打？作不出。在屋里转了个圈，想把孩子们带出去吃饭，留下她一个人由着性儿哭。这是个主意。正要往外走，太太哭着过来了：“你别走，咱们得说开了！”有意打架。太太把吴邱两位太太所说的，从头至尾质问了一番。老李连哼也没有哼一声，不理。太太下不了台阶，人家不理。两张嘴都动作才能拌嘴，老李阴透了，只叫街坊听我一个人闹，他不言语！阴毒损坏！太太无法，只好自己打自己的嘴巴吧，拍，拍，自己抽了两个好的：“你个不知好歹的，没皮没脸，没人答理，你个臭娘们！”拍，拍，自己又找补上两个。

马家婆媳都跑过来，马老太太奔了李太太去：“我说，李太太，这是怎么了？别吓住孩子们呀！”

李太太看有人来解劝，更要露一手儿，拍，拍，又自己扯了两个：“不过了！不过了！没活头了！”

马少奶奶抱住菱，看了老李一眼。老李向她一惨笑，嘴唇颤着："马婶你给菱点吃的，我带英出去。"向来没和她这么说过话，他心中非常的痛快。"英，走！"黑小子拉着爸的手，又要落泪，又要笑，吸了两口气。

第十五

一

早莲初开，桃子刚染红了嘴唇。不漂亮的人也漂亮了些，男的至少有个新草帽，女的至少穿上件花大衫，夏天更自然一些，可以叫人不富而丽。小赵穿上新西服，领带花得像条热带的彩蛇。新黄皮鞋，底儿上加着白牙子。不得人心地响着。绸手绢上洒了香水，头发加了香蜡。一边走一边笑，看见女的立刻把眼珠放风筝似的放出去，把人家的后影都看得发毛咕。他心中比石榴花还红着一些，自己知道是世上最快乐的人。

到了北海。早莲在微风里张开三两个瓣儿，叶子还不密，花梗全身都清洁挺拔，倚风而立，花朵常向晴天绿水微微地点头。小赵立在玉石桥上，看一眼荷花，看一眼自己的领带，觉得花还没有他那么俊美。晴天绿水白莲，没有一样值得他欣赏的，他自己是宇宙的中心。他的西服，特别是那条花领带，是整个人类美与幸福的象征。他永不能静立看花，花是些死东西；看姑娘是最有趣的。你看她，她也看你；不看你也好，反正她不看你也得低低头；她一低头，你的心就痒痒一下！设若只有花没姑娘，小赵的心由哪里痒痒起？

他将全身筋肉全伸展到极度，有力而缓缓地走，使新鞋的声响都不折不扣地响到了家，每一声成了一个不得人心的单位。这样走有点累得慌，可是把新西服的棱角弯缝都十足地展示出去，自觉的脊背已挺得和龟板一样硬；只有这样才配穿西服；穿西服天然的不是为自己舒服，而是为美化社会。走得稳，可是头并不死板：走一步，头要像风扇似的转一圈，把四围值得看的东西——姑娘——全吸在自己眼中去。看见个下得去的，立刻由慢步改成快步，过去细看。被人家瞪一眼，或者是骂一句，心中特别的畅快——不虚此行。

不过，今天小赵的运动头部，确是有一定的目的。虽然也看随时遇见的姑娘，可是到底是附带的。小赵在把一个姑娘弄到手之前，只附带的看别的妇女。"爱要专，"他告诉自己。不过，遇到"可以"同时并举弄两个或三个姑娘的时候，他也不一定固执，通权达变。今天小赵的爱特别的专，因为这次弄的是个纯洁的女学生。往日，他对妇女是像买果子似的，捡着熟的挑；自要熟，有点玷儿也没关系，反正是弄到手又不自己存着，没有烂在手里的危险。今天他的确觉得应当兴奋一些，即使一向不会兴奋。这回是弄个刚红了个嘴的桃。小赵虽然不会兴奋，究竟心中不安定。他立在一株大松树下，思索起来："这回是完全留着自己吃呢，还是送给人？刚红了嘴的桃，中看不中吃，送人不见得合适。特别是送给军人们，他们爱本事好的，小桃不见得有本事。自己留着？万一留个一年半载，被人看见而向我索要，我肯给不肯呢？我会忌妒不会呢？两搭着，自是个好办法，可是万一她硬呢？不能，女人还硬到哪里去！这倒完全看咱小赵的了，“小赵，有人要你自己的太太，不是买来预备送人的，是真正的太太，你肯放手不肯呢？”他不能回答自己。

来了，她从远处走来！连小赵的心也居然跳得快了一些。往日买卖妇女是纯粹的钱货换手，除非买得特别便宜，是用不着动感情的。现在，是另一回事，没有介绍人从中撮合，而是完全自得一件宝贝，她笑着来找他，小赵觉出一点妇女的神秘与脆弱——不花钱买，她也会找上门来！容易！后悔以前不这样办，更微微有些怕这样得来的女子或者不易支配，心里可又有点向来没经验过的欣喜。

她像一朵半开的莲花，看着四围的风景，心里笑着，觉得一阵阵的小风都是为自己吹动的。风儿吹过去，带走自己身上一些香味，痛快，能在生命的初夏发出香味。左手夹着小蓝皮包，蓝得像一小块晴天，在自己的腋下。右手提着把小绿伞。袖只到肘际，一双藕似的胳臂。头发掩着右眼，骄慢地从发下瞭着一切。走得轻俏有力，脚大得使自己心里舒展，扁黑皮鞋，系着一道绊儿。傲慢，天真，欣喜，活泼，胖胖的，心里笑着，腮上的红色润透了不大点的一双笑涡。想着电影世界里的浪漫故事，又有点怕，又不肯怕；想着父母，头一仰，把掩着右眼的黑发——卷得像葡萄蔓上的嫩须——撩上去，就手儿把父母忘掉，甚至于有点反抗的决心。端起双肩，又爱又怕又虑又要反抗地吼了一口气，无聊，可是痛快了些。热气从红唇中逃出，似乎空虚，能脸对脸地，另有些热气吻到自己的唇上，和电影世界里的男女一个样，多么有趣！是，有趣！没有别的！一个热吻，生命的溪流中起了个小水花，不过如此，没别的。放出自己一点香味，接收一点男性的热力，至多是搂着吻一下，痛快一下，没别的。别的女友不就是这样么？小说里不是为接吻而设下绿草地与小树林么？电影里不是赤发女郎被吻过而给男人一个嘴巴么？不怕！看着自己的大脚，舒展，可爱，有力气，有什么可怕？

每次由学校回家的时候，总有些破学生在身后追着，破学生，袜子拧着花，一脖子泥！他和破学生不同了，多么有趣，什么也知道，也干净，告诉我多少事！况且，他还和善呢，救出哥哥来，必是哥哥的好朋友。可怜的天真哥哥，在狱里，洋服都破了，没有香烟吸，可怜！他的女朋友到狱里看过他没有？又想起一篇电影，天真在屋里，女的在外边，握着手狠命地吻手背！有趣！

"秀真妹，笛耳！"小赵的脑门与下巴挤到一块，只剩下两只耳朵没有完全扁了，用力纵着鼻子，所以眼珠没有掉出去。"我可以叫你笛耳吧？"

"随便，"秀真笑涡上那块红扩大了一些，撩了一下头发，看了松树上的山喜鹊一眼，向小赵一笑。

"那么，我就再叫一声，"小赵的唇在她耳前腮上那溜儿动，热气吹着了她的笑涡，"笛耳！"

她眼珠横走，打在他的鼻尖上，向自己一笑。

小赵知道不少英国字，在火车饭厅里时常和摆台的讨教，黄油，苏打水，冰激凌等都能不用中国话而要了来。"不用留洋去喝洋墨水，咱也会外国话！"他常向同事们这样说。他的穿西服，吃洋饭，也下过一番工夫，“你必得下工夫，”他劝告四十以上的人们，“连跳舞也得学着，这是学问！现在连军官里都有留学欧美的，不会还行？！”他所以胜过张大哥就在这一点上。张大哥并不比小赵笨，只是差着这么点新场面。张大哥会的小赵也会，小赵会的张大哥不会。张大哥没有前途，而小赵正自前程远大。秀真虽然不懂什么，也能看到这个：在家里，一切都守旧，拘束，虽然父亲给预备下新留声机片，可是不准跳舞；连买双皮鞋都得闹一场气。小赵呢，新旧都懂，什么事也知道。小赵接过她的小伞，两人并肩沿着“海”岸往北走。秀真的梦实现了一半。还想不到结婚，可是假如能和小赵结婚，大概也不错，什么都懂，多么会说话，笑得多么到家！有点贫气；可是看惯了或者也就觉不出来了。

秀真和小赵的身量差不多，或者还许比他高一点。从身体上看，他是年青的老头儿，她是个身体比年岁大的孩子。秀真还没有长成一定的模像，可是自己愿意显出成年的样子。圆脸，大眼睛，唇和笑涡显出无意的肉感的诱惑。四肢都很大，微微驼着背，大概是怕被人说个子太高。旗袍是按着胡蝶扮演阔小姐时那种风格作的；大扁皮鞋保持着中学生的样子。腿很粗，长于打篮球。头发烫成卷毛鸡，留下一大缕长的挡着右眼。设若天真是女的，秀真是男的，张大哥或者更满意一些。

“天真几时能出来？”她问。

“快，我已经给说妥了；公事不能十分快了，可是也慢不了。他太大意了，为人总得谨慎一点！”小赵郑重地说：“你看我，笛耳，自幼没人管，可是我始终没有堕落，也没给过人机会陷害我，虽然受苦与困难是免不了的。”他眼中含着泪。“少年要浪漫，也要老成。咱们的家庭都是旧式的，咱们自己又都是摩登的，我们就得设法调和这个，该浪漫的浪漫，该谨慎的谨慎，这才能有成功的希望，有真正的快乐。笛耳，以你说吧，还在求学时期，何必穿高跟鞋？你不穿，我一看就明白你有尺寸有见识。我自己，何必说我自己呢，以后你自会知道。”

秀真找不到话讲了，心里只剩了佩服小赵。想起接到男学生们的信，真是可笑，一脖子泥的小鬼们！不讲别的，只夸我几句，然后没结没完地述说他们自己，老说反抗家庭，其实没见过世面！看这个人，新的懂，旧的懂，受过苦，而没堕落！不，她不仅想和他游戏游戏了，她本能地觉到姑娘必有朝一日变成妇人，必定结婚。设若自己想结婚，必是要这么一个可靠的人，不要那一脖子泥专写情书的学生们。她越发觉得自己的大脚可爱了，他说这扁鞋好吗！他多么明白！但是不要和他往下说这个，说不过他；自己连世界上的最简单的事也不知道！学校里学过的功课，怎好说，一点意思也没有。家中的事，又不大知道。没的可说；他大概什么也会说！自己是个会打篮球的学生，他是个人物！呕，还说天真吧。“我不能再去看哥哥一回呀？”

“上次咱们去已经招他们不愿意，再去，不大合适，反正他快出来了。”

“我想给他送点口香糖去！”

“我设法给他送进去就是了，口香糖，”小赵向天想了想，“再添上点水果？都交给我了，我想法子找人送进去，咱们自己不便于再去。”

二

坐在五龙亭的西头那一间里。小赵要了汽水，鲜藕，鲜核桃。秀真不好意思吃，除了有时吃女同学们的水果，还没吃过男朋友的东西。写情书的小泥鬼们只能送给一个书签，或是把一朵干花夹在信里；没这么大大方方坐在一处过，所以又觉得不好意思不吃。虽然和父母逛过北海，喝过茶，可是那是什么味，这是什么味？这一次的吃东西似乎是有无穷无尽的意味，由这一次也许引起一百次，一千次，一辈子，在一块吃喝说笑！平日逛北海，就不愿意到五龙亭来，西边的破大殿里的破神像多么可怕！今天坐在这里也不觉得那么可怕了；赵先生多么殷勤可喜，和他在一块什么也不可怕。捏起块雪白的嫩藕，放在唇边，向他笑了笑，没的可说。

小赵给她个机会："学校快考试了吧？我现在要是在学校里，要命也考不上；功课全忘了！"

她心里舒服了，他也有比不上我的地方！他的功课都忘了，我在这一点上比他强。她说起学校的事来，一边说一边吃东西，顺手地往口中放，也不觉得不好意思了。他又要点心；不，不能再吃点心；应当请一请他；请他什么呢？不知道，也不好开口。不吃点心，不饿！况且，也该回学校了，快考试了！被熟人看见，再说，也不好意思。可是，他是我父亲的好朋友，我来是和他商议天真的事，就是被父母看见，也有的说。又舍不得走了，呆呆地坐着，脸上不由得发热。看着水边上的小蜻蜓，飞了飞，落在莲花瓣上；落了会儿，又飞起来。南边的大桥上，来来往往不断的人马，像张活动的图画。桥下有几只小船，男的穿白，一躬一躬地摇桨，女的藏在小花伞下面，安静，浪漫：一阵风带着荷香，从面上吹过。她收回神来，看他一眼，他的眼正钉着她的笑涡，两人的眼遇到一块，定了一定，轻轻地移开，茶房来收拾汽水瓶子。

“我们划船去？”

“我该回去了！”

“咱们不赁这小破船，上董事会去借好的！”

她未置可否，可是由他拿着小伞。

船停在柳阴下，她还打着小伞，看水中的倒影，正在自己的面部上浮着几个小鱼。

船上玩了半天，决定回学校去，可是小赵拦住她，非去一同吃饭不可。不好意思。可是赵先生决不拿自己当个小学生看，而是用成人对成人的那种客气劝留，所用的话正是父亲留客吃饭时用的那些。又不好意拒绝。人家拿成人待我，怎好和人家要孩子脾气。去吧。

要菜要饭，给饭钱与小账，小赵的神气与态度都那么老到，自然：决不像中学生那样羞羞愧愧地从小口袋里掏钱。秀真觉得处处比不上他，他懂得一切。吃完饭，无论怎样该回学校了，赵先生也不再拦阻，并且依着她的主张，二人在园内就分了手，她往南，他往北；他没坚决地要求陪她一同出去。大方，体谅。

一离开他，秀真觉得身上轻了好些，走得很快，似乎由成人又回到欢蹦乱跳打篮球的女学生。可是心里并没忘了他，有点怕他，又说不上他的毛病在哪块。一块儿吃汽水，划船，吃饭，一个梦境的实现，心里确是受了刺动。他不可怕，为什么怕他呢！他没说一句错话，他没偷偷地拉我的手，他不是坏人。他多么温柔！一边走一边思索，走着走着忽然立住，恍忽似乎丢了什么东西。摸了摸身上，想了想，什么也没丢，水里的影儿现出自己的伞：蹲下照了照脸，还是那样，胖胖的，笑涡旋着点红色。跟他在一块是没危险的。妈妈老嘱咐小心男人，那要看是哪个男人。跟好男人一块玩玩，有什么损害呢？立起来，向后撩了撩头发。身后走着一对夫妇，男的比女的大着许多，男的抱着个七八个月大的胖娃娃。秀真爱这个胖娃娃，愿意过去把娃娃接过来，抱一会儿。结婚一定是很有趣的。看了看那个女的，不见得比自己岁数大，小细手腕，可是乳部鼓鼓着；小妈妈，胖娃娃，好玩！胖娃娃转过脸向秀真笑了笑，跟着嘴里“不，不，”了两声。她又不好意思了，向前抢球似的跑了几步。跑到白塔的土基上，找了块大石，坐下，心里直跳，也有点乱。口中发渴，跑下来，喝了两碗酸梅汤。

三

小赵心中也没闲着，眼珠在心上炒豆儿似的直跳，觉得自己的那颗心确是有用，眼力也不差！“老眼，赶明儿真该给你配付眼镜，真有你的！”可是，“太嫩，恐怕中看不中吃！”管它呢，先玩一玩！买熟货起码就得二百出头，还得费工夫调教。这个货太嫩点，可是只费两瓶汽水与一顿饭呢！不用训练，自来美。时代是他妈的变了，女学生是比陈货鲜明：无论妓女怎打扮也赛不过学生们去。白布小衫也好，旗袍也好，总比窑姐儿们好看。小赵你得尝口鲜的，不要落伍，不要辜负了时代！衙门中那群玩艺，哪懂得这个？！小赵你是聪明，凡事无师自通，买陈货，吊姨太太，你会；玩女学生，你也会了！谁教给你的？妈的，赶明儿不上交民巷钓个洋妞才怪！用心，没有不成的事！

叫老吴玩那个破货去，小子，至多再叫你玩上一月，我要不把你送到五殿阎王那儿去，我是头蒜！我叫你先和方墩离了婚，然后再把那个破货弄回来，卖出去，哪怕赔几块钱卖呢，赌的是口气！你等着，小子，不叫你家破人亡连根儿烂，算小赵白活！

至于老李那小子，比吴太极更厉害点：可是你还能比小赵霸道，我的笛耳？我叫你不和赵先生，赵老爷，赵大人，合作！敢和我碰碰？真，瞎了你的狗眼！敢不在赵科员面前打招呼，而想在财政所作事？真？临完还成心找寻我，不许我弄张秀真？我看看你的！秀真笛耳，已经到了手；你的二百五十元，咱正花着；张大哥的房子，不久也过来！你？叫你吃不了兜着走！先叫方墩上衙门跟你闹个底儿掉，然后叫她上你那儿住个一年半载。你有所长的门子，哼，咱看看到底谁行。等你免了职，咱才和秀真结婚，给你个请帖！跟小赵叫劲？不知好歹！你知道小赵，赵老爷，将来有什么发展哪？就凭秀真一个人，我就能作所长，你大概不信？那么，你也许不知道，市长凭着什么作市长？你哪能知道，我的宝贝！你等着看小赵一手吧！谢谢你的二百五十块钱，专等再谢谢你来送婚礼，别只写付喜联呀，伙计！

小赵去吃了两杯冰激凌，心里和冰一样舒服。

第十六

一

老李带着英在外面足玩了半日，心中很痛快。也没向衙门里请假，也不惦记着家里，只顾和英各处玩耍。他看明白了：在这个社会里只能敷衍，而且要毫没出息地敷衍，连张大哥那种郑重其事的敷衍都走不通。他决定不管一切，只想和英痛快地玩半天。吃过了晚饭，英已累得睁不开眼。老李不想回家，可是又没法安置英；回去，她爱怎闹怎闹；把小孩子放在家里再说；闹得太不像样，我还可以出来，住旅馆去；没关系。

马少奶奶拉着菱在门口立着呢。太阳落后的余光把她的脸照得分外的亮，她穿着件长白布衫，拉着菱，菱穿着个小红短袖褂子。像一朵白莲带着个小红莲苞，老李心里说。菱跑过来拉爸，英扑过马婶去。“你们上哪儿啦，一去不回头？”她问英，自然也是问老李。他抱起菱来，“我们玩去了；家里不平安，就上外面玩去。”他的语气中所要表示的“我才不在乎”都被眼睛给破坏了。她正看着他的眼睛，他的眼神决不与语气一致。他也承认了这个，不行，不会对生命嬉皮笑脸；想敷衍，不在乎，不会！他知道她也明白这个。“菱，妈妈还闹不闹了？”他问，勉强地笑着，极难堪。

“妈嘴肿，不吃饭饭！”菱用小手打了爸脸两下：“打爸！菱不气妈，爸气妈！臭爸！臭呕——”菱用小手捣上鼻子。

老李又笑了，可是不好意进街门。

“您进去吧，没事啦。”马少奶奶淘气地一笑，好像逗着老李玩呢。

老李出了汗，恨不能把孩子放下，自己跑三天三夜去，跑到座荒山去当野人。可是抱着菱进了门。英也跟进来，剩下马婶自己在门外立着。老李回头看了一眼，她脑后的小辫不见了，头发剪得很齐，更好看了些。

李太太在屋里躺着呢。英进去报告一切，妈也不答理。

“爸，你给我买好吃没有？”菱审问着爸。

爸忘了。忽然地想起来：“菱你等着，爸给买好吃去。”放下菱，跑出来。跑到门洞，马少奶奶把门对好，正往里走。

“您又上哪儿？”她往旁边一躲。

“我出去住两天，等她不犯病了我再回来。受不了这个！”

“这才瞎闹呢。”

“怎么！？”他的声音很低，可是带着怒气，好像要和她打架似的。

她愣了一会，“为我，您也别走。”

“怎么？”这个比它的前人柔和着多少倍。

“马有信来，说，快回来了。一定得吵。”

“怎么？”

“他一定带回那个女的来。”

“信上说着？”

“不是。”

“你——您怎么知道？”

“我心里觉出来，他必把她带回来：还不得吵？”门洞虽然黑，可是看见她笑了——也不十分自然。

“我不走好了，我专等和谁打一通呢！你不用怕。”

“我有什么可怕的？不过院里有个男的，或者不至于由着马的性儿反。”

“他很能闹事？”

她点了点头。“好吧，您还出去不？”

“出去给菱买点吃的，就回来。”他开开门，进了些日落后的软光。门外变了样，世界变了样，空气中含着浪漫的颜色与味道。

二

财政所来了位堂客，身子是方块，项上顶着个白球，像刚由石灰水里捞出来。要见所长。传达处的工友问什么事，白球不出声。丁友拒绝代为通报，脸上挨了个嘴巴。工友捣着脸去找所长，所长转开了眼珠：“叫巡警把她撵开！”继而一想，男女平权的时代，不宜得罪女人，况且知道她是谁？“请赵科员代见。”小赵很高兴地来到会客厅，接见女客，美差？及至女客进来，他瞪了眼，吴太太！

“好了，你叫我来闹，我来了，怎么闹吧？你说！”方墩太太坐下了。工友为是保护科员，在一旁侍立，全听了去。

“李顺，走！”赵科员发了令。

“嗻！”李顺很不愿意出去，可是不敢违抗命令。

“大姐，你算糟到家了！”小赵把李顺送了出去，关上门，对方墩说：“不是叫你见所长吗？”

“他不见我，我有什么法儿呢？”

“不见你，你就在门口嚷啊。姓李的，你出来！你把吴科员顶下去，一人吃两份薪水！还叫我们离婚！我跟你见个高低！就这么嚷呀。嚷完，往门框上就拴绳子，上吊！就是所长不见你，你这么一嚷还传不到他耳里去？他知道了，全所的人都知道了；就是所长不免他的职，他自己还不滚蛋？你算糟透了；见我干吗呀！？”

“我没要见你呀！你干吗出来？”

“嘿！糟心！你赶紧走，我另想办法。反正有咱们，没老李；有他，没咱们！走吧。家中等我去。”

小赵笑着，规规矩矩把方墩太太送到大门，极官派地鞠躬：“再会，吴太太；回来我和所长详说，就是。”转过脸来：“李顺，这儿来！你敢走漏一个字，我要你的命！”

小赵非常的悲观。成败倒不算什么，可气的是人们怎这么饭桶。拿方墩说，就连衙门外嚷嚷一阵都不会，怎么长那身方肉来着呢！头一炮就没响。要不怎么这群人不会成功呢，把着手儿教，到时候还弄砸了锅。小赵很愿意想出一种新教育来，给这群糟蛋一些新的训练。“你等着，”他告诉自己，“等小赵作了教育总长再说！”

三

老李和太太没正式宣战而断绝了国交。三天，谁也没理谁。他心中，可是，并没和太太叫劲。他一心一意地希望着马先生快回来，看看人家这会浪漫的到底是长着几个鼻子；心中有所盼望，所以不说话也不觉得特别的寂寞。除了这件事，他还惦记着张大哥。到底小赵是卖什么药呢？天真还没有放出来！张大哥太可怜了，整天际把生命放在手里捧着，临完会像水似的从指缝间漏下去！单单地捉去他的儿子；哪怕一把火烧了他的房呢，连硬木椅子都烧成焦炭呢，张大哥还能立起来，哪怕是穿着旧布衫在街上去算命合婚呢，他还能那么干净和气，还能再买上一座小房；儿子，另一回事。奇怪，那么个儿子会使张大哥跌倒不想往起爬！假如英丢失了，我怎样？老李问自己。难过是当然的，想不出什么超于难过的事。时代的关系？夫妻间的爱不够？张大哥比我更布尔乔亚？算了吧，看看张大哥去。

自迁都后，西单牌楼渐渐成了繁闹的所在，虽然在实力上还远不及东安市场一带。东安市场一带是暗中被洋布尔乔亚气充满，几乎可以够上贵族的风味。西单，在另一方面，是国产布尔乔亚，有些地方——像烙饼摊子与大碗芝麻酱面等——还是普罗的。因此，在普通人们看，它更足以使人舒服，因为多着些本地风光。它还没梦想到有个北京饭店，或是乌利文洋行。咖啡馆的女招待，百货店的日本货，戴一顶新草帽或穿一双白帆布鞋就可以出些风头的男女学生，各色的青菜瓜果，便宜坊的烧鸭，羊肉馅包子，插瓶的美人焦与晚香玉，都奇妙地调和在一处，乱而舒服，热闹而不太奢华，浪漫而又平凡。特别是夕阳擦山的前后，姑娘们都穿出夏日最得意的花衫，卖酸梅汤的冰盏敲得轻脆而紧张，西瓜的吆喝长而多颤；偶尔有一阵凉风；天上的余光未退，铺中的电灯已亮；人气车声汗味中裹着点香粉或花露水味，使人迷惘而高兴，袋中没有一文钱也可以享受一些什么。真正有钱的人们只能坐着车由马路中心，擦着满是汗味的电车，向长安街的沥青大路驰去，响着车铃或喇叭。

老李永不会欣赏这个。他最讨厌中等阶级的无聊与热闹。可是在他的灵魂的深处，他有点贵族气。他沿着马路边儿走，不肯和两旁的人群去挤。快到了堂子胡同，他的右臂被人抓住。丁二爷。

“啊，李先生——”丁二爷的舌头似乎不大利落，脸上通红，抓着老李的右臂还晃了两晃，“李先生，我又在这儿遛酒味呢！又喝了点，又喝了点。李先生，上次你请我喝酒，我谢谢你！这是第二次，记得清楚，很清楚。还能再喝点呢，有事，心中有事。”他指了指胸口。

老李直觉地嗅出一点奇异的味道，他半拉半扯地把丁二爷架到一个小饭铺。

又喝了两盅，丁二爷的神色与往日决不相同了，他居然会立起眉毛来。“李先生，秀真！”他把嘴放在老李的耳边，可是声音并没放低，震得老李的耳朵直嗡嗡。“秀真！”

“她怎么了？”老李就势往后撤了撤身子，躲开丁二爷的嘴。

“我懂得妇女，很懂得。我和你说过我自己的事？”

老李点了点头。

“我会看她们的眼睛，和走路的神气，很会看。”他急忙吞了一口酒。“秀真回来了，今天。眼睛，神气，我看明白了。姑娘们等着出阁是一样，要私自闹事又是一个样，我看得出。秀真，小丫头，我把她抱大了的，现在——”丁二爷点着头，不言语了，似乎是追想昔年的事。

“现在怎样？”老李急于往下听。

“哎！”丁二爷的叹气与酒盅一齐由唇上落下。“哎！她一进门，我就看出来，有点不对，不对。她不走，往前摆，看着自己的大脚微笑！不对！我的小鸟们也看出来了，忽然一齐叫了一阵，忽然地！我把秀真叫到我的屋里；多少日子她没到过我屋里了！小的时候，一天到晚找丁叔，小丫头！我盘问她，用着好话：她说了，她和小赵！”

“和小赵怎着？”老李的大眼似乎永远不会瞪圆，居然瞪圆了。

“一块出去过，不止一次了，不止。”

“没别的事？”

“还没有；也快！秀真还斗得过他？”

“嘿！”

“哎！妇女，”丁二爷摇着头，“妇女太容易，也太难。容易，容易得像个熟瓜，一摸就破；难，比上天还难！我就常想，左不没事吧，没事我就常想，我的小鸟们也帮着我想，非到有朝一日，有朝一日男女完全随便，男女的事儿不能消停了。一个守一个，非捣乱不可。我就常这么想。”

老李很佩服丁二爷，可是顾不及去讨论这个。“怎办呢？”

“怎办？丁二有主意，不然，丁二还想不起喝酒。咱们现在男女还不能敞开儿随便：儿女一随便，父母就受不了。咱们得帮帮张大哥。我准知道，秀真要是跟小赵跑了，张大哥必得疯了，必得！我有主意，揍小赵！他要是个好小子，那就另一回事了，秀真跟他就跟他。女的要看上个男的，劝不来，劝不来，我经验过！不过，秀真还太小，她对我说，她觉得小赵好玩。好玩？小赵？我揍他！廿年前我自己那一回事，是我的错，不敢揍！我吃了张大哥快廿年了，得报答报答他，很得！我揍小赵！”

“揍完了呢？”老李问。

“揍就把他揍死呀！他带着口气还行，你越揍他，秀真越爱他，妇女吗！一揍把他揍回老家去，秀真姑娘过个十天半月也就忘了他，顶好的法儿，顶好！劝，劝不来！”

“你自己呢？”老李很关切地问。

“他死，我还想活着？活着有什么味！没味，很没味！这廿年已经是多活，没意思。喝一盅，李先生，这是我最后的一盅，和知己的朋友一块儿喝，请！”

老李陪了他一盅。

“好了，李先生，我该走了。”丁二爷可是没动，手按着酒盅想了会儿：“啊，我那几个小黄鸟。等我——的时候，李先生，把它们给英养着玩吧。没别的事了。”

老李想和他用力地握握手，可是愣在那里，没动。

丁二爷晃出两步去，又退回来：“李先生，李先生，”脸更红了，“李先生，借给我俩钱，万一得买把家伙呢。”

四

老李不想去看张大哥了；丁二爷的言语像胶在他的脑中，他不知道是钦佩丁二爷好，还是可怜他好。可是他始终没想起去拦阻丁二爷，好像有人能去惩治小赵是世上最好的一件事。他觉得有点惭愧，为什么自己不去和小赵干？唯一的回答似乎是——有家小的吃累，不能舍命，不是不敢。但是，就凭那样一位夫人，也值得牺牲了自己，一生作个没起色，没豪气的平常人？自己远不如丁二爷，自己才是带着口气的活废物。什么也不敢得罪，连小赵都不敢得罪，只为那个破家，三天没和太太说话！他越看不起自己，越觉得不认识自己，“到底会干些什么？”他问自己。什么也不会。学问，和生活似乎没多大关系。在衙门里作事用不着学问。思想，没有行为，思想只足以使人迷惘。最足以自慰的是自己的心好，可是心好有什么标准？有什么用处？好心要是使自己懦弱，随俗，敷衍，还不如坏心。他低着头在暮色中慢慢地走，街上的一切声音动作只是嘈杂紊乱，没有半点意义。一直走到北城根，看见了黑糊糊的城墙，才知道他是活着，而且是走到了“此路不通”的所在。他立住，抬头看着城墙上的星们。四外没有什么人声了，连灯光也不多。垂柳似乎要睡，星非常的明。他入了另一个世界。一个没有人，没有无聊的争执，连无聊的诗歌也没有的世界：只有绿柳伴着明星，轻风吹着小萍，到静到连莲花都懒得放香味的时候，才从远处来一两声鸡鸣，或一两点由星光降下的雨点，叫世界都入了个朦胧的状态。呆立了许久，他似乎醒过来。叹了口气，坐在地上。

地上还有些未散尽的热气，坐着不甚舒服，可是他懒得动。南边的天上一团红雾，亮而阴惨。远处，似乎是由那团红雾里，来的一些声音，沙沙的分辨不清是什么，只是沙沙的，像宇宙磨着点儿什么东西，使人烦恼而又有些希冀，一些在生死之间的响声。他低下头不再看。想起幼年在乡间的光景。麦秋后的夏晚，他抱着本书在屋中念，小灯四围多少小虫，绿的，黄的，土色的，还有一两个带花斑的蛾子，向灯罩进攻。别人都在门外树下乘凉。“学生”，人们不提他的名字，对他表示着敬意。十四五岁进城去读书，自觉的是“学生”了，家族，甚至全国全世界的光荣，都在他的书本上；多识一个字便离家庭的人们更远一些，可是和世界接近一点。读了些剑侠小说也没把他的“学生”的希冀忘掉了，虽然在必不得已的时候也摹仿着剑侠和同学们打一架，甚至于被校长给记过一次，“学生”的耻辱。

到北平去！头一次见着北平就远远看见那么一团红雾，好像这个大城是在云间，自己是往天上飞。大学生，还是学生，可是在云里，是将来社会国家的天使，从云中飞降下来，把人们都提起，离开那污浊的尘土。结了婚：本想反抗父母，不回家结婚，可又不肯，大学生的力量是伟大的，可以改革一切：一个乡下女子到自己手里至少也会变成仙女，一同到云中去。毕了业，戴上方帽子照了像，嘴角上有点笑意，只是眼睛有点发呆。找事作了，什么也可以作，凭着良心作，总会有益于人的。只是不能回乡间去种地，高粱与玉米至高不过几尺高，而自己是要登云路的。有机会去革命，但是近于破坏；流血也显着太不人情，虽然极看不起社会上的一切。我不入地狱，谁入地狱？于是入了地狱，至今也没得出来，鬼是越来越多，自己的脸皮也烧得乌黑。非打破地狱不可！可是想打破地狱的大有人在，而且全是带走一批黑鬼，过了些日子又依旧回来，比原先还黑了三倍，再也不想出去。管自己吧，和张大哥学。张大哥是地狱中最安分的笑脸鬼。接来家眷，神差鬼使地把她接来，有了女鬼，地狱更透着黑暗，三天谁也不理谁！就着鬼世界的一切去浪漫吧，胆子不知为什么那样小，或者是傲慢不屑？谁知道！又看见了那团红雾，北平没在天上，原来；是地狱的阴火，沙沙地，烧着活鬼，有皮有肉的活鬼，有的还很胖，方墩，举个例说。

不敢再想！没有将来，想它作甚？将来至好不过像张大哥——闭门家中坐，祸从天上来。地狱的生活本是惩罚。小赵应当得意；丁二爷是多事，以鬼杀鬼，钢刀怎会见血？！自己抓不到任何东西，眼前是那团红雾，背后是城墙；幸而天上有星——最没用的大萤火虫们！好像听见父亲叱牛的声音。父亲抓住了一块地，把一生的汗都滴在那里。可是父亲那块地也保不住，假如世界是地狱的话。收庄稼的时候，地狱的火会烧得更痛快，忽，一阵风，十里百里一会儿燎尽！连根麦杆也剩不下！

极慢地立起来，四围没有一个人，低着头走。向东沿着河沿走，地上很湿软，垂柳像摇篮似的轻摆，似乎要把全城摇入梦境。柳树后出来一个黑影，极轻快地贴住他的肩，一股贱而难过的香味。“家去坐坐，不远；茶钱随意。”一个女的声音，可是干裂，难听，像是伤风刚好的样子。老李本能地躲了躲，她紧往前跟。

他摸了摸袋中，只剩了几角钱的票子，抓了出来，塞在她的手中。“不家去呀？”她说着把手放下去。他的嗓中堵块石子，深一脚浅一脚地快走。又找到大街，他放慢了脚步。“地狱里的规矩人！”他叫着自己。回去，她一定还没走呢，把手表也给了她。没敢回去。一个手表救不了任何人。借着路灯看了看，已经十二点半。

五

他两天没到衙门去，一来是为在家中等着那个浪漫的马先生，二来是打不起精神去作事。连丁二爷都能成个英雄，而老李是完全被“科员”给拿住，好像在笼里住惯的小鸟，打开笼门也不敢往出飞；硬不去两天试试，散了就散了，没关系！在他心的深处，他似乎很怕变成张大哥第二——“科员”了一辈子，以至于对自己的事都一点也不敢豪横，正像住惯了笼子的鸟，遇到危险便闭目受死，连叫一声也不敢：平日的歌叫只为讨人们的欢心。他怕这个。他知道他已经被北平给捆起来，应当设法把翅膀抽出来，到空中飞一会儿。绝对地否认北平是文化的中心，虽然北平确是有许多可爱的地方。设若一种文化能使人沉醉，还不如使人觉到危险。老李不喜欢喝咖啡，一小杯咖啡便叫他一夜不能睡好。现在他决定要些生命的咖啡，苦涩，深黑，会踢动神经。北平太像牛乳，而且已经有点发酸。

跟太太还不过话，没关系。“科员化”的家庭，吵嘴都应低声的；不出一声岂不更好？心中越难过，越觉得太太讨厌。她不出声，正好，省得时时刻刻觉到她的存在。将来死了埋在一处，也不过是如此，一直到俩人的棺材烂了，骨头挨着骨头，还是相对无言，至于永久；好吧，先在活着的时候练习练习这个。就怕有朋友来，被人家看破，不好意思，“科员”！管它呢，谁爱来谁来，说不定连朋友也骂一顿；有什么可敷衍的？

邱太太来了。纸板似的，好像专会往别人家的苦恼里挤。老李想把她撵出去，可是不敢：得陪着说话，无论如何无聊！

“李先生，我来问你，你看邱真有意学学吴先生吗？”两槽牙全露出来。

“不知道。”

“哼！你们男人都互相地帮忙，有团体！我才不怕，离婚，正好！”

“干吗再说，那么？”老李心中说。

邱太太到屋里去找李太太。老李看出，自己应该出去遛遛；科员不便和另一科员的太太起什么冲突。拉着英出去了。

上哪儿去？想起北城根那个女人。哪能那么巧又遇上她。遇上，也不认识呀；在半夜里遇见的。可怜的姑娘，也许是个媳妇。她为什么不跳在河沟里？谁肯！老李你自己肯把生命卖给那个怪物衙门，她为什么不可以卖？焉知她不是为奉养一个老母亲，或是供给一个读书的弟弟？善心与黑暗遇上便是悲剧。

找张大哥去？不愿意去，也不好意思去，天真还没出来。到底小赵是怎回事？为什么不去提着小赵的耳朵，把实话揍出来？饭桶，糟蛋，老李！

买了个极大的三白香瓜，堵上英的嘴，没目的而又非走不可地瞎走。

第十七

一

半夜里，张大哥把大嫂推醒，“我作了个梦，我作了个梦。”他说了两遍，为是等她醒明白了再往下说。

“什么梦？”她打了个哈欠。

“梦见天真回来了。”

“梦是心头想。”

张大哥愣了一会儿。“梦见他回来了，顶喜欢的。待了一会儿，秀真也来了。秀真该来了，不是应当放暑假了吗？”

“七月一号才完事呢，还有两三天了。”

“啊！我梦见她回来了，也挺喜欢的。待了一会儿，仿佛咱们是办喜事，院子里搭起席棚，上着喜字的玻璃，厨子王二来了，亲友也来了，还送来不少汽水。秀真出门子，给的是谁？你猜！”

“我怎会猜着你的梦？”

张大哥又愣了一会儿。“小赵！给的是小赵！他穿着西服，胸前挂着大红花，来迎亲。我恍忽似乎看见吴太极，邱先生，孙先生们都在西屋外边立着，吸着烟卷。他们的眼睛，我记得清楚极了，都钉着我，好像在万牲园里看猴子那样，脸上都带着点轻视我的笑意。我看见小赵进来，又看见他们大家那样笑我，我的心要裂了。我回头看了看，秀真在堂屋立着呢，没有打扮起来，还穿着学校的制服。她不哭也不笑，就是在那儿立着，像傀儡戏里的那个配角，立在一旁，一点动作没有。我找你，也找不到。我转了好几个圈。你记得咱们那条老黄狗？不是到夏天自己咬不着身上的狗蝇就转圈，又急又没办法？我就是那个样。我想揍小赵；一生没打过架，胳臂抬也抬不起，净剩了哆嗦了。小赵向我笑了。我就往后退，挡住了秀真。我想拉起她往外跑，小赵正堵住门。吴太极们都在他身后指着我笑。我拉着她往后退。正在这个当儿，门外咚——响了一声，震天震地的，像一个霹雳。我就醒了。什么意思呢？什么意思呢？”

“没事！横是天真快出来了。我明个早晨给他的屋子收拾出来。”张大嫂安慰着丈夫，同时也安慰着自己。

“梦来得奇怪，我不放心秀真！”

“她，没事！在学校里正考书，还能有什么事？”大嫂很坚决地说，可是自己也不相信这些话。

张大哥不言语了。帐子外边有个蚊子飞来飞去地响着。待了好大半天，他问：“你还醒着哪？”

“睡不着了；蚊子也不是在帐子里边不是？”

他顾不到蚊子的问题。“我说，万一小赵非要秀真不可呢？”

“何必信梦话呢！不是老李和他说好了吗？”

“梦不梦的，万一呢！老李这两天也没来！”

“衙门也许事儿忙，这两天。”

“也许。我问你，万一小赵非那么办不可，你怎着？”

“我？我不能把秀儿给他！”

“不给他，天真就出不来呢？”张大哥紧了一句。

“那——”

“哎！”张大哥又不言语了。

夫妻俩全思索着，蚊子在帐子外飞来飞去地响。

大嫂先说了话：“我的女儿不能给他！”

“儿子可以不要了？”

“我也不是不爱儿子，可是——”

“他要是明媒正娶地办；自然这口气不好受，可是——”

“命中没儿子就是没儿子；女儿是可以不——”

“不用说了，”张大哥有点带怒了，“不用说了！命该如此就结了！我姓张的算完了；拿刀剁小赵个兔崽子！”

多少多少年了，张大哥没用过“兔崽子”。“拿刀剁”？只能说说。他不能再睡。往事一片一片地落在眼前。自己少年时的努力，家庭的建设，朋友的交往，生儿女的欣喜，作媒的成功，对社会规法的履行，财产购置……无缘无故地祸从天降！自从幼年，经过多少次变乱，多少回革命，自己总没跌倒，财产也没损失，连北京改成北平那么大的变动都没影响到自己，现在？北京改名北平的时节，他以为世界到了末日，可是个人的生活并没有摇动。现在！不明白，什么也不明白；小赵比他小着二十多岁。小赵是飞机，张大哥是骡车；骡车本不想去追飞机，可是飞机掷下的炸弹是没眼睛的。骡车被炸得纷碎。他想起前二年在顺治门里，一辆汽车碰死一匹老驴。汽车来到跟前，老驴双腿跪下了，瘫了，两只大眼睛看着车轮轧在自己的头上，一汪血，动也没动，眼还睁着！那匹老驴也许是在妙峰山的香会上，白云观神路上，戴着串铃，新鞍鞊，毛像缎子似的，鼻孔张着，飞走，踢起轻松的尘沙，博得游人的彩声。汽车来了，瞪着眼，瘫在那里！张大哥听见远处的鸡鸣，窗纸微微发青，不能睡，不能！自己是那个老驴，跪到小赵的身前，求他抬手，饶了他；必不得已，连秀真饶上也可以；儿子的价值比女儿高。大嫂也没睡。

二

大嫂来找老李，到底小赵是怎回事？她拿出有小赵签字的纸条，告诉老李，张大哥作了个恶梦。

李太太看见亲家来了，不得不和丈夫一同接见。丈夫的眼神非常的可怕，像看见老鼠的猫，全身的力量都运到眼上。老李还不出话来。大嫂的脸，虽然勉强笑着，分明带着隔夜的泪痕。她不但关心天真，而且问老李："秀儿是不是准没危险？"老李回答不出。他的唇白了，脑门上出了热汗，眼睛极可怕。生平不爱管闲事，虽然心中愿意打个抱不平；一旦自动地给人帮忙，原来连半点本领也没有，叫小赵由着性戏弄；自己是天生来的糟蛋！什么事都由着别人，自己就没个主张？穿衣服，结婚，接家眷，生，死，都听别人的。连和太太大声嚷几句都不敢。地道糟蛋。只顾了想自己的事，张大嫂又说了什么，没听见。自己要说点什么，说不出，嘴唇只管自张自闭，像浅木盆里的挣扎性命的鱼！

大嫂还勉强笑着逗一逗干女儿，摸着菱的胖葫芦脸。摸着摸着哭起来，想起秀真幼时的光景。李太太也陪着落泪，自己一肚子的冤屈还没和大嫂诉说。丈夫的眼神非常的可怕，不敢多哭，而且得劝住张大嫂。

正在这个时节，吴太太来了，进了屋门就哭。方墩的脸上青了好几块，右眼上一个大黑圈。“我活不成了，活不成了！”看见张大嫂也在这里，更觉得势力雄厚些：“老李，你不叫我活着，我也叫你平安不了。吴小子虽然厉害，向来没打过我；现在，你看看，看看！”她指着脸上的伤。“都是你，你把他顶下来，你叫他和我离婚：今天就是今天了，咱们俩上当街说去！”

李太太为这个自己打过一顿嘴巴，可是始终没和丈夫闹破。自然哪，丈夫心里有病；不说，他自己还不明白？他心里明白，假装糊涂，好几天不理我？吴太太来得好，跟他闹，看他怎样！自给小赵二百五十块钱，够买两三亩地的！

老李莫名其妙。一句话没有。嘴一张一闭。汗衫贴在背上，像刚被雨淋过的。

张大嫂问了方墩几句。把自己的委屈暂放在下层，打住了泪，为老李辩护。“这是小赵写的，我不都认识，我明白其中的意思。老李为我们给了他二百五十块钱。为我们把他自己押给小赵。老李会顶了吴先生？老李会叫吴先生跟你离婚？我家里闹了事，你们连问也不问，就是老李是个好人，我告诉你吴太太！买房子？老李买我们的房子？小赵要的报酬！小赵是你们家的人，不是个东西！”大嫂把几个月的怨气恨不能都照顾了方墩，心中痛快了些。

方墩不言语了。可是泪更多了：“反正我挨了打！”心里头说：“不能这么白挨！”

李太太瞪了眼，幸而没向大嫂说这回事。丈夫的眼神非常的可怕，吴先生可以揍吴太太，焉知老李不拿我杀气？

老李一声也不响，虽然大嫂把方墩说得闭口无言，可是心中越发觉得无聊。这群妇人们，小赵！自己是好人，没用！

张大嫂又给方墩出了主意，“找小赵去！跟他拼命，你要是治服了他，吴先生再也不敢打你。我的当家子的也把差事搁下了，难道也是老李的坏？”

“小赵还叫我上衙门闹去呢！”方墩心里说。待了会儿对两位太太说：“我谁也不怨，只怨我不该留下那个小妖精！我没挨过打，没挨过！”她觉得一世的英名付于流水。“没完，我家去，我死给他们看看，我谁也不怨，”她设法张开带黑圈的眼看了老李一下，似乎是道歉，“我走了。我死后，只求你姐们给我烧张纸去！”

方墩走后，李太太乘着张大嫂没走，设法和丈夫说话，打开僵局。有客人在座，比较的容易些，可是老李还是没理她。

三

小赵第一没有任何宗教信仰，第二没有道德观念，第三不信什么主义，第四不承认人应有良心，第五不向任何人负任何责任，按说他可以完全无忧无虑，而一人有钱，天下太平了。不过，人心总是肉长的，小赵的心不幸也是肉长的，这真叫他无可如何地自怜自叹自恨。对于秀真，他居然有一点为难！本来早就可以把她诱到个地方，使她变成个妇人；可是不知为了什么，他还没下手。人的心不能使人成为超人；小赵恨自己。她比别的妇人都容易弄到手，别的妇女得花钱，定计，写契证；她完全白来，一瓶汽水，几声笛耳，带她看了趟天真，行了。可是他不敢下手，他不认识了自己。

他向来不为难，定计策是纯粹理智的，用不着感情：成功与失败是凭用计的详密活动与否，也不受良心的责备与监视。成功便得点便宜，失败就损失点：失败了再干，用不着为难。秀真有点与众不同，简单得像个大布娃娃，不用小赵费半点思想。也许是理智清闲起来，感情就来作怪，小赵像拿惯了老鼠的猫，这回捉住了个小的，不肯一口吞下，而想逗弄着玩，明知道这是不妥，甚至于是不对，可是不肯下手。假如这么软弱下去，将来也许有失去捕鼠能力的可能！小赵没了主意。她的眼睛鼻子笑涡，连那双大脚，都叫他想到是个“女子”，不是“货物”。他常想他的母亲和他的父亲也不过是那么一回事，但是他不肯随便骂自己的亲娘。对于秀真也有这么点。他觉得秀真应当和他有点人与人的关系，不是人与货物的关系。一向他拿女的当作机器，或是与对不很贵的磁瓶有同等的作用与价值。秀真会使他的心动了动。他非常奇怪地发现了自己身上有种比猫捕鼠玄虚一些的东西。他要留着秀真，永远满足他的肉欲，而不随手地扔了她。这便奇怪得很。这是要由小赵而变成张大哥——张大哥有什么出息？！这是要由享受而去负责任，由充分的自由而改成有家有室，将来还要生儿养女。因此得留着秀真的身子，因为小赵是要为自己娶太太。他觉着非常的可笑，同时又觉着其中或者另有滋味，她确是与众不同。但是，为了这点玄虚的东西而牺牲了个人的事业，上算不上算？把秀真送出去，至少来几千，先不用说升官。小赵为了难。思想还是清楚的，不过这一回每当一思索就有点别的东西来裹乱。性欲的问题，在小赵本不成问题。现在生要为这个问题而永远管一个女子叫笛耳，太不上算；吃着他，喝着他，养了孩子他喂着，还得天天陪上几声笛耳，糊涂！可是秀真有股子奇怪的劲，叫他想到，老管她叫笛耳是件舒服事，有一个半个小小赵，她养的，也许有趣味。他是上了当。不该钩搭这么个小妖精。后悔也不行，他极愿意去和她一块走走逛逛，看看她的一双大脚。那双大脚踩住了他的命，仿佛是。妇女本来都是抽象的，现在有一个成为具体的，有一定的笑涡，大脚，香气，贴在他的心上，好像那年他害肚子疼贴的那张回春膏。虽然贴着有些麻烦，可是还不能不承认那是自己身上的一部分，它叫肚皮发痒，给内部一些热气；一贴膏药叫人相信自己的肚子有了依靠。一块钱一贴；在肚子上值一万金子，特别在肚子正疼的时候。秀真是张贴心房的膏药。可是小赵不承认心中有什么病。为难！

丁二爷找到小赵。

“赵先生，”丁二爷叫，仿佛称呼别人“先生”是件极体面的事，“赵先生！”

“丁二吗？有什么事？”小赵是有分寸的，丁二爷只是“丁二”，无须加以客气地称呼。

“秀姑娘叫我来的。”

“什么？”

“秀姑娘叫我来的。”

“哪个秀姑娘？”小赵的眼珠没练习着跳高，而是死鱼似的瞪着丁二爷。他最讨厌别人知道了自己的事。

“秀真，秀真，我的侄女秀真。”丁二爷好像故意的讨厌。

“你的侄女？”小赵真似乎把秀真忘了，丁二的侄女，哼！

“我把她抱大了的，真的，一点不假。我的事她知道，她的事我知道。您和她的事我也知道。她叫我找您来了。”

小赵非常地不得劲，很有意把丁二枪毙了，以绝后患。“找我干吗？啊，别人知道不知道？”

“别人怎能知道，她就是和我说知心话，我的嘴严，很严，像个石头子。”

“不要你的命，你敢和别人说！”

“决不说，决不说，丁二都仗着你们老爷维持。那回您不是赏了我一块钱？忘不了，老记着。”

“快说，到底有什么事？”小赵减了些猜疑，可是增加了些不耐烦；丁二是到梆到底的讨厌鬼。

“是这么回事！”

“快着，三言两语，别拉锯，赵先生没工夫！”

“秀真一半天就搬回家来，出入可就不大方便了，叫您快想主意。她说，顶好您设法先把天真放出来，然后您向张大哥要求这回婚事。成也得成，不成也得成。秀姑娘说了，她自己也和父亲母亲要求；父母不答应，她就上吊。可是天真得先出来，不然她没话向父母说。”

“好啦，去你的，我快着办。给你这块钱，”小赵把张钱票扔在地上。“留神你的命，自要你一跟别人提这个，噗，一刀两断，听见没有？”

丁二爷把票子拾了起来。“谢谢，赵先生，谢谢！决不对别人说！您可快着点！秀姑娘真不坏，真不坏。郎才女貌！赵先生，丁二等吃喜酒！以后您有什么信传给秀姑娘，找我丁二，妥当，准保妥当！”

小赵心里怎么也不是味。不肯承认自己是落在情网中；赵先生被个蜘蛛拿住？赵先生像小绿蝇似的在蛛网上挣扎？没有的事！可是丁二的末几句话使他心中痒了痒——吃喜酒，郎才女貌！人还不易逃出人类的通病，小赵恨自己太软弱。可是洞房花烛夜，吻着那双大脚，准保没被别人吻过的；她脸上红着，两个笑涡像两朵小海棠花！以前经历过的女人都像木板似的，压在她们身上都觉不出一点弹性！小赵没办法，没法把心掏出来，换上块又硬又光的大石卵。

四

丁二爷一辈子没撒过谎，这是头一次。他非常的兴奋。说了谎，而且是对大家所不敢惹的小赵说的！还白捡了一块钱，生命确是有趣的。大概把小赵揍死，也许什么事没有？谁知道！天下的事只怕没人作；作出来不一定准好或是准坏，就怕不作。丁二爷想起过去的事；假如少年的时候，遇上事敢作，也许不至成为废物？他有点后悔。好吧，现在拿小赵试试手。小赵一点也没看起咱，给他个冷不防！丁二爷没想到自己是要作个英雄，他自己知道自己，英雄与丁二联不到一处。只是要试试手，试好了便算附带地酬报了张大哥，试不好——谁知道怎样呢！过去是一片雾，将来是一片雾，现在，只有现在，似乎在哪儿有点阳光。秀真，小丫头，也确是可爱！要是自己的儿子还跟着自己，大概还许和她定婚呢！儿子哪儿去了？那个老婆哪儿去了？他看着街上的邮差；终年的送信，只是没有丁二的！去喝两盅，谁叫白来一块钱呢！

第十八

一

老李的苦痛是在有苦而没地方去说。李太太不是个特别泼辣的妇人，比上方墩与邱太太，她还许是好一些的。可是她不能明白老李。而老李确又不是容易明白的人。他不是个诗人，没有对美的狂喜；在他的心中，可是，常有些轮廓不大清楚的景物：一块麦田，一片小山，山后挂着五月的初月。或是一条小溪，岸上有些花草，偶然听见蛙跳入水中的响声……这些画境都不大清楚，颜色不大浓厚，只是时时浮在他眼前。他没有相当的言语把它们表现出来。大概他管这些零碎的风景叫作美。对于妇女，他也是这样，他有个不甚清楚的理想女子，形容不出她的模样，可是确有些基本的条件。"诗意"，他告诉过张大哥。大概他要是有朝一日能找到一个妇女，合了这"诗意"的基本条件，他就能像个女神似的供养着她，到那时候他或者能明明白白地告诉人——这就是我所谓的诗意。李太太离这个还太远。

那些基本条件，正如他心中那些美景，是朴素，安静，独立，能像明月或浮云那样的来去没有痕迹，换句话说，就是不讨厌，不碍事，而能不言不语地明白他。不笑话他的迟笨，而了解他没说出的那些话。他的理想女子不一定美，而是使人舒适的一朵微有香味的花，不必是牡丹芍药；梨花或是秋葵就正好。多咱他遇上这个花，他觉得他就会充分的浪漫——“他”心中那点浪漫——就会通身都发笑，或是心中蓄满了泪而轻轻地流出，一滴一滴地滴在那朵花的瓣上。到了这种境界，他才能觉到生命，才能哭能笑，才会反抗，才会努力去作爱作的事。就是社会黑得像个老烟筒，他也能快活，奋斗，努力，改造；只要有这么个妇女在他的身旁。他不愿只解决性欲，他要个无论什么时候都合成一体的伴侣。不必一定同床，而俩人的呼吸能一致地在同一梦境——一条小溪上，比如说——里呼吸着。不必说话，而两颗心相对微笑。

现在，他和太太什么也不能说。几天没说话，他并不发怒，只觉得寂寞，可不是因为不和“她”说笑而寂寞。她不是个十分糊涂的妇人；反之，她确是要老大姐似的保护着他，监督着他，像孤儿院里的老婆婆。他不能受。她的心中蓄满了问题，都是实际的，实际得使人恶心要吐。她的美的理想是梳上俩小辫，多擦上点粉，给菱作花衣裳。她的丈夫会挣钱，不娶姨太太，到时候就回家。她得给这么个男人洗衣服，作有肉的菜。有客人来她能鞠躬，会陪着说话，送到院中，过几天买点礼物去回拜，她觉得在北平真学了些本事。跟丈夫吵不起来的时候自己打嘴巴，孩子太闹或是自己心中不痛快，打英的屁股；不好意思多打菱，菱是姑娘，急了的时候只能用手指戳脑门子。她的一切都要是具体的。老李偏爱作梦。她可是能从原谅中找到安慰：丈夫不爱说话，太累了；丈夫的脸像黑云似的垂着，不理他。老李得不到半点安慰。越要原谅太太越觉得苦恼，他恨自己太自私，可是心中告诉自己——老李你已经是太宽容，你是整个地牺牲了自己。

马少奶奶有些合于他的条件，虽然不完全相合；她至少是安静，独立，不讨厌。她的可怜的境遇补上她的缺欠。可是她也太实际，她只把老李看成李太太的丈夫。老李已经把心中的那点"诗意"要在她的身上具体化了，她像门外小贩似的，卖什么吆喝什么，把他的梦打碎。无论怎么说，可是老李不能完全忘了她，她至少是可以和他来得及的。

老李专等着看看她怎样对付那位逃走的马先生。衙门不想去，随便，免职就免职，没关系！张家的事，想管，可是不起劲，随便，大家都在地狱里，谁也救不了谁。

李太太有点吃不住了。丈夫三四天不上衙门，莫非是……自己不对，不该把事不问清楚了就和丈夫吵架。她又是怕，又是惭愧，决定要扯着羞脸安慰他，劝告他。

"今天还不上衙门呀？"好像前两天不去的理由她晓得似的。"放假吧？"把事情放得宽宽地说，为是不着痕迹。

他哼了一声。

二

下了大雨。不知哪儿的一块海被谁搬到空中，底儿朝上放着。老李的屋子漏得像漏勺，菱和英头上蒙着机器面口袋皮，四下里和雨点玩捉迷藏，非常的有趣。刚找着块干松地方，头上吧哒一响，赶紧另找地方；最后，藏桌儿底下，雨点敲着桌上的铜茶盘，很好听，可是打不到他们的头上。“爸！这儿来吧！”爸的身量过大，桌下容不开。

一阵，院中已积满了水。忽然一个大雷，由南而北地咕隆隆，云也跟着往北跑。一会儿，南边已露出蓝天；北边的黑云堆成了多少座黑山，远处打着闪。跑在后边的黑云，失望了似的不再跑，在空中犹疑不定地东探探头，西伸伸脚，身子的四围渐渐由黑而灰而白，甚至于有的变成一缕白气无目的地在天上伸缩不定。

院中换了一种空气，瓦上的阳光像鲜鱼出水的鳞色，又亮又润又有闪光。不知道哪儿来的这么些蜻蜓，黄而小的在树梢上结了阵，大蓝绿地肆意地擦着水皮硬折硬拐地乱飞。马奶奶的几盆花草的叶子，都像刚琢过的翡翠。在窗上避雨的大白蛾也扑拉开雪翅，在蓝而亮的空中缓缓地飞。墙根的蜗牛开始露出头角向高处缓进，似乎要爬到墙头去看看天色。来了一阵风，树上又落了一阵雨，把积水打得直冒泡儿；摇了几次，叶上的水已不多，枝子开始抬起头来，笑着似的在阳光中摆动。英和菱从桌下爬出来，向院中的积水眨巴眼——呕！

并没有商议，二位的小手碰到一处，好像小蚁在路上相遇那么一触，心中都明白了。拉着手，二位一齐下了海。英唱开了“水牛，水牛，先出犄角后出头。”菱看天上的白云好像一群羊，也唱着“羊，羊，跳花墙……”把水踢起很高，英的大拇指和二指一捻，能叫水“花啦”轻响一声，凑巧了还弄起个水泡。菱也得那么弄，胖脚离了水皮，预备捻脚指头；立着的那只脚好像有人一推，出溜——脊背也擦了水皮；英拉不住她，爽性撒了手，菱的胖脊背找着了地，只剩了脑袋在外边，“妈！”英拼命地喊。菱要张口，水就在唇边，一大阵眼泪都流入海里。“妈！妈——”

全院下了总动员令。爸先出来了，妈在后边。东屋大婶是东路司令，西路马奶奶也开开了门。爸把小葫芦捞出来，像个穿着衣服的小海狗。大红兜肚直往下流水，脊背上贴了几块泥。脸也吓白，葫芦嘴撇得很宽，可是看着妈妈，不敢马上就哭出声来。“不要紧的。菱，快擦擦去！”马奶奶知道菱是不敢哭，不是不想哭。马婶也赶紧地说：“不要紧的，菱！”菱知道是不能挨打了，指着红兜肚，“新都都，新都都！”哭起来，似乎新兜肚比什么也重要。或者是因为这样引咎自责可以减少妈妈的怒气。妈妈没生气，可是也没笑着，“看看，摔着了没有吧！”菱有了主心骨，话立刻多了：“没摔着！菱没动，水推菱，吧唧！”她笑了，大家都笑了。妈把菱接过去。英早躲到南墙去，直到妈进了屋才敢过来，拉住了马婶，一劲地嘻嘻，他的裤子已湿了半截。

马奶奶夸奖雨是好雨，老李想起乡下——是，好雨；可是暴雨浇热地，瓜受不了。马婶不晓得瓜也是庄稼，她总以为菜园子才种瓜呢，可是不便露怯，没言语。老李想起些雨后农家的光景，有的地方很脏，有的地方很美，雨后到日落的时候，在田边一伸手就可以捏着个蜻蜓。“英，咱们出西直门看看去！”很想闻闻城外雨后新洗过的空气，可是没说，因为英正和马婶在墙根找蜗牛。马婶没穿着袜子，赤足穿着双小胶皮靴，看不见脚，可是露着些腿腕。阳光正照着她的头发，水影在她头上的窗纸上摇着点金光，很像西洋画中的圣母像。英不怕晒，她也似乎不怕，跟着英在阶上循着墙根找蜗牛，蹲着身，白腿腕一动一动往前轻移。马奶奶进了屋。老李放胆地看着她的背影，她的白腿腕，她的头发，她头上的水光。他心中的雨后村景和她联在一气，晴美，新鲜，安静，天真，他找到了那个“诗意”。

菱换好了干衣服，出来拉住爸的手，“英，给我一水牛！”英没答应。菱看了看爸的鞋，“爸，鞋湿！爸鞋湿！”爸始终也没觉鞋湿，笑了笑，进屋去换鞋。

三

院中的水稍微下去了些，风一点也没有了，到处蒸热，蝉像锥子似的刺人耳鼓。屋中的潮味特别难闻，似乎不是屋子了，而像雨天的磨房，在哪儿有些潮马粪似的。老李想出去走走，又怕街上的泥多。正在这个当儿，英和菱又全下了水，因为在阶上看见丁二爷进来，俩孩子在水中把他截住，一边一个拉住他的手。丁二爷的脚上粘着不晓得有几斤泥，旧夏布大衫用泥点堆起满身的花，破草帽也冒着蒸气，好像刚从水里捞出来。他拉着两个孩子一直地淌进来，仿佛是在海岸避暑的贵人们在水边上游戏呢。

“李先生，李先生，”丁二爷顾不得摘帽子，也不管鞋上带进来多少水。“天真回来了，天真回来了！张大哥找你呢！”他十分的兴奋，每个字仿佛是由脚根底下拔起来的，把鞋上的水挤出，在地上成了个小小的湖。

老李本想替张大哥喜欢喜欢，可是不知道为什么非常的冷淡，好像天真出来与否没有半点意义。

“李先生，去吧，街上不很难走！”丁二爷诚恳地劝驾。

老李只好答应着，“就去。”

英看出了破绽：“二大，街上不难走？你看看！”指着地上的小湖。

“呕，马路当中很好走；我是喜欢得没顾挑着路走，我一直地淌，花啦，花啦！”丁二爷非常的得意，似乎是作下一件极浪漫的事。

“二大，”英的冒险心被丁二大爷激动起，“带我上街淌水去！咱们都脱了光脚鸭？”

“今天可不行，丁二还有事呢，还得找小赵去呢！”他十二分抱歉，所以对英自称“丁二”。

英撅了嘴。老李接过来问：“找他干吗？”

“请他到张家吃饭，明天；明天张大哥大请客。”

“啊，”老李看出来，张大哥复活了。可是丁二爷有些神秘，他不是要揍小赵吗？他的神气一点不像去揍人的，难道……管他们呢，一群糟蛋；没再往下问。

丁二爷往外走，孩子们都要哭，明知丁二大爷是淌水玩去，不带他们去！

“英，我带你们去！”爸说了话。

“脱了袜子？”英问。

“脱！”爸自己先解开了皮鞋。

“脱鸭鸭来脱鸭鸭，”英唱着，“菱，你不脱肥鸭？”

“妈——菱脱鸭鸭！”

老李一手拉着一个，六只大小不等的光脚淌了出去，大家都觉得痛快，特别是老李。

四

第二天早晨，天晴得好像要过度了似的。个个树叶绿到最绿的程度，朝阳似洗过澡在蓝海边上晒着自己。蓝海上什么也没有，只浮着几缕极薄极白的白气。有些小风，吹着空地的积水，蜻蜓们闪着丝织的薄翅在水上看自己的影儿。燕子飞得极高，在蓝空中变成些小黑点。墙头上的牵牛花打开各色的喇叭，承受着与小风同来的阳光。街上的道路虽有泥，可是墙壁与屋顶都刷得极干净，庙宇的红墙都加深了些颜色。街上人人显着利落，轻松，连洋车的胶皮带都特别地鼓涨，发着深灰色。刚由园子里割下的韭菜，小白菜，带着些泥上了市，可是不显着脏，叶上都挂着水珠。

老李上衙门去。在街上他又觉出点渺茫的诗意，和乡下那些美景差不多，虽然不同类。时间还早，他进了西安门，看看西什库的教堂，图书馆，中北海。他说不上是乡间美呢，还是北平美。北平的雨后使人只想北平，不想那些人马住家与一切的无聊，北平变成个抽象的——人类美的建设与美的欣赏能力的表现。只想到过去人们的审美力与现在心中的舒适，不想别的。自己是对着一张，极大的一张，工笔画，楼阁与莲花全画得一笔不苟，楼外有一抹青山，莲花办上有个小蜻蜓。乡间的美是写意的，更多着一些力量，可是看不出多少人工，看不见多少历史。御河桥是北平的象征，两旁都是荷花，中间来往着人马；人工与自然合成一气，人工的不显着局促，自然的不显着荒野。一张古画，颜色像刚染上的，就是北平，特别是在雨后。

老李又忘了乡间，他愿完全降服给北平。可是到了衙门，他的心意又变了。为什么北平必须有这样怪物衙门呢？想想看，假如北京饭店里净是臭虫与泔水桶！中山公园的大殿里是厕所！老李讨厌这个衙门。他不能怨北平把他的生命染成灰色；是这个衙门与衙门中的无聊把他弄成半死不活——连打小赵一个嘴巴，或少请一回客，都不敢，可怜！

同事们逐渐地来到，张大哥在他们的唇上复活了。张家已不是共产的窝穴，已不是使人血凝结上的恐怖。大家接到了张大哥的请帖——天真原来不是共产党。大家开始讨论怎样给大哥买礼物压惊，好像几个月里他没惊过一回似的。买礼物总得讨论，讨论好大半天，一个人独自行动是可怕的，一定要大家合作，买些最没有用的东西，有实用的东西便显着不官样，不客气：礼物庄上的装着线似的半根挂面的锦匣，和只有点杏仁粉味儿而无论如何也看不见一钉星杏仁粉的花盒子，都是理想的礼品。讨论完礼物，大家开始猜测张大哥能否官复原职。意见极不一致。张大哥，有的说，到处有人，不必一定吃财政所。可是，另一位提出驳议，不回到财政所来，为什么请财政所的人们吃饭？那是因为小赵是首座，不能不请旧同事作陪，第三位自觉地道出惊人的消息。假如，假如他回来，是回原缺呢，还是怎样？讨论的热烈至此稍为低减。人人心中有句："可别硬把我顶了呀！"不能，不能还回财政所，也许到公安局去，张大哥的交往是宽的。这样决定，大家都心中平静了些。

老李听着他们咕唧，好像听着一个臭水坑冒泡，心中觉得恶心。

孙先生过来问："老李儿呀，给张大哥送点什么礼物儿呢？想不起，压根儿的！"

"我不送！"老李回答。

"呕！"孙先生似乎把官话完全忘了，一句话没再说，走了出去。

老李心中痛快了些。

五

儿子到了家。张大哥死而复活，世界还是个最甜蜜的世界，人类还是万物之灵，因为会请客。请客，一定要请客。小赵是最值得感激的人，虽然不能把秀真给他，可是只就天真的事说，他是天下最好的人。请小赵自然得请同事们作陪。他们都没看过他一趟，可是不便记恨他们，人缘总要维持的；况且，也难怪他们，设若他们家中有共产党，张大哥自己也要躲得远远的，是不是？无论怎说吧，儿子是回来了，不许再和任何人为难作对，儿子是一切，四万万同胞一齐没儿子，中国马上就会亡的。

几个月的愁苦使张大哥变了样，头发白了许多，脸上灰黄，连背也躬了些。可是一见儿子，心力复原了，张大哥还是张大哥，身体上的小变动没关系；人总是要老的，只怕老年没儿子；很想就此机会留下胡子。灰黄的脸上起了红色，背躬着，可是走得更快，更有派儿，赶紧找出官纱大衫，福建漆的扇子，上街去定菜。还得把二妹妹找来帮忙：前者得罪了她，没关系，给她点好饭吃，交情立刻能恢复的。天气多么晴，云多么蓝！作买卖的多么和气！北平又是张大哥的宝贝了。定了菜，买了一挑子鲜花，给儿子加细地挑了几个蜜桃，女儿也回来了，也得给她买些好吃的，鲜藕和鲜核桃吧，女儿爱吃零碎儿。没有儿子，女儿好像不存在；有了儿子，儿女是该平等待遇的。回到家中，官纱大衫已湿了一大块，天气热得可以；老没出去，腿也觉得累得慌，可是心中有劲，像故宫里的大楠木柱子，油漆就是剥落了些，到底内里不会长虫。叫理发的，父子全修容理发，女儿也得烫头。花吧，有能力再挣去：挣钱为谁，假如没有儿子？剪下的头发有不少白的，没关系；作大官的多半是白胡子老头。天真将来结了婚，有了子女，难道作祖父的不该是个慈眉善目的白发翁？

二妹妹来了，欢迎。“大哥您这场——可够瞧的！”

“也没什么！”张大哥觉得受了几个月的难，居然能没死，自己必是超群出众：“二兄弟呢？”

“我上次不是找您来吗，您不是——正——没见我吗？”二妹妹试着步说，“他出来是出来了，可是不能再行医，巡警倒没大管哪，病人不来，干脆不来。您说叫他改行吧，他又手不能提篮，肩不能担担，作个小买卖都不会，这不是眼看着挨饿吗？他净要来瞧您，求求您，又拉不下脸来。大哥，您好歹给他凑合个事儿，别这么大睁白眼地挨饿呀！您看，他急得直张着大嘴地哭！”二妹妹的眼泪在眼眶里转。

“二妹您不用着急，咱们有办法；有人就有事。我说，您的小孩呢？正闹着天真的事，我也没给您道喜去！”

“两多月了，奶不够吃的，哎！”

张大哥看了看她，她瘦了许多：没饭吃怎能有奶？没奶吃怎能养得起儿子？决定给二兄弟找个事作；不看二兄弟，还不看那个吃奶的孩子？

“好吧，二妹妹，您先上厨房吧。”结束了二妹妹。

几个月的工夫耽误了多少事？春际结婚的都没去贺，甚至于由自己为媒的也没大管，太对不起人了！逐家得道歉去。不过，这是后话，先收拾院子，石榴会死了两棵！新买来的花草摆上，死了的搬开，院子又像个样子了，可惜没有莲花，现种是来不及了，买现成的盆莲又太贵；算了吧，明年再说，明年的夏天必是个极美的，至少要有三五盆佛座莲！

六

西房的阴影铺满了半院。院中的夜来香和刚买来的晚香玉放着香味，招来几个长鼻子的蜂，在花上颤着翅儿。天很高，蝉声随着小风忽远忽近。斜阳在柳梢上摆动着绿色的金光。西房前设备好圆桌，铺着雪白的桌布。方桌上放着美丽烟，黑头火柴，汽水瓶；桌下两三个大长西瓜，擦得像刚用绿油漆过的。秀真拿着绿纱的蝇拍，大手大脚地在四处瞎拍打，虽不一定打着苍蝇，可确有打翻茶杯的危险。她的脸特别的红，常把瓜子放在唇边想着点什么，鼻子上的汗珠继续把香粉冲开，于是继续扑扑地去拍，拍的时候特意用小圆镜多照一会儿笑涡——向左偏偏脸，向右偏偏脸，自己笑了。

张大哥躬着点背，一趟八趟地跑厨房，嘱咐了又嘱咐，把厨子都嘱咐得手发颤。外面叫来的菜，即使菜都新鲜，都好，也不能随便地饶了厨子。自己打来的“竹叶青”，又便宜又地道，看着茶房往壶里倒；不能大意，生活是要有板有眼，一步不可放松的：多省一个便多给儿子留下一个。沏上了“碧螺春”，放在冰箱里镇着，又香又清又凉，省得客人由性开汽水：汽水两毛一瓶，碧螺春，喝得过的，才两毛一两：一两茶叶能沏五六壶！汽水，开瓶时的响声就听着不自然！

张大嫂的夏布半大衫儿贴在了脊背上，眼圈还发红，想起儿子所受的委屈，还一阵阵地伤心；可是看着丈夫由复活而加紧地工作，自己也不愿落后，虽然很想坐在没人的地方再痛哭一场。女儿大手大脚地只会东一拍西一拍地找寻苍蝇，别的什么也不能帮忙；谁叫女儿是女学生呢；女学生的父母就该永远受累的，没法子，而且也不肯抱怨；不为儿女奔，为谁？姑娘的头烫了一点半钟，右眼上还掩着一块，大热的天；时兴，姑娘岂可打扮得像老太太。幸而有二妹妹来帮忙，可是二妹妹似乎只顾发牢骚，干事有些心不在焉；没法子，求人是不能完全如意的；二妹妹也的确是可怜，有上顿没下顿的，还奶着个孩子！偷偷地给了二妹妹一块钱，希望孩子赶快长大，能孝顺父母，好像一块钱能养起个孩子似的。

客人来了。都早想来看张大哥，可是……都觉得张大哥太客气，又请客，可是……都觉得买来的礼物太轻，可是……都看出张大哥改了样，可是……结果：张大哥到底是张大哥，得吃他，得求他作点事，有用的人，值得一交往，况且天真不是共产党。瓜子的皮打着砖地，汽水扑扑地响着，香烟烧起几股蓝烟，一直升到房檐那溜儿，把蚊阵冲散。讲论着天气，心中比较彼此的衣料价格，偷眼看秀真的胳臂。

孙先生许久没和张大哥学习官话，一见面特别的亲热，报告孙太太大概又有了，没办法；生育节制压根儿是“破表，没准儿！”

邱先生报告吴太极近来穷得要命，很想把方墩太太撵出去，以便省些粮食。十三妹还好，一心一意地跟老吴，就是有一样毛病，敢情吃白面！关于邱先生自己，语气之中带出已经不怕牙科展览的太太，而她反有点怕他。自然邱先生的话不免有些夸大，可是有旁人作证，他确是另有了个人，而邱太太以离婚恫吓他，她自己又真怕离婚；恐怕要出事，大家表面上都夸赞邱科员的乾纲大振，可是暗中替他担忧。大家摇头，家庭是不好随便拆散的，不好意思！

其他的朋友陆续来到，都偷眼看着天真，可是不便问他究竟为什么被捕，不好意思。

天真很瘦，对大家没话可讲，勉强板着脸笑，自以为是个英雄，坐过狱。就凭这坐过一次狱，白吃父亲一辈子总可以说得下去了。为什么被捕？不晓得。为什么被释？不知道。可怕是真的。五花大绑捆了走！真可怕；可是对这群人应当骄傲，他们要是五花大绑捆了走，说不定到不了狱里就会吓死。不过，自己也真得小心点，暂时先不要出去；五花大绑可别次数多了。父母看着好似老了许多，算了吧，也不用挤钱留学去了，留着钱在北平花也不坏。父亲一定是有不少财产，还把房子送给小赵一所呢！对父亲得顺从一些，这回误被当作共产党拿去，大概是平日想共父亲的产的报应。摩登孝子也许和“妹妹我爱你”可以联成一气的。想法得讨老头——把资本老头的“资本”特意地免去，表示自己决非共产党——的欢心，好死吃他一口。当着父亲把桌上的空汽水瓶挪开了两个，表示极愿和父亲合作。对妹妹也和气了许多，哥哥坐过狱，妹妹懂得什么，所以得格外地善待她。

大家都到齐，只短小赵和老李，大家心中觉得不安。小赵是首座，大家理当耐心地等着：老李怎么也不来？凭什么不来？近来大家对老李很不满意，于是借着机会来讨论他，嘴都有些撇着。

“老李儿是不想来的，”孙先生撇着嘴说。“昨天我对他讲，送张大哥什么礼物，哎呀，‘我不送！’他说的。狂，狂得不成样儿！莫名其妙！”

张大哥想叫丁二爷去请他们，丁二爷也不见了。

第十九

一

政治的变动，对于科员们，是饭碗又要碎破的意思；无力制止，可是听着头疼。也有喜欢换一换局面的，假如风儿是向着自己吹来，而且吹得带着喜气，可是这究竟是极少数的。小赵是永远察看风向的人。但是每逢他特别的喜欢，别人不免就害头疼。

他两天没露面，大家心中又打开了鼓。“小赵上哪儿啦？张大哥请客他都没到！”大家不但心中这么嘀咕着，也彼此地探问。有的更进一步地猜测：“听说市长又要换人。小赵准是又上了天津。说不定，他还许来个局长呢！”老李也许晓得，问他去。“老李，张大哥请客怎么没去？小赵也没去！”给老李一个暗示。自从吴太极免职，老李和小赵很那个。老李没说什么，大家越觉得他知道；好厉害的老李，嘴和蛤壳似的那么严紧！

小赵没影儿了，可是有人看见张大哥上科长家里去。大家又有点不安。所里是没有缺的，张大哥回来就得有人出去。大家都很不满意那个顶了张大哥的人。张大哥到底是老资格；那个新来的科员懂得什么？可是他既能顶了张大哥，他的力量一定不小；张大哥未必就能再顶下他去；那么，不定谁被顶呢！

张大哥确是下了决心恢复地位，自己定好期限，一个月内要接到委任状。好吗，丢了一所房子，不赶紧抓弄抓弄还行？对于媒人的事业也开始张罗着，男人当娶，女的当聘，不然便没有人生。再说，张大哥要是放弃说媒的工作，不亚于把自己告下来——张某不行了，头发白了，没用了！这根本和谋差事有关系，被人认为老朽无能还能找到差事？不，张大哥不能服这口气——"叫你们看看姓张的，至少还能再跳动二十来年！"去看看老李，请吃饭他怎没来呢？老李是好人；够个朋友，不过，对于谋差事，老李并没有多少用处。老李都好，就是差事当得太死板，太死板。也别说，他升了头等科员，大概也有点劲，可是，别人要是有他那点学问，那笔文章，还早作了科长呢；到底是太死板。

老李没在家，张大哥和李太太谈起来，婆婆慢慢地谈得十分相投，张大哥仿佛是有点女性。李太太自从自己打了顿嘴巴之后，脸上由肿而削瘦，心里老憋着一大下子眼泪。见了张大哥好像见了叔公，把委屈都倒了出来。张大哥像慰劳前线将士似的，只夸奖她的好处，并不提老李有什么缺欠。激起她的勇气比咒骂敌人强得多。李太太的来到北平，原是张大哥的力量与主张，自然不能因为帮助李太太而说老李不好；老李要真是不好，张大哥岂不但着把她接到虎口里来的"不是"？李太太听了一片奖励自己的话，不由得高兴起来，觉得自己到底是比丈夫大着两岁，应当容让他，虽然想起丈夫的一天到晚撅着嘴，徐庶入曹营一语不发，也确是心里堵得慌。李太太决定留张大哥吃饭；张大哥决定不吃，可是觉得李太太已经受了“教育”，北平的力量！

二

羊肉西葫芦馅的饺子，李太太原想用以款待张大哥。大哥不肯赏脸，李太太有点失望。可是大哥刚走了不大一会儿，丁二爷来了。三句话过去，李太太抓住吃饺子的主儿。

“很好，很好，丁二最爱吃羊肉馅！”说着，他脱了那件不大有灵魂的夏布衫，就要去和面。

当然不能叫客人去和面，李太太拦住了他，两个孩子也抱住他的腿。他把夏布衫很郑重地又穿上，然后举了菱高高，给他们开始说他早年的故事，两个孩子对这个故事已能答对如流。

“听着，英，我从头儿说。”

“打摔碗说吧，什么碗来着？”英问。

“子孙饽饽的碗，就由这儿说吧。她一下轿子就嫌我，很嫌我！给她个下马威；哼！她——”

“她连子孙饽饽的碗都摔了！”英接了下去。

“拍，摔了！”菱的嘴慢，赶不上英，只好给找补上点形容，俩手拍了一下。

“闹吧，很闹了一场；归齐，是我算底；丁二——”

“是老实人，很老实！”因为句子简单，这回菱也赶上了。

“你们说得一点也不错，真对！”丁二爷以为英们非常的聪明。“丁二是老实人——”

英们极注意地等插嘴的机会，忽然丁二爷加了一个旁笔，“我说，英，有酒没有哇？要是没有，叫妈妈给咱们钱，咱们打点去。喝点酒，我能说得更好听！”

英和妈要来一毛钱；丁二爷挑了个大茶杯，“咱们走呀！”一齐上了街。

一出胡同东口，遇上了老李，英晃着手里的毛钱票儿喊：“爸，我们打酒去，跟妈要的一毛钱。”

老李笑了。丁二爷拉着菱，拿着茶碗，黑小子拿着一毛钱，不知为什么很可笑。

“我正给他们讲故事，想喝点酒——”

英又接了过去，“喝完了酒，讲得更好听。我们刚说到摔了——什么饽饽来着？”他拉了丁二爷夏布衫一下。

老李不笑了。他觉得他也须喝点酒。他跟着他们走，到了油酒店，他拦住了英，“上那边买去。”

进了姜店，他买了一瓶莲花白，几个桃，和两把极绿可是没很长足的莲蓬。把酒交给丁二爷。菱看准了莲蓬，非抱着不可。英没张罗着拿什么，只看着手里的一毛钱。出了店门，他奔了香瓜挑子去：“拿一毛钱的香瓜，要好的！”蹲下了，大黑眼珠围着瓜们乱转。老李过去挑了三个，又添了一毛钱，英乐得不知怎好，又拉了丁二爷一把：“二大，我也得喝点酒。”

妈妈看见大家都拿着东西回来，乐了，加劲地包饺子。菱无论如何也不放下莲蓬，谁要也不给。老李出了主意，爬在菱的耳根说了些话。菱还是不放手，可是忽然似乎明白过来，放下一把，告诉英：“别动菱绿——”说不上这些绿玩艺叫什么。然后抱着一把儿，鼓着肚子走了。一出屋门："马婶——给你这绿——"马婶跑出来，"给我送来的，菱？"

"爸说给婶这绿——"还抱着不肯放手。

"留着给菱吃吧，婶不要。"马婶笑着。

菱眨巴了半天眼睛，又把莲蓬抱回来了。

全院的人忽然地都笑了，只有李太太在厨房里不知怎回事。老李已把瓜洗了一个，给菱一大块，算是把"绿——"换过了来。他拿着莲蓬出来，马老太太也在屋门口笑呢。他左右看了看，心中一狠，还是送到东边去，马婶笑着接了过去。马老太太发了话："留着给孩子们吃吧！"老李答了句："还有呢。"彼此都笑着。他心中十二分痛快。

"你们喝酒吧，饺子就得。"李太太也很喜欢，看着她创造的那群白饺子，好像一群吃圆了肚子的小白猫。

英和菱拿着瓜，和妈要了块生面，一边吃瓜一边捏小鸡玩。

老李和丁二爷喝着酒，丁二爷的夏布衫还不肯脱。老李还没喝多少，脸已经红了，头上一劲儿冒汗。丁二爷喝过了三杯，嘴唇哆嗦上了，咽了好几口气才说上话来：

"李先生，李先生，事情办妥了，敢情很容易，很容易！李先生，原来事情就怕办，一办也不见得准不成。"

老李猜出是什么事，他看看丁二爷，那件夏布大衫好像忽然变得洁白发光。"原来事情就怕办"这几个字在他耳中继续地响着，轻脆有力，像岩石往深潭里落的水珠。小赵是生是死，他倒不大注意，他只觉出丁二爷是个奇迹。连丁二爷都能作出点异于吃饭喝茶上衙门的事！他拿起酒杯来，本想大大地吞一口，不行，还是呷了一点在嗓子上贴住不往下走！

“李先生，”丁二爷的手伸入夏布大衫，摸了半天，手有点颤，摸出张折着的厚桑皮纸，递给老李：“这是那张房契。张大哥不容易，很不容易，请你交给他吧。咱们喝一杯；小赵打算娶秀姑娘，得下辈子了！请！”

老李看着丁二爷灌下一杯去，自己只举了举盅儿。

丁二爷辣得直仰脖子，可是似乎非常的得意：“小赵算完了。您看，很容易。我约他上后海，说秀姑娘在那儿等他。他来了，不用提多么喜欢了。妇人有多么大能力！我懂得。天并不十分黑，可巧四下就会没一个人。我早在苇子里藏好了，蚊子真多，咬得我身上全是大包，我一动也不敢动。他来了，越走越近，嘿，我的心要跳出来，真的！容他走过一步去，我就像拉替身的鬼，双手对准他的脖子一锁。我似乎要昏过去，我只知道我有两只手，没有别的。他，我听见了，听得真真的，小狗睡着了有时候呕呕两声，他就是那么呕了两声。没有别的。他连踢踢土都没顾得，很老实，比丁二还老实！我一拉，就把他拉进苇子里去。搜了搜他身上搜到这张房契；钱包，表，我没敢动。完了事，我软了，不敢出来了。连迈步都不能了。他仰着身，虽然看不清他的脸，可是我知道他是看着我呢，怕极了！苇叶一动，我一惊，以为有人来掐我的脖子！”丁二爷又吞了一口酒，摸了摸脖子，似乎很怀疑脖子的完整。“一耗，耗了一个多钟头，身上就像水洗过的一样，汗很多。我急了，往外迈了一步，正迈在他的腿上！我跳了，什么也不顾了，跳出来，头也没回，我一直走到天桥！为什么？不知道！天桥是枪毙人的地方。枪毙丁二，我似乎听见！在天坛的墙根我忍了一夜，没睡，一会儿没睡，星星一劲儿对我眨巴眼，好像是说，明天就枪毙丁二！”他又端起酒盅来。

李太太把饺子端来，两大盘，油汤挂水地冒着热气。他们俩都没动筷子。

三

市长换了。各局各所的空气异常紧张。市长就职宣言，不换人，不用私人。各局各所的空气更加紧张。谁都知道市长是对报纸说的那几句话；“一朝天子一朝臣”是永不能改的真言。第二天，教育局换了局长，连听差的一律更换。财政所的胖所长十万火急地找小赵，秘书科长们找小赵，科员们找小赵，夫役们找小赵，找不到。大家因急而疑，暗中嘀咕：莫非小赵要把胖所长顶了？这一嘀咕，小赵的价值增高了十倍。在另一方面，就是所长最亲信的人也觉得倒戈的必要。于是大家分头去奔走，没有两个人守一路战线的，全是各自为战，能保持住个人的地位什么事也可以作。老李是大家的眼中钉。只有他，不慌不忙，好像心中有个小冰箱——“这小子真他妈的有准！”大家不能不骂了。孙先生虽然心里也吃了凉柿子似的，可是不招大家妒恨，人家孙先生走哪路门子，自己就和大家声明，不像老李那么骄傲厉害，听人家孙先生：“哎呀，新市长儿是乡亲哟！老孙是猪八戒掉在泔水桶里，得其所哉！说不定，还来个秘书儿当当。”孙先生多么直爽可爱！孙宅接到了多少礼物，单说果藕和莲花就是三挑子！

小赵尸身被个粪夫找到了。报纸上用小碟子大小的字登出来，把尸身的臭味如何强烈都加细地描写。疑案。因为是疑案，所以人们各尽想象的所能猜测与拟构其中的故典。财政所的人们立刻也运用想象，而且神速地想出：政治作用。小赵，据他们想，是要顶胖所长的，所以他必定与新任市长有深切的关系。市长到任声言不更动各局的人，可是教育局连个夫役也没留下。小赵必定已经运动好重要的地位，自然另一批人又要失业，所以……这个逻辑的推断在科员们看是极合理而大快人心的。科员们杀只鸡都要打哆嗦，现在居然有位剑侠——至少会飞檐走壁的——把要使一批人失业的小赵杀死！小赵活着的时候是个人物，可是这一死使他的价值减到零度。因为这样的推测，慢慢地胖所长变成了谋杀的主使人。虽然没人敢明说，可是意思是那样。说到归齐，大家谁不晓得所长太太与小赵的关系，谁不知道所长是又倚仗而又怕小赵，谁看不出小赵要是不谋阔事则已，要是想干的话能不谋财政……越想越对！大家这样想，慢慢地思想也不知怎么在言语上表现出来，虽然都不敢首先这样宣传。及至说出来了，正是英雄所见略同，于是在低声交换意见的工夫，已像千真万确的果有其事，成了政界一段最惊人最有色彩的历史。一个衙门里这样相信，别的衙门里也跟着低声地吵吵。这一吵吵使新任的教育局长将已免职的陈人又叫回来几个；因为事情闹到局长们的耳朵里，杀人的已不是剑侠或刺客，而是有组织的暗杀团。局长们身高树影儿大，不能不谨慎一些，明哲保身是必须遵守的古训。消息传到市长的耳朵里，暗杀团不但是有组织，而且里面有日本浪人。市长太太登时上了天津。一来是为避难，二来是为跳舞去。市长没法不和各局所的长官妥协了：市长交派下一批人，由各局所分用，不便全体更动。各局所的领袖暂不更换，可是市长给大家一个暗示——接任的花销太大。于是各局所的经费收支报告又都改造了一次。

张大哥的奔走，连天真都动了心：“得包个车吧？天太热！”张大哥很感激儿子，儿子自从狱里出来确是明白多了。可是，“包车干吗？走得差不离，再搭点脚，一天我也花不过八十子儿的车钱！”张大哥大概至死也想不起论“毛”雇车的。他的奔走确是不善，可是已经有了眉目：新市长手下一位秘书先前与他同过事，而且这位秘书的弟妇是张大哥给说的，秘书不但答应了给他帮忙，而且问他愿到哪个机关去。平日维持人，好交往，你看到时候有多大用处，多大面子，由自己指定机关！张大哥几乎得意得要落泪。自要家里不出共产党，事情是不难的。人心不古，谁说的？秘书叫我自己挑定机关！到底哪个机关好呢？这倒为了难。在哪儿作事也是一样，事在人为；不过，既有自选的机会，也别辜负了人家秘书的善意。闭死了左眼，吸了两袋烟，决定了，还是回财政所。人熟地灵，衙门又比较的阔绰。

张大哥随着一批新人，回了财政所。所里的陈人其实是没有什么变动，因为所长是讲面子的人，而且各位都有人给说情，所以旧人没十分动，而硬添上一批新人；羊毛出在羊身上，有的是老百姓纳供，多开点薪水也用不着所长自己掏腰包。况且，市长与局长们的妥协究竟是暂时的，知道哪时就搁车，干吗裁员得罪人！于是所里十分热闹，新旧交欢，完全是太平景象。连夫役也又添了两名，因为打手巾把和沏茶的呼唤接二联三，已无法应付。

张大哥利用机会把爱用石膏的二兄弟荐上，暂时当着夫役，等空气变换了些再去行医；不过，再行医的话可千万“少”下——不是不可以下——石膏。此外，张大哥对于新到的一群山南海北的科员们特别地照应：有的不会讲官话，张大哥教。有的不会吃西餐，张大哥带着去练习。有的要娶亲，张大哥吃了蜜。

四

老李又没被撤差，他自己也笑了。衙门更像怪物了；他想逃都逃不了。混吧！大家都是混，不过别人混得兴高彩烈，他混得孤寂无聊。对新同事们他不大招呼；旧同事们对他非常不满意，孙先生已经把刚学来的一句加在老李的身上——“乡下人不认识仙人掌，青饼子！”

把房契给张大哥送了去。张大哥愣了。老李想吓吓张大哥一下；不好意思，没说什么。张大哥似乎不大敢收那张契纸；看见它，也就看见了小赵，这是玩的？！

“大哥把它收起来好了，没事！”

张大哥想起《七侠五义》来；没有除暴安良的侠义英雄，这是不可能的！

“把丁二爷那笼子小鸟给我吧，”老李岔开了话。

“丁二在哪儿呢，好几天没见他的面，家里越忙，他越会耍玄虚，真正的废物！”张大哥不满意丁二爷。

“他在我那儿呢，啊——帮几天忙。”老李没敢说丁二爷天天梦见天桥枪毙人，不敢出来。

“呕，在你那儿呢，那我就放心啦。”张大哥为客气起见，软和了许多；可是丁二在老李家帮什么忙呢？

老李提着一笼破黄鸟走了。张大哥看着房契出神，怎回事呢？

第二十

一

老李唯一值得活着的事是天天能遇到机会看一眼东屋那点“诗意”。他不能不承认他“是”迷住了，虽然他的理智还强有力地管束着一切行动。既不敢——往好了说，是不肯——纯任感情的进攻，他只希望那位马先生回来，看她到底怎样办，那时候他或者可以决定他自己的态度。设若他不愿再欺哄自己的话，他实在是希冀着——马回来，和她吵了；老李便可以与她一同逃走。逃出这个臭家庭，逃出那个怪物衙门；一直逃到香浓色烈的南洋，赤裸裸地在赤道边上的丛林中酣睡，作着各种颜色的热梦！带着丁二爷。丁二爷天生来的宜于在热带懒散着。说真的，也确是得给丁二爷想主意——他一天到晚怕枪毙，不定哪天他会喝两盅酒到巡警局去自首！带他上哪儿？似乎只有南洋合适。他与她，带着个怕枪毙的丁二爷，在椰树下，何等的浪漫！

“小鸟儿，叫吧！你们一叫，就没人枪毙我了！”丁二爷又对着笼子低声地问卜呢！

逃，逃，逃，老李心里跳着这一个字。逃，连小鸟儿也放开，叫他们也飞，飞，飞，一直飞过绿海，飞到有各色鹦鹉的林中，饮着有各色游鱼的溪水。

他笑这个社会。小赵被杀会保全住不少人的饭碗，多么滑稽！

二

正是个礼拜天，蝉由天亮就叫起来，早晨屋子里就到了八十七度，英和菱的头上胸前眼看着长一片一片的痱子，没有一点风，整个的北平像个闷炉子，城墙上很可以烤焦了烧饼。丁二爷的夏布衫无论如何也穿不住了；英和菱热得像急了的狗，捉着东西就咬。院子里的砖地起着些颤动的光波，花草全低了头，麻雀在墙根张着小嘴喘气，已有些发呆。没人想吃饭，卖冰的声音好像是天上降下的福音。老李连袜也不穿，一劲儿扑打蒲扇。只剩了苍蝇还活动，其余的都入了半死的状态。街上电车铃的响声像是催命的咒语，响得使人心焦。

为自己，为别人，夏天顶好不去拜访亲友，特别是胖人。可是吴太太必须出来寻亲问友，好像只为给人家屋里增加些温度。

老李赶紧穿袜子，找汗衫，胳臂肘上往下大股地流汗。

方墩太太眼睛上的黑圈已退，可是腮上又加上了花彩，一大条伤痕被汗淹得并不上口，跟着一小队苍蝇。

“李先生，我来给你道歉，”方墩的腮部自己弹动，为是惊走苍蝇。“我都明白了，小赵死后，事情都清楚了。我来道歉！还有一件事，我得告诉你。吴先生又找着事了。不是新换了市长吗，他托了个人情，进了教育局。他虽是军队出身，可是现在他很认识些个字了；近来还有人托他写扇面呢。好歹地混去吧，咱们还闲得起吗？”

老李为显着和气，问了句极不客气的，“那么你也不离婚了？”

方墩摇了摇头，“哎，说着容易呀；吃谁去？我也想开了，左不是混吧，何必呢！你看，”她指着腮上的伤痕，“这是那个小老婆抓的！自然我也没饶了她，她不行；我把她的脸撕得紫里套青！跟吴先生讲和了，单跟这个小老婆干，看谁成！我不把她打跑了才怪！我走了，乘着早半天，还得再看一家儿呢。”她仿佛是练着寒暑不侵的工夫，专为利用暑天锻炼腿脚。

老李把她送出去，心里说，“有一个不离婚的了！”

刚脱了汗衫，擦着胸前的汗，邱太太到了；连她像纸板那样扁，头上也居然出着汗珠。

“不算十分热，不算，”她首先声明，以表示个性强。“李先生，我来问你点事，邱先生新弄的那个人儿在哪里住？”

“我不知道，”他的确不知道。

“你们男人都不说实话，”邱太太指着老李说，勉强地一笑。“告诉我，不要紧。我也想开了，大家混吧，不必叫真了，不必。只要他闹得不太离格，我就不深究；这还不行？”

“那么你也不离婚了？”老李把个“也”字说得很用力。

“何必呢，”邱太太勉强地笑，“他是科员，我跟他一吵；不能吵，简直地不能吵，科员！你真不知道他那个——”

老李不知道。

“好啦，乘着早半天，我再到别处打听打听去。”她仿佛是正练着寒暑不侵的工夫，利用暑天锻炼着腿脚。

老李把她送出去，心里说，“又一个不离婚的！”

他刚要转身进来，张大哥到了，拿着一大篮子水果。

“给干女儿买了点果子来；天热得够瞧的！”随说随往院里走。

丁二爷听见张大哥的语声，慌忙藏在里屋去出白毛汗。

“我说老李，”张大哥擦着头上的汗，“到底那张房契和丁二是怎回事？我心里七上八下的不得劲，你看！”

老李明知道张大哥是怕这件事与小赵的死有关系，既舍不得房契，又怕闹出事来。他想了想，还是不便实话实说；大热的天，把张大哥吓晕去才糟！“你自管放心吧，准保没事，我还能冤你？”

张大哥的左眼开闭了好几次，好像困乏了的老马。他还是不十分相信老李的话，可是也看出老李是决定不愿把真情告诉他：“老李，天真可是刚出来不久，别又——”

老李明白张大哥；张大哥，方墩，邱太太，和……都怕一样事，怕打官司。他们极愿把家庭的丑恶用白粉刷抹上，敷衍一下；就是别打破了脸，使大家没面子。天真虽然出来，到底张大哥觉得这是个家庭的污点，白粉刷得越厚越好；由这事再引起别的事儿，叫大家都知道了，最难堪；张大哥没有力量再去抵挡一阵。你叫张大哥像老驴似乎戴上“遮眼”去转十年二十年的磨，他甘心去转；叫他在大路上痛痛快快地跑几步，他必定要落泪。“大哥，你要是不放心的话，我给你拿着那张契纸，凡事都朝着我说，好不好？”

“那——那也倒不必，”张大哥笑得很勉强，“老李你别多心！我是，是，小心点好！”

“准保没错！丁二爷一半天就回去，你放心吧！”

“好，那么我回去了，还有人找我商议点婚事呢。明天见，老李。”

老李把张大哥送出去，热得要咬谁几口才好。

丁二爷顶着一头白毛汗从里间逃出来：“李先生，我可不能回张家去呀！张大哥要是一盘问我，我非说了不可，非说了不可！”

“我是那么说，好把他对付走；谁叫你回张家去？”老李觉得这样保护丁二爷是极有意义，又极没有意义，莫名其妙。

三

张大哥走了不到五分钟，进来一男一女，开开老李的屋门便往里走。老李刚又脱了袜子与汗衫。

“不动，不动！”那个男的看见老李四下找汗衫，“千万不要动，同志！马克同，马克司的弟弟。这是，”他介绍那位女的，“高同志，与马同志同居。记得这屋是妈同志的，同志你为何在此？”

老李愣了。

马同志提着个皮包，高同志提着个小竹筐，一齐放在地上，马同志坐在皮包上，高同志自己找了把椅子坐下。

老李明白过来了，这是马老太太的儿子。他看着他们。

马同志也就是三十多岁，身量不高，穿着黄短裤，翻领短袖汗衫，白帆布鞋。脸上神气十足，一条眉毛挑着天，一条眉毛指着地，一只眼望着莫斯克，一只眼了着罗马。鼻孔用力地撑着，像跑欢了的马那样撑着，嘴顺势也往上兜着，似乎老对自己发笑，而心里说着，“你看我！”

高同志也就是三十多岁，身量不高。光脚穿着大扁白鞋，上身除了件短袖白夏布衫，大概没什么别的东西，露着一身的黑肉。脸上五官俱全，嘴特别的大，不大有精神，皱着眉，似乎是有点头疼。

丁二爷，李太太，英，菱都来参观，把两位同志围得风雨不透。马同志顺手把丁二爷的芭蕉扇夺过去搧着，高同志拿起桌上一个青苹果——张大哥刚给送来的——刚要放嘴里送，被英一把抢回去。

“看这个小布尔乔亚！”马克同指着英说，“世界还没多大希望！”

李太太看丈夫不言语，挂了气：“我说，你们俩是干吗的呀？”

“我俩是同志；你们是干吗的？”马同志反攻。

李太太回答不出。有心要给他个嘴巴，又不肯下手。

屋门开了，马老太太进来：“快走，上咱们屋去！”

“妈同志！”马克同立起来，拉住老太太的手，“就在这儿吧，这儿还凉快些。”

马太太的泪在眼里转，用力支持着，“这是李先生的屋子！”然后向老李，“李先生，不用计较他，他就是这么疯疯颠颠的。走！”他朝着高同志，“你也走！”

马同志很不愿意走，被马老太太给扯出来。丁二爷给提着皮箱。高同志皱着眉也跟出来。老李看见马少奶奶立在阶前，毒花花的太阳晒着她的脸，没有一点血色。

四

大家谁也没吃午饭，只喝了些绿豆汤。老李把感情似乎都由汗中发泄出来，一声不出，一劲儿流汗。他的耳朵专听着东屋。东屋一声也没有；他佩服马婶，豪横！因为替她使劲，自己的汗越发川流不息。他想象得到她是多么难堪，可是依然一声不出。

丁二爷以为马同志是小赵第二，非和李太太借棒槌去揍他不可，她也觉得他该揍，可是没敢把棒槌借给丁二爷。

英偷偷地上东屋看马婶，门倒锁着呢，推不开，叫马婶，也不答应。英又急了一身的痱子。

西屋里喀唠喀唠地成了小茶馆，高声的是马同志，低声的是老太太，不大听见高同志出声。

马老太太是在光绪末年就讲维新的人，可是她的维新的观念只限于那时候的一些，“五四”以后的事儿她便不大懂了。她明白，开通，相当的精明，有的地方比革命的青年还见得透彻，有的地方她毫不退步的守旧。对于儿女，她尽心的教育，同时又很放任。马与黄的自由结婚，她没加半点干涉。她非常疼爱马少奶奶。可是，儿子又和高同志同居了，老太太不能再原谅。她正和马同志谈这个。儿子要是非要高同志不可呢，老太太愿意自己搬出去另住；马少奶奶愿跟着丈夫或婆婆，随便，儿子要是可以牺牲了高同志呢，高同志马上请出。老太太的话虽然多，可是立意如是，而且很坚决。

马同志是个不得意的人，心中并没有多少主意，可是非常的自傲。他愿意作马克司的弟弟，可是他的革命思想与动机完全是为成就他自己。对于富人他由自傲而轻视他们，想把他们由天上拉到尘土上来，用脚踩住他们的脸。对于穷人他由自傲而要对他们慈善，他并不了解他们，看不出为他们而革命的意义。他那最好的梦是他自己成为革命伟人，所以脸上老画着那个“你看我！”他没有任何的成功。对于妇女，他要故意的浪漫，妇女的美与妇女的特性一样地使他发迷。对于黄女士，他爱她的美；可是她太老实，太安静，他渐渐地不满意了。对于高女士，他爱她的性格活泼好动敢冒险；可是她又太不美了，太男性了，他渐渐地不满意了。可是，他不能决定要哪个好，他自己说，“我掉在两块钢板中间！”他也不要解决这个，他以为一男多妻，或是一妻多男，都是可以的，任凭个人的自由，旁人不必过问。况且他既摆脱不开已婚的黄女士，又摆脱不开同居的高同志，而她们俩又似乎不愿遵行他的一男多妻的办法，就是想解决也解决不了。他没主意。

他还有个梦想——现在已证实了是个梦想：他以为有了心爱的女子在一块，能使他的事业成功。娶了一个自己心爱的，没用。再去弄个性格强而好动的，还是没用。他以为女子是男人成功的助手；结果，男人没成功，而女子推不开撵不掉，死吃他一口。不错，高女士能自己挣饭吃；可是自己挣饭与帮助他成功离得还很远。况且两个常吵架，她有时候故意气他。自从与她同居，他确是受了许多苦处，他不甘于受苦。根本就没想到受苦。他总以为革命者只须坐汽车到处跑跑，演说几套，喝不少瓶啤酒，而后自己就成了高高在上的同志。结果，有时候连电车也坐不上。由失望而有些疯狂，他只能用些使普通人们打哆嗦的字句吓吓人了，自傲使他不甘心失败。“你看我！到底比你强点！四十以上的都要杀掉！”使老实人们听着打战，好像淘气的孩子故意吓吓狗玩。

西屋的会议开了两点多钟。马克同没办法。老太太不能留高同志。最后，高同志提起小竹筐，往外走。马同志并没往外送她。

老太太上了东屋。东屋的门还倒锁着。“开开吧，别叫我着急了！”老太太说。屋门开了，老太太进去。

老太太进了东屋，马同志遛达到北屋来。英与菱热得没办法，都睡了觉。三个大人都在堂屋坐着，静听东西屋的动静。马同志自己笑了笑。“你们得马上搬家呀，这儿住不了啊！你革过命没有？”他问老李。“你革过命没有？”他问丁二爷。“你革过命没有？”他问李太太。

大家都没言语。

“啊！”马同志笑了。“看你们的脑袋就不像革命的！我革过命，我得住上房，你们赶快滚！”

李太太的真正乡下气上来了，好像是给耕牛拍苍蝇，给了马同志的笑脸一个顶革命的嘴巴——就恨有俩媳妇的人！

“好！很好！”丁二爷在一旁喝彩。

马同志捂着脸，回头就走，似乎决定不反抗。

五

李太太的施威，丁二爷的助威，马同志的惨败，都被老李看见了，可是他又似乎没看见。他的心没在这个上。他只想着东屋：她怎样了？马老太太和她说了什么？那个高同志能不能就这么善罢甘休？他觉不到天气的热了，心中颤着等看个水落石出。马同志的行为已经使他的心凉了些，原来浪漫的人也不过如此。浪漫的人是以个人为宇宙中心的，可是马同志并没把自己浪漫到什么地方去，还是回到家来叫老母亲伤心，有什么意义？自然，浪漫本是随时的游戏，最好是只管享受片刻，不要结果，更不管结果。可是，老李不能想到一件无结果的事。结果要是使老母亲伤心，不能干！

到了吃晚饭的时候，他的心已凉了一半：马少奶奶到西屋去吃饭！虽然没听见她说话，可是她确是和马家母子同桌吃的！

到了夜晚，他的心完全凉了：马同志到东屋去睡觉！老李的世界变成了个破瓦盆，从半空中落下来，摔了个粉碎。“诗意”？世界上并没有这么个东西，静美，独立，什么也没有了。生命只是妥协，敷衍，和理想完全相反的鬼混。别人还可以，她！她也是这样！或者在她眼中，马同志是可爱的，为什么？忌妒常使人问呆傻的问题。

起初，只听见马同志说话，她一声不出。后来，她慢慢地答应一两声。最后，一答一和地说起来。静寂。到夜间一点多钟——老李始终想不起去睡——两个人又说起来，先是低声地，渐渐地语声越来越高，最后，吵起来。老李高兴了些，吵，吵，妥协的结果——假如不是报应——必是吵！可是他还是希望她与他吵散了——老李好还有点机会。不大的工夫，他们又没声了。老李替她想出她的将来。高同志一定会回来的。马少奶奶既然投降了丈夫，就会再投降给高同志，说不定马少奶奶还会被驱逐出去。他看见一朵鲜花逐渐地落办，直到连叶子也全落净。恨她呢，还是可怜她呢？老李不能决定。世界是个实际的，没有永远开着的花，诗中的花是幻象！

老李的希望完了，世界只剩了一团黑气，没有半点光亮。他不能再继续住在这里，这个院子与那个怪物衙门一样的无聊，没意义。他叫醒了丁二爷，把心中那些不十分清楚而确是美的乡间风景告诉了丁二爷。

“好，我跟你到乡下去，很好！在北平，早晚是枪毙了我！”丁二爷开始收拾东西。

六

张大哥刚要上衙门，门外有人送来一车桌椅，还有付没上款的对联，和一封信。

他到了衙门，同事们都兴奋得了不的，好像白天见了鬼：“老李这家伙是疯了，疯了！辞了职！辞！”这个决想不到的“辞”字贴在大家的口腔中，几乎使他们闭住了气。

“已经走了，下乡了，奇怪！”张大哥出乎诚心地为老李难过。“太可惜了！”太可惜的当然是头等科员，不便于明说。

“莫名其妙！难道是另有高就？”大家猜测着。不能，乡下还能给他预备着科员的职位？

“丁二也跟了他去。”张大哥供献了一点新材料。

“丁二是谁？”大家争着问。

张大哥把丁二爷的历史详述了一遍。最后，他说："丁二是个废物！不过老李太可惜了。可是，老李不久就得跑回来，你们看着吧！他还能忘了北平？"